HEYNE <

Zum Buch

Melanie ist gestresst, vor allem weil ihr neuer Chef einfach unausstehlich ist. Also beschließt sie, eine Auszeit zu nehmen. Auf einer Website entdeckt sie die perfekte Anzeige und tauscht für einen Sommer ihr Apartment in New York City gegen eines in Miami. Was sie nicht weiß: Mit der neuen Wohnung kommt auch neuer Mut. Plötzlich ist Melanie waghalsig und sexy. Und das bekommt vor allem Blake zu spüren, als er plötzlich vor ihrer Tür auftaucht. Der beste Freund ihres Bruders war bisher immer tabu für sie. Doch in Miami laufen die Dinge etwas anders …

Zur Autorin

Tamara Mataya ist eine Bibliothekarin, die es liebt, für jeden das richtige Buch zu finden. Sie unterrichtet Englisch als Fremdsprache und ist zudem Musikerin.

Lieferbare Titel

Manche Tage muss man einfach zuckern

TAMARA MATAYA

Das LEBEN *schmeckt* NACH *Erdbeereis*

ROMAN

Aus dem Englischen
von Lena Fink

WILHELM HEYNE VERLAG
MÜNCHEN

Die Originalausgabe *Summer Indiscretions*
erschien 2017 bei Sourcebooks

FSC
www.fsc.org
MIX
Papier aus verantwortungsvollen Quellen
FSC® C014496

Verlagsgruppe Random House FSC® N001967

Vollständige deutsche Erstausgabe 05/2018

Printed in Germany
Umschlaggestaltung: Nele Schütz Design unter Verwendung
von © Shutterstock/Zapalzun
Satz: Leingärtner, Nabburg
Druck und Bindung: GGP Media GmbH, Pößneck
ISBN: 978-3-453-42170-7
www.heyne.de

1. Kapitel

Melanie

»Entschuldigung, wissen Sie, wo es hier zum Nacktbadestrand geht?«

»Äh, wie bitte?« Bevor ich dem freundlich lächelnden Unbekannten antworten kann, klingelt mein Mobiltelefon und vibriert gegen mein Bein. Ich springe verwirrt auf und versuche ungeschickt, es aus der Tasche zu fingern.

Es ist die Arbeit. Ich bin im Urlaub. Ich sollte nicht drangehen.

Und wenn es ein Notfall ist? Und …

Moment mal. *Nacktbadestrand?*

Das Handy klingelt weiter, und ehe ich meine wirren Gedanken geordnet habe, ist es zu spät – der Unbekannte ist weitergegangen. Kurz überlege ich, ihm nachzulaufen, aber … Ich starre auf das Display des Handys. Und wenn es *wirklich* ein Notfall ist? Ich atme einmal tief durch und mache ein paar feste Schritte, während ich mit genervter Miene den Anruf annehme.

»Melanie Walker hier.«

»Miss Walker, Sie müssen unbedingt ein Treffen mit Nick aus der Redaktion organisieren. Er hat irgendwas vor. Wofür genau bezahlen wir ihn eigentlich?«

Der Klang der Stimme von Thaddeus Mitchel III sorgt wie immer dafür, dass ich sofort Stiche hinter den Augen verspüre – Migräne im Anmarsch.

»Ich bin nicht im Büro, Thaddeus.«

»Tatsächlich? Habe ich noch gar nicht bemerkt.« Vielen Dank für die Unterstellung, ich würde während der Arbeit nichts tun! »Außerdem ist im Treppenhaus eine Glühbirne durchgebrannt. Da müssen Sie auch mal nachsehen.«

Thaddeus Mitchell III arbeitet seit einem Monat beim Online-Frauen-Magazin *Von Kopf bis Fuß* als Verkaufsberater – und hat es geschafft, mich an jedem dieser einunddreißig Tage zur Weißglut zu treiben. Genau genommen sind das ja nur gut zwanzig Arbeitstage, wenn man die Wochenenden nicht mitzählt, aber er hatte sich aufgeführt wie Miranda Priestly in *Der Teufel trägt Prada.* Und mich immer wieder auch in meiner Freizeit angerufen. So wie jetzt.

»Thaddeus, wenden Sie sich wegen der Glühbirne an den Hausmeister. Seine Durchwahl finden Sie in der Datenbank. Ich arbeite in der Personalabteilung. Wenn Sie ein Treffen mit Nick möchten« – der ganz bestimmt *nichts* vorhat –, »dann bitten Sie Valerie, das zu übernehmen, oder warten Sie, bis ich zurück bin. Ich bin nämlich gerade im Urlaub.«

»Sie haben doch Ihr Smartphone – ein Wunderwerk der Technik, wussten Sie das schon? Schreiben Sie eine E-Mail. Let's get this show on the road!«

Dieses sarkastische, arrogante Ekelpaket ist von meiner Chefin persönlich eingestellt worden. Und was mich am meisten wurmt, ist weniger, dass er total unqualifiziert ist oder dass er auf sein Gehalt nicht angewiesen ist – was er jedem, der es hören will oder auch nicht, aufs Brot schmiert. Nein, was mich am meisten aufregt, ist die Art und Weise, wie er mich behandelt, wenn es niemand mitbekommt. Und ich lasse das auch noch zu, anstatt ihn einfach auflaufen zu lassen, wie ich es bei jedem anderen tun würde.

Ich presse meine Fingernägel in die Handfläche, völlig entnervt, dass ich noch nicht mal fest aufstampfen kann vor Wut, da ich nur Flip-Flops trage und mittlerweile auf dem Sandstrand stehe.

»Nein.« Ich habe es so satt, dass er meine Arbeit, auf die ich mich bisher immer gefreut habe, in einen Vorhof zur Hölle verwandelt hat, vor dem mir nur noch graut. Er ist der Grund dafür, dass ich eine Pause brauche und aus New York geflohen bin.

»Wie bitte?!«

Na also, nun habe ich immerhin seine volle Aufmerksamkeit.

»Sprechen Sie mit Valerie, oder schicken Sie eine E-Mail und warten, bis ich zurück bin. Rufen Sie mich nicht mehr unter dieser Nummer an.«

»Ein so unprofessionelles Verhalten werden Sie noch bereuen!«

»Einen schönen Tag noch«, presse ich zwischen zusammengebissenen Zähnen hervor und beende das Gespräch.

Am liebsten würde ich diesem Thaddeus mit meinen pfeilspitzen Pumps mal richtig in den Hintern treten, aber *das* wäre unprofessionell. Er hat Glück, dass ich mich nicht bei meiner Chefin über ihn beschwere – auch wenn er leider nichts getan hat, weswegen man ihn rauswerfen könnte –, aber ich lasse mir von dem doch nicht meinen Urlaub vermiesen!

Grimmig funkele ich mein Handy an, zerre meine Strandtasche über die Schulter und laufe mit schnellen Schritten weiter, wütend über Thaddeus' Dreistigkeit. Ich versuche, nur noch auf meine Füße zu achten, und konzentriere mich darauf, langsam ein- und auszuatmen. Selbst wenn über zwölfhundert Kilometer zwischen uns liegen, werde ich diesen Blödmann nicht los!

Du wärst ihn los, wenn du in die Redaktion wechseln würdest.

Es ist eben so, dass ich sehr gut bin in meinem Job und mich mit den Aufgaben bestens auskenne. Andererseits kenne ich die Personalarbeit vielleicht auch zu gut, und der Lack ist ab. Und genau das ist mein Problem, und mit jeder neuen Idee für einen Artikel, die ich habe, nagt es stärker an mir; dass ich mich halbtot geschuftet habe, nur, um festzustellen, dass es der falsche Weg war und dass ich für eine Karriere kämpfe, die nicht mehr zu mir passt.

Außerdem hätte ich in einer anderen Abteilung nichts mehr mit dem ganzen Müll zu tun, den Leute wie Thaddeus jeden Tag auf meinem Tisch abladen.

Als das Smartphone in meiner Hand ein *Bing* von sich gibt, will ich es im ersten Moment am liebsten ins Meer schleudern. Aber dieses Mal ist es eine WhatsApp von meiner besten Freundin Bailey, die bei *Von Kopf bis Fuß* als Redakteurin arbeitet.

Bailey: *Wie ist Deine Haustauschpartnerin?*

Ich schreibe ihr zurück, während ich den Strand entlanglaufe.

Ich: *Treffen uns persönlich erst nach dem Haustausch. Auf den Fotos, die im Schlafzimmer an der Pinnwand hängen, sieht Shelby Kellermanns Leben aus wie eine Mischung aus einem lässigen Bier-Werbespot und einem* Abercrombie-&-Fitch-*Plakat.*

Bailey: *Waaas?*

Ich: *Umwerfend gut aussehende Leute haben unglaublich viel Spaß bei allem, was sie tun. Ein Drink an der Bar, lachend auf einem Konzert, beim Joggen am Strand – würde am liebsten in jedes Foto reinspringen und dabei sein.*

Bailey: *Und wie sieht sie aus?*

Ich: *Lange Beine, blond, größer, als ich dachte, mit ein paar kleinen Sommersprossen auf der Nase, die sie irgendwie unschuldig wirken lassen, auch wenn sie eine Figur hat, mit der sie direkt auf ein Plakat von* Victoria's Secret *kommen könnte. Hellbraune Augen und ganz natürliche Strähnchen von der Sonne im Haar.*

Das wäre das. Nicht, dass ich von den Fotos besessen wäre oder so.

Bailey: *Bin nicht sicher, ob ich mich in sie verknallen oder sie abgrundtief hassen soll. lol*

Ich: *Ich weiß genau, was du meinst!*

Wenn ich hier aufgewachsen wäre statt in New York, ob ich wohl auch so sein würde? Alles an Shelby sieht nach Glück und Zufriedenheit aus. Warum sie wohl ihr unbekümmertes Leben gegen meins tauschen wollte, wenn auch nur eine Zeit lang?

Bailey: *Und wie ist das Haus?*

Ich: *Ekelhaft groß. Was sie bloß von meiner winzigen Wohnung hält, vollgestopft mit Büchern und mit langweiligen weißen Wänden, die ich noch nie gestrichen habe? In ihrem Haus hat jeder Raum eine andere Farbe.*

Bailey: *Das gehört doch alles zum authentischen Brooklyn-Erlebnis. lol*

Ich: *Kann sein. Aber sie hat hier die verdammte Meeresbrise, Bails. Das Beste, was der Wind in meine Wohnung weht, ist der würzige Geruch aus dem Thai-Laden ein paar Häuser weiter.*

Bailey: *Sie hat ja nicht beim Haustausch mitgemacht, um drei Wochen irgendwo zu sein, wo es genauso ist wie bei ihr zu Hause. Es geht darum, etwas Neues kennenzulernen. Deswegen machst du es doch auch, oder?*

Ich: *Ja, genau. Ich musste der bedrückenden Weitläufigkeit entfliehen und ab an den Strand.*

Bailey: *Großartig! Tank etwas Sonne für mich mit! Dir geht's doch gut, oder?*

Selbst meine beste Freundin kennt nicht alle Gründe dafür, warum ich plötzlich aus meinem Leben ausbrechen wollte.

Ich: *Mir geht's gut. Richte mich gerade in der Sonne und in meinem persönlichen Freiraum ein.*

Bailey: *Will dich nicht vom Strand abhalten. Ruf mich später an! Denk dran – du bist da, um Spaß zu haben!*

Ich: *Werde ich.*

Bailey hat recht. Scheiß auf Thaddeus. Scheiß auf den Höllentag, der mich dazu gebracht hatte hierherzukommen. Ich breite mein Handtuch aus, lasse mich darauf fallen und wühle in meiner Tasche nach der Wasserflasche.

Eine leichte Brise, die direkt vom Meer kommt, weht mir um die Nase und wirkt der Hitze mit ihrem köstlichen Salzgeschmack entgegen – ich lege mein Handy zur Seite, fest entschlossen, nur noch den Augenblick zu genießen. Wenn Vitamin D das Wohlfühl-Vitamin ist, dann werde ich so viel davon aufsaugen, wie ich kann. Ich will mich unbedingt wohlfühlen und zwar genau jetzt. Dieser Urlaub ist das Aufregendste, was ich jemals gewagt habe, und das kann mir keiner mehr nehmen.

Den *King's Point Drive* bis zum Strand entlangzugehen kam mir vor wie eine abenteuerliche Reise in ein fernes Land. Die Menschen in Miami sind freundlicher und haben weniger an. Das wenige strahlt in leuchtenden Regenbogenfarben. Viele Frauen tragen nur ein Bikini-Oberteil. Ob die Leute in Florida deswegen so glücklich wirken? Oder weil hier überall so viel Platz ist? Vielleicht liegt es auch einfach daran, dass sie so nah am Strand leben.

Mal abgesehen von den Hochhaustürmen, die wie zu Hause emporragen, wirkt der Himmel fast erdrückend weit. Ich kneife die Augen zusammen und blinzle hinauf, geblendet von der hellen Sonne. Shelbys Wohnanlage befindet sich auf einer kleinen Halbinsel umgeben von Wasser, mit dem *Oleta River State Park* westlich davon und dem Meer ein paar Häuserblocks weiter östlich. Ich bin in Miami, aber irgendwie habe ich eher das Gefühl, ich wäre in einer Oase, weit weg von allem.

Tief amte ich die weiche, schwüle Luft ein und achte auf nichts anderes als den angenehmen Geruch des Meeres. Ich lehne mich auf meine Ellbogen zurück und spüre, wie die Sonne meine Haut kitzelt … Vielleicht drei Minuten lang, denn, verdammt, es ist einfach zu heiß! Wie halten diese Sonnenanbeter es bloß aus, sich jeden Tag so grillen zu lassen, ohne jemanden zu engagieren, der sie alle halbe Stunde mit Wasser beträufelt? Oder einen knackigen Beach-Boy anzustellen, der einem Luft zufächelt und mit geschälten Früchten füttert?

Ich muss grinsen und schaue mich nach einem möglichen Kandidaten um.

Schweißperlen kitzeln mich über der Oberlippe und am Rücken. Vielleicht sollte ich mich mal rüber zu dem kleinen Stand schleppen, wo man riesengroße Sonnenschirme ausleihen kann, wenn man, so wie ich, keinen dabeihat?!

Der Stand, vor dem eine knapp achtzigjährige Frau gerade wartet – und zwar komplett nackt.

Ich blinzle mehrfach, aber auch das zaubert keine Kleider auf ihren Körper; dass sie nackt ist, ist keine Einbildung. Aber was zum Teufel macht sie da? Ist sie eine Obdachlose? Oder ist sie dement und von ihrer Familie abgehauen? Hat sie ihren Badeanzug im Meer verloren? Ist er von einem Hai gefressen worden?

Ich taste – greife – blind nach meiner Wasserflasche, denn vielleicht handelt es sich um eine Vision oder eine Halluzination, die von der Hitze kommt. Findet denn niemand die Nackedei-Oma irgendwie merkwürdig? Oder ist es wie mit dem Nicht-direkt-in-die-Sonne-Schauen? Keiner macht es, denn nach einem kurzen Blick hat man so ein Stechen in den Augen, dass man es nie wieder versucht oder jemandem davon erzählt, weil man es eben einfach nicht macht. Tun alle nur so, als würden sie nichts bemerken, damit sie keinen Augenkontakt mit ihr herstellen und ihr sagen müssen, dass sie sich etwas anziehen soll?

Sie ist einfach nackt und steht da rum, als würde sie in einem Supermarkt an der Kasse warten.

Gleich wird bestimmt jemand zu ihr kommen und sagen: »Da bist du ja, Mildred! So, jetzt ziehen wir dir mal schön diesen Bademantel an, und dann kannst du in aller Ruhe über den Strand spazieren.«

Ich trinke einen Schluck Wasser, und während ich den Deckel wieder auf die Flasche schraube, lasse ich meinen Blick über die anderen Leute am Strand schweifen. Es sind ein paar Badehosen und Bikinis zu sehen, aber …

Oh mein Gott. Kein Wunder, dass niemand etwas zu Mildred sagt. Vor lauter Peinlichkeit rollen sich mir fast die Fußnägel hoch, und das, obwohl ich ein langes T-Shirt über meinem Tankini trage – aber irgendwie fühle ich mich so angezogen nun bloßgestellt. Und schäme mich fremd. Noch nie in meinem Leben habe ich so viel nacktes Fleisch gesehen.

Eine Frau Mitte dreißig sitzt oben ohne auf ihrem Handtuch und reibt sich gerade die Beine mit Sonnencreme ein, während ihre Brüste bei jeder Bewegung mitwackeln.

Hör auf, sie anzustarren!

Ein nackter Mann kommt mit einem Surfboard unter dem Arm den Strand hochgerannt und sein schlaffer Penis wedelt dabei herum wie eines dieser komischen aufblasbaren und mit den Armen rudernden Werbe-Luftmännchen.

Hör auf zu starren, Melanie!

Ein ziemlich muskulöser Mann joggt vorbei, und ich überrasche mich dabei, wie mein Blick sofort sein Gehänge findet, als würde ich seit Jahren nackte Weichteile überprüfen.

STOPP.

Tatsächlich habe ich einen schlaffen Penis noch nie richtig angesehen. Wenn ich mich in der näheren Umgebung befinde, ist er meiner Erfahrung nach …. einsatzbereit –, und wer würde ihn sich nach dem Sex noch genau anschauen? Entweder zieht man sich an, oder man kuschelt sich mit dem Typ unter die Decke, ohne sein bestes Stück anzustarren. Meine längste Beziehung hatte sieben Monate gedauert, aber wir waren nicht zusammengezogen, sodass ich keine Erfahrung habe mit einem nackten unerregten Mann, der lässig in meiner Privatsphäre herumspaziert.

Noch ein paar Männer schlendern vorbei, und ich kann. Nicht. Wegsehen.

Ich wusste gar nicht, dass Oberschenkel so behaart sein können.

Alte Männer, junge Männer, dicke Männer und dünne Männer laufen hier durchs gleißende Sonnenlicht, ohne sich darum zu kümmern, ob sie an lebenswichtigen Stellen einen Sonnenbrand bekommen. Ich meine, sie müssen sich doch auch dort mit Sonnencreme einreiben, aber wie trägt man die auf, ohne dass es unpassend wirkt? So viel zum Thema Erregung öffentlichen Ärgernisses.

Sprays vielleicht?

Huh. Penisse wirken fast traurig, wenn sie schlaff sind, irgendwie in sich selbst versunken, als würden sie sich schämen.

Es ist faszinierend, und ich kann einfach nicht hinsehen, ohne blöd zu glotzen.

Aber auch die Frauen sind splitterfasernackt, alles hängt, und jeder sieht es. Haut riffelt sich, Brüste schlackern und ich bin verdammt beeindruckt, wie entspannt hier alle damit umgehen.

Manche Leute haben auch etwas an, muss man fairerweise sagen, aber ihre Kleidung hat eher einen Tarnkappen-Effekt auf mich, so geblendet bin ich von all dem nackten Fleisch.

So müssen sich Teenager-Jungs fühlen, wenn die Hormone einschießen.

Eine Frau bekleckert sich gerade mit ihrem Eis. Oh nein, das ist doch irgendwie unhygienisch! Und stört es niemanden, wenn der Sand überall kleben bleibt? Die Frau mit dem Eis merkt, dass ich sie anstarre, sie zieht ihre Sonnenbrille auf die Nasenspitze runter, wirft mir über die Gläser hinweg einen Blick zu und grinst mich freundlich an.

Ich muss schnellstens hier weg.

Ich springe auf, stopfe meine Sachen zurück in die Tasche und ergreife die Flucht. Ich stolpere und bekomme beinahe die Brüste einer Frau zu fassen, als ich mich an ihrer Schulter festhalten will. »Entschuldigen Sie!« Während ich im Bogen um sie herumlaufe, halte ich den Blick gesenkt, was nur dazu führt, dass ich mich nervös frage, ob all die Füße zu Leuten gehören, die nackt sind – und ob ihre Körper so aussehen, wie ich sie mir vorstelle, wenn ich von ihren Flip-Flops oder dem Nagellack ausgehe … oder von den Haaren auf den Zehen.

Ich bin gerade völlig gebannt vom Anblick zweier riesiger, männlicher Füße und krampfhaft bemüht, nicht nach oben zu schauen, da stoße ich mit einem Typ um die vierzig zusammen, der nichts weiter als Badeschuhe und ein Goldkettchen trägt – und falle mit dem Gesicht voran in den Sand.

»Ups!« Er geht gerade in dem Moment neben mir in die Hocke, als ich mein Gesicht hebe, um den Sand auszuspucken, und so muss ich ihn aus einem ziemlich ungünstigen Blickwinkel ansehen. Seine Haut ist glitschig vor lauter Sonnenöl, und als er mir hochhilft, hinterlässt das glänzende Abdrücke auf meinen Händen und Unterarmen.

»Geht's?«

»Alles in Ordnung.« Meine Stimme klingt eine Oktave höher als sonst, ich piepse ein verlegenes »Danke« und mache mich davon, immer noch nach seinem Kokosnuss-Bräunungsöl riechend.

War das unfreundlich? Hätte ich stehen bleiben und mit ihm plaudern sollen? Wie zum Teufel unterhält man sich mit einem glänzenden nackten Mann? Verwirrt haste ich den Weg zurück, den ich hergekommen bin, und bleibe erst stehen, als ich gefunden habe, wonach ich suche.

Hier hat mich der Unbekannte nach dem Nacktbadestrand gefragt. Jetzt, wo ich wieder dort stehe, sehe ich die Wegweiser zum *Sunny Isle Beach* – wo ich eigentlich hinwollte anstatt zum *Haulover Beach*. Der Anruf von Thaddeus hat mich komplett abgelenkt.

Ich kann es kaum glauben, aber das Schild nach *Haulover* bestätigt, was die wagemutig freiliegenden Genitalien mir schon gezeigt haben:

Ich habe den *Nackt*badestrand gefunden.

2. Kapitel

Blake

Es kann sein, dass ich die Rundungen und Kurven eines weiblichen Körpers bemerke – aber sobald ich meine Hände auf die Frau lege, wird sie zu Muskeln und Gewebe und Körperteilen mit lateinischen Namen, die ich in Anatomiebüchern gelernt habe. Die einzigen *Knicke*, die ich mit einer Patientin näher erforsche, sind die in ihrem Nacken. Ich vermische niemals Geschäft mit Vergnügen.

Meine Patientin zuckt, als ich ihren Trapezmuskel durchknete. Ich lege eine Pause ein.

»Hast du die Dehnübungen gemacht, die ich dir empfohlen habe, Carla?«

Sie zögert, während sich ihre Schultern noch etwas mehr anspannen.

»Vielleicht nicht jeden Tag.«

Oder noch nicht mal jede Woche. Ich drücke meine Daumen entlang ihrer Wirbelsäule bis zu dem Knoten zwischen ihren Schulterblättern.

»Das merkt man. Du wirst noch einen Buckel vor lauter Stress bekommen, wenn du nicht damit anfängst. Also, ich sage ja nicht, dass ein Quasimodo nicht attraktiv sein könnte, aber …«

»Schon verstanden. Die Übungen haben mir aber wehgetan. Ich habe versucht, sie zu machen, aber es hat sich angefühlt, als würde jemand mit einem Messer in mich stechen.«

»Ich weiß, dass es nervt, vor allem am Anfang, aber es wird besser. Je häufiger du sie machst, desto weniger tut es weh.«

Sie seufzt. »Na gut. Ich mache die nervigen Übungen.«

Ich schüttle den Kopf. Wie viele Verletzungen man vermeiden könnte, wenn die Menschen sich besser um sich selbst kümmern würden! Nach einer Massage fühlen sie sich eine Weile lang gut, aber würden sie selbst an sich arbeiten, würden sie sich noch viel besser fühlen. Viel zu viele Leute wollen eine schnelle Lösung – wenn es sie nicht gäbe, hätte ich weniger Arbeit. Andererseits ist Carla genau der Typ Frau, die alles von anderen erledigen lässt. Wenn sie jemanden dafür bezahlen könnte, dass er ihre Dehnübungen übernimmt, würde sie es tun.

Ich verreibe mehr Öl zwischen den Händen und arbeite mich ihre Waden entlang nach oben. Als ich einen besonders harten Knoten massiere, spüre ich Stiche in den Unterarmen, und ich weiß, dass ich ihnen heute Abend ein Eisbad gönnen muss. Ich habe in letzter Zeit zu viele Kunden angenommen, weil ich bald Urlaub habe.

Carla verlagert ihre Position auf der Massagebank. »Hast du schon Pläne für den Sommer?«

»Tatsächlich bist du meine letzte Kundin für die nächsten zwei Wochen.« Die in zehn Minuten beginnen – nicht, dass ich runterzählen würde.

»Oh, fährst du irgendwo hin?«

»Nö. Ich habe mir vorgenommen, zu Hause zu bleiben und so wenig wie möglich zu tun. Wie sieht's bei dir aus?«

»Teddy und ich werden erst in unser Haus in den Hamptons

fahren. Meine Schwiegermutter lässt in der Schweiz in einem sehr exklusiven Spa etwas machen, also werde ich sie begleiten … Was interessant werden dürfte.«

»Versteht ihr euch gut?«

»Nein. Ich hoffe, sie ziehen ihr die Haut so straff, dass sie aussieht, als wäre sie in einem Windtunnel eingefroren. Dann kann sie ihr höhnisches Lächeln nicht mehr aufsetzen.«

Wir lachen über die Vorstellung.

»Sie hört sich schlimm an.«

»Sie ist grässlich. Aber ich liebe Teddy genug, um die missgünstige alte Streitaxt zu ertragen.«

Ich spüre ihre Anspannung, während ich fest auf einen Trigger-Punkt drücke und warte, dass er sich löst.

Teddy und sie haben immer etwas von Komplizen, und eine solche Beziehung gefällt mir. Leider waren die meisten Frauen, die ich in letzter Zeit kennengelernt habe, eher solche, um die man sich kümmern soll, als gleichberechtige Partner. Ich suche weder eine verwöhnte Prinzessin noch eine Frau, die so abgestumpft und misstrauisch geworden ist, dass sie nur noch das Schlimmste von mir annimmt. Nein, ich suche jemanden, mit dem man Abenteuer erleben kann.

In den letzten Minuten der Stunde überarbeite ich nochmals kurz Carlas Oberschenkelmuskulatur, und dann beginnt meine zweiwöchige »Staycation«, wie man jetzt so schön sagt. Urlaub auf Balkonien.

»Das war's. Mach deine Hausaufgaben.«

Sie seufzt.

»Dehnen, dehnen, dehnen. Ich melde mich, wenn ich aus Europa zurück bin, um eine neuen Termin auszumachen.«

»Hab einen schönen Urlaub.«

Ich wische mir die Hände an einem Handtuch ab und werfe

es in den bereitstehenden Korb in der Zimmerecke. »Du auch.«

Ich verlasse den Raum, damit sie sich ungestört anziehen kann, mache ein paar Dehnübungen, um die Verspannungen in meinen Unterarmen zu lösen, und notiere ein paar Anmerkungen in Carlas Akte. Danach schrubbe ich meine Hände und Arme im Waschbecken.

Mein bester Freund, Shawn, ruft an, als ich mich gerade abtrockne. Ich schnappe mir mein Handy vom Tresen. »Hallo?«

»Jetzt ist sie verdammt nochmal völlig verrückt geworden!«

»Wer ist verrückt geworden?«

Er bellt in den Hörer: »Meine Schwester. Es ist unglaublich!«

Dass er sich so aufregt, bringt mich zum Grinsen. Das Wildeste, was seine jüngere Schwester jemals täte, würde noch nicht einmal eine alte Betschwester zum Erröten bringen. Melanie ist viel zu verantwortungsbewusst. Als wir noch zur Schule gingen, hat sie sich immer benommen wie ein verärgerter, wichtigtuerischer Nachbar und Shawn und mich verpetzt, wenn wir abhauen wollten, um auf eine Party zu gehen.

»Also, was ist los?«

»Sie hat aus heiterem Himmel drei Wochen Urlaub genommen.«

Ich verstehe es nicht.

»Na und? Sie hat einen ziemlich stressigen Job. Es ist Sommer. Mein Urlaub fängt auch heute an.«

»Aber sie tut so was normalerweise nicht. Sie hat auf irgendeiner Website ihre Wohnung für ein paar Wochen mit einer völlig Fremden getauscht. Das ist etwas ganz anderes als eine Pension mit Frühstück. Glaub mir, da stimmt etwas nicht.«

Ich verziehe nachdenklich das Gesicht. Es stimmt schon,

Melanie ist ein ziemlicher Kontrollfreak und keine Frau, die einfach spontan irgendwohin fährt. Schnell mal nach Florida jetten und im Haus einer Fremden wohnen passt überhaupt nicht zu ihr.

»Mel ist nicht gerade der Fühlt-euch-wie-zu-Hause-und-ihr-könnt-auch-die-Füße-auf-meinen-Tisch-legen-Typ«, gebe ich zu.

»Und jetzt ist es ihr egal, dass eine völlig Fremde unbeaufsichtigt in ihrer Wohnung lebt. Ich weiß nicht, wie sie darauf gekommen ist, aber das ist eigentlich gar nicht ihr Ding. Vielleicht ist sie auf Drogen. Ich habe mal gehört, dass Drogen in der Mode- und Verlagsbranche überall zu haben sind. Glaubst du, sie ist in so einen Scheiß verwickelt?«

»Nie und nimmer. So was macht sie nicht – und Drogen gibt es eher in der Musikbranche als in Verlagen. Ich habe gehört, Alkohol wäre das Suchtmittel der Wahl für Autoren. Vielleicht hat sie einfach nur mal eine Pause gebraucht.« Ich lehne mich gegen den Tresen. »Du hast recht, es ist merkwürdig, aber du kannst nichts dagegen tun. Sie ist erwachsen.«

»Na ja, es gibt schon etwas, was wir tun können.«

»Wir?«

»Du musst mir einen Gefallen tun und nach Florida fahren, Alter.«

Ich lache. »Ich kann nicht einfach nach Florida fahren und deiner Schwester hinterherspionieren.«

Er stöhnte genervt. »Wir reden hier über meine *kleine* Schwester. Mel? Das Mädchen, das den Bindestrich in *anal-fixiert* gesetzt hat?«

»Ich verstehe, was du meinst. Wenn du dir solche Sorgen um sie machst, warum fährst du nicht selbst hin?«

»Aus drei Gründen: Erstens würde sie mir in den Hintern

treten, wenn ich mich einmische. Und wenn sich am Ende herausstellen sollte, dass alles fein ist, will ich nicht darauf herumgetrampelt haben, wenn sie das erste Mal entschieden hat, etwas zu tun, was sie aus ihrer Komfortzone lockt. Wenn es alles richtig und sicher ist, könnte es ihr auch guttun. Zweitens wird mein Chef mir momentan nicht freigeben.«

»Und drittens?«

Er räuspert sich. »Die Braut, mit der sie die Wohnung getauscht hat, ist verdammt heiß.«

»Woher weißt du das?«

»Ich bin zu Mels Apartment rübergegangen, als ich von dieser albernen Aktion gehört habe. Ich musste selbst nachsehen, für den Fall, dass es sich um irgendeinen Freak oder eine Kriminelle gehandelt hätte, die nur darauf wartet, sie abzuzocken. Ich dachte, ich würde Mels Apartment bis auf die Glühbirnen leer vorfinden, weil alles ausgeträumt worden ist, oder dass die Frau dort eine rauschende Party gefeiert und den Laden völlig verwüstet hat.«

»Was nicht der Fall gewesen ist.«

Er schnieft. »Im Gegenteil. Wir haben angefangen, uns zu unterhalten und – du weißt, wie es ist.«

Ich schüttle den Kopf. »Und du hast freundlicherweise angeboten, ihr die Stadt zu zeigen?«

»So etwas in der Art.«

»Irgendwie habe ich das Gefühl, dass du am Ende doch noch einen Tritt in den Hintern bekommst. So oder so.« Ich zögere. »Mel ist also tatsächlich in Florida?«

»Ist sie. Wenn du für mich hinfährst, um nach ihr zu sehen, könntest du für den Hinflug sogar meine Meilen nutzen.«

Ich grinse. »Für den Hin- *und* den Rückflug.«

»Mist, du hast es durchschaut.«

»Du hast es versaut, weil du dich so seltsam genau ausgedrückt hast.«

»Na gut, aber dein verdammtes Hotel zahlst du selbst!« Er lacht. »Also abgemacht?«

Zwei Wochen lang in Florida am Strand Däumchen drehen und das nur für den geringen Preis, nach Shawns Schwester zu sehen? Es ist zwar eine Weile her, seit ich sie das letzte Mal getroffen habe, aber Mel ist die kleine Schwester, die ich nie hatte – und Shawn ist wie ein Bruder für mich. Ich bin es ihm schuldig, dafür zu sorgen, dass es ihr gut geht. Und ich kann eine Auszeit auch verdammt gut gebrauchen. »Schick mir die Flugdaten, die du rausgesucht hast.«

* * *

Als ich in meiner Wohnung ankomme, hat Shawn mir den Reiseplan bereits gemailt.

Er hat den ersten Flug am nächsten Tag gebucht.

Es ist zwar kurzfristig, aber das ist es mir wert. Ehrlich gesagt kann ich den Ortswechsel gut gebrauchen. Ich bin im dritten und letzten Jahr für meinen Abschluss als Physiotherapeut an der New York University. Ich gebe gerne Massagen, aber es geht ziemlich auf den eigenen Körper. Das Motto der letzten Jahre war eigentlich nur *erst die Arbeit, dann kein Vergnügen.* Wenn ich nicht studiere, dann arbeite ich. Sogar die Sommermonate waren zusätzlich zu meinem vollen Arbeitsplan vollgestopft mit Praktika. Ich arbeite Vollzeit in der einen Klinik und an den Wochenenden in einer anderen. Es ist anstrengend, aber ich will den Abschluss schaffen, ohne Schulden machen zu müssen.

Ich fülle Wasser und Eis ins Waschbecken, tauche meine Unterarme hinein und versuche, mich nicht zu verkrampfen, während die Kälte auf meiner Haut wie tausend Nadelstiche prickelt. Mein Körper wird es mir danken – genau wie am Ende des Sommers, wenn ich mit meinem Praktikum fertig bin und meine Terminplanung einen Gang runterschalten kann, von manisch auf hektisch.

Während ich versuche abzuschalten, wandern meine Gedanken zu Mel.

Ich habe sie seit einigen Monaten nicht mehr gesehen. Es kommt mir gar nicht so lange her vor, aber in der letzten Zeit hat sie es oft nicht zu den Sonntagsessen oder anderen Treffen bei ihrer Familie geschafft. Oder sie war da, aber ich musste zum Seminar »Aktive Entspannungstechniken« oder was auch immer.

Sie ist Leiterin der Personalabteilung bei einem Magazin und sie hat mir neulich einen Gefallen getan. Ich habe ihr alles über die Hippies bei *Inner Space* erzählt und über die Kollegin am Empfang, die wahrscheinlich einen neuen Job brauchen könnte. Ich hatte das zufällig mitbekommen. Sarah hatte gewirkt wie ein Reh im Scheinwerferlicht, vor dem sich Phyllis drohend aufgebaut hatte, während Fern nur danebenstand.

Später ging Sarah sofort auf das Jobangebot ein und schnitt im Bewerbungsgespräch mit Melanie glänzend ab. Sie scheint eine Gute zu sein; ich bin froh, dass ich ihr helfen konnte. Fern und Ziggy sind an sich keine schlechten Menschen, aber sie machen oft Sachen, über die ich mich ärgere. Und es würde mich nicht wundern, wenn ihre Hauptmasseurin, Phyllis, auf dubiose Praktiken steht.

Ohne eine einzige Frage zu stellen, hat Mel mir den Gefallen getan und Sarah eine Chance gegeben. Ich bin es ihr schuldig nachzusehen, ob es ihr gut geht – genauso wie Shawn. Die Wahrscheinlichkeit, dass Mel in etwas Gefährliches verwickelt ist, geht gen null. Aber wieso sollte ich einem geschenkten Gaul – mit einem Flugticket nach Florida – ins Maul schauen?

3. Kapitel

Melanie

Letzte Woche habe ich so einen Horrortag erlebt, dass ich am liebsten meinen eigenen Tod vorgetäuscht hätte. Sieben Tage später und zwölfhundert Kilometer weit weg von zu Hause fragt sich ein Teil von mir, ob es tatsächlich so schrecklich gewesen ist.

Aber ich weiß, das war es. Sonst würde ich wohl kaum in der Wohnung einer fremden Frau stehen und mit beiden Händen in ihrer Unterwäscheschublade wühlen. Ich nage an meiner Unterlippe und starre auf die winzigen Stofffetzen – hauptsächlich String-Tangas –, die sich zu einem unordentlichen Knäuel verheddert haben. Shelby Kellermanns Hintern ist viel dünner als meiner, was bestimmt daran liegt, dass sie ständig Schwimmen geht. Ihr Surfboard steht in einer Ecke des Schlafzimmers wie ein stummes *Ta-da!* auf ihre Sportlichkeit. Seine Gegenwart scheint mich zu verspotten.

Die neun Stunden am Tag, die ich angekettet an meinen Schreibtisch verbringe, und dazu die zwei Stunden in der Bahn haben mich über die letzten paar Jahre ziemlich erschlaffen lassen. Shelby braucht wahrscheinlich kein schlechtes Gewissen zu haben, dass sie ihr Fitnesstraining nur einmal in der Woche irgendwie reinquetschen kann. Ich wette, sie findet in ihrem

Leben genau die Aktivität, die sie braucht, ganz ohne eine wortkarge und sadistische Spinning-Trainerin namens Nadia.

Sie würde sich sicher niemals von einem Nacktbadestrand vertreiben lassen und das auch noch von ihrer eigenen Schamhaftigkeit. Sie wäre mit den coolsten Leuten dort herumgesprungen und hätte wahrscheinlich sogar noch ein Beach-Volleyball- oder Wasser-Polospiel für alle organisiert. Ein Nackt-Wasser-Polospiel, wo man auf den Schultern eines anderen sitzt und sich der eigene Schritt so richtig schön in dessen Nacken schmiegt … Und ich kann und will mir das noch nicht einmal weiter vorstellen.

Ich habe schlecht geschlafen letzte Nacht, mich von einer Seite auf die andere gewälzt und meine übertriebene Reaktion gestern am Strand bereut.

Die Bodenfliesen fühlen sich kühl unter meinen Füßen an, während ich in Shelbys Schlafzimmer hin und her laufe, alles darin unter die Lupe nehme, nur um festzustellen, wie groß der Unterschied zwischen unseren Leben ist. Alles hier wirkt so … frisch. Zitronengelbe Wände mit weiß gestrichenen Zierleisten. Helle silbrig-graue Bettwäsche, darauf liegt eine türkisfarbene Tagesdecke. Die Luft ist erfüllt von einer salzigen Süße, und ich kann immer noch nicht sagen, ob es ein letzter Hauch ihres Parfüms ist oder die Meeresluft, die durch die großen Fenster hereinweht.

Mit einem fast ärgerlichen Stöhnen gehe ich zurück zur Kommode,

schiebe ihre winzigen Höschen in der obersten Schublade zu einem noch dickeren Knäuel zusammen, werfe es in die unterste Schublade und sortiere meine oben ein, sorgfältig geordnet nach Modellen und Farben. Bisher kam mir meine Unterwäsche nicht langweilig vor. Aber bisher habe ich mich auch noch nicht bis über die Ellbogen in fremder, viel exotischerer Unterwäsche wühlend wiedergefunden. Würde man sich nicht an einem Perlen-Tanga – wie soll ich sagen – wundscheuern?

Ich ziehe die unterste Schublade wieder auf und wage einen weiteren voyeuristischen Blick. Das erste Höschen, das ich vorsichtig hochhebe, besteht auf der Vorderseite nur aus zwei Perlenschnürchen und lässt jeden String-Tanga daneben wie einen Keuschheitsgürtel wirken. Kneifen die nicht oder bleiben in den Schamhaaren hängen?

Sei nicht albern, Melanie. Frauen wie Shelby haben keine Schamhaare.

Genervt von mir selbst werfe ich Shelbys Höschen zurück in die Schublade, greife nach meinem Kulturbeutel und gehe damit ins Bad.

Lindgrüne Kacheln an den Wänden, weiße Fliesen auf dem Boden und auf dem großen Waschtisch steht eine Schale mit vom Meer abgeschliffenen Glassteinen darin. Auf dem Rand der riesigen Badewanne sind bestimmt dreizehn verschiedene Shampoos und Pflegespülungen aufgereiht. Ich öffne den Deckel einer Flasche, deren Marke ich nicht kenne, und atme bewundernd den sanften Vanillegeruch ein. Ob Shelby wohl mit meinen beiden einsamen Fläschchen, aus denen es nur nach Seife riecht, das Gleiche macht?

Ich ordne die Haarwaschmittel so an, dass die passenden Shampoos und Conditioner nicht überall verteilt stehen, das Duschgel kommt auf die andere Seite der Wanne. Ich hebe das Handtuch, das neben dem Waschbecken liegt, auf und hänge es auf die Stange. Im Haus einer Fremden zu wohnen statt im Hotel ist seltsam. Es fühlt sich nicht an wie ein sicherer Zufluchtsort tausende Kilometer weit weg von zu Hause. Sondern eher, als wäre Shelby gerade mal zum Laden gegangen und würde jeden Moment zurückkommen und mich in ihrem Haus erwischen. Das macht es mir unmöglich, mich zu entspannen.

Die Tatsache, dass ich allein und weit weg von zu Hause bin, trägt auch nicht gerade zu meiner Entspannung bei.

Im Wohnzimmer herumzuräumen hilft. Shelby hat auf einem Beistelltisch eine kleine Muschelsammlung angehäuft. Ich drehe und wende die Muscheln in alle Richtungen, um sie zu bewundern, und versuche zugleich, sie so zu arrangieren, dass ihre feinen Schattierungen noch besser zur Geltung kommen.

Ich weiß genau, weshalb ich das mache: Dinge zu ordnen hilft mir, nicht mehr an den Strand zu denken. Aber ich bin hierhergekommen, um mal aus allem rauszukommen – und ist ein Nacktbadestrand nicht der Inbegriff dafür, alle Probleme hinter sich zu lassen?

»Warum kann ich denn nicht einfach mal *loslassen?*«

Aus dem Augenwinkel sehe ich einen orangefarbenen Blitz vorbeizischen und drehe mich schnell zum offenen Fenster um. Dort sitzt ein getigerter Kater mit zuckendem Schwanz und starrt mich aus großen gelben Augen an, als wolle er sagen: *Hey Alte, krieg dich mal wieder ein.*

Vielleicht redet Shelby nicht so oft mit sich selbst wie ich.

»Wie heißt du, Kleiner?« Ich gehe auf den Kater zu, und als ich vorsichtig meinen Arm nach ihm ausstrecke, reckt er sich meiner Hand entgegen. Ich hatte nie eine eigene Katze, aber die Nachbarn meiner Eltern besaßen einen mürrischen alten Siam-Kater, der mich jedes Mal kratzte, wenn ich versuchte, ihn zu streicheln. Dieser hier scheint auf jeden Fall viel freundlicher zu sein. »Shelby hat mir deinen Namen nicht verraten.« Er muss sich bis jetzt irgendwo versteckt haben. Ich streiche ihm über den Kopf, und er fängt an zu schnurren, als hätte er verstanden, dass ich kein Eindringling bin. Er sieht irgendwie wie ein richtiger Buddy aus. »Ich wollte mir gerade Mittagessen machen. Auch Hunger, Buddy?«

Wie vorhergesehen antwortet er nicht. Aber er kommt sofort angerannt, als ich den Dosenöffner an eine Thunfischdose ansetze, die ich im Schrank entdeckt habe. Ich gebe ihm eine Portion in eine kleine Schüssel und muss lächeln über die leisen Brummtöne, die er ausstößt, während er frisst. Ich halte mein Sandwich in einer Hand und sortiere mit der anderen die Dosen in Shelbys Schrank. Sie scheint Erbsen zu mögen – oder eben gerade nicht, gemessen an den sieben Dosen, die ich vorfinde. Außerdem viele Bohnen und Linsen. Ich habe mir schon lange vorgenommen, mehr davon zu essen, aber ich habe es irgendwie nie geschafft.

Ich lehne mich gegen den Tresen, kaue weiter auf meinem Sandwich herum und betrachte die Wohnung. Allein nach Quadratmetern würde mein Apartment mindestens dreimal hier reinpassen. Ich entdecke noch eine Tür, die mir bisher gar nicht aufgefallen war. Sie führt vom Essbereich auf eine Terrasse, auf der im Schatten eines türkisfarbenen Sonnenschirms ein entzückender schmiedeeiserner Tisch und passende Stühle stehen.

All das *und* eine Terrasse, auf der es nicht nach Müll stinkt? Ich sollte wohl mal die Rechtslage zum Thema Hausbesetzung studieren.

Der Kater reibt sich an meinem Knöchel und schlüpft dann durch die offene Tür hinaus. Darüber, wie ich ihn hier wieder rausbekomme, muss ich mir also keine Gedanken machen, denn er ist anscheinend genauso ein Freigeist wie seine Besitzerin. Also lasse ich die Tür leicht angelehnt und genieße den Duft, der von draußen hereinweht.

Nachdem ich abgewaschen und das Geschirr wieder weggeräumt habe, gehe ich zurück ins Wohnzimmer und setze mich auf Shelbys weiße Couch. Ich habe noch nie eine weiße Couch außerhalb von Einrichtungs-Magazinen oder albtraumhafter Werbung für Tampons gesehen. Vielleicht sind sie hier ja üblicher? Der Kater kommt kurz darauf hinter mir her und setzt sich auf einen Flecken Sonnenlicht, der durchs Fenster fällt.

Ich versuche es mir gemütlich zu machen, aber es hilft einfach nichts: Ich komme einfach nicht in Shelbys perfektem Haus an, in ihrem perfekten Leben. Die Erinnerung an die sich im Wind wiegenden Geschlechtsteile scheint mich zu verfolgen. Es ist doch lächerlich, dass mich ein bisschen nackte Haut so durcheinanderbringt! Ich bin nicht prüde. Ich fahre jeden Tag mit der U-Bahn zur Arbeit und habe schon vieles gesehen – manchmal an einem Tag. Nackte Menschen machen mir keine Angst. Also warum, verdammt nochmal, verstecke ich mich hier in diesem – zugegebenermaßen wunderschönen – Haus? Und das immer noch im Nachthemd, als würde ich für den Rest des Tages auf der Couch wohnen wollen?

»Ich sollte einfach zurück zum Strand gehen, stimmt's?«

Buddy zuckt mit dem Schwanz und starrt mich an, so gleichgültig und gelangweilt, wie es nur Katzen können. Dann dreht er sich herum und schaut aus dem Fenster. Wahrscheinlich hat er schon tausend Abenteuer mit seiner lustigen Besitzerin erlebt, während sie lustige Sachen mit lustigen Leuten unternommen hat.

Ich seufze und checke mein Smartphone.

Die vier entgangenen Anrufe von Thaddeus könnten etwas mit meinem Wunsch, hier die Einsiedlerin zu spielen, zu tun haben. Er schafft es, mich zu verunsichern – und sich unsicher fühlen ist nicht gut für den Nacktbadestrand.

Shelby kümmert das Fehlen von Kleidung wahrscheinlich

kein bisschen, wenn sie den Strand am Wasser entlang auf und ab stolziert wie eine Gazelle. Warum hat mich das so umgehauen? Was bedeutet schon ein kleiner Kleidung-optional-Strand? Fotografieren ist dort verboten, es war nicht so voll, dass man keine Privatsphäre mehr gehabt hätte, und es waren gerade so viele Leute da, dass keiner besonders aufgefallen ist. Nur ein völliger Blödmann würde dort hingehen, um zu spannen.

Thaddeus und seine Nachrichten können mich nicht daran hindern, mein Handy zu benutzen. Denn wenn ich es für den Rest des Urlaubs im Schrank einschließe, würde ich auch Baileys Anrufe verpassen.

Es ist beschlossen: Das bisschen Nacktheit kann mich nicht vom Strand abhalten.

Mal ganz davon abgesehen, dass *ich* ja nicht ohne Kleider herumspazieren muss.

Es sei denn, ich will.

Einfach, weil mir danach ist.

Schnell schlüpfe ich in meinen Tankini, ziehe ein leichtes Sommerkleid drüber, greife nach meiner Tasche und marschiere aus Shelbys Haustür hinaus und die Straße hinunter. Dieses Mal bin ich ausgerüstet mit Erfahrung und einem riesigen Sonnenschirm, um jedes Übermaß an nacktem Fleisch aus meinem Blick zu verbannen. Ich habe auch einen großen Hut mitgenommen, für den unwahrscheinlichen Fall, dass sich jemand hinter meine Verteidigungslinie schleicht.

Normalerweise trage ich konservativere Sachen als ein Sommerkleid, selbst wenn ich nicht zur Arbeit muss, aber das ist noch gar nichts verglichen mit dem, was ich nun vorhabe. Hier geht es nicht mehr nur um einen Badeanzug, es geht um Erlösung! Ich biege rechts ab und marschiere weiter, fest entschlossen, das durchzuziehen.

Meine gesamte Motivation ist kurz davor, sich restlos zu verkrümeln, als meine Füße wieder den Sand berühren. Aber ich gehe hocherhobenen Hauptes weiter. Der Schlüssel zum Überleben ist, alle anderen einfach auszublenden.

Ich breite mein Strandtuch so aus, dass meine Füße Richtung Meer zeigen, und stecke meinen Sonnenschirm auf elf Uhr in den Sand, sodass er eine Seite verdeckt.

Na also. Gar nicht so schwierig.

Ich biege die weite Krempe meines Huts herunter und hole meinen E-Reader raus, um mich ganz aufs Lesen zu konzentrieren.

Selbst versteckt unter einem Hut und hinter einer überdimensionalen Sonnenbrille kann ich die Körper anderer Menschen nicht ansehen. Es ist einfach unhöflich. Und ich will von niemandem hier als Spanner bezeichnet werden.

Schon nach kurzer Zeit tue ich nicht mehr nur so, als würde ich mich auf mein Buch konzentrieren. Die Geschichte hat mich mitgerissen, und ich muss kichern über die Frau, die allein und ungeplant eine Reise macht. So wie ich, bloß nicht so dramatisch. Nach und nach entspannen sich meine Muskeln, während die frische Luft und das sanfte Rauschen der Wellen ihren Zauber entfalten. Meine Beine ragen aus dem Schatten des Sonnenschirms hervor und werden langsam immer heißer. Also drehe ich mich auf den Bauch, um meinen Waden auch etwas Sonne zu gönnen. Vielleicht habe ich ja dann bei meiner Rückkehr eine schimmernde Bräune im Gesicht anstatt der üblichen Bildschirm-Blässe.

Damit wird es allerdings nichts, solange ich mich im Schatten verstecke. Ich drehe den Sonnenschirm so, dass mehr Sonne auf meine Haut kommt, und seufze glücklich über die wohlige Wärme auf meinem Rücken.

Die Sonne fühlt sich in Florida anders an, direkter. In New York muss sie mit den Menschen flirten, muss sie aus den Häusern locken, um sie mit ihren Strahlen zu streicheln. Hier ist der ganze Körper von Hitze erfüllt. Überall.

Wie würde es sich wohl anfühlen, die Sonne überall hinzulassen? Nichts mehr zwischen dem Licht und meiner Haut als eine dünne Schweißschicht, direkt hier am Strand.

Was hält mich eigentlich davon ab, mal etwas … Gewagteres zu tun? Ich beiße mir auf die Lippe, und alberne Ausgelassenheit kribbelt durch mich hindurch. Ob ich mich traue, mich auszuziehen? Ich bin zwölfhundert Kilometer weit weg von zu Hause und fahre in zwei Wochen wieder. Niemand würde je erfahren, dass ich mich in der Öffentlichkeit, umgeben von Fremden, freigemacht habe.

Aber ich, ich würde es wissen.

Ich taste ungeschickt am Schalter des E-Readers herum, klappe die Hülle zu, lege das Lesegerät neben mich aufs Handtuch und drehe mich wieder um.

Ich könnte diese Erfahrung in mir selbst lebendig halten, wenn ich nach Hause zurückkehre, ein Geheimnis, das ich nur für mich selbst habe. Eine Kostprobe, wie es wäre, jemand wie Shelby zu sein – selbstbewusst und sicher. Etwas einfach zu machen, weil man es eben machen will, und nicht, um jemand anderen zu beeindrucken.

Nicht verängstigt sein oder gehemmt. Sich keine Sorgen darüber machen, was die anderen denken werden.

Um meine Vermummung loszuwerden, muss ich meinen Hut abnehmen. Die Sonnenbrille lasse ich auf der Nase, um mich dahinter zu verstecken. Ich ziehe mir das Kleid über den Kopf und lege es zusammen, in der Hoffnung, ganz normal zu wirken, auch wenn ich mich dabei unter meinen Sonnenschirm ducke.

Im Sitzen, halb verborgen hinter meinen angewinkelten Knien, streife ich langsam die Träger meines Tankini-Tops herunter. Mist – so ist es eher schwierig als hilfreich, also schiebe ich die Träger wieder hoch und fasse das Top am Saum, um es mir einfach über den Kopf zu ziehen.

Oder ich versuche es zumindest. Der Gummibund unterhalb der Tankini-Cups setzt sich gegen meine Brüste durch, und das Elasthan und ich fechten einen wilden Ringkampf miteinander aus. In meine Schulter fährt ein stechender Schmerz, wie aus Protest, als ich mich schließlich mit einem Ruck freikämpfe. Ich bedecke meine Brüste mit den Unterarmen, drehe mich schnell um und lege mich auf den Bauch.

Ich habe es tatsächlich getan! Nackt sein geschieht!

Na gut, ich bin teilweise nackt – aber das ist doch besser als nichts.

Ich halte die Augen hinter der Sonnenbrille fest geschlossen. Das Badetuch fühlt sich ein bisschen kratzig an meinen Nippeln an, als ich die Arme nach oben schiebe, um den Kopf darauf zu legen. Das hätte mir wohl niemand, der mich kennt, zugetraut! Ich verstecke mein Grinsen im Badetuch.

Es ist sowas von verwegen.

Na gut, das wäre es, wenn ich meine Augen öffnen und mehr preisgeben würde als meinen unbekleideten Rücken. Manche Frauen zeigen in ihren knappen Bikinis und Tangas mehr Haut als ich im Moment. Meine Badehose hat eher etwas von einer Männershorts, sie bedeckt auf größtmögliche Weise meine stattlichen Vorzüge. Verglichen mit den anderen Leuten hier könnte sie genauso gut ein Poncho sein. Sinn und Zweck dieser Übung ist ja, etwas zu tun, was außerhalb meiner Komfortzone liegt.

Eins, zwei, drei. Ich drehe mich herum und setze mich hin.

Ich entwirre mein Tankini-Top und lege es ordentlich beiseite auf meine Vermummung. Dabei versuche ich, mich auf etwas anderes als die anderen Leute hier zu konzentrieren.

Die Röte, die mir ins Gesicht steigt, lässt meine Wangen so glühen, dass ich fast überrascht bin, dass meine Sonnbrille nicht beschlägt. Was würde Shelby in so einer Situation machen? Ich weiß nicht, ob sie ein FKK-Fan ist, aber irgendwie bin ich mir sicher, dass sie mutig und abenteuerlustig ist – auch, wenn andere Leute zusehen. Vielleicht sogar genau dann.

Wenn ich schon den Horrortag, der mich hierhergebracht hat, überlebt habe, kann ich auch so schambefreit sein, mein Top an einem völlig seriösen Nacktbadestrand auszuziehen. Himmel nochmal, ich lasse ja nicht auf der Fifth Avenue alle meine Hüllen fallen!

Ich beuge mich über meine Tasche, als würde ich nach Sonnencreme suchen, und spähe verstohlen über die Schulter, um zu sehen, ob irgendjemand den ungeschicktesten Striptease der Welt bemerkt hat.

Ein Glück, niemand schaut.

Kein bisschen.

Huh, wenn ich so darüber nachdenke, bin ich hier wahrscheinlich viel mehr aufgefallen, als ich noch angezogen war. Die Brise fühlt sich einfach großartig an – vielleicht, weil ich gerade so berauscht bin von mir selbst und meinen Taten, dass meine Haut vor lauter Adrenalin sensibler ist. Ein leichtes Schwindelgefühl blubbert wie Champagnerbläschen in mir hoch, und mir wird klar: Ich mag das hier tatsächlich.

So zu tun, als würde ich nach Sonnencreme suchen, ist eine gute Idee gewesen, jetzt, da noch weitere Teile meines Körpers entblößt sind – zarte Bereiche, die noch nie zuvor die Sonne gesehen haben. Ich hole den Sonnenschutz aus der Tasche und verteile noch etwas auf Schultern und Bauch. Dann reibe ich Creme auf meine Nippel. In der Öffentlichkeit. Merkwürdigerweise fühlt es sich gar nicht sexy oder pervers an. Es ist einfach nur angenehm, und der leichte Kokos-Duft passt zu der tropischen Wirklichkeitsflucht dieses Moments.

Ich lehne mich zurück, lasse das unwirkliche Blau des Himmels auf mich wirken, und meine Lippen verziehen sich zu einem albernen Grinsen. Ich habe schließlich nur mein Top ausgezogen und kein wundersames Heilmittel gegen Schnupfen entdeckt. Und wie das mit eigenen Leistungen so ist – darüber spricht man nicht. Niemals. Und dennoch, das alles hier ist so untypisch für mich, dass ich das Gefühl habe, einen ganz neuen Menschen in mir selbst entdeckt zu haben. Jemanden, der Dinge tun kann, von denen ich nie geglaubt hätte, dass ich dazu fähig wäre.

Das führt dazu, dass ich noch mehr will. Mich noch weiter antreiben.

Meine langen Haare sind wie ein Vorhang, und ich stecke sie zu einem unordentlichen Knoten hoch – jetzt können sie nicht mehr wie ein psychologisches Sicherheitsnetz wirken. Ich kann das hier genauso gut gleich richtig machen, nachdem ich schon so weit gegangen bin! Ich nehme meine Sonnenbrille runter und damit die letzte Möglichkeit, mich zu verstecken. Ich blinzle, bis ich mich an die Helligkeit und daran, dass mein Gesicht so entblößt ist wie meine obere Körperhälfte, gewöhnt habe.

Mein Herz hüpft mir vor wilder Freude in der Brust. Ich muss mich ja nicht gleich zu dem Beach-Volleyball-Spiel der College-Jungs dort drüben einladen oder überhaupt mit irgendjemandem sprechen.

Die Sonnencreme ist wasserfest.

Ich will das kühle Wasser auf meiner heißen Haut spüren.

Ich atme tief ein, stehe auf und marschiere geradewegs auf das Meer zu. Aber schon nach drei Schritten muss ich zu meinem Handtuch zurückhüpfen und meine Flipflops anziehen. Herrje, ist der Sand heiß! Weil ich mir mehr Sorgen mache, was die Leute über meinen Anfängerfehler denken als über meinen halbnackten Körper, würde ich am liebsten den ganzen Weg zum Wasser ausfallen lassen.

Stattdessen laufe ich langsam, aber ohne Pause, und konzentriere mich auf die Bewegungen meines Körpers und wie sich eine schlichte Sache wie Laufen so anders anfühlen kann. Zu Hause beeile ich mich zwar nicht übertrieben mit dem Anziehen, aber auch nach dem Duschen wickle ich mich sofort in ein Handtuch. Jetzt, ohne BH, fühlen sich meine Brüste etwas schwerer an und mit jedem Schritt werden sie mir bewusster.

Vielleicht ist das der Grund, warum manche Frauen keinen BH tragen. Dank dieser Freiheit spüre ich meinen Busen deutlicher, fühle ich mich so … Ich weiß nicht, weiblich?

Weil ich den nassen Sand unter den Füßen spüren will, schleudere ich meine billigen Flipflops kurz vor dem Wasser von mir. Dann gehe ich vorsichtig hinein, den Wellen entgegen, die auf mich zukommen und sanft meine Knöchel umspülen. Das Meer ist wärmer, als ich erwartet hatte, und ich gehe weiter, bis es mir an die Hüften reicht. Ich tauche bis zum Kinn unter, drehe mich um und schaue auf meinen Weg zurück – auch, um sicherzugehen, dass niemand in der Nähe meiner Sachen auf dem Badetuch ist.

Als ich mit den Armen rudere, entstehen kleine Strudel rund um meinen Körper und kitzeln angenehm auf der Haut. Mir wird jetzt klar, wie viel einfaches sinnliches Vergnügen einem sonst entgeht, nur, weil man sich im Namen des Anstands mit

Kleiderschichten bedeckt. Aber was ist am menschlichen Körper eigentlich unanständig?

Wir haben alle die gleichen Körperteile. Dieselben Brüste, die von einem Partner liebkost werden, um Lust zu bereiten, können zur Quelle von Nahrung für ein saugendes Baby werden.

Warum gelten die Nippel der Frau irgendwie als obszön und die von Männern nicht? Liegt es daran, dass die weiblichen genutzt werden können, um etwas zu erschaffen? Verstecken wir unsere Nippel, um so die Unsicherheit der Männer über ihre eigenen nutzlosen Brüste zu beruhigen? Wenn überhaupt, sollte es anders herum sein. Die weiblichen Nippel haben einen Zweck. Sie sind funktional. Die der Männer sind dekorativ oder für den Lustgewinn geeignet. Sie sind hedonistisch und sollten diejenigen sein, die man verschämt versteckt.

Ich grinse und mache mir eine mentale Notiz, einem der Redakteure des Magazins einen Artikel in der Richtung vorzuschlagen. Es gab da auch diese Aktion, bei der Frauen Fotos ihrer eigenen Nippel mit Ausschnitten männlicher Nippel bedeckt haben und sie dann online gestellt haben. Das könnte man dafür auch noch verwenden. Ich sollte mir das aufschreiben, sonst vergesse ich es. Vielleicht später – gerade amüsiere ich mich hier so gut.

Ich bewege mich so, dass meine Brüste nicht mehr vom Wasser bedeckt sind und es in kleinen, kitzelnden Rinnsalen meinen Körper hinabfließt. Die Brise ist kühler als zuvor, und meine Nippel werden hart. Der Sand unter meinen Füßen ist wie ein sanftes Peeling zwischen den Zehen und an den Fersen. Das ist nicht sexuell – es ist sinnlich. Genauso wie das großartige Gefühl, das Wasser, die Luft und die Sonne überall auf dem Oberkörper zu spüren. Diese sinnlichen Empfindungen in aller Öffentlichkeit sind für mich ein neues, schlichtes Vergnügen.

Nicht alle Länder sind so prüde wie Amerika. In anderen Ländern bricht auch nicht die Anarchie aus, nur weil es dort einen freieren Umgang mit dem Körper gibt und damit, wer ihn zu sehen bekommt. Hier hat keiner ein Problem mit gewalttätigen Filmen – aber wenn eine Frau ihrem Baby in der Öffentlichkeit die Brust gibt, ist das ein Skandal.

Geht es um das Umfeld?

Ich schiebe mir eine Haarsträhne, die sich aus meinem Knoten gelöst hat, hinters Ohr und richte dann die ganze Frisur neu.

Das muss es sein. Ich meine …

»Melanie?«

Noch ganz in meine Überlegungen versunken, drehe ich mich in die Richtung um, aus der die männliche Stimme gekommen ist – und mein emotionales Sicherheitsnetz der Anonymität zerreißt, als mir auf einen Schlag vier Dinge auf einmal klarwerden:

Dort steht der beste Freund meines Bruders, Blake Blödmann Wilde.

Ich bin immer noch in ihn verliebt.

Ich stehe hier oben ohne.

Und er starrt auf meine Brüste.

Ich bedecke sie mit den Händen und wirble herum, um wegzurennen, aber die Aktion geht in die Hose, weil Sand leider keine gute Grundlage für einen schnellen Fluchtversuch ist. Ich probiere, eine gekrümmte Haltung einzunehmen und so Dekolleté und Unterleib gleichzeitig zu verbergen, übertreibe es aber dabei. Salzwasser spritzt mir ins Gesicht und dringt mir in die Nase.

Panik überwältigt mich, ich rudere wild mit den Armen und meine Beine fühlen sich, allein schon wegen der Peinlichkeit der ganzen Situation, an wie Gummi.

Oh Gott, ich werde oben ohne sterben und das auch noch vor Blake! Es ist so würdelos! Das Salz brennt mir in Nase und Rachen, und ich muss würgen.

Starke, warme Arme schlingen sich von hinten um meine Hüften und halten mich fest, während ich das stechende Wasser aushuste und in den flachen Wellen herumstrampele.

»Alles in Ordnung, Mel. Ich habe dich. Geht es dir gut? Wir sollten uns irgendwo hinsetzen.«

»Ich bin halbnackt!« Ja, stoß ihn noch darauf, nur für den Fall, dass er das bisher noch nicht bemerkt haben sollte. *Idiotin.* »Mir geht's gut.« Ich schniefe und wische mir übers Gesicht. »Mein Handtuch liegt gleich da drüben.« Ich zeige mit dem Kopf in die entsprechende Richtung, da ich mit den Händen ja meine besten Stücke bedecken muss.

»Okay, dann mal los. Ich verspreche, nicht hinzusehen.«

4. Kapitel

Blake

Natürlich habe ich hingesehen.

Verdammt. *Das war's mit mir.*

Es ist Melanie. Die nervige, verklemmte, kleine Mel … Aber die Sonne glitzert so auf ihren weiblichen Kurven, dass in meinem Kopf ein Kurzschluss ausgelöst wird. Meine Gedanken rebellieren dagegen, sie als etwas zu sehen, was auch nur im Entferntesten an eine Schwester erinnern könnte. Sie wirkt so weich und geschmeidig, und ich will ihre Haut mit meinen Händen und meinem Mund erkunden, um herauszufinden, ob sie sich so glatt anfühlt, wie sie aussieht. Aber ich bin *nicht* deswegen hergekommen!

Dass sie spontan in den Urlaub gefahren ist, war sehr ungewöhnlich für sie – zumindest haben wir das gedacht. Jetzt bin ich mir da nicht mehr so sicher.

Ich treffe sie sonst im Haus ihrer Eltern zum Abendessen, aber nun habe ich das Gefühl, als hätte ich sie noch nie zuvor gesehen. Vielleicht ist das auch so. Wer ist diese unerschrockene Frau? Nackt in der Öffentlichkeit mit diesem vollkommenen … Oh nein, ich werde schon fürs Hinschauen in die Hölle kommen!

»Was zum Teufel machst du denn hier?« Sie weicht zurück

und kreuzt die Arme vor der Brust, aber der Anblick ihrer Brüste, die überall hinter ihren Armen hervorzuquellen scheinen, lenkt mich verdammt ab.

Ich versuche, mich auf ihre haselnussbraunen Augen zu konzentrieren – eine Mischung aus einem schillernden Grün und einem warmen dunklen Honigton –, aber verdammt seien meine Augenwinkel. Ich habe Shawn versprochen, dass ich nach seiner kleinen Schwester sehen würde und nicht, dass ich sie *so* ansehen würde.

»Urlaub. Shawn meinte, du wärst auch hier in der Gegend, da dachte ich, ich schau mal vorbei, um Hallo zu sagen und zu sehen, was du so treibst. Ich wusste nicht, dass du ein FKK-Fan bist, Mel.«

»Melanie. *Mel* ist ein Jungenname.«

Ihre übliche Antwort kommt automatisch, aber neu ist die Art, wie sie ihren Blick langsam über meinen Körper wandern lässt und mir das Gefühl gibt, ich wäre der, der entblößt ist, obwohl ich Shorts anhabe. Mein Ego lächelt, als sich ihre Mundwinkel zu einem Grinsen heben. Sie weist auf ein Badetuch und einen Sonnenschirm ein Stück weit weg. »Da liege ich.«

Ich greife nach meinen Sachen, die ich auf den Sand hatte fallen lassen, und folge ihr.

Ich schaue zur Seite, während sie ihr Tankini-Oberteil wieder anzieht. Es ist Erleichterung und Bedauern zugleich, ihre üppigen nackten Brüste nicht mehr direkt vor der Nase zu haben.

Wie alt bin ich, zwölf?

»Wie hast du mich gefunden? Miami ist groß.«

Ich schüttle den Kopf. »Deine Freundin Bailey hat mir Shelbys Adresse gegeben. Ich bin dort gewesen, aber du nicht, also habe ich beschlossen, erst einmal für eine Weile an den Strand zu gehen. Ich habe dich angerufen und auf deine Mailbox gesprochen. Du hattest so einen besonderen Glanz in den Augen, als du aus dem Wasser gekommen bist. Da wusste ich, das kannst nur du sein.«

»Meinst du meinen wütenden Blick?«

Ich breite mein großes Badetuch neben ihrem aus, während sie den Sonnenschirm neu ausrichtet, sodass wir beide Schatten bekommen.

»Du warst schon immer anstrengend«, sage ich. Ich plumpse neben ihr auf mein Handtuch, wobei ich mich etwas von ihr weglehne.

»Ich hatte gerade eine Idee für einen Artikel. Da fällt mir ein … Warte mal.« Mel wühlt in ihrer Tasche nach dem Handy und tippt eine Notiz ein. »Fertig.« Sie putzt sich mit einem Taschentuch die Nase und verzieht das Gesicht, während sie es wieder in ihre Tasche steckt. »Also, Shawn hat dich geschickt, damit du nach mir siehst, richtig?«

Ich schüttle den Kopf. »Nein, ich war nur …«

»Ach, lass den Scheiß. Du bist überführt.« Sie starrt mich so durchdingend an wie ein Beamter des russischen Geheimdiensts beim Verhör. »Du hast beschlossen, einfach mal in *Florida* vorbeizuschauen? Mein Bruder und Bailey sind die Einzigen, die wissen, dass ich hier bin.«

»Tja, ich habe auch Urlaub. Na ja, er hat mich gebeten, sicherzugehen, dass es dir gut geht.« Ich erwähne nicht den Er-hat-mich-auf-seine-Kosten-nach-Florida-fliegen-lassen-Teil der Abmachung.

»Und wieso sollte das nicht so sein?« Sie beißt sich auf die Lippe.

Ich neige den Kopf. »Wohnungen mit einer Fremden zu tauschen klingt nicht nach dir. Allerdings muss ich zugeben, dass du vollkommen aussiehst … Als würde es dir gut gehen, meine ich.«

Was zur Hölle ist in mich gefahren?

Sie reicht mir eine frische Wasserflasche und dreht an der Kappe ihrer eigenen, während sie aufs Meer starrt. »Scheint so. Es ist doch nicht falsch, mal die Puppen tanzen zu lassen, oder? Einmal aus dem Alltag rauszukommen? Sich eine Pause zu nehmen und neue Sachen auszuprobieren?«

»Veränderungen sind nie falsch.«

Sie betrachtet mich mit einem zweifelnden Blick. »Wann haben wir uns das letzte Mal gesehen?«

Ich denke nach. Wir haben beide ein paar Abendessen im Haus ihrer Eltern verpasst, also werden es ungefähr drei Monate sein.

»Auf Shawns Abschiedsparty?«

Sie lächelt. »Er war unausstehlich.«

»Unerträglich. Er hat wohl wirklich geglaubt, er würde für den Rest seines Lebens in Australien bleiben.«

»Das Beste war, als er nicht aufgehört hat, allen den Rat zu geben, dass sie ihren Träumen folgen sollen.«

Ich lache.

»Und dann, anderthalb Monate später, kam er zurück nach Hause geschlichen, abgebrannt und mit Sonnenbrand …«

»Und mit panischer Angst vor Spinnen.«

»Typisch Shawn.«

»Er ist schon immer ein Freigeist gewesen«, sagt Mel. »Sogar jetzt spielt er nur, um Geld zu verdienen.«

»Programmieren ist nicht Spielen.«

»Ich weiß.« Sie seufzt. »Er scheint einfach viel mehr Zeit zu haben, um sich über die Dinge im Leben klar zu werden. Und nie nimmt ihm jemand etwas übel. Für meinen Bruder scheint sich alles immer einfach zu fügen.«

Sie ist die Erste, die sich über Shawns Erfolg freuen würde.

Ich weiß, dass es sich hier nicht einfach um Neid auf seine Freiheit handelt. Seine Art zu leben ist wohl nicht das, was sie für sich wollen würde. Vielleicht hat sie einfach nur eine Auszeit gebraucht. Ob ihre Worte bedeuten, dass sie von ihrer Arbeit genervt ist? Ist das der Grund dafür, dass sie hierhergekommen ist – um aus ihrem Leben auszubrechen?

»Seine Arbeit ist in vieler Hinsicht leichter«, gebe ich zurück. »Er leitet zum Beispiel nicht die Personalabteilung für ein ganzes Unternehmen.«

Sie zieht die Beine ran und sitzt nun da wie eine Meerjungfrau auf einem Felsen, was die verführerischen Rundungen ihrer Hüften nur noch gefährlicher hervorhebt.

»Stimmt. Mir gefällt es, diese Macht zu haben.«

»Danke, dass du meiner Freundin Sarah einen Job verschafft hast.«

»Ich habe ihr eine Chance gegeben. Bis jetzt gelingt es ihr ziemlich gut, ihren Teil der Abmachung einzuhalten. Du hast gesagt, dass sie vorher einen harten Job hatte?«

Ich lehne mich zurück und stütze mich auf die Ellbogen. »Das sind dort keine schlechten Menschen, aber ihr Motto ist: Wenn du hier arbeiten willst, musst du blind der Ideologie folgen. Sarah hat am Empfang der Praxis gearbeitet, und du kannst mir glauben, wenn ich sage, sie musste da raus.«

»Aber du bist auch dort«, betont Mel. »Ist es denn wirklich so schlimm?«

»Ich komme nur am Wochenende, wenn sonst keiner da ist. Die Besitzer und die anderen Angestellten treffe ich eigentlich nie.«

Mels Augen werden schmal. »Sarah und du, läuft da was?«

»Nein. Sie hat einen Freund. Clubbesitzer und DJ, Jack. Er ist ein ziemlich cooler Typ. Wir haben uns ein paarmal getroffen. Sarah und ich sind einfach Freunde.«

»Sie ist ziemlich hübsch.«

Etwas an der Art, wie sie das sagt, wirkt zu beiläufig. Mel nimmt sonst eigentlich kein Blatt vor den Mund.

»Sie ist ganz süß, aber nicht mein Typ.«

»Wieso nicht?« Ihr Blick trifft meinen, und es ist mehr Hitze darin als im sonnendurchglühten Sand.

Es kostet mich übermenschliche Anstrengung, ihr weiter in die Augen zu schauen und meinen Blick nicht an ihrem Körper herunterwandern zu lassen. »Ich stehe nicht so auf dünne Bohnenstangen.«

Ihre Mundwinkel zucken, als würde sie versuchen, ein Lächeln zu unterdrücken. »Und die Besitzer der Praxis sind furchtbar?«

»Sie haben ein paar merkwürdige Vorstellungen, aber sie sind harmlos, solange man nicht am Empfang arbeitet.«

»Was soll das heißen?«

»Ich arbeite sozusagen als fester Freier bei ihnen, also bin ich formal gesehen kein Angestellter. Ich muss mich nicht ständig mit ihnen und den täglichen Arbeitsabläufen auseinandersetzen. Wenn es darum geht, dass etwas reibungslos ablaufen soll, sind sie nutzlos. Um sicherzugehen, dass sie es auch wirklich mitbekommen haben, habe ich eine schriftliche Nachricht hinterlassen *und* beiden Besitzern persönlich gesagt, dass ich die nächsten zwei Wochen im Urlaub sein werde. Und sie machen immer noch Termine für mich aus. Mein Handy platzt fast vor lauter Nachrichten von Ziggy, in denen er mir Termine schickt, und dann kommen weitere von der neuen Empfangsfrau, die mir schreibt, dass sie alles wieder verlegt hat auf die Zeit, wenn ich zurück bin.«

Melanie verzieht das Gesicht. »Ich habe gerade selbst eine ähnliche Situation im Job. Es ist nervig.«

»Du hast recht, aber Fern und Ziggy bezahlen gut.« Ich zucke mit den Achseln. »Ich versuche einfach, dieses letzte Jahr meiner Ausbildung ohne Störungen hinter mich zu bringen.«

»Warum bleibst du nicht beim Massieren, statt mehr Physiotherapie zu machen? Ich dachte, du machst das so gern.«

»Stimmt. Die Körper anderer Menschen erzählen mir so viel mehr, als die Leute merken.«

Ihr Handy klingelt, sie zieht es aus ihrer Tasche, schaut darauf und runzelt die Stirn, bevor sie es ausstellt und in die Tasche zurückwirft. »Ich würde dieses Telefon am liebsten ins Meer schmeißen.«

»Kann ich gut verstehen.«

»Was erzählen dir die Körper anderer Leute?«

Ich trinke einen Schluck Wasser. »Zum Beispiel? Ich weiß, dass du Beschwerden in der rechten Schulter hast, weil du deinen Arm etwas enger am Körper hältst. Wahrscheinlich kommt das von der Art, wie du mit deiner Maus umgehst, wenn du den PC benutzt. Ich weiß, dass du Rückenschmerzen hast, weil du deine Schultern auf eine bestimmte Weise hochziehst und deine Bewegungen etwas steif waren, als du den Sonnenschirm gerichtet hast.«

»Das weißt du nach so kurzer Zeit?«

»Ich weiß auch genau, was ich tun müsste, damit du dich besser fühlst.«

Ihr Gesichtsausdruck wird weich, als sich ihre Lippen überrascht öffnen.

Ich lächele. »Ich liebe Massagen, aber die Arbeit liebt mich nicht. Es ist zu anstrengend für meinen Körper. Physiotherapie gehört immer noch zu dem Bereich, den ich gern mache, und es ist etwas, das ich Vollzeit für ein paar Jahrzehnte tun kann – vielleicht sogar länger, wenn Leute für mich arbeiten und ich meine Stunden reduzieren kann. Massage als Karriere ist keine gute Absicherung, und ich mache das nun schon fast zehn Jahre. Meine Hände haben mit der Zeit darunter gelitten und sich verändert. Es gibt einen Grund dafür, dass man so wenig älteren Masseuren begegnet. Von der ersten Massage an, die wir geben, sind unsere Jahre gezählt. Meine Daumen waren früher ganz gerade, jetzt sind sie gebogen.« Ich zeige ihr meine Daumen. »Davon abgesehen ist die Bezahlung für Physiotherapie auch besser.«

Mel setzt sich eine Sonnenbrille mit übergroßen Gläsern auf die Nase und verdeckt damit ihre Augen. »Klingt, als hättest du dir das alles ganz genau überlegt.«

»Nö, aber ich habe einen Plan, und das ist viel wert. Wie sieht's bei dir aus?«

»Wie's bei mir aussieht?« Sie verschränkt die Arme, aber es wirkt nicht herausfordernd, sondern eher, als würde sie etwas verstecken.

»Bist du glücklich?«, frage ich.

»Ein ziemlich schweres Thema für einen Tag am Nacktbadestrand.«

»Vielleicht. Trotzdem, bist du da, wo du im Leben sein willst?«

Ihr Brustkorb hebt und senkt sich dreimal. »Im Moment glaube ich schon.«

Ich muss ihre Augen sehen. Sie hält still, als ich mich zu ihr hinüberbeuge und ihr die Sonnenbrille hinunterziehe. Ich möchte sie küssen. Ihr Gesichtsausdruck verrät mir, dass sie mich auch will, aber ihr Bruder würde mich wahrscheinlich dafür töten.

Also schlucke ich und lehne mich stattdessen zurück. »Gut.«

Ein Volleyball schlägt zwischen uns im Sand auf – was ich als Bestätigung nehme, mich zurückzuziehen.

Mel greift danach, schaut sich um und wirft ihn zu seiner Besitzerin zurück.

»Hey«, sagt die große, blonde Frau. »Habt ihr Lust, mit meinem Freund und mir eine Runde gemischtes Doppel zu spielen?«

Mel schüttelt den Kopf. »Ich kann das nicht.«

Ich stehe auf und klopfe mir den Sand von der Shorts. »Hör auf, uns was vorzumachen, Mel.« Ich blicke die Frau an, während ich Mel meine Hand hinhalte. »Sie hat in der Highschool gespielt.«

Mel greift widerstrebend meine Hand. »Nicht Beach-Volleyball.«

Ich zucke mit den Achseln und ziehe sie hoch. »Dann haben die beiden ja vielleicht noch eine Chance.«

Sie schüttelt den gesamten Weg zum Netz den Kopf, bis wir Ruth und Xander, unseren Gegnern, die Hände reichen. Mel entscheidet, dass ich vorn spielen soll, also mache ich das.

Ihre Bestimmtheit ist irgendwie sexy.

Ruth beginnt mit einem harten Aufschlag, der Ball fliegt auf den hinteren Teil unseres Felds zu. Mel schlägt ihn in meine Richtung und schreit: »Du!!«

Ich bleibe wie erstarrt stehen – und der Ball knallt auf den Boden.

Sie lacht. »Was war das denn, du Wilder?«

»Du?!«

Sie wirft den Ball zurück zu Ruth. »Das heißt, es war dein Ball. Du hättest ihn hochbaggern müssen, dann hätte ich einen Schmetterball reinhauen können.«

»Ich weiß. Aber dein Amazonen-Kampfschrei hat mich zu Tode erschreckt. Ich dachte, wir würden es erstmal ruhig angehen lassen, um sie in Sicherheit zu wiegen.«

Mel geht zurück auf ihre Position. »Weißt du, was ich über mich selbst herausgefunden habe? Ich mag es nicht, Spiele zu spielen. Ich mag es, sie zu gewinnen.«

Das weckt meinen eigenen Kampfgeist. Ich habe in der Schule auch viel Mannschaftsport gemacht. Das hier könnte also interessant werden.

Ruth spielt einen hohen Ball, Mel pritscht ihn in Richtung Netz, und ich gebe ihr genau rechtzeitig eine Vorlage, die sie mit einem lauten Schrei in einen Schmetterball verwandelt, der neben Xander auf dem Boden landet. Wir klatschen grimmig ab und kehren zurück auf unsere Positionen.

Wir haben zwar keinen Punkt gewonnen, aber immerhin den Aufschlag.

Ich hatte vergessen, wie leidenschaftlich Mel sein kann. Ihre Konzentration ist wie ein Laserstrahl, und sie wirft sich ohne Rücksicht auf sich selbst in den Sand. Es ist ein Anblick für die Götter. Kein Zögern. Sie gibt alles und manövriert selbst mich aus – und ich bin wirklich keine körperliche Niete.

Bald sind wir beide schweißüberströmt und liegen fünf Punkte vorn.

Ich kann nicht anders, als zu bemerken, wie gut wir nach dem ersten Missverständnis zusammenspielen. Wir sind völlig aufeinander ausgerichtet und kreisen, ohne ein Wort wechseln zu müssen, umeinander, als wären wir Magneten, die automatisch an der richtigen Stelle einrasten. Wie wir uns dahin schieben, wo wir hinmüssen, nur mit einer einzigen Berührung gegen die Schulter oder die Hüfte.

Xander beantwortet Mels harten Aufschlag mit leichtem Pritschen und bringt damit den Ball zurück auf unsere Seite, statt die Vorlage für einen Schmetterball zu geben. Der Ball fliegt in einem trägen Bogen durch die Luft.

Wir schreien beide gleichzeitig: »Meiner«, stoßen zusammen und landen in einem Durcheinander aus Gliedmaßen auf dem Boden. Ich liege auf ihr, mit meinem ganzen Körper gegen ihren gepresst. Ihr Gesicht ist vom Spielen gerötet, und wir schwitzen beide …

Und mit einem Mal kann ich mich nicht mehr davon abhalten, sie als starke, lebendige und schöne Frau zu sehen und nicht mehr als die, die sie immer schon für mich gewesen ist.

Ich lecke mir die Lippen, und ihr Lächeln wird sanft, während ihre Hände über meine Schultern streichen.

Ich darf sie *auf keinen Fall* küssen.

5. Kapitel

Melanie

Ich will, dass er mich küsst.

Der Sand unter meinem Rücken fühlt sich heiß an.

Blake liegt erhitzt auf mir, und ich will, dass er mich verwöhnt, mit diesen Händen und seiner besonderen Aufmerksamkeit für körperliche Details. Vorhin musste er gar nicht richtig hinsehen, um jede schmerzende Stelle meines Körpers zu kennen. Na gut, jede schmerzende Stelle außer dieser sehr beharrlichen zwischen meinen Beinen. Das ist ein Angriff auf meinen gesunden Menschenverstand und verlangt danach, dass ich uns die Badeklamotten herunterreiße und seinen Körper mit meiner Zunge erforsche. Dass er mich küsst? Nein. Ich will, dass er *Liebe mit mir macht.*

So, wie er mich gerade ansieht, die Pupillen geweitet, im gleißenden Sonnenlicht, bin ich mir ziemlich sicher, er will es genauso sehr wie ich.

Aber irgendetwas hält ihn zurück. Er steht auf und hilft mir wieder auf die Beine. Wir danken Ruth und Xander und klopfen uns den Sand von den Körpern. Während wir zurück zu unseren Badetüchern gehen, kann ich nicht aufhören, daran zu denken, wie gut er sich gerade angefühlt an.

Ich lächle ihm zu, in der Hoffnung, einfach nur freundlich

zu wirken und keinen Verdacht aufkommen zu lassen – zumindest nicht, bis wir eine Tür hinter uns schließen können.

»Du solltest zum Abendessen rüberkommen. Dir das Haus ansehen.«

»Ach ja? Was gibt's denn?«

Dich? In meinen Träumen. Aber hey, ich saß heute oben ohne an einem Nacktbadestrand. Vielleicht kann ich auch *andere* Dinge tun, von denen ich immer dachte, sie wären unmöglich.

Ein verführerisches Lächeln schleicht sich über mein Gesicht. »Das werden wir sehen, wenn wir dort sind.«

Wir packen unsere Badetücher zusammen, und er besteht darauf, meine Tasche bis zurück zu Shelbys Haus zu tragen. Ich tue so, als würde ich das Schweigen genießen. Tatsächlich befürchte ich, in alte Verhaltensweise zurückzufallen und zu kneifen, wenn wir zu viel miteinander sprechen.

Und es muss jetzt geschehen. New-York-Melanie würde niemals Anrufe von der Arbeit ignorieren. New-York-Melanie würde niemals ihr Oberteil in der Öffentlichkeit ausziehen. New-York-Melanie ist viel zu verantwortungsbewusst und besonnen, um mit dem besten Freund ihres Bruders zu schlafen – egal, wie heiß er ist mit seinem Six-Pack, seinem stahlharten Brustkorb und den wie in Stein gemeißelten Lendenmuskeln. Und diesem Lächeln, das mich schon seit der Highschool zum Schmelzen gebracht hat.

Aber ich bin nicht in New York. Ich bin im Urlaub. Ich bin wie ausgewechselt.

Vielleicht ist es die Hitze oder auch die Nacktheit, die mir zu Kopf steigt, aber ich werde dieses Mal nicht kneifen.

Er räuspert sich. »Shawn scheint von deiner Haustausch-Partnerin ziemlich begeistert zu sein.«

»Ich bin auch beeindruckt von ihr.« Ich schließe die Tür auf und lasse Blake hinein. »In ihrem Schlafzimmer hat sie ein paar Fotos aufgehängt – ich zeige sie dir.« Wir gehen durch das Wohnzimmer, ohne dass ich ihn auf meine Ordnungsarbeiten hinweise, die mir auf einmal viel zu ausgeklügelt und verklemmt vorkommen.

»Wow, ist das hell hier. Und luftig.«

Ich grinse. »Wie im Möbelkatalog. Unglaublich, wie viel Platz überall ist.«

»Du hast recht. Ich bin es gewohnt, eingezwängt in enge Räume Leute zu massieren. So viel Platz ist ja schon widerlich. Ich würde hier zum Messie werden und ständig Sachen kaufen, um mich nicht so ungeschützt zu fühlen.«

»Ich weiß, was du meinst.« Ich beschleunige meinen Schritt, das Gesicht abgewandt, damit er mein verklärtes Lächeln nicht sehen kann. Dass er hier ist, ist für mich ein Zeichen und ein Geschenk. Ein Geschenk, das ich hoffentlich sehr bald auspacken kann.

Gott, anscheinend dringt Vitamin D direkt durch die Nippel ins Gehirn.

»Badezimmer rechts, ein Arbeitszimmer gleich hier.« Schwungvoll öffne ich die weiße Tür zu einem weiteren, riesigen Raum mit einem Schreibtisch und Regalen, in denen völliges Chaos herrscht. Ich will in diesem Zimmer nichts anrühren. Die persönlichen Ordner und Unterlagen von jemand anderem durchzugehen wäre ja auch völlig unangebracht.

Mal davon abgesehen, dass es für den ganzen Papierkram definitiv nicht genug Platz in den Schubladen gäbe. Wenn ich einmal loslegen würde, könnte ich wochenlang ordnen und sortieren – bis ich gezwungen wäre, ihr neue Möbel für die Ablage zu kaufen.

Schließlich stoße ich die Tür zum Schlafzimmer auf und zeige auf die Fotocollage an der Wand. »Da sind sie.«

»Ein Surfboard im Schlafzimmer? Irgendwie abartig.«

Ich lache. »Sich auf dem Holz winden wie Beyoncé? Das hier ist nicht nur zur Dekoration da.« Ich zeige auf eins der vielen umwerfenden Fotos von Shelby. »Da ist sie.«

Ich spüre Blakes Körperwärme an meinem Arm, als er näher kommt, um sich die Bilder anzusehen.

»Ah, ja. Sie ist auf jeden Fall Shawns Typ. Ich verstehe, warum er so wild darauf ist, für sie den Stadtführer zu spielen.«

Mein Magen verkrampft sich vor Eifersucht, aber ich behalte meine Stimme unter Kontrolle, als ich sage: »Sie sieht toll aus. Sie könnte Model sein. Sie isst auch wie eins.«

»Nur Sojabohnen und Goji-Beeren im Kühlschrank?«

»Genau. Vielleicht sollte ich auch mal anfangen, mich so zu ernähren.«

»Aber nur, wenn es dir schmeckt. Es wäre ein Verbrechen, wenn du deine Kurven verlierst, nur weil du denkst, das müsstest du.«

Aus seinem Blick spricht reine Lust, und ich mache einen Schritt auf ihn zu – aber er schüttelt den Kopf, als versuche er, wieder klar zu denken.

Dann lächelt er unverbindlich. »Und, was gibt's zum Abendessen?«

Sieht aus, als würde es für mich nur eine sexuelle Enttäuschung geben.

»Lass uns mal in ihren Schränken nachsehen.«

Gestern habe ich auf dem Heimweg vom Strand in einem Laden noch schnell ein paar Sachen – hauptsächlich Kohlenhydrate – eingekauft. Um sich nach einem Nacktbadestrand-Fiasko wieder gut zu fühlen, gibt es nichts Besseres, als Mini-Muffins über dem Spülbecken zu futtern.

Ich hatte auch noch einen leichten Nudelsalat für das Abendessen heute zusammengerührt. Jetzt richte ich die Pasta auf unseren Tellern an, während Blake die Blätter für grünen Salat kleinschneidet. Gott, hat er schöne Hände! Kräftig, groß und doch schön geformt. Wem mache ich eigentlich was vor? Sie könnten auch noch so grob sein, ich würde trotzdem wollen, dass er mich am ganzen Körper berührt.

»Gefällt's dir denn bisher?«

Ich blinzle, um das Bild seiner Hände, die über meine Hüften streichen, abzuschütteln. »Was?«

»Florida.«

Ich spüre einen leichten Stich in der Schulter, als ich nach zwei Tellern greife. »Es ist ungewohnt.«

Er stößt mit seiner Hüfte gegen meine. »Du überschüttest mich ja geradezu mit Einzelheiten.«

Ich würde ja mehr sagen, aber mir schwirrt der Kopf von seiner zwanglosen Nähe.

»Die Leute sind anders. Sie hetzten nicht manisch von Ort zu Ort, um dann noch um den letzten Zentimeter Stehplatz in der U-Bahn zu kämpfen. Ich dachte, *schlendern* wäre etwas, das man nur noch in alten Westernfilmen sieht, aber hier scheint es das ganz normale Lauftempo zu sein.«

Er lacht und richtet den Salat auf unseren Tellern an. Ich halte eine Flasche Prosecco hoch, und als er nickt, fülle ich zwei Gläser. »Möchtest du drinnen essen oder auf der Terrasse?«

»Sie hat auch noch eine *Terrasse?*« Er schüttelt den Kopf. »Shelby wird wohl innerlich schrumpfen müssen, wenn sie in deiner kleinen Wohnung keine Platzangst bekommen will.«

Shelbys Haus kommt mir gemütlicher vor, jetzt, wo Blake da ist. Ich greife nach meinem Teller und mache mich auf den Weg zur Terrasse. »Es ist eng, aber gemütlich. Außerdem hast du meine Wohnung nur einmal ganz kurz gesehen, als Shawn mir beim Umzug geholfen hat.«

»Und mittlerweile hast du wahrscheinlich sogar noch mehr Bücherregale hineingequetscht.« Er verstummt für einen Moment und sagt dann: »Wow. Was für eine Aussicht.«

Ich folge seinem anerkennenden Blick zu dem Meeresausschnitt, der zwischen den Gebäuden zu sehen ist, gekrönt von einem Himmel, der sich jetzt, beim Sonnenuntergang, ombréfarben färbt.

»Ja, ich hätte nichts dagegen, diese Aussicht zu behalten. Wie ist denn dein Hotel?«

Er zuckt mit den Schultern und isst seine Pasta. »Es ist in Ordnung. Schmecken übrigens gut, die Nudeln.«

»Danke.« Alles was er macht, hat bei mir den Effekt, dass sich meine Beine weich wie Pudding anfühlen und ich mir wünschte, ich wäre das, was er berührt und schmeckt.

Was er in seinen Mund steckt.

Ich kann mir nicht nur eine Sache vorstellen, die er gern in meinen Mund stecken könnte.

Meine Wangen brennen, und ich konzentriere mich auf meinen Teller, unsicher, wie ich mit diesen Gefühlen umgehen soll. Ich kenne Blake seit so vielen Jahren und bin mir sicher, dass er in mir nie etwas anderes als Shawns kleine, nervige Schwester gesehen hat. Trotz meiner grausamen Schwärmerei für ihn habe ich die beiden immer wieder bei Mom und Dad verpetzt.

Ich werfe verstohlene Blicke auf ihn, wie er isst und die Aussicht genießt, und frage mich, wie ich von ebenjener schwärmenden Teenieschwester zur kühnen Verführerin mutieren kann. Sogar während des Vorstellungsgesprächs mit Sarah bekam ich jedes Mal, wenn ich an ihn dachte, kein Wort mehr heraus. Ich erklärte ihr schließlich, wir hätten uns jahrelang nicht mehr gesehen. Was nicht stimmte. Ich versuchte, alles herunterzuspielen, und das war dabei herausgekommen. Wie albern, dass er mich immer noch dazu bringt, mich wie ein unbeholfener Teenager zu fühlen. Am Strand war ich so selbstbewusst. Wie ist das möglich? Ich war halbnackt, aber jetzt, vollständig bekleidet, fühle ich mich viel unsicherer und verletzlicher.

Wäre das die Lösung? Wenn ich aufstehen, mein Top ausziehen und einen verführerischen Striptease für ihn machen würde, wären meine Signale eindeutig.

Und ich würde vor Scham im Boden versinken, wenn er nicht an mir interessiert wäre.

Aber diese Gelegenheit verstreichen zu lassen kann es auch nicht sein. Mein Atem geht schneller. Ich kann das. Ich kann zur Verführerin werden.

Ich warte ab, bis er mir das nächste Mal in die Augen sieht, und fahre mir mit den Händen durchs Haar, träge, sinnlich meinen Nacken berührend.

»Spürst du deine Schultern wieder? Hör mal, ich kann sehen, dass du Schmerzen hast. Ich wäre ein Blödmann, wenn ich dir keine Massage anbieten würde.« Er hält seine Handflächen hoch. »Rein therapeutisch natürlich.«

Krach, rums. So viel zum Thema sexy Verführerin!

Aber er würde mich berühren. Ich würde eine Massage mit Happy End bevorzugen, aber der Kampf ist noch nicht vorbei.

»Na gut, du hast heute ja schon meine Brüste gesehen. Eine Massage kann kaum noch peinlicher werden.« Ich bringe unsere leeren Teller rein und stelle sie auf den Küchentresen.

»*Peinlich* ist nicht das Wort, das ich benutzen würde.« Seine Stimme klingt eine Oktave tiefer als sonst.

Ich spüre ein Ziehen im Bauch, so stark begehre ich ihn. »Welches Wort denn?«

»Ich … sollte es lieber nicht sagen.«

Schauer laufen mir den Rücken hinunter. Vielleicht sollte ich mich einfach umdrehen und ihn küssen?! Aber ein neuer, fremder Teil in mir will ihn ein bisschen verrückt machen und die Situation auskosten. Ich wollte Blake schon seit, nun ja, schon immer. Ich gehe auf Shelbys Couch zu und streife mein Top ab, weiterhin mit dem Rücken zu ihm. Dann lasse ich mich auf die Kissen sinken. »Ich bin so weit.« Da ich ihn nicht näher kommen höre, wackle ich etwas mit dem Hintern und tue so, als müsste ich mich bequemer hinlegen. Hoffentlich sieht das verführerischer aus, als es sich anfühlt. »Blake?«

»Ja, hier.« Er steht auf meiner linken Seite. »Also, manchmal hat man in einem bestimmten Bereich Schmerzen, weil Muskeln, die an ganz anderer Stelle liegen, verspannt sind.«

»Verstehe.«

»Ich beginne mit deinen Beinen und arbeite mich dann hoch.«

»Was immer du für richtig hältst. Mein Körper gehört ganz dir.« War das zu platt und offensichtlich? Ich presse mein Gesicht ins Kissen, um mein Erröten zu verstecken. Merkt er, wie sehr ich ihn begehre? Ich versuche, mich so verführerisch zu benehmen, wie ich kann.

Er schiebt ein Kissen unter meine Schienbeine und beginnt, gleichmäßig über meine Waden zu streichen. Ich fühle mich wie unter Strom. Jetzt, da seine Hände auf mir sind und Hitzewellen durch mein Innerstes schicken, wird mir klar, dass ich in großen Schwierigkeiten stecke.

Ich lächle und versuche, nicht zu schnurren. Als er an meinen Kniekehlen ankommt, bin ich hauptsächlich eine Pfütze.

Eine unglaublich geile Pfütze.

»Ist es hier schmerzempfindlich?« Seine Finger massieren gerade die Innenseite meiner Oberschenkel, und mir stockt der Atem.

»Was?«, krächze ich, gelähmt von der Berührung seiner Hände. Ich will sie auf jedem Zentimeter meiner Haut spüren.

»Du verspannst dich. Tut es hier weh?«

»Ein bisschen«, sage ich. Das fällt mir leichter als die Wahrheit.

»Soll ich aufhören?«

»Nein.« Ich blicke ihn über meine Schulter an. »Hör nicht auf.«

6. Kapitel

Blake

Es ist nicht richtig, sie zu berühren, wenn ich mich so zu ihr hingezogen fühle. Es ist eine Vortäuschung falscher Tatsachen. Ich weiß, dass sie Schmerzen in der Schulter hat, aber ich will so viel mehr! Sie war mit einer Massage einverstanden und nicht mit mehr. Ich muss alles andere für mich behalten.

Und wenn sie auch mehr will?

Nein. Ich gebe ihr eine Massage, aber ich werde sie auf keinen Fall küssen. Damit würde ich eine Grenze überschreiten, und ich bin professionell. Es gibt keinen Grund, dass das hier anders sein sollte als an einem normalen Tag in meinem Job. Ich habe hunderte – *tausende* – fast nackter Frauen auf meiner Massagebank gesehen. Es ist keine große Sache.

Außer dass sie diese süßen kleinen Grübchen am unteren Rücken hat, genau über ihrem herzförmigen Hintern. Gott, ich liebe kurvige Frauen! Ich drücke meine Daumen erst vorsichtig in diese Grübchen und schiebe sie dann entlang ihre Wirbelsäule höher. Sie wölbt sich mir entgegen wie eine Katze, und mein Schwanz wird hart.

Es ist nur Mel. Sie ist keine richtige Frau – sie ist eigentlich Familie. Sie hat mich mindestens dreihundertmal fast zu Tode genervt, als wir jünger waren, fast wie eine richtige Schwester.

Es ist unwichtig, dass ich sie einige Monate nicht gesehen habe. Wir kennen uns viel zu gut, als dass das hier sexy sein könnte. Wir sind *Freunde*. Das ist einfach nur Haut, und das sind nur Knochen. *Konzentriere dich auf den Trapezmuskel.*

Aber sie fühlt sich nicht wie eine kleine Schwester an, und auf der anderen Seite dieses Rückens, dessen zarte Haut ich gerade berühre, sind ihre Brüste, gegen die Couch gepresst. Alles, was ich will, ist zu sehen, wie sie sich in meine Handflächen schmiegen würden, und dann will ich diese wie Amors Bogen geformten Lippen mit meinen eigenen erobern und die Vibration ihres Stöhnens an meinem Mund spüren.

Ich blinzle angestrengt. Nein, ich will gar nichts erobern. Ich arbeite nur die Verspannung aus ihren Muskeln heraus.

»Mmmh, das fühlt sich so gut an.«

Ihr raues Stöhnen fährt mir direkt in den Unterleib, und meine Bauchmuskeln spannen sich an. Ich beuge mich weiter über sie und will ihren Nacken küssen, fahre aber gerade noch rechtzeitig wieder hoch. Aber dann verlässt mich auch der letzte Rest meiner Selbstkontrolle, und ich halte inne, die Hände auf der weichsten Haut, die ich jemals unter meinen Fingern gespürt habe.

»Deine Haut ist wunderbar.« Die Worte rutschen einfach so heraus.

»Deine Hände sind wunderbar. Das ist die beste Rückenmassage, die ich je bekommen habe.«

Ich atme langsam aus. Eine Rückenmassage, das ist alles.

Will sie, dass das hier mehr wird als eine therapeutische Massage? Würde es ihr gefallen, wenn es mehr wäre?

»Ich kann dafür sorgen, dass es sich noch viel besser anfühlt, Mel.« Ich rücke etwas näher an sie heran und knie nun neben ihrer Taille.

Sie verlagert ihre Hüfte ein Stückchen, wendet mir das Gesicht zu und sieht mich über die Schulter an. Am Strand war sie genauso entblößt wie jetzt, aber ihr Gesichtsausdruck wirkte überrascht und erschrocken. Jetzt glitzert eine heiße Einladung in ihrem Blick. Es ist geradezu umwerfend.

Alles Blut in meinem Körper strömt an einer Stelle zusammen – und es ist nicht mein Gehirn.

Sie greift nach hinten und fährt mit dem Finger das Bündchen meiner Shorts entlang. Sie bringt meine Nerven fast zum Zerreißen mit dieser zögernden Berührung – die im Gegensatz zu dem entschlossenen Ausdruck auf ihrem Gesicht steht –, und ich schlucke schwer, meine Selbstbeherrschung aufgerieben, bis auf einen kleinen Rest.

Aber scheiß drauf.

»Mel, möchtest du dich anders herum hinlegen?«

Sie nickt und dreht sich herum, bedeckt ihre Brüste mit den Unterarmen, und eine schwache Röte überzieht ihre Wangen.

Langsam lege ich meine Hände unter ihre Brüste, lasse sie über ihre Rippen abwärtswandern und verharre auf den Hüften, während ich ihren Blick suche und ihr fest in die Augen sehe. »Du bist wunderschön. Verstecke dich nicht vor mir, okay?«

Sie nickt wieder, und eine Gänsehaut entsteht unter meinen Fingern, als ich sie zwischen ihren Brüsten nach oben wandern lasse, um ihre Schlüsselbeine nachzuzeichnen und die elegante Neigung ihres Nackens.

Ihr Atem geht schneller, und ich warte einen Moment, bevor ich ihre Brüste mit den Händen umschließe und fühle, dass ihre Nippel sich aufrichten wie steile Bergspitzen. Während ich mich hinabbeuge, um ihre Rippenbögen zu küssen, drücke ich sanft zu und küsse mich hoch bis zu ihrem rechten Nippel.

Sie seufzt, als ich ihn mit den Lippen umfasse, daran sauge und meine Zunge über diese empfindsame Knospe wirbeln lasse. Ihre Hände finden meinen Nacken und drücken mich näher an sie, also folge ich ihrem Signal und sauge fester, bis sie stöhnt. Dann wechsle ich zum anderen Nippel. Ich widme ihm die gleiche Aufmerksamkeit, bis sie meine Haare packt.

»Küss mich!«

Das zweite Wort ist kaum ausgesprochen, da presse ich schon meine Lippen auf ihre, und unsere Münder verschmelzen miteinander. Sie schlingt ihre Arme um mich, als würde sie befürchten, dass ich abhaue, aber selbst wenn ich wollte, könnte ich mich nicht wegbewegen. Sie schmeckt nach Himbeeren und etwas noch Süßerem, und ich tauche meine Zunge tief in ihren Mund und erforsche ihn. Ihre Lippen sind so verdammt weich! Sie erwidert meine ungestüme Erkundung, als wären wir perfekt aufeinander abgestimmt. Ich will so viel mehr.

Ich werde sie küssen, aber das ist alles. Ich werde die Situation nicht ausnutzen.

Sie reckt sich mir entgegen und presst ihre Titten gegen meine Brust. Ich knabbere an ihrer Lippe und umkreise ihre Nase mit meiner, bevor ich wieder über ihren Mund herfalle. Ihre Küsse sind unerschrocken und direkt und treiben mich fast in den Wahnsinn – genau wie sie.

Ich küsse mich an der Linie ihres Kiefers entlang, um dann sanft an ihrer empfindlichen Ohrmuschel zu knabbern. Sie zittert unter mir – wann bin ich auf sie gestiegen? –, aber ihre Beine umschlingen meine Hüften mit festem Druck. Ich will ihren Nacken schmecken, also mache ich es.

Wenn dies hier falsch ist, würde es sich nicht so verdammt gut anfühlen.

Ich wette, alle Wege in die Hölle fangen mit demselben Gefühl an, derselben hohlen Rechtfertigung. Ich gebe ihr einen letzten süßen Kuss und streiche ihr eine verirrte Locke hinters Ohr. Im Versuch, meine Kontrolle zurückzugewinnen, beiße ich meine Zähne fest zusammen und ziehe mich von ihr zurück.

Sie wirft mir einen lodernden Blick zu. »Blake. Ich will dich.«

Ich hebe sie in einer einzigen fließenden Bewegung von der Couch und trage sie durch den Flur ins Schlafzimmer.

Ich bin einer von den Guten, nicht von den Dummen. Wenn eine Frau wie sie dir sagt, dass sie dich will, dann schätzt du dich glücklich und gibst ihr alles, was du zu geben hast. Ohne Zurückhaltung, ohne Zögern.

Sie atmet in mein Ohr, knabbert an meinem Ohrläppchen, während ich das Bett erreiche und sie darauf absetze.

Mel streckt ihre Arme nach mir aus, als ich aufstehe. »Komm her zu mir.«

Ich schüttle den Kopf. »Zieh dich aus, ich will dich sehen.«

Sie beißt sich auf die Lippe, aber ich halte ihren Blick fest und verstecke nicht, wie sehr ich mich körperlich von ihr angezogen fühle.

Nach einem kurzen Zögern schiebt sie die Männershorts ein Stück über ihre Hüften. Ich muss sie nackt sehen. Jetzt. Zu ungeduldig, um abzuwarten, bis sie die Hose in diesem Schneckentempo ausgezogen hat, reiße ich ihr die Shorts aus der Hand und ziehe sie ihr herunter. Ich knülle den Stoff zusammen und werfe ihn achtlos zur Seite. Sie bleibt nackt auf dem Bett zurück.

Durch die Fenster fällt sanftes Sonnenlicht in den Raum. Es hebt alles an ihrem Körper hervor, was ich berühren und schmecken will, aber sie presst ihre Beine zusammen.

Ich runzele die Stirn. »Versuchst du, dich vor mir zu verstecken?«

Sie schluckt und legt ihre Hände neben sich auf das Bett. »Nein.«

»Gut.« Langsam streife ich meine Shorts ab. Sie sieht mich unverwandt an, also lasse ich mir Zeit.

Man sagt, Größe sei nicht alles, aber ich habe noch nie irgendwelche Beschwerden gehört.

Als ihre Augen größer werden und sie sich über die Lippen leckt, grinse ich. »Gefällt dir, was du siehst?«

Sie nickt und langsam reibe ich mich ein paar Mal selbst. Ihr Blick springt von meinem Schwanz zu meinem Gesicht hin und her, als wäre es ihr peinlich, zu lange hinzusehen, oder als wäre es etwas Schmutziges oder Falsches, aber sie kann nicht widerstehen. Ihre Oberschenkel pressen sich rhythmisch zusammen, sich selbst erregend – aber ich will derjenige sein, der dafür sorgt, dass sie sich gut fühlt. Ich lasse meine Hände bis zu ihren Knien hochwandern und drücke ihre Beine sanft auseinander.

Die dunklen Locken ihres Dreiecks verbergen ihre Erregung vor mir, also knie ich mich auf das Bett, kraule sie mit den Fingerspitzen und verteile ihre Nässe, sodass ich ihre Spalte damit reiben kann, und necke sie, indem ich sie kaum dort berühre. Ihre Hüften jagen meine Hand herum, und sie stößt einen halb fauchenden, halb stöhnenden Ton aus, bevor sie zurück auf die Matratze fällt.

Am liebsten würde ich ihr es so schnell und hart machen, wie ich nur kann, aber das hier ist kein Wettrennen. Jetzt, da wir uns entschieden haben, dies zu tun, werde ich es auf die richtige Weise machen, sie so genießen, wie sie es verdient hat. Es ist schon ein paar Monate her für mich, deshalb will ich, das es dauert.

Ich lächele. »Ich habe dich noch nicht von der anderen Seite gesehen. Dreh dich um.«

»Aber …«

Ich drehe sie um, sodass ihr Hintern in die Luft ragt, und streiche ihr zärtlich über den Oberschenkel und die eine Pobacke. »Für was genau an diesem sexy Hintern schämst du dich?« Mein Unterkörper versteift sich, die plötzliche Blutzufuhr ist schon schmerzhaft. »Weißt du, wie heiß du bist? Wie sehr ich dich will?« Sie verkrampft sich erst, entspannt sich dann aber unter meiner Hand, mit der ich ihre andere Hinterbacke knete und mich dann herunterbeuge, um über die Sommersprossen auf ihrem unteren Rücken zu lecken. Sie schmeckt salzig wie das Meer, und sie erschauert, als ich sanft über ihre von meinen Küssen feuchte Haut puste.

»Ich verspreche dir, dass ich alles tue, damit du dich gut fühlst, Mel.«

»Mel ist ein Ju…« Sie bricht ab, als meine Zähne einsinken. Ihre Hüften zucken. »Hast du mich gerade in den Hintern gebissen?«

Ich reibe leicht über die Stelle, in die ich tatsächlich gerade gebissen habe. »Mm, hm.« Ich mache dasselbe auf der anderen Seite, und sie stöhnt.

»Ich glaube, ich mag das.«

»Du glaubst?« Ich schiebe einen Finger in sie hinein und lächle. »Ja, tust du.«

Sie keucht und windet sich auf dem Bett.

Ich beuge ihr Knie zur Seite und hebe ihren Oberschenkel an, meine Hand wird von meinem Mund abgelöst, während Mel sich auf den Rücken dreht und mir freien Zugang gewährt.

Ihre Beine spannen sich an und schlagen in Zeitlupe aus, ihr Atem geht stockend. Ein dünnes hohes Winseln kommt aus ihrer Kehle, als ich schließlich mit meiner Zunge ihre Möse umkreise und sie mit schnellen, sanften Bewegungen weiter errege.

Ihre Hand fällt auf meinen Kopf, sie versucht, mich in dieser Stellung festzuhalten. Damit weiß ich: Der richtige Zeitpunkt ist gekommen. Ich stecke meine Zunge in sie hinein und lecke sie unnachgiebig mit tiefen, regelmäßigen festen Zungenschlägen. Ihr Unterleib spannt sich an, bis sie fast sitzt und wieder zurückfällt.

»Gott, oh mein Gott, Blake.«

Es ist eine einseitige Konversation. Meine Zunge ist etwas zu beschäftigt.

Mel wiegt sich stärker in den Hüften. Sie ist kurz davor zu kommen, also mache ich stetig weiter, verändere nichts, außer, dass ich zwei Finger in sie eintauche und sanft gegen ihren G-Punkt drücke.

Ihre Erregung tropft hinunter auf meine Handfläche, und ich will sie sauber lecken, aber ich kann auf keinen Fall unterbrechen. Ich will ihr zeigen, wie schön, wie wunderbar sie ist.

Sie streckt und rollt ihre Zehen abwechselnd ein und ihr Körper spannt sich an.

So kurz davor.

Mit einem innbrünstigen Schrei zersplittert sie um meinen Fingern, unter meiner Zunge, presst sich auf eine Weise zusammen, die mich wünschen lässt, ich wäre in ihr.

Beim nächsten Mal.

7. Kapitel

Melanie

Er hat mein Blut in warmes Karamell verwandelt. Es sickert langsam durch meinen Körper und hinterlässt nichts als ein Gefühl der Süße, das zum Schlag meines Herzens pulsiert. Ich fühle mich … köstlich.

Blakes Hände können seiner Zunge nicht das Wasser reichen – und seine Hände sind schon sündhaft umwerfend. Seine Lippen brennen sich Zentimeter für Zentimeter ihren Weg meinen Bauch hinauf. Gesättigt, wie ich eigentlich bin, stehe ich doch in Flammen, als er meine Schlüsselbeine erreicht, und will mehr von diesem Mund. Mehr von diesen Händen.

Mehr von allem.

Mit dem ganzen Körper bedeckt er meinen, Haut an Haut. Er bedeckt mich mit seiner Wärme und dem Gewicht von tausend Fantasien, die endlich Wirklichkeit geworden sind. Seine dunklen Augen bringen mich zum Schmelzen, und ich entdecke aus der Nähe goldene und grüne Flecken in ihnen, die ich vorher nie gesehen habe. Als ich das idiotischerweise gerade erwähnen will, vergräbt er seine Hand in meinem Haar, zieht mein Gesicht zärtlich zu sich heran, und wir versinken in einen langen, tiefen Kuss. Eine Hitzewelle steigt langsam in meinem Unterleib auf, entfaltet sich wie die Blüte einer exotischen

Pflanze, die ich nur auf Bildern gesehen, aber niemals berührt habe. Bis jetzt.

Ich strecke mich unter der Berührung seinem Körper entgegen, öffne mich für mehr.

Wie oft habe ich davon geträumt, dass diese Hände meine Schenkel hochwandern und mich streicheln? Wie viele Nächte lag ich im Bett, gequält vom sonoren Tonfall seiner Stimme, die von nebenan aus Shawns Zimmer herübertönte, und tat so, als würde Blake mir süße Dinge ins Ohr flüstern? Stellte mir vor, er würde zögernd vor meinem Zimmer stehenbleiben, könnte jeden Moment hereinkommen und vorsichtig die Tür hinter sich schließen, wenn ich es mir nur stark genug wünschte.

Wie er über meinen sandfarbenen Teppich geht und im Näherkommen seine Kleider ablegt.

Wie er meinen Namen flüstert, als er sich auf den Rand meines Bettes setzt.

Wie er unter meine Decke gekrochen kommt, als ich sie einladend anhebe.

Wie er sich von hinten an mich schmiegt, mich sanft streichelt, mit diesen Händen, die immer zu groß für seinen Körper zu sein scheinen.

Wie er mich umdreht und mir das Nachthemd über den Kopf zieht.

Wie seine Lippen sich sanft auf meine legen und sie zärtlich öffnen, während seine Hände dasselbe mit meinen Beinen machen.

Gott, ich hoffe, es sind ein paar Kondome in Shelbys Nachttisch.

»Falls du keine Kondome hast, solltest du mal in den Nachtschrank schauen.« Meine Stimme klingt tief und atemlos. Ich hätte ihn nachsehen lassen sollen, bevor er mich so weit gebracht hat, aber der postorgastische Dunst in meinem Kopf macht es schwer, mich um Ausgeglichenheit zu sorgen. Für mich ist es in Ordnung, wenn ich ihm etwas schulde.

Ich will einfach mehr.

Er schnuppert an meinem Nacken. »Hast du es eilig?«

Meine Nippel werden hart. Ich werde von einer unbekannten Kühnheit gepackt, die alle Zurückhaltung aus dem Feld schlägt. »Blake, ich wollte dich schon, seit ich dich das erste Mal bei uns zu Hause beim Computerspielen mit Shawn gesehen habe. Ich hatte im Prinzip zehn Jahre Vorspiel.«

»Zehn Jahre Vorspiel und ich habe dich nur einmal zum Kommen gebracht?« Er schüttelt den Kopf. »Das kann ich aber besser.«

»Was?«

Auf seinem Weg zurück nach unten fährt er mit seinen Zähnen über meinen Nippel.

»Was machst du da?«

Er küsst sich weiter über meinen Bauch hinunter.

»Ich sehe das so: Wenn in diesem Nachtschrank Kondome sind, werde ich es nicht abwarten können, mir eins überzuziehen und mich in dich zu versenken.« Er umkreist meine Spalte mit der Zunge. »Und wenn in dem Nachtschrank keine Kondome sind, werde ich losgehen müssen und den nächsten Laden suchen, damit ich so schnell wie möglich wieder hier sein und dasselbe tun kann. So oder so wird es auf die gleiche Weise enden.«

In meinem Kopf dreht sich alles. »Klingt für mich nach einem Happy End.«

»Vielleicht.« Mit geschickten Fingern erforscht er mich, sie sind bedeckt von meiner Nässe, während er sie wieder zurück in mich hineinschiebt. Mein Rücken biegt sich durch. »Aber wenn ich nicht im Nachtschrank nachsehe, kann ich mit dem hier weitermachen.«

»Was sind das, Schrödingers Kondome?«

Er stöhnt und saugt an mir. »Dass du das weißt«, er bewegt seine Finger schneller, »ist so verdammt sexy.«

Meine Antwort wird verhindert von weißglühender Lust, die wie eine Woge über mich hereinbricht. Wellenartig breitet sie sich weiter aus und bringt meine Hüften in Bewegung. Wieder ziehe ich mich um seine Finger zusammen und komme plötzlich und heftig.

»Bitte.«

»Du bist so nass, Mel, und du schmeckst so gut. Ich will eigentlich gar nicht mehr aufhören.« Er setzt sich auf, heftiges Verlangen im Blick. »Eigentlich.« Er greift in den Nachtschrank, und ich schwöre, ich halte Daumen, Zehen und Schamlippen gedrückt, dass Kondome darin sind.

Bitte, bitte, bitte.

Blake zieht ein Goldfolienpäckchen heraus, reißt es auf und rollt sich das Kondom über seinen steifen Schwanz. Er ist so mächtig. Meine flüchtige Sorge angesichts seiner Größe verfliegt, als er mit seinen Schenkeln meine berührt und sie auseinanderspreizt, weiter und weiter. Er greift nach unten und reibt seine Penisspitze an mir, bevor er kurz verharrt. Sein Blick glüht vor Leidenschaft, als er mir in die Augen sieht, und er streicht mir sanft mit dem Daumen über die Wange. Seine Lippen streifen über meine.

Dann dringt er mit einem einzigen tiefen Stoß in mich ein und dehnt mich mit seiner Größe. Wenn er noch mächtiger wäre, würde es nicht mehr passen, aber ich bin so erregt, dass sich der enge Sitz genau richtig anfühlt. Ich stoße ein Wimmern aus und klammere mich an seinen Rücken.

Er weiß, dass es mir gefällt, und kreist mit den Hüften, reibt sich träge in mir, während er mich völlig ausfüllt.

Ich schlinge einen Arm um seinen Nacken und will ihn zu mir hinunterziehen, aber er ist so stark, dass ich schließlich an seinem Hals hänge, mein Rücken ein paar Zentimeter über der Matratze.

Er lässt seine Hand meine Wirbelsäule hochgleiten, weiter über meinen Arm bis zu meiner Hand, und wir verschränken unsere Finger ineinander. Er stützt sich auf die Ellbogen auf und drückt seinen Brustkorb gegen meinen. Mit meiner freien Hand in seinem Nacken ist es fast, als würden wir tanzen – nur, dass dieser Tanz vom Rhythmus unserer sich aneinander reibenden Hüften angetrieben wird, bestimmt vom Takt seiner Stöße.

Ich halte ihn so fest, dass mein Arm wehtut. Meine Schenkel schmerzen, weil sie seine Hüften so fest umklammern. Ich lasse die Beine auf die Matratze fallen, greife um ihn und packe seinen Hintern.

»Gut, Mel«, presst er hervor. »So verdammt gut.«

Er bewegt unermüdlich seine Hüften, fährt in mich hinein, hämmert meinen Körper mit einer unablässigen Lust, die meine Glieder niederdrückt, bis ich nichts anderes mehr tun kann, als mitzumachen und seine Stöße zu empfangen. Mit seiner Spitze stimuliert er meinen G-Punkt, und ich zucke, als unbekannte Muskeln in meinem tiefsten Inneren sich anspannen.

»Blake«, flüstere ich, anstatt alle Obszönitäten, die ich kenne, laut herauszuschreien. Ich gehe in mich, als alles einen unendlichen bebenden Moment lang aufhört, der in mein Bewusstsein eindringt und mich zerfetzt.

Blakes Stöße werden wilder und schneller, er versteift sich

und beißt mir stöhnend in die Schulter. Ich komme zitternd, schwitzend und mit dem Gefühl, das schönste Geschöpf zu sein, das jemals gelebt hat.

Mit dem Gefühl, als wären meine Knochen von warmem Wasser ersetzt worden.

Es war sogar besser als in meinen wildesten Träumen. Zugegeben, ich hatte damals null Erfahrung und eine etwas verklemmte Fantasie. Aber niemals hätte ich mir die reine, ungetrübte Befriedigung vorstellen können, die gerade durch mich hindurchrollt.

In Shelbys Bett.

Oh Gott, ich habe eins ihrer Kondome benutzt. Wer bin ich überhaupt?

Blake zieht sich aus mir heraus und rollt sich neben mir auf den Rücken, sein Atem geht keuchend, genau wie meiner. Er hat die meiste Arbeit getan; ich weiß nicht, warum ich so schwer atme. Ich grinse.

Er berührt sanft meinen Nacken. »Was ist so lustig?«

»Ich habe gerade darüber nachgedacht, dass du wahrscheinlich viel mehr Kalorien verbrannt hast als ich.«

Er lächelt. »Das ist ein Kardioprogramm, was ich gerne unterstütze.«

»Zum Teufel mit Bauch-Beine-Po.«

Er umarmt mich und zieht mich an sich. Ich fühle mich zu wackelig, um Widerstand zu leisten, obwohl ich das Gefühl habe, ich sollte es tun.

»Ich habe ganz vergessen, wie lustig du bist.« Er drückt mich leicht an sich.

»Ich bin seit Jahren nicht lustig gewesen«, gebe ich zu.

»Ich kenne alle deine Geheimnisse. Ich kenne dich. Du bist eine knallharte Klugscheißerin.«

»Vielleicht war ich das.« Ich seufze. Wann habe ich mich zum letzten Mal so gefühlt?

»Das *bist* du«, beharrt er. »Du hast auf alles eine Antwort. Niemand ist gegen dich angekommen, als du jünger warst. Es war wunderbar. Du hast dir von niemandem etwas gefallen lassen, das fand ich immer toll.«

»Ich habe auch viel vorgetäuscht. Ich war ein unsicheres Kind.« Ich hasse es, dass er über mich spricht, als wäre ich jemand Großartiges gewesen. Es gibt mir jetzt noch stärker das Gefühl, ein völliger Versager zu sein. »Ich bin immer noch nicht besonders selbstbewusst.«

»Wirklich?« Er drückt sich hoch und stützt sich auf seinen Ellbogen. »Denn heute habe ich dich oben ohne am Nacktbadestrand gesehen. In der Öffentlichkeit. Mit ziemlich vielen Leuten rundherum. Und du warst kein bisschen scheu. Tatsächlich bist du im Wasser herumgestürmt wie eine Meerjungfrau, die gerade Beine bekommen hat.«

Ich kichere. »Das war etwas anderes. Ich hatte eine Idee für einen Artikel und wollte sie nicht vergessen.«

Er lässt seine Fingerspitzen meinen Arm hinaufwandern. »Ja, klar, du hast recht. Du bist ein kleines Mauerblümchen.«

»Ich habe mich, ähm …« Er presst seine Lippen in meinen Nacken, und die Worte rutschen mir weg, einfach außer Reichweite. »Eingefügt.«

»Mel, du könntest dich niemals einfügen, selbst wenn du es versuchst. Du bist ein Original, Kindchen.«

»Kind?« Ich setze mich auf. »Sehe ich aus wie ein Kind?«

Sein Blick verdunkelt sich, als er mich ansieht. »Verdammt, nein.«

»Gut«, sage ich und lehne mich gemütlich an ihn.

Vielleicht bin ich nicht der Kracher, für den er mich immer

gehalten hat. Aber das heißt ja nicht, dass ich jetzt nicht so tun könnte, als ob ich es wäre. Schließlich bin ich zwölfhundert Kilometer weit weg von zu Hause, in der Wohnung einer Fremden, mit einem Mann, der weiß, wie er jedes einzelne Glied seines Körpers mit voller Leistung einsetzen kann.

Es kann doch nicht schaden, auch meinen Unsicherheiten mal eine Pause zu gönnen, oder?

8. Kapitel

Blake

Ich erwarte fast, von einem Blitzschlag niedergestreckt zu werden, aber tatsächlich fühlt es sich einfach verdammt gut an, Mel in den Armen zu halten. Shawn wird mich umbringen, wenn er das herausfindet. Trotzdem bedaure ich nichts. Jesus, bin ich froh, dass in dieser Schublade Kondome waren, sonst wäre ich wahrscheinlich festgenommen worden, wegen unsittlichen Verhaltens in der Öffentlichkeit.

Sie ist eingedöst mit einem winzigen Lächeln auf den Lippen, dass ich sie am liebsten verschlungen hätte, aber ich lasse sie schlafen. Sie sieht so friedlich aus verglichen mit der leidenschaftlichen Geliebten, die mir vor weniger als einer Stunde noch den Atem geraubt hat. Als ich sie ein bisschen geneckt habe, hat sie mit einem Kissen nach mir geworfen. Ich habe herausgefunden, dass sie Kissenschlachten viel zu ernst nimmt. Wir haben uns eine Weile geküsst, und sie ist in meinen Armen eingeschlafen. Sie hat sich an mich geschmiegt, als wäre sie meinen Träumen entstiegen, erschaffen, um genau dorthin zu passen.

Ich schüttle den Kopf. Werde ich jetzt schon zum Poeten? Sie ist höllisch sexy und großartig. Jeder Mann würde sich nach dem Sex, den wir gerade hatten, wie ein besserer Mensch fühlen. Aber ich hatte nicht erwartet, mich mit ihr so verdammt wohl zu fühlen. Ich schätze mal, es sollte keine Überraschung sein, wir kennen uns schon ewig. Vielleicht sind Beziehungen besser, wenn man sie als Freunde beginnt.

Nicht Beziehungen. Wir sind nicht … Ich weiß nicht, was wir sind, aber es ist zu früh, um sich mit Definitionen und Erwartungen verrückt zu machen. Wir hatten Sex. Das ist alles. Vielleicht machen wir das nochmal. Wer weiß, was sie von alldem halten wird, wenn sie aufwacht und der Sex-Nebel sich verzogen hat?

Mal ganz abgesehen davon, dass sie die kleine Schwester meines besten Freundes ist und damit tabu.

Meine Schuldgefühle verabschieden sich, als sie im Schlaf seufzt und sich enger an mich kuschelt, das Laken wie eine zweite Haut um ihren Körper geschlungen. Sie ist ihre eigene Frau, um es mal so zu sagen. Sie ist von niemandem ausgenutzt worden. Und sie wie eine kleine Schwester zu behandeln anstatt wie eine Frau, von der ich mich angezogen fühle, wäre auch nicht richtig.

Lässt sich so rechtfertigen, dass ich nichts lieber will, als sie noch einmal zum Höhepunkt zu bringen? Oder auch sechs oder sieben Mal?

Vielleicht hat sie lange genug geschlafen.

***

»Blake? Hier ist Ziggy. Ich bin nicht sicher, ob Fern dich schon angerufen hat oder nicht, aber wir haben für morgen früh einen Massagetermin für dich ausgemacht. Danke. Bis später!«

Ich verdrehe genervt die Augen. Ist es wirklich so schwer zu begreifen, dass ich Ferien habe und noch zwei Wochen weg sein werde?

Ich esse den Rest meines Zimmer-Service-Burgers und lösche die Nachricht. Während ich die nächste abhöre, blättere ich durch eine Broschüre. Ich suche nach etwas, was ich mit Mel am Meer unternehmen kann, wenn wir uns das nächste Mal treffen.

»Nochmal Ziggy. Habe mich gefragt, ob du meine Nachricht zu dem Termin bekommen hast. Danke.«

Echt jetzt?! Gelöscht.

»Hey, beachte Ziggys Nachricht nicht.« Die letzte, mit dringlicher Stimme geflüsterte Message ist von Laina, der neuen Empfangsfrau bei *Inner Space.* »Ich weiß, dass du im Urlaub bist, auch wenn das Fern und ihm nicht klar ist. Ich habe den Termin auf ein Datum gelegt, wenn du wieder da bist, und werde das weiter so machen. Ich wollte nur nicht, dass du dir Gedanken machst.«

Sie ist gut, aber wird wahrscheinlich nicht länger als einen Monat bei *Inner Space* bleiben. Mit Fern und Ziggy zu arbeiten ist nicht gerade leicht. Wenn ich längere Zeit am Stück mit ihnen zusammen in ihrer kleinen eigenen Welt verbringen müsste, würde ich verrückt werden.

Wie es aussieht, werde ich wohl direkt bei *Inner Space* kündigen, sobald ich mein Praktikum beendet habe. Ich werde niemanden dort vermissen – vor allem Phyllis nicht. Es hat ewig gedauert, bis sie gemerkt hat, dass ich nicht an ihr interessiert bin. Nach dem, was Sarah so im Club ihres Freundes erzählt hat, kann sie auch ziemlich fies sein. Ich bin froh, dass ich das nie am eigenen Leib erfahren musste. Ich glaube, die kleine Schwäche, die sie nach wie vor für mich hat, hält sie mir gegenüber im Zaum.

Ich zappe mich durch die Programme und bleibe bei einer Wiederholung von *Supernatural* hängen.

Sollte ich einmal meine eigene Praxis eröffnen, würde ich ein paar Masseure einstellen, aber den Schwerpunkt eher auf die therapeutische Seite legen als auf Hot-Stone-Massagen oder irgendwelche Spa-Anwendungen. Ich will lieber den Leuten helfen, in ihrem täglichen Leben etwas zu verändern, als mehr Geld zu verdienen, indem ich mich um reiche Leute kümmere, die keine Hilfe brauchen.

Wenn ich weiter massiere, würde ich gerne wählerischer sein können, was die Patienten und die Zeiten angeht – ausgenommen die Patienten, die schon länger bei mir sind.

Ich bin weniger darauf aus, das große Geld zu machen, sondern suche Stabilität und Sicherheit.

Sicherheit, wie ich sie empfunden habe, wenn ich mit Shawn und Mel zusammen war. Ich weiß nicht, wo meine Eltern sind. Ich bin bei Pflegeeltern aufgewachsen, die sich über die Zahlungen des Amtes hinaus nicht um mich gekümmert haben. Aber bei Shawn zu Hause habe ich mich immer willkommen gefühlt. Und von Bedeutung.

Wenn ich ehrlich bin, fand ich Mel schon süß, als sie achtzehn war, aber wären wir miteinander ausgegangen und hätten uns dann getrennt, hätte ich sie und meine Ersatzfamilie verloren. Und sie war noch so jung. So behütet aufgewachsen, dass sie eine Unschuld hatte, die ich gerne aus der Entfernung betrachtete. Ich fühlte mich eher für sie verantwortlich als zu ihr hingezogen.

So etwas hat es in meinem Leben nicht oft gegeben. Ich war so angewiesen auf ihre Familie und deren emotionale Unterstützung, und wenn ich sie verloren hätte, wäre ich daran zerbrochen. Dass sie und ich miteinander geschlafen haben, ändert daran gar nichts … oder?

Mein Telefon klingelt. Shawn. Mir wird ganz anders, als Bilder von all den sexy Dingen, die Mel und ich heute Nacht miteinander angestellt haben, in schneller Folge durch meinen Kopf schießen.

»Hallo?«

»Hey, Alter. Und? Wie war sie?«

»Was?« Wie hat er es herausbekommen? Und wie kann er eine so abgefuckte Frage über seine Schwester stellen? Ich meine …

»Ist mit Melanie alles in Ordnung? Ich nehme mal an, du hast sie gefunden. Hat sie in Shelbys Haus schon alles alphabethisch durchsortiert?«

Es fühlt sich an, als hätte ich vor lauter Erleichterung ein Loch in den Lungen, aus dem meine gesamte Verlegenheit herausströmt. Natürlich, *das* hat er gemeint. *Hast ein ziemlich schlechtes Gewissen, was, Blake?*

»Es geht ihr gut. Ich glaube, der Ort hier tut ihr gut. So entspannt habe ich sie noch nie erlebt.« Das ist nicht gelogen …

»Super. Vielleicht behält sie etwas davon, wenn sie zurück ist.«

»Wie geht's Shelby?«, versuche ich, das Thema zu wechseln. »Hattet ihr nicht ein Date, bei dem du ihr die Stadt zeigen wolltest?«

»Shelby ist echt heiß. Eine Wahnsinnsfrau mit Energie für zehn. Wir waren in einem Club, und sie hat uns mit ihrem Charme nicht nur da reingebracht, sondern wir haben bis vier Uhr morgens mit dem Besitzer gefeiert. Er nimmt uns morgen in seinem Privatjet mit nach Las Vegas, und wir schauen uns einen Boxkampf an.«

»Ist nicht wahr!«

»Doch.« Er seufzt. »Sie verhält sich noch nicht mal sexy, um etwas zu erreichen. Sie spielt keine Spielchen. Sie ist einfach so verdammt geradeaus und ehrlich. Sie hat etwas an sich, was ich noch nie zuvor erlebt habe. Mit ihr kann man Spaß haben, sie ist so frisch und …«

»Du willst ihr alles geben, was sie braucht, nur um sie lächeln zu sehen.« Melanie kommt mir in den Sinn.

»Genau so ist es!«, ruft Shawn. »Als wäre sie ein Zauberwesen, das aus dem Nichts aufgetaucht ist, um einen wegzulocken von der öden Wirklichkeit, mit der man sich abgefunden hat.«

Ich schnaube. »Wann hast *du* dich jemals mit etwas Langweiligem abgefunden?«

»Ich hab es mal versucht. Woher wusstest du so genau, wie sie ist?«

»Wir haben doch alle schon einmal so eine Frau getroffen. Eine, von der du es nie erwartet hättest, dass sie deine Welt auf den Kopf stellt.« *Oh Mann, jetzt reicht's aber.*

Shawn zögert. »Kann ich so noch nicht sagen. Wir haben uns ja gerade erst kennengelernt.«

»Aha.« Um ihn ist es geschehen. Es wird die Hölle mit ihm werden, wenn Shelby wieder weg ist.

»Wie dem auch sei, danke nochmals, dass du runtergeflogen bist. Hoffe, es ist nicht zu lahm für dich?«

»Es ist Florida. Ich finde schon was, um die Zeit rumzukriegen.« Wenn er wüsste, dass ich seine kleine Schwester vögele, würde er ausrasten. Unbeständig oder nicht, seine Familie ist ihm wichtig, und er ist verdammt treu. Und mir sind sie genauso wichtig.

Wir legen auf, und ich denke nochmal über alles nach. Mache ich einen Fehler?

Vielleicht. Aber wenn Mel mich nicht um sich haben wollte,

dann wäre das ihre Entscheidung. Ich hatte bisher eine richtig gute Zeit mit ihr. Ich will mir auf keinen Fall zu viele Gedanken machen oder Mel die Entscheidung aus der Hand nehmen.

Meine Versuche, mich auf das Fernsehprogramm zu konzentrieren, sind reine Zeitverschwendung. Da selbst meine Lieblingssendung mich nicht von den Gedanken, die mir im Kopf herumschwirren, ablenken kann, mach ich die Glotze schließlich aus.

Ich wähle Mels Nummer.

»Hallo?« Sie schafft es, zugleich sexy, ungeduldig und neugierig zu klingen.

Ich kann nur mit einem einfachen Lachen dienen. »Was muss ein Mann hier tun, um ein Date zu bekommen?«

»Am Nacktbadestrand nach geheimnisvollen Frauen aus seiner Vergangenheit fischen gehen?«, schlägt sie vor.

Ich beiße mir auf die Lippen. »Nee, hab ich gestern schon gemacht.«

»Ich auch.«

Ich muss grinsen. »Wie heißt sie?«, frage ich. »Mit mir kann man viel mehr Spaß haben als mit ihr. Gib mir eine Chance, dich zurückzugewinnen.«

Ihr sanftes Lachen perlt durch den Hörer. »Langweiler. An was hast du gedacht?«

»Irgendwas am Strand. Wir können genauso gut Kapital aus den Voraussetzungen hier schlagen, richtig? Wir sind verpflichtet, uns zu amüsieren, Kleidung ist optional, aber empfehlenswert, wenn wir nicht verhaftet werden wollen.«

»Ah, also nicht unser Nacktbadestrand?«

Ich gehe im Raum auf und ab, eine besondere Hitze steigt in mir hoch, jetzt, da wir wieder miteinander reden. »Nein, ein anderer, ruhigerer Ort, von dem ich gehört habe.«

»Hätte niemals gedacht, mal mit jemandem einen eigenen Nacktbadestrand zu haben.«

Ich streiche mir mit der Hand über die Wange und merke, dass ich mich mal wieder rasieren muss.

»Bleib bei mir, und der Glamour wird niemals enden.«

»Ach, wirklich? Und was kommt als Nächstes, Kühe umwerfen?«

»Ich denke, wir müssen uns hier mit Seekühen begnügen«, bemerke ich.

»Oh, die Rundschwanzseekuh! Um wie viel Uhr?«

»Ich hole dich um vier ab.« In drei Stunden.

»Ein Tages-Date?« Es liegt ein Lächeln in ihren Worten.

»Jep. Aber wenn du deine Karten richtig ausspielst, darfst du mich auch anfassen.«

Sie seufzt, und ich kann mir vorstellen, wie sie die Augen verdreht. »Bis nachher.«

»Oh, und Mel?« Ich kann es kaum erwarten, den Ausdruck auf ihrem Gesicht zu sehen. »Nimm Wechselklamotten mit.«

9. Kapitel

Melanie

Mir zu sagen, ich solle Wechselklamotten mitbringen, finde ich ein bisschen anmaßend von ihm. Nur weil wir einmal miteinander geschlafen haben, heißt das ja nicht, dass ich es wieder tun würde.

Aber weil ich genau das vorhabe, packe ich meine Tasche.

Ich habe Schmerzen an allen möglichen und unmöglichen Körperstellen. Vielleicht ist Sex ein ideales Fitnesstraining mit einem Partner wie Blake. Aber ich kann mich nicht erinnern, mich davon jemals zuvor so wund gefühlt zu haben.

Mein Handy klingelt, als ich gerade dabei bin, drei verschiedene Sorten Schaumbäder in die Wanne zu schütten.

»Hey Bails.«

»Wusstest du, dass es eine Verschwörungstheorie gibt, nach der Dinosaurier vom CIA erfunden worden sind, um die Menschen von Zeitreisen abzuhalten?«

Ich streife meinen Morgenmantel ab und lasse mich vorsichtig ins heiße Wasser gleiten. »Niemals.«

»Ist aber so!« Sie kichert. »Ich schreibe gerade einen Artikel darüber. Die Leute glauben an die merkwürdigsten Sachen, Mel. Dass die Erde eine Scheibe wäre, dass es Miniroboter in Früchten gibt. Wäre ich nur um sechs Prozent beeinflussbarer, wäre ich in Schwierigkeiten. Hast du gewusst, dass Babykarotten nur Lug und Trug sind?«

»Äh, was?« Ich stelle sie auf Lautsprecher, damit ich beide Hände frei habe, um mich einzuschäumen.

»Ganz bestimmt! Es ist unglaublich. Babykarotten sind einfach nur normale Möhren, die bis auf einen winzigen Rest abgerieben worden sind.«

»Huh, das klingt ja nach einer fiesen Marketingmasche.«

»Du sagst es! Wer mag schon winzige Reststückchen?«

»Wo wir gerade von Stückchen reden…« Ich verstumme mit glühendem Gesicht.

»Oh mein Gott, du hast endlich was getan! Bitte sag, dass du bei irgendeinem verrückten Quatsch mitgemacht hast! Spuck's aus!«

Ich grinse darüber, dass ich endlich etwas Lüsternes zu berichten habe. »Ach, weißt du. Ich schlafe im Bett einer Fremden, und gestern bin ich ohne Tankini am Nacktbadestrand rumgelaufen.«

Sie ringt nach Luft. »Bist du nicht!«

»Doch, bin ich.«

»Hab ich mich verwählt? Wer spricht da? Das ist der Hammer. Ich würde ja sagen, ich wünschte, ich wäre dabei gewesen, um das zu sehen, aber irgendwie wäre es doch zu viel Information unter Freundinnen, wenn es darum geht, völlig blank zu ziehen.«

»Es war nicht völlig blank, es war völlig oben ohne. Aber das ist noch nicht das Verrückteste!«

»Was?« Baileys Stimme ist nur noch ein Quieken, und ihr Atem geht schneller. Sie ist so emotional und dabei so einfühlsam, dass es einfach das Schönste ist, ihr Neuigkeiten zu berichten. Sie reagiert immer genau richtig und ist die beste Zuhörerin der Welt. »Schieß los.«

»Blake Wilde ist aufgetaucht.«

»Ist er nicht! Was macht er in Florida? Warte. Als du nackt am Strand warst?!«

»Ja, als ich am Strand war. Nein, ich war nicht nackt, Bails. Ich war …«

»Du hattest deine Titten draußen, und er hat sie gesehen. Oh mein Gott, ich wäre *gestorben*. Und was ist dann passiert? War er auch nackt? Hast du endlich alles gesehen?«

»Er hatte Shorts an. Wir haben eine Weile am Strand rumgesessen, sind dann zu Shelbys Wohnung zurück, und er hat mir eine Massage gegeben.«

»Ach du meine Güte. Warst du dabei immer noch oben ohne?«

»Das war nach dem Abendessen, und ich war wieder angezogen. Aber dann habe ich mein Oberteil für die Massage ausgezogen.« Ich werde rot, aber rede weiter. »Und dann haben wir, äh … dann haben wir miteinander geschlafen.«

Wirre Freudenschreie dringen an mein Ohr. Bailey ist die Einzige, die bis in alle unangenehmen Einzelheiten Bescheid darüber weiß, wie hoffnungslos verknallt ich immer in Blake gewesen bin.

»Wie war's? So, wie du es dir immer erträumt hast? Oh mein Gott, ich kann kaum glauben, dass es endlich passiert ist. Hat er den ersten Schritt gemacht oder du? Kann er gut küssen? Wie war's danach? Ist er noch da?« Sie flüstert den letzten Satz.

Ich lache, froh über ihren Eifer und erleichtert, meine überschäumenden Glücksgefühle herauslassen zu können, die sonst meinen Brustkorb vielleicht noch zum Explodieren gebracht hätten.

»Mach mal langsam. Es war großartig, viel besser, als ich es mir jemals vorgestellt hätte. Seine *Hände*, Bailey. Du weißt nicht, was Männer mit ihren Händen machen können, und er ist sogar noch besser mit … Na, vergiss es. Ich glaube, ich habe den ersten Schritt gemacht, aber er hat ziemlich deutliche Zeichen gesendet, dass er auch interessiert ist.«

»Ich bin sicher, nachdem er deine Brüste gesehen hat, war's um ihn geschehen.«

»Du bist mein Schatz.«

»Das ist bestimmt Blake, aber ich werde darüber hinwegkommen. Siehst du ihn wieder?«

»Ich bin gerade in der Wanne. Er wollte mir noch nicht verraten, wohin er mich heute Nachmittag ausführen wird.«

Bailey gibt einen mitfühlenden Laut von sich; sie weiß, was ich von Überraschungen halte. »Es wird bestimmt toll. Ruf mich später an, und erzähl mir alles.«

»Mach ich.«

Ich lege auf, und für ein paar Minuten räkele ich mich einfach nur im Wasser, bevor ich mich rasiere und ein Peeling mache, damit meine Haut hübsch und weich ist, wenn ich ihn wiedersehe. Wenn mir jemand vorhergesagt hätte, was hier passieren wird, hätte ich ihn ausgelacht. Alles, was gerade geschieht, ist so untypisch für mich, dass ich kaum weiß, was ich davon halten soll.

Ich zögere, als ich den Rasierer an meinem Dreieck ansetzen will. Soll ich überhaupt rasieren? Blake hat gar kein Problem damit gehabt, was sich da unten bei mir kräuselt. Und ich will mich nicht wie jemand verhalten, der ich gar nicht bin, nur um einem Mann zu gefallen. Ich mag mich so, wie ich bin, und wem das nicht gefällt, der hat Pech gehabt. Schamhaare, na und?

Nachdem ich mich abgeduscht habe, steige ich nach Mandarinen und Rosen duftend aus der Wanne und fühle mich rundherum wohl in meiner Haut. Vielleicht hat Shelbys Tubensammlung doch etwas für sich. Und wenn ich hier noch mehr Zeit im Meer verbringe, ist es wahrscheinlich gar nicht schlecht, meine Haut mit Cremes und Lotionen zu pflegen. Auf den Fotos sieht man, dass Shelby offensichtlich viel Zeit im Wasser und in der Sonne verbringt und draußen das Leben genießt, ohne einen riesigen Sonnenschirm mitzuschleppen. Wenn sie ständig am Strand ist, müsste sie eigentlich aussehen wie eine Dörrpflaume, aber ihre Haut ist strahlend glatt und gesund.

Ich werde ihrem Hautpflegeansatz vertrauen.

***

Blake und ich laufen den Strand entlang bis zu einem Bereich, den ich bisher noch nicht entdeckt hatte, an dem die Leute bekleidet und ein bisschen aktiver sind. Dort sind auch mehr Kinder, die kreischend in der Brandung baden und sich gegenseitig im nassen Sand einbuddeln. Ein paar Leute spielen Badminton, und mir fällt ein, dass Blake früher auch gut darin war.

Ich weise mit dem Kopf auf die Spieler. »Wann hast du das letzte Mal einen Badmintonschläger in der Hand gehabt?«

Er folgt meinem Blick und lächelt. »Das ist Jahre her. Momentan habe ich höchstens Zeit für eine schnelle Runde Squash im Fitness-Studio – wenn ich jemanden finde, der mitmacht.«

»Ich spiele mit dir.«

»Ach ja?«

»Ich kann mit einem Schläger umgehen.«

Er schnipst mit den Fingern. »Richtig. Du warst im Tennisteam, stimmt's?«

»Badminton. Ja, das ganze erste Jahr am College bin ich eine Stunde früher gekommen, um mit den anderen zu üben. Mein geheimer Move war ein Rückhandschlag, der das Netz gerade streift und dann aufschlägt.« Ich habe diesen Sport geliebt. »Tennis habe ich auch versucht, aber hatte nicht genug Kontrolle oder Genauigkeit. Mir gefällt, dass man beim Badminton den Ball einfach so hart wie möglich schmettern kann. Ich habe das beim Tennis probiert und jedes Mal den Ball aus dem Feld gehauen.«

»Warum hast du aufgehört?«

»Desinteresse. Nicht auf meiner Seite – ich habe es geliebt. Aber wir waren nur zu dritt, und wenn eine nicht aufgetaucht ist, wurde es langweilig.«

»Du hast auch Volleyball gespielt.«

Ich nicke. »Genau. In der Mittelschule und dann in der Oberstufe.« Es passte zu meinem leistungsorientierten Wesen, und damit aufzuhören hatte mich fast umgebracht.

»Warum hast du es aufgegeben? Du fängst an zu strahlen, wenn du darüber sprichst, und gestern hast du die anderen fertiggemacht. Du hast einen Killer-Aufschlag. Erinnerst du dich, wie du mir einmal am vierten Juli den Ball ins Gesicht geschlagen hast?«

Das Blut war auf sein weißes T-Shirt getropft. Mom hatte es schnell mitgenommen, um es in die Waschmaschine zu stecken, und ich war völlig berauscht gewesen vom Anblick seiner Bauchmuskeln.

Ich beiße mir auf die Innenseiten meiner Wangen. »Ich hatte einfach keine Lust mehr.«

»Das glaube ich dir nicht. Hast du es versucht und nicht geschafft? Ich würde dich nicht verurteilen, wenn es so gewesen ist. Unsere Schule hatte immer die besten Spieler, und es gibt keinen Grund sich schlecht zu fühlen, nur, weil man es nicht in die Auswahl geschafft hat. Wir haben bei nationalen Turnieren mitgemacht und …«

»Ich habe es in die Auswahl geschafft. Es lag an den Klamotten, okay?« Die Worte kommen geradezu aus meinem Mund gestürzt, als würden sie voller Wut davonstürmen wollen. Ich bin unfähig, sie aufzuhalten. »Weißt du, wie es ist, sich in diese verdammt winzigen Shorts reinzuquetschen und zu wissen, dass jeder über dich lacht und auf deinen Hintern starrt? Und dass alle dich mit den anderen Mädchen in der Mannschaft vergleichen, die so viel besser aussehen?« Mein Gesicht glüht, und ich versuche, schneller zu laufen, um wegzukommen, aber es ist unmöglich, auf Sandboden loszustapfen. Meine Frustration wird noch größer. »Das macht es unmöglich, sich auf das Spiel zu konzentrieren.«

»Mel.« Blake fasst mich am Arm, aber ich wende mich ab und versuche ihn abzuschütteln, bis sein Blick mich zur Ruhe bringt.

»Was?«

»Du fühlst dich nicht mehr so, oder?«

Der Sand scheuert sanft zwischen meinen Zehen, als ich meinen Fuß tiefer hineingrabe. »Ich bin nicht sicher. Ich hasse es, dass etwas so Blödes mich daran gehindert hat, etwas weiterzumachen, was ich so geliebt habe.« Und ja, ich *fühle* mich immer noch dick und ungeschickt verglichen mit den Couture-Giraffen, die während der *Fashion Week* überall die Straßen hoch und runter stöckeln. In meiner Ecke von New York herrscht ein höherer Standard an schwarz gekleideter Konformität als an anderen Orten.

Wir haben aber auch die besten Restaurants der Welt genau vor der Tür. Wie sollen Frauen wie ich da überhaupt gewinnen, wenn all das gegen uns arbeitet?

Blake lässt die Tasche fallen, nimmt meine Hände und legt die Handflächen auf seine Brust, bevor er mich in die Arme nimmt. »Ich kann mir nichts vorstellen, was sich dir in den Weg stellen könnte, wenn du etwas wirklich erreichen willst. Du bist eine Kraft, mit der man rechnen muss, Mel. Lass dir von niemandem etwas anderes einreden.«

Er hat nicht miterlebt, wie schwach ich Thaddeus gegenüber bin und alles annehme, was er austeilt, weil ich Angst habe, gefeuert zu werden, wenn ich auf meinem Standpunkt beharre.

»Manchmal fühle ich mich so. Aber manchmal fühle ich mich wie eine Randfigur in meinem eigenen Leben. Und als wäre das alles meine Schuld. Als würde das Publikum mich anbrüllen, was ich zu tun habe, und ich verstehe noch nicht mal, was sie schreien. Ach verdammt, sie haben wahrscheinlich schon längst das Programm gewechselt, um jemandem zuzusehen, der mutiger und aufregender ist. Ich hasse mich dafür, damals mit Volleyball aufgehört zu haben, und dafür, dass ich mich immer noch genauso fühle, obwohl ich älter und klüger bin und es eigentlich besser wissen müsste.«

Blake am Vortag zu sagen, dass ich ihn will, war das Selbstbewussteste, was ich seit langer, langer Zeit hinbekommen habe.

Blake lächelt und beugt sich zu mir. Seine Lippen fühlen sich weich auf meiner Stirn an und lassen mich am ganzen Körper erschauern. »Lass uns mal überlegen, ob sich da was machen lässt, dass du dich eher wie ein knallharter Typ fühlst.«

Er führt mich bis zu einem Kai, auf dem ein ungefähr fünfzigjähriger Mann mit langem schütterem Haar, das er zu einem dünnen Zöpfchen zusammengekratzt hat, steht, ein Klemmbrett in der Hand.

»Wofür ist das?« Ich nehme das angebotene Klemmbrett und lasse meinen Blick über eine Seite, bedeckt mit winzigen Buchstaben. schweifen – eine Einverständniserklärung.

»Wir werden das da machen.« Blake zeigt hinaus aufs Meer, wo man ein paar Leute durch die Luft rasen und wie Delphine durchs Wasser tauchen sieht, angetrieben von Wasserjets, die an ihren Füßen befestigt sind.

»Was ist das?«

»*Flyboarding*. Sieht das nicht toll aus?« Blake schaut weiter grinsend raus zu den Leuten.

Toll?! Die Menschen auf diesen Dingern sind hinter dem Hafen, weiter draußen im Meer, wo im tieferen Wasser bestimmt schon Haie kreisen und sich erwartungsvoll die Lippen lecken.

Haben Haie überhaupt Lippen?

Ich fingere unschlüssig an dem Papier herum, auf dem sich die juristischen Paragrafen nur so tummeln. »Warum müssen wir den unterschreiben? Ist es nicht sicher?«

Zöpfchen-Mann schüttelt den Kopf. »Doch, absolut, aber manchmal verderben bestimmte Leute allen anderen den Spaß. Kids, die hier zum Spring Break herkommen. Für den Veranstalter ist es einfach eine Möglichkeit sich abzusichern, für den Fall, dass irgendein Volltrottel denkt, er müsse ein besonders toller Hecht sein und dabei sich selbst – oder jemand anderen – verletzt. Aber es ist noch nie was passiert.«

Ich versuche, meine Stimme ruhig klingen zu lassen. »Und seit wann sind sie hier tätig?«

»Seit acht Monaten. Aber es ist auch eine ziemlich neue Sache, also …« Er dreht sich zu seinem Boot herum und fingert an irgendwelchen Tauen herum.

In der Verzichtserklärung wird mit dicken Überschriften und in fetten Großbuchstaben davor gewarnt, dass dieser Sport zu Verletzungen oder dem Tod führen kann, was mir nicht gerade ein wohlig warmes Gefühl in der Magengrube bereitet –

vor allem, wenn noch hinzukommt, dass weder der Veranstalter noch seine Angestellten irgendeine Haftung übernehmen. Ich überfliege die Seite nochmals und Worte wie *Entschädigungsleistung* und *Schadensfall* springen mich geradezu an.

»Hey, liest du das immer noch?« Blake stößt mich mit der Schulter an.

»Ich möchte tatsächlich durchlesen, was ich unterschreibe.« Oder es ins Meer werfen, ohne es zu unterschreiben.

Er lächelt. »Ich wette, du bist eine von denen, die die Bedingungen und Konditionen komplett durchlesen, bevor sie Musik runterladen, stimmt's?

Ich rümpfe die Nase. »Natürlich. Wer weiß, was man da zustimmt? Sie könnten einen Paragrafen einfügen, dass man bereit ist, seine Niere wegzugeben oder seine Download-Einzelheiten einer Reality-TV-Show zur Verfügung zu stellen und du weißt nicht, dass du das unterschrieben hast.«

»Weil das vor Gericht auf jeden Fall Bestand hätte.«

»Halt die Klappe, und lass mich ausreden.« Warum fällt es mir so schwer, in seiner Gegenwart ernst zu bleiben? Ich konzentriere mich wieder auf das Papier, in der Hoffnung, dass er mein dümmliches Lächeln nicht bemerkt.

Er klopft mit einem Stift auf die Linie für die Unterschrift. »Diese Verzichtserklärungen sind Standard. Es sind dieselben, egal, ob du Seilklettern gehst oder zu einer Routineuntersuchung ins Krankenhaus.«

»Hab ich auch noch nie gemacht.«

Er lächelt. »Und heute wirst du es auch nicht tun. Komm schon, wir können entweder Langweiler sein und jeder in seiner kleinen, sicheren Blase hocken bleiben – oder wir gehen da raus.«

Mein Blick folgt seinem Zeigefinger, der auf die Leute auf

dem Wasser weist. Ein Mädchen schnellt gerade ins Wasser hinein und wieder heraus wie ein Delphin. Sie schießt in eleganten Bögen durch die Luft und quietscht dabei vor Begeisterung, während ihre Mutter auf einem Wasserstrahl fast zehn Meter hoch in der Luft schwebt. Es sieht nach einem riesengroßen Spaß aus.

Ich unterschreibe mit einem extra Schnörkel, gebe dem Mann auf dem Boot das Klemmbrett zurück und drehe mich um, um Blake meinen Zeigefinger in die Brust zu pieken. »Einverstanden, aber wenn ich mir etwas breche, dann wirst *du* dir auch was brechen.«

Und überhaupt, wenn Omas und kleine Kinder das machen, kann es ja wohl nicht so schwer sein, oder?

**

Ich werde ertrinken, während mein nackter Hintern mir aus der Hose hängt.

Meine Füße sind eingezwängt in die schweren Jet-Ski-Stiefel, die von einem Motor angetrieben werden. In den Stiefeln schwebt man, aber zugleich ziehen sie auf eine Weise an den Füßen, dass mich die Angst unterzugehen geradezu in die Fersen beißt. Die Schwimmweste hält mich zwar über Wasser, aber ich kann das hier nicht. Im Versuch, meinen Hintern zu verstecken, rolle ich mich zurück auf den Rücken. Ich zerre am nassen Stoff meiner Surfer-Style-Neopren-Shorts, aber der Gummibund hat sich ums Verrecken an meinen Hüften festgesaugt.

»Dreh dich um!«, ruft Zöpfchen-Mann, aber das Letzte, was ich will, ist, so aus dem Wasser geschossen zu werden.

Der Motor ist leiser, als ich erwartet hätte, und da die Vibration wahrscheinlich das Einzige ist, was die Meeres-Raubtiere fernhält, fühlt sich sein Geruckel noch irgendwie beruhigend an. Oder besser gesagt: würde sich so anfühlen, wenn es nicht die Antriebskraft des Motors gewesen wäre, die mir die Shorts auf die Hüften runtergezogen hat.

Bestimmt beißt ein Hai mir den halben Hintern weg, und ich werde mit einem asymmetrischen Allerwertesten hier im Meer verbluten. Bei diesem Gedanken wünsche ich mir nichts sehnlicher, als so schnell wie möglich herauszufinden, wie diese verdammten Jet-Stiefel funktionieren, und ich bin wieder bereit, den Kampf aufzunehmen. Aber je mehr ich bei dem Versuch, meine Blöße zu bedecken, mit den Armen rudernd um mich schlage, desto mehr Kraft scheint in den Antrieb zu gehen. Gleich werde ich aus dem Wasser schießen und dann auf die Meeresoberfläche knallen wie ein Orka mit einem Krampfanfall.

Glücklicherweise gelingt es mir mit einem letzten, heftigen Ruck, die Shorts an die richtige Stelle zu zerren, und der nächste Schub aus den Jet-Stiefeln trifft mich, als mein Körper gerade ganz steif ist – was anscheinend das Geheimnis des *Flyboardings* ausmacht. Erst zische ich über das Wasser wie ein Torpedo, dann stehe ich kerzengerade in der Luft.

Es ist wie Schweben.

So stetig wie ein tiefes Einatmen werde ich auf fünfzehn Meter in die Luft hochgehoben und dort gehalten. Ich halte ganz still, um es nicht zu vermasseln, schaue mich vorsichtig um und begegne Blakes beeindrucktem Blick, der von unten zu mir hochsieht. Er war als Erster dran und weiß, wie schwierig es ist, aber ich wünschte, wir könnten es beide gleichzeitig versuchen … Hauptsächlich, weil ich dann nicht im Zentrum des Geschehens stehen würde.

Ich wette, man kann von hier oben eine Menge Haie sehen.

Mist! Beim Versuch, in meiner näheren Umgebung irgendeinen Hai zu entdecken, beginne ich mit den Armen zu rudern und knalle zurück aufs Wasser. Ich spüre Stiche auf der Haut und in meinem Nacken, die so stark sind, dass es mir die Tränen in die Augen treibt.

Ich hasse das Wasser, ich hasse den Veranstalter, und ich hasse die Oma und das Kind, bei denen das alles so verdammt einfach ausgesehen hat.

Ich hasse mich dafür, dass ich auf diese Weise aufgeben will.

Ich bin keine, die aufgibt. Bin ich noch nie gewesen. Vielleicht hat es in den letzten Jahren ein paar Kompromisse zu viel gegeben, bei denen mein jüngeres Ich aufgejault hätte, aber das hört hiermit auf. Ich kann das.

Frust brodelt in mir auf, überschwemmt mein Inneres, aber ich nutze die Kraft dieses Gefühls, um meine Beine durchzustrecken und mich auch innerlich zu straffen. Ich steige zwanzig Meter über die Wasseroberfläche auf und halte mich dort, bis ich eine Siegerfaust in die Luft recke, was mich aus dem Gleichgewicht bringt, sodass ich zur Seite kippe und wieder unter Wasser gedrückt werde.

Dann huste ich salziges Meerwasser aus meinen Lungen – die Augen tränen, die Nase brennt – und stecke die nassen Haarsträhnen, die sich gelöst haben, zurück in meinen Pferdeschwanz.

Von Blakes Lächeln geht ein Funkenregen aus, der über meine Haut prasselt.

Wahrscheinlich sehe ich aus wie ein begossener Pudel, aber ich habe mich nie schöner gefühlt.

10. Kapitel

Blake

Ich kann Mels Geständnis immer noch nicht ganz verstehen. Sie nimmt das Leben in Angriff – wie sich gerade eben wieder gezeigt hat, so, wie sie sich ins *Flyboarding* hineingestürzt und mich dabei völlig übertrumpft hat.

Das war unheimlich sexy.

Als wir in meinem Hotelzimmer ankommen, sind Salz und Sand auf meiner Haut so eingetrocknet, dass ich mich mehr als verkrustet fühle. Ich ziehe die Karte durch und gehe als Erster hinein.

»Nettes Zimmer.« Mel fährt mit der Hand über den Tisch, die Kommode, das Fußende des Bettes. Das macht sie häufig, wie mir aufgefallen ist. Eine Frau mit ausgeprägtem Tastsinn.

»Danke.« Da Shawn für den Flugpreis aufgekommen ist, habe ich beschlossen, mir ein hübsches Zimmerchen zu leisten, das aber nicht so protzig ist, dass es meinen Geldbeutel sprengt. Dennoch ist die Bettwäsche unglaublich weich und glatt, und plötzlich packt mich das heftige Verlangen, Melanie nackt auf die Laken zu werfen.

Konzentrier dich, Blake. Auf dem Weg hierher hat sie gesagt, dass sie hungrig ist. Also reiche ich ihr die Speisekarte des Zimmerservice und versuche, nicht mit meinem Schwanz zu denken.

»Hier gibt es ein paar großartige Burger im Angebot.«

»Schön.« Ihre Finger spielen mit der Speisekarte, aber sie schaut sich das Angebot nicht an.

»Du könntest etwas bestellen und dich duschen, während du wartest. Oder…« Ich verstumme.

»Oder?«

Ich bin nicht sicher, ob der Rosé-Ton ihrer Wangen von der Sonne kommt oder ob sie gerade errötet. Ich lasse meinen Blick über ihren Körper wandern – von den Augen bis zu den Fußspitzen und wieder zurück. Ich bin hart, als sich unsere Blicke treffen. »Oder wir könnten zusammen duschen und dann essen.«

Sie wirft die Speisekarte auf die Kommode. »Zusammen duschen spart Wasser.«

»Es ist eigentlich die einzig vernünftige Entscheidung.« Ich stehe ganz dicht bei ihr.

Sie beißt sich auf die Unterlippe. »Wer Wasser spart, rettet unschuldige kleine Meerestiere.«

»Tierschutz ist so unglaublich sexy.« Ich ziehe sie an mich, drücke meine Lippen auf ihre und schmecke die salzige Wärme, die von ihnen ausgeht. Ich streiche ihre Wirbelsäule entlang und drücke ihre Hüften gegen meine, während ich mich eng an sie presse. Sie seufzt, als wäre es eine Erleichterung.

Sie schiebt ihre Hand unter mein T-Shirt, und ihre Finger tanzen so leicht über meinen Rücken, dass es mir schmerzhaftes Verlangen bereitet. Ich knete ihren Hintern und die kleine Falte an der Stelle, wo er in den Oberschenkel übergeht, bin aber genervt von der Kleidung, die zwischen Haut und Berührung steht.

Sie muss sich genauso fühlen, denn sie zerrt ungeduldig an meinem Shirt. Ich ziehe es aus, und sie küsst meine Brust, leckt darüber bis zu einem meiner Nippel. Als sie ihn in ihren heißen Mund einsaugt, erstarre ich für einen Moment. Das bin ich nicht gewohnt – aber ganz gleich, an welcher Stelle sie meinen Körper mit ihrer begnadeten Zunge berührt, ich würde sie dort verdammt nochmal tun lassen, was immer sie will.

Sie fühlt sich warm unter meinen Händen an, und ich bearbeite sie sanft, bis sie nach Luft schnappt. Ich streife ihr den Pullover über den Kopf.

»Lass uns ins Badezimmer gehen«, schlägt sie vor, während sie meine Hose öffnet, und ich ziehe ihr als Antwort die Shorts herunter. Ihr Blick saugt sich an der Spitze meines harten Schafts fest, und sie entfernt mein letztes Kleidungsstück. Sie leckt sich über die Lippen, und mein Glied zuckt.

»Was denkst du, Mel?«

Sie zieht ihr Oberteil aus, und ihre Brüste, die nun blasser sind als ihre sonnengebräunten Arme und ihr Dekolleté, schwingen befreit.

»Ich will dich in meinem Mund haben. Ich will dich in mir haben.« Unsere Blicke treffen sich. »Überall.«

Jesus.

»Geh in die Dusche. Stell eine angenehme Temperatur ein.«

Sie runzelt die Stirn. »Was wirst du tun?«

»Mir alle Kondome holen und zu dir kommen.«

Sie grinst und stürzt ins Badezimmer.

Ich schnappe mir die Kondome, die ich vorhin gekauft habe, nehme sie mit ins Badzimmer und sehe gerade noch, wie Mel in die Glaskabine schlüpft. Dampf steigt auf, und das Glas beschlägt, während das herabströmende Wasser ihren Körper fast vor meinen Blicken verbirgt.

In vollem Bewusstsein, dass ich sie beobachte, greift sie nach einer Flasche Duschgel und seift sich die Hände ein. Dann reibt sie sich selbst ein, die Luft riecht nach Mandeln, und meine Erregung wird noch härter.

Ich öffne die Tür, um die Vorführung zu bewundern, ohne dass ein beschlagenes Glas die Sicht versperrt auf den Schaum, der an ihrem Körper hinabgleitet, die Haut ihrer Brüste und Hüften poliert und dann erst auf den Boden tropft.

Nachdem ich das Kondom auf die Ablage gelegt habe, drücke ich selbst Duschgel auf meine Handfläche und halte sie kurz hoch, um etwas Wasser aufzufangen.

»Dreh dich um.«

Sie wendet mir ihren nackten Rücken zu und ich verteile den duftenden Schaum auf ihrer Haut, fasziniert von den Seifenbläschen, die durch die Ritze ihres Hinterns herunterrutschen.

»Spreiz deine Beine.«

Sie gehorcht, und ich lasse meine glitschigen Hände an der Innenseite ihrer Schenkel nach oben und über ihre prallen Hinterbacken gleiten. Ich dränge sie nach vorn, um den Seifenschaum abzuwaschen, dann drehe ich sie zu mir herum und sauge das Wasser ein, das von ihrem keck aufrechtstehenden Nippel tropft.

Sie stöhnt, schiebt mich aber zurück, bis ich gerade stehe, und drückt Duschgel direkt auf meine Brust. »Du bist noch dreckig. Ich bin dran.«

Mit gleichmäßigen Bewegungen arbeitet sie sich hinunter von meinem Brustmuskel über meinen Bauch. Ein Grinsen umspielt ihre Lippen, als sie mit ihren seifigen Händen meinen Schaft umschließt und beginnt, ihn vor- und zurückzuschieben. »Mmmh, Blake, hier bist du besonders schmutzig.«

Ich beiße die Zähne zusammen.

»Völlig versaut.«

Sie hört mit dem nassheißen Reiben nicht auf, während sie

die andere Hand sinken lässt und damit meine Eier streichelt. Sie streicht sie von unten mit der Handfläche und erregt die empfindliche Haut, bis auch sie hart werden.

Sie zieht mich nach vorn bis in den Wasserstrahl, und während sie mich weiter verwöhnt, wäscht sie das Duschgel herunter, bis kein einziges Seifenbläschen mehr auf meinem Körper ist. Ihr Selbstvertrauen ist fast so sexy wie die Dinge, die sie mit mir anstellt. Sie lässt sich auf die Knie nieder und nimmt mich in ihren Mund, ihren Blick in meinem, und ich kann nicht wegsehen. Ich greife nach ihrem Pferdeschwanz und schlinge ihn um meine Hand, aber lasse sie Tempo und Tiefe bestimmen.

Und ja, sie macht es genau richtig.

»Melanie.«

Sie saugt stärker und hebt fragend die Augenbrauen. Gut, dass zwei der Wände aus Stein sind, denn so, wie ich sie gleich gegen die Wand vögeln werde, hätte Glas keine Chance.

»Steh auf. Jetzt.« Meine Stimme klingt tief und rau, und sie stolpert auf die Füße.

Ich drehe sie herum, sodass sie zum Wasserstrahl schaut, streichle sie und schmiege mich mit dem ganzen Körper von hinten an sie ran. Ich nehme ihre Handgelenke und setze ihre Handflächen auf Höhe ihres Kopfs gegen die Wand. Dann lasse ich meine Hände unter ihren Armen durchschlüpfen und streichele ihre Nippel, so lange, bis sie hart und steif sind.

»Lass deine Hände dort oben.«

Sie drängt ihren Hintern gegen meinen Penis, aber lässt ihre Hände, wo ich sie haben will.

Ich berühre sanft ihren Nacken. »Spreiz deine Beine für mich, Baby.«

Ich trete einen Schritt zurück, um mir dieses hübsche Bild genauer anzusehen, während ich mir das Kondom überstreife.

Ihre Haut glänzt, und in ihren Beinen zuckt es vor Erwartung. Dank der erhobenen Arme wird die Wirkung ihrer hinteren Kurven noch verstärkt, und ihr Hintern reckt sich mir entgegen. Diese Frau tut mir einiges an.

Sie stöhnt, als ich ihren Nacken küsse, während ich nach dem abnehmbaren Duschkopf greife.

»Was machst du?« Sie dreht den Kopf, sodass ihre Augen nur ein paar Zentimeter vor meinen glänzen, während ich die Wassertemperatur an meinem Handgelenk überprüfe.

»Dir Freude bereiten.« Zufrieden mit der Temperatur schlinge ich einen Arm um ihre Hüften, bringe mich vor ihrem Eingang in Position, dringe in sie ein und richte zugleich den sanften Wasserstrahl direkt auf ihre Klitoris.

Ihre Scham bebt um mich herum, und ihre Hüften bewegen sich buckelnd. »Oh mein Gott.«

Ich will mein Gesicht zwischen ihren Beinen vergraben und sie verschlingen, aber noch mehr will ich spüren, wie sie um mich herum kommt. Ich ziehe mich fast komplett aus ihr heraus und fülle sie dann wieder ganz aus, den Wasserstrahl immer noch auf ihre Klitoris gerichtet.

»Heilige Scheiße.« Sie sackt gegen mich, spreizt die Beine sogar noch weiter und lässt mich tiefer hinein.

Solange das Wasser sie von vorn massiert, muss ich mir darum keine Gedanken machen. Ich lasse den Strahl dahin spritzen, wo er soll, und nehme sie hart und stetig. Vielleicht zu hart, aber sie drückt sich mir entgegen und stöhnt jedes Mal, also bin ich ziemlich sicher, dass es ihr gefällt.

Ich nehme ihr eines Ohrläppchen zwischen die Zähne und sauge daran, puste ihr meinen Atem sanft ins Ohr, während ich sie weiter ficke und gleichzeitig mit dem Wasserstrahl um ihre Klitoris kreise.

An der Art, wie ihre Beine sich anspannen, merke ich, dass sie nicht mehr lange brauchen wird. Aber ich will mit ihr kommen, in ihr kommen, wenn sie es tut, also stoße ich tiefer. Meine Eier schmerzen und spannen.

So nah.

Ihr Körper versteift sich, sie atmet noch nicht einmal und schreit dann auf. Ihr Körper drückt sich mir entgegen.

Ich stoße noch dreimal, bevor auch ich komme. Dann lasse ich den Duschkopf fallen und schlinge meine Arme um sie.

Sie drückt mich fest an sich, während wir, so miteinander verbunden, versuchen, wieder zu Atem zu kommen.

Sie erholt sich zuerst und streckt die Hand aus, um das Wasser abzustellen. Ich halte das Kondom fest und ziehe mich aus ihr heraus. Sie stöhnt auf, und ich drücke ihr einen Kuss auf die Schulter.

»Das war großartig«, sage ich.

Sie streckt die Arme. »Ich habe noch nie mit jemandem zusammen geduscht.«

»Wirklich?« Irgendwie gefällt es mir, dass sie mich für diese Erfahrung ausgewählt hat.

»Mmmh.« Sie wendet sich mir zu, und ich küsse sie langsam und intensiv. »Ich denke, ich habe da was verpasst.«

Ich beuge mich zur Seite und schmeiße das Kondom in den Abfalleimer. Es ist nicht immer so. Verdammt, ich kann mich nicht erinnern, dass Sex in der Dusche jemals vorher so gut war! Aber ich lächle. »Ja, hast du.«

»Kannst du mir ein Handtuch geben, bitte?«

Ich öffne die Tür, reiche ihr einen flauschigen weißen Bademantel vom Haken und wickle mir selbst ein Handtuch um die Hüften. Sie schlingt sich ein Handtuch um die Haare.

»Bist du noch hungrig, Mel?«

»Völlig ausgehungert!«

Gott, ist sie süß! Wir verlassen das Bad zusammen mit einer Dampfwolke.

Ich greife nach der Speisekarte und setze mich aufs Bett. »Ich habe immer noch Lust auf einen Burger.«

Sie lässt sich neben mich fallen und steckt das Handtuch um die Haare fester. »Ich würde tatsächlich irgendwas mit Rindfleisch nehmen. Shelby hat hauptsächlich Samen und Körner da.« Sie schaut über meine Schulter auf die Karte und zeigt auf den klassischen Cheeseburger mit Bacon. »Den da. Keine Zwiebeln. Nimmst du Zwiebel-Ringe oder Pommes dazu?«

»Wieso?«

»Ich will etwas von beidem, und wenn wir jeder eins nehmen, können wir teilen.«

»Klingt gut.« Ich rufe die Rezeption an und gebe unsere Bestellung auf, während sie das TV-Angebot überfliegt.

»Welche Serien guckst du?«, fragt sie, als ich auflege.

»Ich habe in letzter Zeit kaum Zeit für irgendwas gehabt. Ich habe ziemlich viel gearbeitet.«

Sie rollt mit den Augen. »Bist du einer dieser Blödmänner, die so aufgeblasene Ansagen machen wie: ›Oh, ich schaue nie Serien. Oh, ich esse kein Salz.‹«

Ich werfe ein Kissen nach ihr. »Du weißt, dass ich nicht so bin. Die letzten paar Monate waren wirklich hart, aber das ist fast vorbei. Und dann mache ich Binge Watching bei allen Serien, die ich mir aufgespart habe.«

»Und das wäre …?«

»Ich habe ein paar Staffeln von *Supernatural*, die ich nachholen muss, und ich wollte mir schon ewig *Sense8* anschauen, aber habe es bisher nicht geschafft. Und über *Orphan Black* habe ich auch schon tolle Sachen gehört.«

»Oh, das ist eine super Serie! Die Schauspielerin ist richtig gut. Sie sollte jeden Preis dafür abräumen, dass sie eigentlich fast allein spielt. Lass uns das anschauen!«

Ich zucke mit den Achseln. »Klar, warum nicht.« Ich mache es mir auf dem Bett bequem und breite einladend die Arme aus.

Sie kuschelt sich an mich und wir schauen *Orphan Black,* bis das Essen kommt.

Dann essen wir.

Und entspannen.

Ihr Rücken und ihr Nacken sind verspannt, vom Sturz ins Wasser heute, also greife ich mir das Öl und massiere die Verspannung aus ihrem Körper, vom Kopf bis zu den Zehen.

Und dann sind wir viel zu beschäftigt damit, uns anzusehen, um noch auf den Fernseher zu achten.

11. Kapitel

Melanie

Mein Telefon klingelt, und als ich den Namen auf dem Display sehe, nehme ich sofort ab.

»Hey, Bails. Was gibt's?«

Ich liege auf dem Bauch auf Shelbys Couch. Buddy springt neben mich und kuschelt sich an meine Taille. Er schnurrt so, als wüsste er, dass ich glücklich bin, und als würde er diesen Augenblick gerne mit mir teilen.

»Sag du's mir. Du hast mich gar nicht angerufen. Und ich saß hier rum und hatte schon Angst, dass jemand anderes als Erster alle unanständigen Details deines Dates erzählt bekommt. Also, ich weiß, ich sollte einen auf cool machen und drei Tage abwarten, dass du dich meldest, aber …«

Ich lache. »Abgesehen vom letzten Satz klingst du fast wie meine Mutter. Wir sind gestern nochmal ausgegangen und hatten eine unglaubliche Zeit zusammen. Ich bin letzte Nacht in seinem Hotelzimmer geblieben …«

»Mannomann, und, sind deine Hüftknochen blau?«

»Ha, ha. Aber im Ernst, ich kann kaum glauben, was in den letzten Tagen alles passiert ist.«

Es fühlt sich surreal an, so, als würde sich um alles ein Rand aus weichem Sand und bonbonfarbenem Himmel legen, zu schön und strahlend, um wahr zu sein. »Es ist wie ein Traum, der Wirklichkeit geworden ist.«

»Aber? Du klingst trotzdem nicht begeistert, wenn du darüber sprichst.«

Ich streichle Buddys Rücken, und er belohnt mich mit einem Schnurren.

»Na ja, es kann doch nirgendwo hinführen, oder?«

»Selbst wenn das stimmen würde, was nicht der Fall ist, wer sagt denn, *dass* es irgendwo hinführen muss? Wie lange kennen wir beide uns – sieben Jahre? Ich habe dich wirklich sehr lieb, aber wann hast du jemals zuvor schon mal alle Hemmungen über Bord geworfen und etwas Lustiges und Leichtfertiges getan und zwar nur, um etwas Lustiges und Leichtfertiges zu tun?«

Ich wühle in meinen Erinnerungen, was nicht dazu führt, ihr einen Gegenbeweis präsentieren zu können, und muss zugeben, dass sie recht hat. »Das stimmt. Diese L-Worte gehören normalerweise nicht zu meinem Vokabular.«

»Einen Fünf-Jahres-Plan machen ist sowas von vorgestern. Was hält dich davon ab, den Moment zu genießen? Dir den sexy Mann zu schnappen und dich mit ihm zu amüsieren? Dich einfach mal richtig reinzuwerfen in …«

»Verstehe schon.« Ich lache. »Ich fürchte, ich halte mich wohl selbst von alldem ab.«

»Na, dann steh dir eben dieses eine Mal nicht selbst im Weg. Hör auf, dich einzugrenzen. Wen interessiert schon, wie es zu Ende gehen wird? Du sollst jetzt erst einmal etwas *anfangen*. Etwas anfangen und es auch wirklich genießen. Im Leben geht's doch um den Weg und nicht nur um das Ziel. Du überspringst etwas, und das bedeutet, dass du gerade den Teil verpasst, in dem das Leben eigentlich stattfindet.«

Ich lächle. »Ich weiß, dass du recht hast. Vielleicht bin ich irgendwie aus dem Gleichgewicht, weil ich ihn schon so lange wollte, dass ich mir selbst eingeredet habe, er würde mich niemals auch nur beachten.«

»Ich fürchte, das ist der springende Punkt. Nimm es an, Mel. Und wenn es für all die Mädchen auf der Bank ist, die sich wünschen, ihr Schwarm würde sie auswählen, damit sie mit im Spiel sind.«

Ich atme tief aus – wie lange ich die Luft schon angehalten habe, ist mir gar nicht aufgefallen. »Stimmt. Ich mache mir viel zu viele Gedanken, und dabei sollte ich eigentlich einfach loslegen.«

»Ja, das tust du jetzt. Sprich mir nach: Was im Urlaub passiert, bleibt auch im Urlaub.«

»Was im Urlaub passiert, bleibt auch im Urlaub«, plappere ich gehorsam nach.

»Wunderbar. Und jetzt: Wenn du eine Sache als 3-D-Druck ausdrucken könntest, was wäre das?«

Ich kaue auf meiner Unterlippe. Baileys willkürlich gewählte Fragen führen normalerweise zu einem Thema, über das sie einen Artikel schreiben will. »Die einzigen Dinge, die mir gerade einfallen, sind alles andere als jugendfrei. Ich habe nur schmutzige Gedanken im Kopf. Warum, was würdest du ausdrucken?«

Sie zögert einen Moment. »Okay, ich habe diesen Hund gesehen. Er hatte keine Vorderpfoten.« Sie zögert wieder, und ich weiß, wenn ich vor ihr stehen würde, könnte ich die Tränen in ihren Augen sehen. »Sie haben ihm Pfoten gemacht. Und sie haben ihn beim Rennen gefilmt, und, igitt, ich werde schon ganz trübselig, wenn ich nur daran denke.«

»Du bist die Beste.«

Sie schnieft. »Es ist lächerlich, aber es hat mich voll in die Magengrube getroffen. Wie dem auch sei – wie geht's dir überhaupt, mal abgesehen von der Blake-Geschichte? Du hast gar nicht erzählt, was dich eigentlich dazu gebracht hat, Häuser zu tauschen.«

Ich streichle über Buddys Stirn und merke, wie ich beim Gedanken an den Höllentag, der mich hierhergebracht hat, verkrampfe. »Gut«, antworte ich etwas zu kurz und bündig.

»Wenn du darüber reden möchtest …«

»Ich würde im Moment lieber an schöne Dinge denken, wenn das okay ist.«

»Natürlich ist es das.« Ihre Stimme wird weicher. »Siehst du Blake bald wieder?«

»Er hat gefragt, ob ich Lust habe, tanzen zu gehen, und ich habe mehr oder weniger abgesagt und behauptet, ich wäre müde. Aber weißt du was? Ich werde ihn anrufen und zusagen. Nur vielleicht erst für morgen. Er hat mich völlig fertiggemacht.«

»Juhu! Hast du etwas zum Anziehen? Willst du mir Fotos schicken, und ich berate dich?«

Bailey hat ein unglaubliches Gespür für Mode. Sie schafft es mit einer Art Voodoo, die einfachsten Outfits einzigartig und wie neu wirken zu lassen. Ich kaue auf meiner Lippe herum und blicke Richtung Schlafzimmer. »Nicht so richtig. Aber ich wette, Shelby hat irgendwas Aufregendes, in das ich mich reinquetschen kann.«

»Du klingst schon besser. Ich will auf dem Laufenden gehalten werden. Ruf mich an, wenn du kannst, aber fühl dich nicht gezwungen. Wenn ich nichts von dir höre, gehe ich davon aus, dass du irgendwo an einem Strand über Blake herfällst.«

»Damit könntest du gar nicht so falschliegen.«

Sie quiekt, ich lege auf und fühle mich besser, denn sie hat recht. Ich mache mir über alles viel zu viele Gedanken und schränke mich selbst in meinem Leben ein, indem ich mich davon abhalte, etwas überhaupt auszuprobieren, weil ich fürchte, es könnte schieflaufen. Was habe ich mir wohl schon alles entgehen lassen und gar nicht erst gewagt, es anzufangen, weil ich zu beschäftig damit war, mir Sorgen zu machen, wie es wohl enden könnte?

Ich habe bereits Blakes Nummer gewählt, als ich merke, dass ich völlig vergessen habe, Bailey zu fragen, wie es bei der Arbeit läuft. Macht nichts. Ich habe Ferien, und die Arbeit ist das Letzte, woran ich denken sollte. Davon mal abgesehen, selbst wenn etwas Dringendes anläge, könnte ich von hier aus sowieso nichts tun.

»Vermisst du mich schon?« In Blakes Stimme schwingt ein Lächeln mit.

»Bestimmte Teile von dir vielleicht.« Ich kann nicht glauben, dass ich das gerade gesagt habe.

»Welche denn?«

»Deine Hände. Und Füße.«

»Abartig.«

Ich schnaube. »Du hast gesagt, du wolltest mit mir Tanzen gehen. Steht das Angebot noch?«

»Mmmh. Ich dachte, du wärst müde.«

Ich rolle mich auf den Rücken, ganz vorsichtig, um Buddy nicht von der Couch zu stoßen. »Ich meine morgen Abend. Bist du dabei?«

»Auf jeden Fall. Ich hol dich um neun ab, und wir können erst noch einen Happen essen gehen, wenn du willst?«

»Klingt gut.« Ich lächle, lege auf und hoffe, dass Shelby wirklich irgendetwas in ihrem Schrank hat, was ich anziehen kann. Falls nicht, muss ich morgen shoppen gehen. Ist es merkwürdig, eins von ihren Kleidern auszuleihen? Wie würde ich mich fühlen, wenn sie meine Sachen trägt?

Ich zucke mit den Achseln und gehe in ihr Zimmer. Wenn sie es wirklich brauchen würde, hätte ich kein Problem damit, dass sie sich etwas ausleiht – solange sie es im selben Zustand wieder zurückgibt. Was sie wohl gerade macht? Ob sie schon in der verranzten Bodega in meiner Straße war? Ich hätte sie warnen sollen, dass man dort nichts essen sollte außer der Käse-Pizza.

In Shelbys Kleiderschrank findet sich alles, von einer großartigen Toga mit einem Farbverlauf von cremefarben bis zu einem hellen Blau über Jeans bis zu Abendkleidern. Ich fühle mich ein bisschen schuldig, als ich ihre Bügel durchgehe und die Kleider beurteile, so als würde ich den Schrank meiner coolen älteren Schwester plündern, während sie bei einer Freundin ist. Die Kleiderbügel machen leise *klick-klick-klick*, während ich ein Kleid nach dem anderen als zu klein, zu provokant oder zu steif fürs Tanzen aussortiere.

Dann entdecke ich es. Ein schwarz-silbernes, ärmelloses, mit glitzernden Pailletten besetztes Satinkleid, fast am Ende der Kleiderstange. Es erinnert an ein Charleston-Kleid aus den 1920er Jahren und ist wegen des Besatzes schwerer, als ich dachte, aber bevor ich es mir anders überlegen kann, lege ich es aufs Bett, ziehe mich aus und streife es über den Kopf.

Es ist bei Shelby wahrscheinlich lockerer, aber es passt. Und es sieht großartig aus. Das Kleid betont meine Kurven, während die Pailletten für Bewegung sorgen. Dank meiner Rundungen sitzt der Saum hoch am Oberschenkel, aber die Fransen verlängern den Rock um ein paar Zentimeter, und die Schnüre mit den coolen Steinchen kitzeln auf meiner Haut. Der Ausschnitt ist ziemlich tief, und ich kann darunter keinen BH tragen, aber die Pailletten bedecken den unteren Teil meiner Brust. Wie eine Sexbombe stolziere ich zum Spiegel, wobei ich das Kleid schütteln und flattern lasse, um zu schauen, wie es wirkt, wenn ich mich bewege. Wenn ich mich im Kreis drehe, heben sich die Fransen, und es ist mehr Bein zu sehen, als ich normalerweise zeigen würde, aber das ist in Ordnung. Ich habe mich verändert.

Ich löse meinen Haarknoten, und mein Haar fällt mir über die Schultern. Die Art, wie es gegen meinen Rücken streicht, erinnert mich an den Saum, sodass ich beschließe, es morgen Abend offen und frei zu lassen.

Ich habe ein Paar schwarze Riemchensandalen dabei, die einfach perfekt zu diesem Kleid passen. Ich ziehe sie an und tanze zum Badezimmer, um mit etwas mehr Make-up zu experimentieren, als ich normalerweise auflegen würde – ein Testlauf für morgen Abend.

Dieses Kleid *schreit* nach Smokey Eyes.

12. Kapitel

Blake

Mel öffnet die Tür – und ihr Anblick verschlägt mir den Atem.

Ihr dunkel glänzendes Haar fällt ihr in sexy zerzausten Locken, die aussehen, als wäre sie gerade aus dem Bett gekrochen, über die Schultern. Ich will sie dorthin zurücktragen, und ihr Haar noch mehr zerwühlen.

Dunkler Eyeliner gibt ihr einen dramatischen Look, und ich weiß nicht, ob es am Make-up oder am Kleid liegt, aber ihre einzigartigen Augen – die einen Farbton haben, den ich nie genau beschreiben kann und der heute Abend sogar noch intensiver wirkt als sonst – schimmern fast goldgrün. Ein Hauch Lipgloss auf ihren von Natur aus vollen Lippen lässt sie im Licht glänzen, als hätte sie sich gerade mit der Zunge darüber geleckt.

Das würde ich jetzt auch gern tun.

»Hallo.« Sie dreht sich leicht, und der Saum des Kleides rutscht ein paar Zentimeter hoch. Was mein Höhlenmenschen-Verlangen kein bisschen schwächt. »Wie sehe ich aus?«

»Wir sollten so schnell wie möglich einen öffentlichen Ort aufsuchen, oder ich kann für meine Handlungen keine Verantwortung mehr übernehmen.«

Eine leichte Röte steigt ihr vom Dekolleté bis ins Gesicht und färbt ihre Wangen rosig. »Danke. Du siehst auch nicht schlecht aus.«

»Jetzt fühle ich mich wirklich underdressed.« Ich zupfe an dem schwarzen Hemd, dass ich zu einer dunklen Jeans trage – das Schickste, was ich eingepackt habe, da ich nicht erwartet hatte, mit jemandem in der Stadt auszugehen.

»Du siehst toll aus. Wenn ich zu dick aufgetragen habe, kann ich mich auch umziehen.«

»Nein. Kannst du nicht.« Die Worte kommen wie ein Knurren heraus, und es wäre mir peinlich, wenn sie nicht so verdammt gut aussehen würde. Diese unglaubliche Frau will mit mir ausgehen, und vor Stolz schwillt mir die Brust, als hätte ich das alles nur mir zuzuschreiben. »Willst du immer noch etwas essen gehen?«

Sie schüttelt den Kopf. »Ich bin nicht besonders hungrig. Ist es in Ordnung, wenn wir einfach tanzen gehen?«

»Zur Hölle, ja.«

Sie grinst. »In welchen Club?« Sie wühlt in ihrer kleinen schwarzen Tasche nach den Schlüsseln.

»Irgendwohin, wo ich dich in diesem Kleid tanzen sehen kann.«

Lächelnd schließt sie die Tür hinter uns ab, und wir steigen in das Taxi, das mich hergebracht hat. Ich bitte den Fahrer, uns in den angesagtesten Club Miamis zu bringen, und wir fahren schweigend dorthin, die Fenster heruntergelassen, um die Hitze im Wagen zu bekämpfen. Wir haben anscheinend genau den Taxifahrer erwischt, der nichts von Klimaanlagen hält.

Ich kann meinen Blick nicht von Mel abwenden. Es liegt nicht nur am Kleid und am Make-up, es ist noch etwas anderes. Ein Glitzern in ihren Augen, die Art, wie sie sich bewegt. Sie wirkt irgendwie … strahlend.

Ich nehme ihre weiche Hand in meine und streiche mit dem Daumen über ihre Fingerknöchel.

Von den Platten des Gehwegs strahlt immer noch Wärme ab, als wir aus dem Auto steigen. Die Warteschlange vor dem Club ist lang, aber auch wenn ich nicht ganz sicher bin, ob es sich wirklich um Del handelt, zwinkere ich dem Türsteher zu. Jemanden außerhalb seiner gewohnten Umgebung zu sehen, kann dazu führen, dass man ihn kaum wiedererkennt. Aber einen eins fünfundneunzig großen Thor-Doppelgänger, mit dem man vier Monate lang zusammen gelernt hat, kann man kaum verwechseln. Er ist ein Schlägertyp, hatte aber die sanftesten Hände, wenn es darum ging, intraorale Kiefergelenkprobleme zu behandeln.

»Blake Wilde, wer zur Hölle hat dich denn aus New York rausgelassen?«, ruft er und kommt zu uns rüber, um meine Hand zu schütteln.

»Dieselbe Frage könnte ich dir stellen.« Ich nehme seine Hand und deute dann auf Mel. »Das ist Mel.«

»Melanie.« Sie lächelt und schüttelt Del die Hand. »Ihr zwei kennt euch?«

Ich nicke.

»Wir waren zusammen in der Ausbildung. Massage-Therapie – bis er entdeckt wurde.«

Del grinst. »Was machst du in meiner Ecke?«

»Urlaub. Lebst du jetzt hier?«

Er breitet die Arme in einer Was-willst-du-machen-Geste aus. »Bin hierhergekommen, um meinem Cousin auszuhelfen, hat mir gut genug gefallen, um auch in den Laden zu investieren. Jetzt bin ich Mitbesitzer, aber ab und zu will ich selbst die Tür machen. Gelegentlich ein paar Betrunkene rauszuschmeißen, hält mich davon ab, total zu verweichlichen – und es geht nicht so auf den Körper wie Massagen.«

»Ich weiß, wovon du redest.«

»Reibst du die Leute immer noch auf die richtige Art?«

Ich lache. »Klar, aber ich bin fast durch mit meinem Praktikum.«

»Schön. Jetzt weiß ich, zu wem ich gehen kann, wenn mein Knie mal wieder rausspringt.«

»Del hat ein paar Jahre in der Football-Profiliga gespielt«, erkläre ich Mel.

»In irgendeiner Mannschaft, die ich kenne?« Sie neigt den Kopf.

»Bei den *Vikings*.«

Sie lächelt süffisant. »Du hast da wohl gespielt, um zu wetten, richtig?«

Del wirft den Kopf nach hinten und lacht so laut und dröhnend, dass sich alle nach uns umsehen. »In der Tat. Wollt ihr rein?« Er weist mit dem Daumen auf den Club, während ich mich frage, wie er es bei diesem Klima mit einem Vollbart aushalten kann.

»Klar. Der Taxifahrer hat den Laden empfohlen. *The place to be* sozusagen.«

Del grinst und entblößt dabei den winzigen Diamanten auf seinem Eckzahn. »Gute Neuigkeiten verbreiten sich schnell. Cool.« Er führt uns zur Tür, greift in seine Tasche und fischt eine Visitenkarte heraus. »Hier ist meine Nummer. Lass mal von dir hören. Ich bin in ein paar Monaten in New York.« Er zwinkert und sagt zu dem Mädchen am Einlass: »Die beiden können so rein.«

»Danke, Mann.« Ich stecke seine Karte in mein Portemonnaie und gebe ihm meine. »Melde dich, wenn du da bist.« Ich nehme Mels Hand.

»Schön, dass wir uns kennengelernt haben«, sagt sie. Sie

winkt ihm, als wir reingehen, und das Mädchen legt jedem von uns ein Backstage-Armband um.

Die Musik klingt gedämpft durch den dunklen Gang, und die Temperatur ist angenehm, die drückende Hitze und die hohe Luftfeuchtigkeit bleiben draußen. Der Durchgang ist lang, fast wie ein Tunnel. Ich merke, wie Belustigung in mir aufsteigt, während wir laufen. Ich weiß nicht warum, aber Mel schaut mich an und kichert. Sie fühlt es auch. Vielleicht, weil wir hier im Durchgang fast die Einzigen sind, so, als würden wir uns heimlich zu einem verbotenen Ort schleichen.

Dann stürmen wir durch die Tür, und die Musik wird immer lauter, während wir in den riesigen Raum treten. Wir haben das Gefühl, in einer Konzerthalle zu sein. Verschiedene Ebenen, auf denen Tische und Stühle stehen, führen nach unten, wo sich in der Mitte des Raums die Tanzfläche befindet. Sie ist erhöht gebaut wie eine große Bühne – und bildet den Mittelpunkt für alle, die an den Tischen sind. Jeder Tänzer wird auf dieser Bühne zum Star.

»Das ist der Hammer«, schreit Mel in der Nähe meines Ohrs gegen die Musik an.

Ich nicke und führe sie durch die Menge zu einer der drei Bars, wo ich Drinks für uns beide bestelle, während der schwere Puls der Bässe über uns hinwegrollt und alle im Raum durch die Vibrationen miteinander verbindet. Hier drinnen, mit den vielen Menschen, ist es wärmer. Wir nippen an unseren Getränken und lassen den dunklen, fast industriellen Dekor auf uns wirken. Schwarze und dunkellila Wände, Details aus gebürstetem Stahl auf den Tischen und hinten in den Sitzecken.

Die laute Musik macht es unmöglich, ein richtiges Gespräch zu führen, aber mir gefällt es, mit Mel neben mir in der Dunkelheit etwas zu trinken. Sie wippt zu den wummernden Beats mit, blitzende Lichter tanzen über ihre Haut und in ihren Augen und lassen ihre umwerfenden Merkmale in blauem, grünem, dann rotem Licht erstrahlen. Ich bemerke die Blicke anderer Männer in ihre Richtung, aber sie scheint es gar nicht wahrzunehmen. Wie ist das möglich?

Sie nimmt einen kleinen Schluck aus ihrem Glas, und ich folge ihrem Blick durch den Raum. Ihr Stirnrunzeln vertieft sich mit jeder dünnen Frau, die auf langen braunen Beinen an uns vorbeikommt.

Ist es das? Ist sie so fixiert auf diese Frauen, mit denen sie meint, sich vergleichen zu müssen, dass sie gar nicht mehr ihre eigene natürliche, unvergleichliche Schönheit wahrnimmt?

Auf einmal will ich ihr zeigen, wie ich sie sehe. Ich will meine gesamte Zeit nur noch darauf verwenden. Es fühlt sich richtig an.

»Komm mit.« Ich stelle mein leeres Glas auf die Bar, und sie stellt ihres daneben.

»Wo willst du hin?« Sie runzelt die Stirn noch tiefer.

Ich wackle mit den Augenbrauen und führe sie durch die Menge, hinunter von Ebene zu Ebene, bis wir an der Bühne ankommen.

Sie zögert einen Moment, als wir uns den Stufen nähern, und ich verlangsame meinen Schritt und drücke ihr beruhigend die Hand.

Mel drückt sich eng an mich, als wir auf der Tanzfläche ankommen, als würde sie versuchen, sich unsichtbar zu machen.

Ich kann zwar nicht singen, aber ich kann mich bewegen. Und noch besser, ich weiß, wie man es richtig macht: Der beste Tanzpartner tut nicht alles, um sich in den Vordergrund zu stellen – er tut alles, um seine Partnerin in den Mittelpunkt zu rücken und dafür zu sorgen, dass sie gut aussieht.

Und Mel sieht bereits fantastisch aus. Ich muss nur dafür sorgen, dass sie sich auch so gut fühlt, wie sie aussieht.

Ich schiebe uns ein bisschen auf unserem kleinen Fleck auf der Tanzfläche herum und achte darauf, meine Hand auf Mel zu lassen, sodass sie Vertrauen und Sicherheit gewinnt.

Mels Augen – die vor Überraschung zunächst riesengroß waren – nehmen wieder ihre normale Größe an, als sie sich entspannt, weil sie merkt, dass ich sie nicht bloßstellen oder in Verlegenheit bringen werde. Ich versuche nicht zu verbergen, wie stark ich mich von ihr angezogen fühle und wie sehr ich sie will, während ich sie an den anderen Tanzenden vorbei über die Tanzfläche führe. Die Musik ändert sich, und ein alter Hip-Hop-Hit lässt die Leute um uns herum begeistert schreien und wilder tanzen.

»Ich liebe dieses Lied!« Mel grinst mich an. Ihre Schultern entspannen sich, und auch die kleine Falte zwischen ihren Augen glättet sich, als sie einen eleganten Hüftschwung macht, der ihr Kleid zum Schimmern und Glitzern bringt, als wäre sie Teil einer Show.

Wie Mel sich unter meiner Berührung selbstbewusst wendet, dreht und gleitet, ist umwerfend. Ich bin völlig überwältigt, als sie den Kopf zurückwirft und sich mit einem selbstvergessenen Lachen schließlich voll dem hämmernden Rhythmus hingibt. Ihre Hüften stoßen gegen meine Hände, und obwohl ich nichts mehr will, als sie an mich zu ziehen und ihren Körper zu spüren, stelle ich mich an den Rand der Tanzfläche, um zuzusehen, wie sie strahlt und leuchtet.

Der Club ist wohl tatsächlich ziemlich angesagt, wenn man von den teuren Klamotten und dem Parfüm der Tänzer um uns herum ausgeht – ein paar Prominente sind auch da. Ich bin ziemlich sicher, dass dort ein Sänger der *Jonas Brothers* mit einem

Victoria's-Secret-Model tanzt … Aber ich kann nicht aufhören, Mel anzustarren.

Sie legt den Kopf zurück, schließt für ein paar Sekunden die Augen und fährt sich mit der Zunge über die Lippen. Dass sie dabei gar nicht versucht, sexy auszusehen, lässt sie sogar noch heißer wirken. Mühelos sexy, unprätentiös. Je länger sie tanzt, desto lockerer und entspannter werden ihre Bewegungen, bis sie praktisch auf der Tanzfläche hin und her gleitet. Niemals in einer Million Jahre hätte ich gedacht, dass ich hierherkommen und so etwas finden würde. Sie tritt näher und reibt sich sanft an mir, ihre Bewegungen werden intimer, sinnlicher, dabei immer noch flirtend und verspielt. Sie wirft mir aufreizende Blicke zu.

Ich will sie so sehr. Ich *mag* sie so sehr.

Sie bleibt auf der Tanzfläche, während ich uns noch einen Drink hole, und als ich zurückkomme, ist sie so versunken in die Musik, dass sie sich keine Gedanken mehr darum macht, was andere Leute denken könnten. Würde sie tatsächlich darauf achten, könnte sie sehen, dass sie unglaublich ist. Ich bin nicht der Einzige, der sie beim Tanzen beobachtet, der lächelt, wenn sie lächelt, der sich wünscht, ihr nahe zu sein.

Wir trinken, tanzen und lachen.

Wir schwitzen, lächeln und flirten.

Sie wiegt sich jetzt stärker und bewusst in den Hüften und behauptet ihren Platz auf der Tanzfläche. Sie zwinkert mir immer wieder verführerisch zu, bis die Musik langsamer wird und der Beat sich verändert, drängend und berauschend.

Ich ziehe sie nah an mich, halte sie fest und genieße, wie sie sich in den Hüften wiegt. Gott, sie fühlt sich so gut in meinen Armen an! Ich drehe sie langsam herum, bis ihr Rücken eng an mich gepresst ist und sie legt ihren Kopf gegen meine Brust. Für eine Weile bleiben wir so, meine Arme um sie geschlungen, ihre Arme um mich geschlungen, sachte gemeinsam tanzend. Ich koste die Hitze ihres Körpers aus, bis ich es nicht mehr aushalte.

Als ich meinen Kopf senke, um sie zu fragen, ob sie gehen möchte, hat sie ihr Gesicht schon in meine Richtung gewandt. »Lass uns von hier verschwinden«, sagt sie.

Ich lächle. »Gute Idee.«

Als wir aus dem Club kommen, ist Del nicht mehr da. Auf der Straße ist es nur einen Hauch kühler, aber der Nachthimmel ist klar. Wir erwischen ziemlich schnell ein Taxi.

»Wo soll's hingehen?« Der Taxifahrer schaut mich durch den Rückspiegel an.

Ich wende mich an Mel. »Zu dir oder zu mir?«

»Ich sterbe vor Hunger.« Sie reibt sich über den Bauch. »Es ist so verdammt heiß.« Sie nimmt ihre Haare hoch und fächelt sich Luft in den Nacken. »Ich brauche auf jeden Fall etwas zu essen.«

»Ich auch. Wie stehen wohl die Chancen, dass wir hier in der Stadt eine gute Pizza finden?«

Sie zieht die Nase kraus. »Verglichen mit zu Hause? Das geht wohl gegen null.«

»Ich hab's! Lass uns Pizza backen.«

»Woraus denn?« So wie sie abwinkt, bin ich mir ziemlich sicher, dass sie einen halben Drink zu viel hatte.

»Zutaten.«

»Na gut.« Sie nennt dem Taxifahrer eine Adresse, bevor sie sich an mich wendet. »Der Laden in der Nähe von Shelbys Haus hat auch nachts geöffnet. Ich war neulich abends auf einen sehr späten Kaffee dort. Sie hatten nur eine merkwürdige Zichorien-Johannisbrot-Mischung, die nach verbranntem Toast mit Holz darauf gerochen hat.«

»Nur Hippies mögen Johannisbrot.«

»Stimmt, aber es hat echt hammermäßig geschmeckt.«

Ich nehme Mels Hand, ergriffen von einer überwältigenden Zuneigung für sie. Ihre Fingerknöchel fühlen sich glatt unter meinen Lippen an, und ich möchte ihren ganzen Arm mit Küssen bedecken bis hoch zu ihren Schultern und ihrem Nacken. Aber ich will vor dem Taxifahrer nicht loslegen – wenn ich einmal anfange, dann werde ich nicht mehr aufhören können, also drücke ich leicht ihre Hand und lasse sie dann los.

Sie sieht mich mit strahlenden Augen an. »Wollen wir einen Wettbewerb daraus machen?«

»Wie denn?«

»Ich bezweifle, dass sie in dem Laden alles haben, was wir brauchen. Wie wäre es, wenn jeder von uns alles einpackt, von dem er meint, dass man daraus eine gute Pizza machen kann. Und zu Hause vergleichen wir die Zutaten?«

Sie kann aus allem einen großen Spaß machen; das ist eine ihrer besten Eigenschaften. Ich lehne mich weiter zu ihr rüber. »Und was bekommt der Gewinner?«

Langsam verzieht sie die Lippen zu einem Lächeln. »Alles, was sie wollen.«

Ein Wettbewerb ohne Verlierer. Das gefällt mir. »Abgemacht.«

13. Kapitel

Melanie

Ich komme mir irgendwie lächerlich vor, so angezogen durch einen Lebensmittelladen zu laufen. Ich spähe über die niedrigen Regale auf der Suche nach Blake. Er ist so süß mit seinem ernsthaften Gesichtsausdruck! Und er kauft ein, als würde er etwas wirklich Wichtiges erledigen und nicht nur nach irgendwelchen Zutaten suchen, aus denen man eine passable Pizza machen kann – als ob das wirklich geschehen wird. Er ertappt mich dabei, wie ich ihn anstarre, und als er mich mit seinen Grübchen anlächelt, ist es mir auf einmal völlig egal, wie ich aussehe.

Mit ihm zu tanzen war das Schönste auf der Welt. Er hat mich angeschaut, als wäre ich die begehrenswerteste Frau, die er jemals gesehen hat. Ich habe mich gefühlt, als würde er mich wirklich sehen – die Frau sehen, die ich sein will. Selbstbewusst, strahlend.

Na gut, ich kann ihn nicht die ganze Nacht anstarren und unser Spiel gewinnen. Ich schleiche einen Gang runter und unterdrücke ein selbstgefälliges Grinsen, als ich eine Packung mit Pizzateig entdecke, zu der man nur Wasser hinzugeben muss. Könnte sein, dass das nicht allzu gut schmeckt, aber es ist die letzte Packung, die im Regal steht. In der winzigen Abteilung mit den Konservendosen finde ich eine kleine, staubige Dose mit Pizzasoße und lege auch sie in meinen Einkaufskorb.

»Was hast du da drinnen?«, fragt Blake. Er richtet sich auf und reckt seinen Hals, um über die Regale in meinen Korb zu spähen, aber ich halte ihn etwas tiefer und werfe noch eine Packung Chips obendrauf.

»Kann ich dir irgendwie behilflich sein, Blake?« Ich schürze die Lippen, passend zu meinem hochmütigen Ton.

Sein Blick ist auf etwas hinter mir gerichtet. »Nein, alles in Ordnung. Ich glaube, hinten bei den Kühlschränken sehe ich jemanden, den ich kenne.«

Ein Blick über die Schulter bestätigt, was ich schon vermutet hatte – dort ist niemand. Ich grinse, als er betont lässig Richtung Kühlschränke schlendert. Natürlich! Ich werde auch dort hingehen, um Käse zu holen, wenn er fertig ist. Als er sich vorbeugt, um etwas einzupacken, husche ich Richtung Kasse, wo ich beim Reinkommen Salamisticks entdeckt habe. Da die Auswahl an Pizzabelag hier ziemlich bescheiden ist, wird es wohl das Beste sein, bei der klassischen Salami-Käse-Variante zu bleiben.

Ich schaffe es, mir die Salamisticks zu schnappen, und bin gerade auf halbem Weg durch einen der Gänge, als Blake an den Kühlschränken fertig ist.

»Entschuldigen Sie, aber wir schließen jetzt.« Ein gelangweilter Teenager zieht affektiert die Nase hoch und starrt mich an.

Blake ist schon an der Kasse, also greife ich noch nach ein paar Dosen Soda und gehe ebenfalls dorthin.

»Nicht gucken«, sagt er. Er stellt sich direkt vor mich, sodass ich seine Einkäufe nicht sehen kann, aber ich bin sowieso damit beschäftigt, meine eigenen zu verbergen. »Schon gut, schau du bloß nicht in meinen Korb.«

»Dann warte ich draußen auf dich.« Blake dreht sich um und gibt dem Jungen an der Kasse sein Geld. »Ihre Sachen auch. Wechselgeld kannst du behalten.«

Der Junge packt meine Einkäufe in eine Tüte, und ich gehe nach draußen zu Blake. Er greift nach meiner Hand und hält sie den ganzen Weg bis zu Shelbys Haus fest. Nicht ein Wort wird gesprochen, bis wir drinnen und auf dem Weg in die Küche sind.

»Buddy?« Ich warte, aber er taucht nicht auf. Ich zucke mit den Achseln. »Wahrscheinlich streunt er durch die Nachbarschaft.«

»Du bist wohl froh, dass er nicht hier ist, um Zeuge zu werden, wie du verlierst?«

»Träum weiter.« Ich habe nicht mehr solchen Hunger wie zuvor – zumindest nicht auf billige Pizza –, aber Blake scheint immer noch begeistert von unserem Spiel zu sein.

»Ladies first?«

Ich poliere mir lässig mit einem Tuch die Nägel. »Ich würde dir lieber den Vortritt lassen. Um dich dann vernichtend zu schlagen.«

»Ganz schön aufgeblasen.« Er wühlt in seiner Tüte und stellt eine Packung mit Fertig-Plätzchenteig auf den Tresen. »Für den Boden.«

»Eine Packung roher Teig ist noch kein Pizzaboden.«

Er lächelt. »Und für den Belag … Mach dich bereit für eine Geschmackssensation!« Er klatscht ein Päckchen geschnittenen Kochschinken auf den Tresen. »Bist du schon beeindruckt?«

»Von gekochtem Schinken?! Bitte. Mehr hast du nicht zu bieten?«

Mit einer überschwänglichen Geste stellt er voller Triumph eine Dose Fruchtcocktail daneben.

»Wofür ist das denn?«

Er zeigt auf das Etikett. »Darf ich deine Aufmerksamkeit auf die Ananasstücke darin lenken? Mit ihnen und meinen coolen Schinkenscheiben haben wir alles für eine klassische Pizza Hawaii.« Er zieht noch einen Scheibenkäse hervor.

»Plätzchen Hawaii«, berichtige ich mit einem Grinsen, froh, richtigen Teig gefunden zu haben – auch wenn mir in dem Moment siedend heiß einfällt, dass ich den Käse vergessen habe. Ich wusste es!

»Wortklauberei. Meinst du etwa, du bist erfolgreicher?« Er verschränkt die Arme. »Lass mal sehen, was du hast.«

Salami ist immer noch besser als labberiger Formschinken. Als Erstes hole ich die Salamisticks hervor, ziehe mir einen unter der Nase entlang und halte ihn dann wie eine Zigarre. Ich wickle ihn aus und beiße in ein Ende. »Klassischer Belag. Viel besser als Cocktailfrüchte.«

»Daran habe ich nichts auszusetzen.«

Meine kleine Dose Pizzasoße landet neben der Salami auf dem Tresen.

»Ein weiterer wesentlicher Bestandteil von Pizza.«

»Mist. Ich wusste, dass ich etwas vergessen habe – außer, wir zählen den Sirup von den Dosenfrüchten … was wir nicht machen werden. Na gut, du bist in Führung gegangen.«

»Warte, bis du mein Glanzstück siehst. Richtiger Pizzateig.« Ich wedele mit der Packung vor seinem Gesicht herum. »Was sagst du jetzt, Baby?«

Er lacht, schnappt sich die Verpackung und stellt sie auf den Tisch.

»Du gewinnst mit der Soße und dem Teig, aber ich bin mir ziemlich sicher, das hier wird als Betrug gewertet. Fünfzig Punkte Abzug für Gryffindor.«

Ich knuffe ihn in die Seite. »Du bist nur sauer, dass du es

nicht als Erster gefunden hast. Allerdings habe ich den Käse vergessen. Kann ich vielleicht etwas von deinem abhaben?« Ich zwinkere ihm zu.

»Natürlich.« Er lächelt. »Okay, im Ernst, wenn wir unsere Ergebnisse zusammentun zu einer Salami- und Schinken-Pizza, sind wir gut dabei. Außer du möchtest Ananas?«

»Ich hasse Ananas auf Pizza, die können wir sehr gerne weglassen.«

»Und wollen wir die Plätzchen nehmen oder deinen Schickimicki-Teig?«

Ich ziehe die Augenbrauen hoch. »Musst du das noch fragen?«

Er schiebt die Packung mit dem Plätzchenteig zur Seite. »Du hättest mir ruhig etwas entgegenkommen können.«

»Nö. Dann würdest du dich am nächsten Morgen nicht mehr im Spiegel ansehen wollen.«

Er lacht und zieht mich an sich. Ich entspanne mich in seiner Umarmung, rutsche näher und schließe die Augen. Niemals hätte ich damit gerechnet, in Blake Wildes Armen das Gefühl von Sicherheit zu finden, aber es umhüllt mich so greifbar wie seine starke Umarmung. Warum können wir nicht hier leben, wo alles perfekt ist und nichts schmerzt?

Ich erlaube mir zwei weitere tiefe Atemzüge seines Geruchs, bevor ich mich losmache. Ich reiche ihm ein Messer und ein Schneidebrett und lasse ihn Schinken und Salami bearbeiten, während ich das Radio einschalte und mich an den Pizzateig mache.

Ein Jazzstück ertönt und irgendwie fühlt sich Herumtanzen in einer fremden Küche mit Blake und dabei billige, zusammengeworfene Pizza zu fabrizieren so erwachsen an, wie ich mich noch nie zuvor gefühlt habe. Mein Leben dehnt sich vor mir aus, und das erste Mal seit Langem steigt Zuversicht in mir auf. Vielleicht kann ich doch noch alles erreichen.

»Woran denkst du?«, fragt er. »Du bist so still.« Er stößt mich mit der Schulter an.

»Ich habe gerade gedacht, dass das eine furchtbare Pizza wird.«

Er lässt eine Scheibe Schinken auf den Teig fallen, öffnet die Dose mit der Soße und verteilt sie darauf. »Ich finde solche selbst zusammengeworfenen Sachen ganz nett. Bier auch, aber das haben wir leider heute Nacht nicht.«

»Ich stelle fest, dass du meine Behauptung über die Qualität der Pizza nicht wiederlegst.«

»Das lässt dir keine Ruhe, hm?«

Ich nicke. »Auch auf die Kleinigkeiten zu achten ist der Grund, weshalb man mir viel Geld bezahlt.«

Er schiebt mir ein Stück Salami in den Mund.

***

PENG.

Bevor ich richtig aufgewacht bin, hat Blake mich schon auf den Boden gestoßen und sich auf mich gerollt. Er schützt meinen Körper mit seinem, während wir mit hämmernden Herzen auf einen weiteren Schuss warten.

Meine Hände zittern, und meine Knie fühlen sich wie Pudding an. Werden wir angegriffen? Wer zur Hölle würde auf uns schießen? Und wenn jemand in eins der Fenster geschossen und dabei Buddy verletzt hat? Wenn Shelbys Kater irgendetwas zugestoßen sein sollte, würde ich mir das nie verzeihen.

Wir müssen auf der Couch eingeschlafen sein, nachdem wir beide uns schon fast ins Koma gegessen und bis auf die Unterwäsche ausgezogen hatten. Aber Blake war so schön warm, und der Film hat mich nicht fesseln können.

Und jetzt werden wir beschossen.

Ich hätte niemals die Sicherheit New Yorks verlassen sollen. Ich meine, na gut, man bringt sich dort immer noch gegenseitig um, aber immerhin schaut einem die Person, die einen vor den fahrenden Zug stößt, dabei in die Augen.

Ich versuche, flach zu atmen, um besser zu hören, aber mein Herzschlag dröhnt so in meinen Ohren, dass er alles andere übertönt.

Eine kleine Ewigkeit vergeht, dann fühle ich, wie Blakes beruhigendes Gewicht mich verlässt, weil er sich aufsetzt. »Weißt du, ich glaube nicht, dass da wirklich ein Schuss war«, sagt Blake. Er drückt sanft meine Schulter.

»Ich weiß nicht, ob es einer war oder nicht, aber vielleicht sollten wir mal nachsehen?« Meine Stimme zittert, und ich hasse es verdammt nochmal so sehr!

»Ich sehe nach. Du hältst dein Telefon bereit, um 110 zu wählen, für alle Fälle.«

Ich würde protestieren, aber es sieht einfach wahnsinnig sexy aus, wie er jetzt in Richtung Küche pirscht, und ich bin einfach keine Kämpferin. Ich bin froh, dass er bei mir ist, aber ich muss mir grundsätzlich etwas einfallen lassen, was gegen diesen Ich-bin-eine-hilflose-junge-Dame-Scheiß hilft.

Mit zitternden Fingern nehme ich das Telefon. Es ist kurz nach drei Uhr in der Nacht, wir können also nicht allzu lange geschlafen haben. Ich wähle zweimal die Eins, um dann auf ein Zeichen von Blake zu warten, bevor ich weitermache.

In der Küche geht das Licht an. »Oh mein Gott.«

»Was ist los? Blake?«

Sein Lachen ist das Letzte, was ich erwartet habe. »Mach das Telefon aus, Mel, komm und sieh dir das an.«

Das mache ich, behalte aber das Telefon weiter in der Hand, für alle Fälle. Es war schließlich ein ziemlich lauter Knall.

Blake geht langsam im Kreis durch die Küche, bleibt stehen und starrt an die Decke. Ich stelle mich neben ihn und sehe mir die merkwürdigen weißen Klekse an. »Was ist das? Ist das *Plätzchenteig*?«

Er nickt. »Wenn man sie nicht in den Kühlschrank legt, verwandeln sich die Dosen anscheinend in Perkussion-Granaten.«

Der rohe Teig hängt überall. Ein Fetzen tropft von der Decke, landet mit einem satten Klatschen auf Blakes Stirn – und es ist um mich geschehen. Mein Lachen explodiert mit der gleichen Kraft, mit der der Teig aus den Dosen herausgeschleudert wurde.

Er zieht die Augenbrauen hoch. »Oh, du findest das also lustig?«

Tränen laufen mir die Wangen herunter.

Er drückt mich gegen den Küchentresen und schnappt sich ein Stück Teig. »Nein. Es ist gar nicht lustig.«

Ich schnappe nach Luft, kann mein Lachen aber nicht unterdrücken, auch wenn er drohend mit dem Teig vor meinem Gesicht herumwedelt, als wäre er eine giftige Schlange, die sich in seiner Handfläche zusammengerollt hat.

»Es tut mir leid.«

»Du bist so eine Lügnerin.«

Ich beuge mich zu ihm rüber und küsse seinen Nacken. »Nein, es tut mir leid. Lass es mich wiedergutmachen.«

Er matscht mir den glitschigen Teig ins Gesicht. »*Jetzt* kannst du es wiedergutmachen.«

Mir tut vor lauter Lachen der Bauch weh. Wann hatte ich das letzte Mal solchen Spaß? Ich bin viel entspannter, wenn ich bei ihm bin, als wäre es in Ordnung, verrückt zu sein und alle Hemmungen zu verlieren. Als wäre es in Ordnung, sexy und selbstsicher zu sein und mir zu nehmen, was ich will, ganz ohne schlechtes Gewissen. Vielleicht müsste ich über den klebrigen Teig auf meiner Wange wütend sein, aber ich kann mich nur noch darauf konzentrieren, wie vollkommen sich sein Körper meinem anpasst – was mich daran denken lässt, wie vollkommen er *in* mich hineinpasst.

Und das will ich. Genau jetzt.

14. Kapitel

Blake

Ich stehe auf, um beim Saubermachen zu helfen. Wie ist bloß so viel Teig überall hingekommen? Die Dose war nicht so groß – wie viel haben sie da reingemacht? Vom Schrank lassen sich die Teigstücke leicht ablösen, und ich bin erleichtert, dass er eine helle Farbgebung hat, sonst würde es noch schlimmer aussehen, als es eigentlich ist.

Ich schiebe das meiste, was auf dem Tresen gelandet ist, mit den Händen zusammen und benutze den Teigklumpen, um noch mehr Fetzen aufzuklauben, die auf die Regale gesprengt worden sind.

Ich schaue hoch und – verdammt nochmal, auch an der Decke klebt noch einiges!

»Das ist fies«, sage ich lachend.

»Sie sollten wirklich eine Warnung auf die Dinger machen.«

Ich schmeiße den Teig in den Mülleimer und wasche meine Hände. »Gefährliche Muffins.«

Sie lacht. Wir sollten hier saubermachen, bevor das Zeug fest wird, aber ich ziehe sie in meine Arme, ihren Rücken gegen meine Brust, und küsse die zarte Stelle in ihrem Nacken.

Sie neigt den Kopf, um mir besseren Zugang zu bieten und ich nutze das voll aus.

»Ich denke, ich habe unseren Wettkampf gewonnen«, sage ich.

Sie quiekt, als ich ihr sanft ins Ohrläppchen beiße. »Ich dachte, ich bin die Gewinnerin.«

Ich schüttle den Kopf. »Nee. Technisch gesehen hatten wir zwar Gleichstand, aber ich erhebe als erster Anspruch auf meine Belohnung.«

»Ist das so? Ich meine, wenn wir heute Nacht beschossen worden wären, hättest du mein Leben gerettet. Was willst du als Belohnung?« Sie reibt ihren Hintern an meiner Erektion.

Ich drehe sie herum, um ihr in die Augen zu sehen. Sie sind schwarz vor Verlangen. »Dich. Ich will, dass du mich fickst, Mel. Ich will sehen, wie du auf mir reitest. Licht an.«

Sie zittert. »Aber mit Licht wirst du sehen, was …«

»Alles.« Ich presse meine Hüften gegen ihre, und sie stöhnt. »Alles an dir ist unglaublich. Fühlst du, wie sehr ich dich will?«

Sie nickt und schließt die Augen.

»Was hält dich zurück?«

»Ich selbst.« Sie öffnet die Augen wieder. »Nicht heute Nacht.«

Sie greift nach meiner Hand, und wir eilen ins Schlafzimmer. Sie reißt mir die Kleider vom Körper, während ich vom Geschmack ihres Nackens abgelenkt werde. Mir ist es völlig egal, dass ich nackt hier stehe. Ich hebe sie in meine Arme und gehe auf das Bett zu.

»Warte«, sagt sie. »Es gibt etwas, das ich schon immer ausprobieren wollte. Ich glaube, mit dir kann ich es tun.«

Ihre Stimme klingt schüchtern, aber ihr Blick durchbricht jede Hemmung, die ich jemals gehabt habe. Ganz gleich, was es ist – ich werde alles tun, was sie will, nur damit sie sich gut fühlt.

Ich setze sie aufs Bett, aber lasse sie nicht los. »Alles, was du willst. Was ist es?«

Sie lächelt und küsst meine Brust. »Ich bin gleich zurück.«

Bei dem Blick, den sie mir beim Hinausgehen über die Schulter zuwirft, muss ich mir auf die Lippen beißen. Was hat sie vor? Vielleicht holt sie Schlagsahne oder etwas anderes, das ich ihr vom Körper lecken soll – oder was sie von meinem lecken will? Ich bin nicht gerade ein Fan von Essen im Schlafzimmer, aber was auch immer Mel will, wird Mel bekommen.

Zweimal.

Auf die Ellbogen gestützt lehne ich mich auf dem Bett nach hinten und warte auf ihre Rückkehr. Mein Schwanz ist so hart und groß, dass er meinen Bauch berührt.

Ich sehe ihre Hand durch den Türspalt auftauchen, und sie stellt eine iPod-Docking-Station auf die Kommode. Ein Lied, das ich noch nie zuvor gehört habe, klingt pulsierend aus den Boxen. Es hat einen sexy Beat.

Ich kann das breite Lächeln auf meinem Gesicht fühlen. Sie will für mich strippen.

Sie schlängelt sich durch die Tür, jeder Schritt bewusst gesetzt, nur dass sie jetzt ein Höschen, ein Tank-Top und mein schwarzes Hemd trägt. Sie in meinem Hemd zu sehen hat eine große Wirkung auf mich: Ich setze mich auf, unfähig, meinen Blick von ihr zu wenden, während sie durch das Schlafzimmer geht. Erst ist sie noch ein bisschen steif, aber je mehr sie in den Rhythmus der Musik eintaucht, desto lockerer und verführerischer werden ihre Bewegungen, und ihr Selbstvertrauen wächst.

Um die Knöpfe an meinem Hemd zu öffnen, braucht sie nur eine Sekunde, aber sie wendet mir ihren Rücken zu, als sie es abstreift. Sie späht über ihre Schulter und muss etwas Bestätigendes in meinem Lächeln erkennen, denn während das Hemd auf dem Boden landet, zwinkert sie mir zu und schwenkt die Hüften.

Ihr Tank-Top folgt, und ich schlucke hart. Es juckt mir in den Fingern, jeden Zentimeter ihres entblößten Körpers zu berühren – und all die Stellen, die noch unter Stoff und hinter Hemmungen vor mir verborgen sind.

Ich lehne mich zurück, um den Anblick zu genießen.

Mel wendet und dreht sich im Rhythmus der Musik und wiegt sich in ihrem lilafarbenen Höschen in den Hüften. Mein Glied pulsiert im Takt mit ihren Bewegungen. Ihre Oberschenkelmuskeln sind großartig geformt. Sie schwankt ein bisschen von einer Seite auf die andere, während sie aus ihrem Höschen schlüpft, und muss über ihre Ungeschicklichkeit lachen. »Das sollte eigentlich verführerischer sein.«

»Nein.« Mir versagt die Stimme. »Glaub mir. Du machst das perfekt.«

Sie kommt näher, während sie sich auf den Rücken fasst, um ihren BH zu öffnen.

Ich setze mich auf und kann kaum noch atmen. »Du bist so heiß.«

Mel geht zu mir herüber, wendet mir den Rücken zu, und ich setze mich an den Rand des Bettes. Ihre glatten Oberschenkel reiben sich an meinen Beinen, während sie über meine Schenkel nach oben rutscht. Sie lässt sich Zeit, bis sie meinen harten Schwanz erreicht, und stupst mit ihrem Hintern spielerisch dagegen.

Ich küsse sie auf Rücken und Nacken, aber behalte meine Hände bei mir. Sie lächelt, steht auf und wirft mir ihren BH entgegen. Dann bedeckt sie sich mit den Händen und dreht sich zur Seite.

»Ich will dich ansehen.« Ich schlucke hart; das Wasser ist mir im Mund zusammengelaufen bei allem, was ich sehen kann, zugleich gequält von allem, was sich vor mir verbirgt.

Sie zögert das Zehntel einer Sekunde lang, aber ihr flackernder Blick streift meinen sehr harten, großen Penis. Sie wendet sich um, sieht mich an und lässt ihre Arme fallen. Selbst in meinen Fingerspitzen pocht das Verlangen. Sie dreht sich langsam um sich selbst, sodass ich ihren Anblick komplett in mich einsaugen kann.

Das war's. Ich schaffe es nicht länger, sie nicht zu berühren.

Ich stehe auf, fasse sie um den Nacken, presse meine Lippen auf ihre und tauche meine Zunge tief in ihren Mund, als Gegenleistung für die Lustqualen, die sie mir mit ihrem heißen Tanz bereitet hat. Sie stöhnt in meinem Mund, als ich sie am Hintern packe und genieße, wie er sich unter meinen Händen anfühlt. Es ist, als wäre sie die ganze Zeit ein Traum gewesen, eine Illusion, und ich bin in einem Rausch und muss meinem Körper beweisen, dass sie echt ist und dass ich der verdammte Glückspilz bin, der sie haben wird.

Bald.

Ich knabbere an ihrem Ohrläppchen und ziehe sie enger an mich, um die Berührungen zwischen uns zu verstärken. Ich reibe mich an ihr, bis auch sie meinen Hintern umfasst und versucht, mich näher zu holen. Ihre Nägel graben sich in meinen Rücken, auf befriedigende Weise schmerzhaft.

Ich packe Mels Oberschenkel, spreize ihre Beine und hebe sie hoch. Sie ist warm und feucht. Die Nähe ausnutzend, presst sie ihre Lippen wieder auf meine, reibt sich an mir und zerstört damit den Rest meiner Selbstbeherrschung.

Ich gehe rückwärts auf das Bett zu und ziehe ihre Beine herunter, bis sie steht. Ich lege mich aufs Bett, schiebe mich auf dem Rücken höher, bis mein Kopf auf dem Kissen ist, wo er sein soll. Ich mache ihr ein Zeichen, zu mir zu kommen. Sie steigt auf mich, bedeckt mich vom Bauch bis hinauf zur Brust mit Küssen und zögert dann, als wäre sie unsicher, was als Nächstes kommt.

Ich fasse sie sanft um die Hüften. »Was ist los?«

Sie senkt die zuckenden Lider und lächelt. »Mal abgesehen vom Naheliegenden? Ich habe das noch nie wirklich gemacht.«

»Nach deinem Tanz zu urteilen, solltest du deiner Vorstellungskraft freien Lauf lassen.« Ich lasse meine Finger über ihre Schenkel wandern.

»Ich weiß, aber …«

»Aber was?«

Sie zögert.

»Schließe die Augen«, sage ich. Sie tut es. Ich streiche mit den Händen von ihren Hüften bis zu ihrem Unterleib. Sie erschauert und ihre Nippel stellen sich auf. »Wie fühlt sich das an?«

»Gut.«

Ich lasse meine Hand weiter hinunter über ihr Dreieck bis hinter ihren Kitzler wandern. Dann tauche ich meine Finger in ihre Nässe hinein und reibe in leichten, feuchten Kreisen.

Sie stöhnt. »So gut.«

»Leg deine Hände auf meine Brust.« Sie gehorcht. Ich setze mich auf und schnappe mit dem Mund nach einem ihrer Nippel, sauge spielerisch daran, während ich meine Hand weiter vor- und zurückgleiten lasse und ich sie mit vier Fingern lustvoll bearbeite. Als ihr Atem stoßweise kommt, verstärke ich den Druck und werde schneller, bis sich ihre Fingernägel in meine Brust krallen. Sie richtet sich im Sitzen auf, zuckend, und mehr Honig bedeckt meine Finger.

»Gott, Blake.«

Ihre Lippen sind geschwollen und haben einen dunkelpinkfarbenen Ton angenommen, das Blut hat auch ihr Gesicht auf köstliche Weise gerötet. Als sie kommt, bewegt sie sich so langsam, dass es wirkt, als wäre sie in Zeitlupe. Sie vergisst alle Selbstkontrolle. Ich kann meinen Blick nicht von ihr wenden. Von diesem trägen Lächeln.

Ich umfasse ihre Brüste. »Was willst du nun, Mel?«

»Nur dich.«

»Welchen Teil von mir?«

Sie beißt sich auf die Unterlippe, nimmt mich in die Hand und streichelt gemächlich. »Diesen Teil.« Ihr Blick bohrt sich in meinen, herausfordernd und selbstbewusst. Sie weiß, was sie will, und hat keine Scheu, es sich zu holen. Wenn sie zum Höhepunkt gekommen ist, hat das bei ihr diese Wirkung.

Ich würde ihr gerne stündlich einen Höhepunkt verschaffen, damit sie genauso durch jeden Tag schweben kann. So selbstsicher, auf so herrliche Weise unselbst-bewusst.

»Hol ein Kondom«, knurre ich.

Ihr Mund verzieht sich zu einem lasterhaften Grinsen, und sie reibt meinen Penis noch ein paar Mal von der Wurzel bis zur Spitze. Mit ihren Bewegungen sagt sie mir, dass sie nun diejenige sein will, die den Ton angibt, dass ich mich zurücklegen und annehmen kann.

Dagegen habe ich nichts einzuwenden.

Sie rutscht zurück, beugt sich vor und liebkost die Spitze meines Schwanzes mit der Zunge. Hitze fährt mir in den Unterleib und verteilt sich in meiner Brust im Rhythmus ihres Leckens. So vorsichtig, wie es mir möglich ist, fahre ich mit den Fingern durch ihr Haar und halte ein paar Strähnen aus dem Weg.

Ich muss ihre Bewegungen nicht steuern, aber der Drang zu stoßen besetzt jede Zelle meines Körpers, schreit danach, ausgeführt zu werden. Mein Griff bleibt locker, aber ich stoße sanft in sie hinein, um ihr entgegenzukommen – meinem Impuls folgend, aber ihr die Freiheit lassend, sich zurückzuziehen.

Sie tut es nicht. Sie zieht mich tiefer in ihren Mund hinein, saugt stärker und pumpt schneller mit der Hand.

Dieses Mal schiebe ich sie bestimmt zur Seite. »Kondom. Jetzt.«

15. Kapitel

Melanie

Ich bin so erregt! Ich kann meine Nässe an der Innenseite meiner Oberschenkel spüren; das Pulsieren zwischen meinen Beinen ist so stark, als würde mein Herz dort sitzen.

Sein Körper steht unter Spannung, die Muskeln angespannt, als würde er sich zurückhalten. Ich will nicht, dass er sich zurückhält. *Ich* will mich nicht zurückhalten.

Deswegen habe ich für ihn getanzt – etwas, was ich mir vorher vorgestellt hatte, etwas, um ihn heiß zu machen. Ich hätte mir niemals träumen lassen, wie heiß es mich selbst machen würde.

Ich nehme ein Kondom vom Nachttisch und öffne es.

Ich will, dass wir zusammen abstürzen, mit allem, was wir zu geben haben. Ein Tsunami der Lust, der alles wegschwemmt außer unseren Körpern und diesem Bett. Während ich ihm das Kondom über das Glied rolle, spannt er sich an. Sein Geschmack liegt mir noch auf der Zunge. Als ich für ihn getanzt habe, fühlte ich mich sexy. Als er mich zum Höhepunkt gebracht hat, fühlte ich mich frei. Frei von Verpflichtungen, Sorgen und Zweifeln.

Befreie mich von den Fesseln, Blake. Befreie mich von den Beschränkungen, mit denen ich mich selbst an die Person binde, von der ich denke, dass ich sie sein soll.

Er streckt mir eine Hand entgegen, um mich zu führen. Ich ergreife sie und richte mich auf die Knie auf, um mich langsam in die richtige Position zu schieben, über ihm gespreizt. Ich versuche, meinen Blick nicht von seinem zu lösen, als ich herabsinke, aber wie er mich ausfüllt, ist zu gut, zu viel, und meine Augen schließen sich.

Blakes Hände fordern mich mehr mit jeder Liebkosung meiner Hüften, meiner Brüste, meines Unterleibs. Ich fordere ihn, indem ich mich vor- und zurückwiege und ihm alles gebe, was ich zu geben habe.

Ich öffne meine Augen wieder und finde seinen Blick. Ich will in seinen Augen sehen, dass auch er mir gehört. Dass für ihn alles andere auf der Welt neben mir verblasst, so wie ich es bei ihm empfinde, und dass wir eine Zeit reiner Wonne miteinander teilen.

Wie schafft er es, mich mit diesem Selbstvertrauen zu verbinden? Liegt es daran, dass ich ihn so unbedingt scharfmachen will, dass ich dabei alle meine Hemmungen verliere? Die Lust in seinen Augen sehen zu wollen verwandelt mich in die verführerische Version meiner selbst, die ich schon immer sein wollte. Mit Blake ist es leicht, diese Frau zu sein.

Wie soll ich dieses Gefühl in mir selbst lebendig halten, wenn er es nicht tut?

Seine Finger graben sich in meine Hüften und erinnern mich daran, dass wir das hier zusammen machen. Ich lege meine Hände auf seine – lächerlich klein, verglichen mit seinen – und lächle auf ihn hinunter. »Ich könnte immer und ewig so weitermachen.«

»Versprochen?« Er stößt härter zu, trifft einen tiefen Punkt in mir, und ich keuche.

Ich will mehr. Ich will, dass es wehtut, wenn ich mich hinsetze, will tagelang innere Schmerzen haben, in dem Wissen, dass es Blake gewesen ist, der mich auf so köstliche Weise wund zurückgelassen hat. Geheime Male, von denen nur wir wissen.

Alles, was ich will, ist mehr und mehr und mehr – aber ein dumpfer Schmerz in meiner linken Hüfte wird abgelöst von einem stechenden Krampf, der alle meine Gefühle hinwegfegt. Blake setzt sich auf, schlingt seine Arme um mich und legt mich auf den Rücken.

Immer noch tief in mir küsst er mich langsam und zögernd, und irgendwie macht mich das noch viel heißer. Aber das ist nichts dagegen, was es in mir auslöst, als er meine Handgelenke über meinem Kopf fest auf das Bett drückt. Meine Nippel schmerzen, und meine Scham pulsiert in gieriger Lust um seinen Schaft herum.

Er hält inne.

»Mm, Mel. Für immer und ewig.«

»Ich will das für immer. Ich will es jetzt.« Meine Stimme klingt heiser, eingeschnürt von Verlangen.

Er gibt es mir. Gott, er gibt es mir. Festgehalten auf dem Bett und mit einem breiten Lächeln im Gesicht fühle ich, wie meine Brüste bei jedem Stoß seiner begnadeten Hüften beben.

Blake sieht weiter auf sie herunter, seinen Kopf schüttelnd und stöhnend, während er immer härter und tiefer zustößt. Ihm muss gefallen, was er sieht – jedenfalls so gut, wie sich seine Reaktion darauf für mich anfühlt.

Ich will meine Arme um ihn schlingen, seinen festen Hintern packen und ihn an mich ziehen, als könnte ich ihn tiefer hineinsaugen. Aber seinem Griff um meine Handgelenke ist nicht zu entkommen – nicht, dass ich wollte, dass er loslässt. Stattdessen spreize ich meine Beine weiter auseinander. Die starke sinnliche Reibung peitscht mich auf, macht mich schwindelig. Meine Nerven sind so sensibilisiert, dass sie bei der kleinsten Berührung regelrecht knistern.

Ich wusste nicht, dass es so sein kann.

Ich wusste nicht, dass *ich* so sein kann.

Er übersteigt meine Erwartungen, zerschlägt sie mit jedem Stoß, zeigt mir, dass ich mehr brauche. Mehr *brauchen* sollte – für mich.

Kurz vor dem Höhepunkt spanne ich mich innerlich an. Ich will es noch zurückhalten, es für immer in die Länge ziehen, mit Blake am Rand der Perfektion leben.

Aber er kennt meinen Körper schon zu gut. Und mit einem letzten Stoß zerfließe ich voll und ganz unter ihm.

***

»Ich glaube, das war alles.« Mit zusammengekniffenen Augen spähe ich kritisch durch die Küche, ob sich noch ein verirrter Teigfleck finden lässt, aber es scheint, als hätten wir sie alle erwischt.

Blake nickt und gähnt. »Sie trocknen zu lassen hat beim Saubermachen wahrscheinlich geholfen.«

Statt zu verschmieren, ließen sich die Flecken einfach ablösen und wegfegen. Nicht, dass Abwarten eine bewusste Entscheidung gewesen wäre: Nach unserer kleinen Ablenkung waren wir wieder eingeschlafen. Ich habe ihn früh aufgeweckt, und wir haben uns beim Kaffee unterhalten, bis wir uns an die Küchenkatastrophe erinnert und mit dem Saubermachen angefangen haben.

»Hm, ich verhungere hier. Zu schade, dass wir diese Plätzchen nicht mehr haben.«

Er lächelt und umarmt mich von hinten. »Ich könnte losgehen und eine andere Dose holen.«

Ich kuschle mich an ihn und genieße es, wie vollkommen wir uns ineinanderfügen. »Auf keinen Fall. Mit unserem Glück werden wir ein Déjà-vu erleben.«

»Du sagst das, als wäre es etwas Schlechtes.«

»Zeit mit Putzen verbringen, wenn wir stattdessen … andere Dinge tun könnten? Das ist Zeitverschwendung.«

Er berührt sanft meinen Nacken. »Welche anderen Dinge?«

»Ich will mit dir mal so richtig nass werden.« Ich grinse und setze mich auf. »Und wenn diese Uhr hier richtig geht, müssen wir in zwanzig Minuten am Strand sein.«

»Für?«

»Etwas, das ich organisiert habe.«

»Was für ein Etwas?« Seine Stimme wird etwas höher vor Spannung.

»Es ist eine Überraschung.« Und noch etwas, das ich schon immer machen wollte.

»Mmmh. Ich habe Möglichkeiten, dich zum Sprechen zu bringen.« Seine Lippen finden den sensiblen Punkt, an dem mein Nacken in den Kiefer übergeht, und für einen schwindelerregenden Moment vergesse ich, worüber wir geredet haben.

Er dreht mich herum und bewegt meinen Körper, als wäre ich Ton unter seinen Töpferhänden.

Sein Kuss verändert mich in meinem tiefsten Innern. Wärme steigt meine Wirbelsäule hoch, genau unter seiner Hand, und schickt eine Prickelparade durch meinen ganzen Körper. Es lässt mich erschauern, schon bevor seine Zunge meine zärtlich berührt.

»Das gibt es nur in Filmen.« Mein Körper ist wieder geschwollen vor Lust, aber ich stehe auf, bevor er merkt, wie sehr ich ihn auf den Boden werfen und auf ihn steigen will. Denn dann müsste ich meine Pläne zur Hölle schicken.

Ich ziehe Blake durch die Tür und schließe hinter uns ab.

»Wohin?«

»Marathon.«

Er blinzelt und sagt nichts, aber ich habe den Eindruck, dass seine Neugier geweckt ist.

Wir laufen Hand in Hand zum Strand, schweigend. Er will nicht fragen und ich keine Auskunft geben, auch nicht, als wir mit einer Gruppe weiterer Touristen in einen Bus steigen. In seinem Kiefer arbeitet es, auf seinen Lippen liegt ein belustigtes Lächeln. Wir rumpeln in unserem klimaanlagengekühlten Streitwagen die Straße hinunter, und für eine Weile sitzen wir schweigend da.

»Hey.« Blake wendet sich mir zu. »Ich dachte, dir wird schnell schlecht beim Fahren.«

»Nein, das ist zum Glück seit meinem sechzehnten Lebensjahr vorbei.« Die Scham überfällt mich einen Moment später. Das letzte Mal, als mir schlecht geworden ist, sind wir zelten gegangen – und Blake war als Shawns Freund dabei. Ich saß ganz hinten im Van; die Jungs hatten beschlossen, dass sie unbedingt die mittleren Sitze brauchten. Ich war so verunsichert und abgelenkt von der Vorstellung, neben Blake zu schlafen – wenn auch getrennt durch die Wände unserer Zelte –, dass ich mich nicht auf mein Buch konzentrieren konnte. Also schaute ich aus dem Fenster.

Großer Fehler. Der einzige Weg, eine Autofahrt länger als zwanzig Minuten durchzuhalten, war für mich, die Nase in ein Buch zu stecken und zwar die ganze Zeit.

Ich fragte mit einer Stimme, so schwach wie mein Magen, ob wir für eine Minute anhalten könnten.

Shawn drehte sich um und schrie: »Dad! Melanie ist grün im Gesicht!«

Glücklicherweise hatte ich als Panik-Essen fast eine ganze Packung Chips in mich reingestopft. Die spuckte ich einfach zurück in ihre Tüte. Entsetzlicherweise trafen sich Blakes und mein Blick gerade, bevor die Chips hochkamen.

Jetzt lacht er. »Ich bin froh, dass du das überwunden hast.«

»Ich auch.«

Ich weiß nicht, ob es Fluch oder Segen ist, sich mit jemandem zu treffen, der während deiner demütigenden prägenden Jahre dabei war und der damals schon aussah wie dein Traummann. Ich kann die Geschichte nicht umschreiben und so tun, als wäre alles glatt gelaufen. Andererseits muss ich keine Energie darauf verschwenden, so zu tun, als wäre ich perfekt gewesen. So zu tun, als *wäre* ich perfekt.

Blake kennt mich und ist bis jetzt nicht schreiend davongelaufen. Hier in Florida bin ich so sehr ich selbst wie niemals zuvor, und das liegt daran, dass er alles weiß. Obwohl, es gehört noch mehr dazu. Er weiß alles, aber sperrt mich nicht ein in den Käfig der Erwartungen.

Ich beiße mir auf die Lippen, während ich die fremde Landschaft vorüberziehen sehe. Wenn man jemanden schon ewig kennt, erwartet man, dass er sich auf eine bestimmte Weise verhält, selbst wenn man sich nicht häufig sieht. Man gesteht ihm nur schwer zu, dass er sich vielleicht verändert.

Zum Beispiel: Ein Fleischesser wird zum militanten Vegetarier. Oder jemanden packt das Reisefieber, er greift andere Kulturen auf und entwickelt sich so, dass er einem das Gefühl gibt, er wäre ein Fremder.

Aber das ist ungerecht. Es ist eine andere Form der Eingrenzung, als jemanden in die Haut der Person zurückzuzwingen, die er früher einmal gewesen ist.

Blake weiß, wer ich war, aber er akzeptiert mich als die, die ich jetzt bin, die ich versuche zu sein. Das ist selten. Ich greife nach seiner Hand und lege meinen Kopf auf seine Schulter, froh, dass er hier bei mir ist. Wenn jemand anderes am Strand aufgetaucht wäre, wer weiß, wie sich die Dinge dann entwickelt hätten? Vielleicht wäre ich in diesen engen Kasten zurückgesprungen und wäre eingeengt darin sitzen geblieben, um irgendwelche Erwartungen zu erfüllen.

Es macht mich glücklich, mit ihm zu einem Abenteuer aufzubrechen.

Am liebsten würde ich mit ihm zu *allen* Abenteuern aufbrechen.

16. Kapitel

Blake

Delphine fühlen sich an wie ein nasses, geschältes hartgekochtes Ei.

Es ist ziemlich großartig.

Die Schwimmweste rutscht auf eine Weise hoch, die es unmöglich macht, sich darin cool zu fühlen, aber wir schwimmen hier mit Delphinen!

Ich habe Mels Blick während des ganzen Tages immer wieder auf mir gespürt. Die Erkenntnis, dass sie mich gerade ansieht, läuft mir jedes Mal auf eine schöne, elektrisierende Weise wie ein Stromschlag über den Rücken. Ich mag es zu wissen, dass sie mich anstarrt. Ich mag es, wie sie rot wird, wenn ich sie dabei ertappe. Und ich mag es sogar noch mehr, dass sie nicht bemerkt, wie ich sie in unbeobachteten Augenblicken ansehe.

Sie sieht heute besonders schön aus – auf natürliche Weise sexy. Vielleicht liegt es an der Weise, wie sie letzte Nacht im Bett gewesen ist, ich weiß es nicht. Aber sie ist gelassener. Die dauergerunzelte Stirn ist irgendwann in den letzten Tagen verschwunden, und ihr Nacken hat sich gestreckt, seit die Verspannung in den Schultern nachgelassen und sie sich locker gemacht hat. Ich frage mich, ob sie sich überhaupt erinnert, wie ihre Schultern noch vor ein paar Tagen geschmerzt haben. Ich glaube, das war vor über einer Woche.

Die Zeit vergeht schnell im Paradies.

Der Delphin neben mir quiekt mit seiner quietschenden Stimme und bespritzt mich mit einem Wasserstrahl. Mabel ist offenbar ein eifersüchtiges Mädchen. Ich lache, streichele ihren Bauch und schenke ihr meine Aufmerksamkeit. »Oh, sei nicht eifersüchtig, Mabel. Du weißt, ich liebe dich!«

Sie wedelt mit ihrer linken Flosse, und ich schnappe mir einen Fisch aus dem Eimer auf dem Kai und füttere sie damit. Sie scheint über das ganze flaschennasige Gesicht zu strahlen. Delphine sollen zu den klügsten Arten auf dem Planeten gehören, und ich glaube das. Aber ich wusste nicht, dass sie so menschlich wirken können mit ihrem Quieken und ihrer Persönlichkeit.

Mel hat mich in das Delphin-Forschungszentrum in Marathon gebracht. Es war eine lange Fahrt, aber es hat sich gelohnt, auch weil wir über früher geredet haben. Es ist lustig, dass ich nicht gewusst habe, wie sehr Mel in mich verknallt gewesen ist. Vielleicht weil sie jung war, ich mich auf andere Dinge konzentriert habe und nicht gesehen habe, womit ich auch nicht rechnete.

Nicht, dass sie mehr zugeben würde als ein bisschen Verknalltsein hier und eine sexuelle Anziehung dort. Aber so lebendig, wie sie sich an alles bis ins kleinste Detail erinnert, kann das nur heißen, dass sie entweder Kriminologin sein sollte oder dass sie sich meiner immer sehr bewusst war.

Mel klopft sich auf die Seite und winkt, um ihren Delphinfreund Bartleby zu ermutigen, es ihr nachzumachen. Sie grinst und klatscht in die Hände, als er ihrem Beispiel folgt. »So ein kluger Junge, Bartleby!« Sie wirft einen Fisch in seine Richtung, und er saust durch das Wasser.

Mabel gibt Klicklaute von sich und nickt, als wolle sie sagen: *Ich bin auch schlau!* Ich gebe ihr noch einen Fisch. Sie erinnert mich an einen Hund mit ihrem ausdrucksstarken Gesicht und ihrer Persönlichkeit – und wie sie so viele Snacks wie möglich haben will.

Der eingezäunte Bereich im Wasser ist riesig; man scheint hier wirklich zuerst an das Wohlergehen der Delphine zu denken, statt aus dem Ganzen eine pure Touristenattraktion zu machen. Wir befinden uns jeder auf einer Seite eines schwimmenden Pontons, auf dem ein Trainer steht und alles beobachtet. Er ermuntert die Delphine zu kleinen Späßen, während sie zwischen uns und den beiden anderen Menschen in der Gruppe durch das Wasser gleiten.

Ich wollte das schon immer machen und finde es unglaublich, dass Mel sich erinnert hat, dass ich es vor Jahren einmal erwähnt habe.

Ich bin froh, dass *Marathon* sich auf einen Ort bezieht und nicht auf ein Lauf-Date. Ich habe Klienten, die mir erzählt haben, sie würden so etwas machen – Lauf-Dates statt Kaffee-Dates. Wo bleibt da die Romantik? Wenn ich eine Frau zum Schwitzen bringen will, würden mir vier oder fünf bessere Möglichkeiten einfallen, als neben ihr einen Weg entlangzujoggen. Und wenn es das erste Date ist, was erfährt man dann wirklich über sie? Vielleicht ist es eine Entschuldigung dafür, ihre Brüste wackeln zu sehen.

Ich lerne jemanden lieber bei einer Unterhaltung kennen und indem man erst einmal Zeit miteinander verbringt. Vielleicht macht dieses Abenteuer mit Mel gerade deshalb so viel mehr Spaß: Wir kennen uns bereits und müssen keine Zeit damit verschwenden, gegenseitig in unseren Vorgeschichten herumzugraben. Wir müssen uns nicht gleich für immer verpflichten, um uns dann Sorgen zu machen, dass der andere nicht der ist, der er zu sein schien, während man auf die nächste Hiobsbotschaft im Alltag des Lebens wartet.

Bei Mel weiß ich, dass sie ein besonderer Mensch ist. Ich weiß, woher sie kommt. Aber ich finde es total aufregend, herauszufinden, wer sie *jetzt* ist. Sie ist einzigartig. Sie ist furchtlos und nicht leicht unterzukriegen. Eigensinnig und kreativ. Und ein kompletter Dickkopf.

Es gefällt mir zu wissen, dass sie sich niemals von mir überrollen lassen würde, ganz gleich, wie sehr ich es versuche. Wenn sie etwas nicht machen will, sagt sie es laut und deutlich. Keine Spielchen, keine Hinterlist.

Das ist unglaublich erfrischend nach den Dates, die ich in den letzten paar Jahren hatte.

Und all das in der verführerischsten Verpackung, die ich mir vorstellen kann.

Ich liebe diese Frau.

Verdammt.

Ich kann mich doch nicht so sehr und so schnell verliebt haben in die kleine Schwester meines besten Freundes! Ich bin praktisch in ihrem Haus aufgewachsen. Es kann nur die Anziehung sein, die davon ausgeht, wer sie ist, und von unserer gemeinsamen Vergangenheit. Nicht *Liebe.* Ist es nicht zu früh dafür?

Mels Familie ist zu meiner eigenen geworden, stärker als meine eigene. Meine Mutter war eine Drogenabhängige, und meinen Vater kenne ich nicht. Meine Pflegeltern waren gefühlskalt. Vielleicht hatten sie eine zu enge Bindung zu einem der Kinder vor mit, von dem sie dann betrogen oder enttäuscht wurden. Ich weiß es nicht. Ich weiß nur: Wenn Mel und ich das, was wir hier haben, mitnehmen nach New York und uns dann trennen, würde ich sie und die einzige Familie verlieren, die für mich jemals wichtig gewesen ist – die einzigen Menschen, denen *ich* jemals wichtig gewesen bin.

Das ist ein sehr hohes Risiko. Ist es das wert?

Bartleby sprüht Mel gerade Wasser ins Gesicht. Statt zu kreischen und sich hektisch um Haare und Make-up zu kümmern, nimmt Mel einen Mundvoll Meerwasser und spritzt es einfach auf den Delphin zurück.

Natürlich, ich bin hoffnungslos verloren. Es ist verdammt beängstigend, aber Mel ist es wert.

»Okay Leute, ich denke, es ist Zeit, dass Mabel und Bartleby ihr richtiges Mittagessen bekommen.«

Ich streichle Mabel ein letztes Mal und schaue ihr in die Augen. Sie wirkt so freundlich und verspielt. Sie vereint die besten Seiten des Menschen in einer einzigen unschuldigen Kreatur. Delphine retten Menschen vor Haien und anderen Gefahren … und ich fange an, sie völlig zu vermenschlichen, aber was soll's.

»Ich sterbe auch vor Hunger«, sagt Mel und grinst mich über Bartlebys Rücken hinweg an. »Aber ich will auf keinen Fall Fisch essen.«

***

Mel klaut einen Biss von meinem Cheeseburger, also stehle ich im Gegenzug ein Stück von ihrem Hühnchen.

»Hey«, protestiert sie, den Mund noch voll mit Cheeseburger, »das ist meiner.«

»Sagt die Frau, die sich über mein Mittagessen hermacht.«

Sie nimmt noch einen theatralisch großen Bissen. »Mmmh, ist das gut.«

Sie füttert mich mit einem Stückchen von ihrem Hühnchen, und ich nage an ihren Fingerspitzen. »Danke.«

Sie gibt mir meinen Burger zurück, und ihre Lippen zucken, als würde sie ein Lächeln unterdrücken, aber sie verbirgt es, indem sie noch ein paar Pommes isst.

»Danke für alles heute, Mel.«

»Ich organisiere gute Dates.«

Ich lache. »Ja, stimmt. Unglaublich, dass du noch wusstest, dass ich das gern machen wollte.«

Sie zuckt mit den Achseln. »Ich denke, das hat jeder irgendwann auf der Liste der Dinge, die man gemacht haben sollte, bevor man stirbt. Ich kenne niemanden, der Delphine nicht mag.«

»Sie bekommen viel Liebe.«

»Haben sie auch verdient. Allerdings finde ich es etwas nervig, dass ich nie wieder ohne schlechtes Gewissen Thunfisch essen kann.« Sie mampft ihre Pommes weiter.

»Schon komisch, dass sich kaum jemand darum Gedanken zu machen scheint, den Thunfisch zu retten.« Ich nehme einen Schluck von meinem Wasser.

Mel senkt den Kopf. »Mmmh. Darüber habe ich noch nie nachgedacht. Vielleicht liegt es an der Persönlichkeit. Delphine sind auffälliger. So, wie wir auch keine Katzen und Hunde essen.«

»In manchen Kulturen isst man Hunde.«

»Das ist ekelhaft.« Sie runzelt die Stirn. »Wir sollten einen Artikel darüber schreiben.« Sie nimmt ihr Handy heraus und schickt eine kurze WhatsApp los. »Scheint so, als ginge es hier um Wahrnehmung. Wir schreiben Dingen, die wir mögen, einen Wert zu und beschließen, sie zu beschützen, nur wegen dieser Verbundenheit. Das kommt mir willkürlich vor.«

»Ich weiß. Wenn wir die Gelegenheit hätten, Thunfische

kennenzulernen, würden wir vielleicht sehen, dass sie auch eine Persönlichkeit haben.«

Sie verengt ihre Augen zu Schlitzen. »Versuchst du, mich von meinem Mittagessen abzuhalten?«

»Ich spiele nur Advocatus Diaboli.« Ich esse den Rest meines Burgers. »Einen scheinheiligen Anwalt des Teufels.«

Sie dippt ihre letzten beiden Pommes in den Ketchup. »Immerhin muss ich mir keine Sorgen machen, dass diese bescheidene Kartoffel für mein Vergnügen gelitten hätte.«

»Sie ist für deine Sünden gestorben.«

»Halt die Klappe.« Sie lächelt, und wir schmeißen unseren Abfall in die Mülltonne, bevor wir uns auf den Weg ins Aquarium machen.

Ich greife nicht nach ihrer Hand, obwohl ich es möchte. Stattdessen sitzen wir auf dem Rand des Streichelbeckens, ein flacher Teich, in dem kleine Schildkröten und ein paar Fische schwimmen. Wenn man seine Finger durchs Wasser gleiten lässt, kann man sie streicheln. Neben uns ist das Becken mit den Stachelrochen.

»Mir gefällt, wie man hier mitmachen kann«, sagt Mel. Sie hält ihre Hand ins Wasser und wartet geduldig, dass etwas zu ihr kommt, statt den Tieren mit der Hand hinterherzujagen, wie manche der Touristen neben uns es machen.

Eine Frau mit wallendem grauem Haar schreitet um die Becken, gefolgt von einer Gruppe Menschen. Sie sieht verdächtig nach Hippie aus und erinnert mich an Fern und Ziggy.

»Stachelrochen sind ein Beispiel dafür, wie man ein Anpassungsspezialist sein kann und den richtigen Moment abwartet, um zu handeln – aber nicht zu zögern, sich zu nehmen, was man will, und sich nicht von seinem Weg abbringen zu lassen, wenn man ihn einmal gefunden hat.«

Die Gruppe macht »Ah« und »Oh«, dann gehen sie weiter. Aber die Worte der Frau gehen mir nicht mehr aus dem Kopf. Sie hätte genauso gut über mich und die Physiotherapie sprechen können oder über mich und Mel. Was, wenn ich zögere und sie verliere? Was machen wir hier eigentlich? Ist das nur ein Urlaubsflirt? Es fühlt sich wahrhaftig nicht wie irgendein »Nur« an.

Eine Schildkröte berührt Mels Hand, und das Wasser kräuselt sich in einem unendlichen Muster.

Ich schnippe kurz gegen die Wasseroberfläche. »Ich frage mich, was Schildkröten zu bedeuten haben.«

»Für wen?«

»Für Hippies. Hast du gehört, was die Frau eben über Stachelrochen gesagt hat?«

Eine Bewegung im Becken wirft zarte Lichtreflexe und Schatten auf Mels Gesicht. »Ich habe über etwas anderes nachgedacht und es wohl verpasst.«

»Es ging um Möglichkeiten. Du weißt schon. Krafttiere und so was …« Ich komme mir albern vor.

Sie lächelt. »Keine Ahnung, was eine Schildkröte bedeutet. Wer langsam und stetig ist, gewinnt am Ende das Rennen? Beharre auf dem, was du willst, auch wenn du glaubst, dass du niemals die Ziellinie erreichen wirst?«

Scheiß drauf.

»Weißt du was?« Ich nehme ihre Hand, sie blickt erstaunt auf und lächelt dann. »Das ist perfekt.«

17. Kapitel

Melanie

Ich bin so glücklich, dass es schon fast eklig ist.

Mein Atem kommt als ein zufriedenes Seufzen heraus, und ich würde mich am liebsten die ganze Zeit im Kreis drehen, mit weit geöffneten Armen. So muss es sich anfühlen, in einem Musical zu sein. Alle, an denen ich vorbeilaufe, lächeln mir zu, aber vielleicht lieg das auch daran, dass ich mit einem albernen Dauergrinsen im Gesicht herumrenne, was ich nicht mehr unter Kontrolle zu bekommen scheine. Jeder Teil meines Körpers fühlt sich leicht und entspannt.

Und das ist alles Blakes Schuld.

In den vier Tagen, seit wir den Ausflug nach Marathon gemacht haben, sind wir eigentlich die ganze Zeit zusammen gewesen, haben Sonne getankt und geschnorchelt. Wir haben an einem Tag sogar ein Paddelboot gemietet, aber das war nicht so mein Ding, auch wenn es meine Idee gewesen war. Ich hatte es mir ruhig und romantisch vorgestellt, etwas Entspanntes, bei dem man trotzdem aktiv sein kann. Mir war nicht klar, dass es wie Sport sein würde – und das bei der Hitze. Ich wäre fast umgekippt. Und während Schwimmen im Wasser angenehm ist, finde ich es schrecklich, gefangen zu sein in einer Pseudo-Spinning-Klasse, während die Sonne auf einen runterbrennt und auch noch vom Wasser reflektiert wird. Davon abgesehen kann ich mir mindestens achtzehn bessere Möglichkeiten vorstellen, mit Blake Wilde ins Schwitzen zu geraten.

Er macht mein Leben zu einem helleren Ort, und ich bin zu selbstgefällig und zu glücklich darüber, als dass ich alles noch auf Distanz halten würde, wie ich es tun sollte. Denn ganz gleich, wie hoch sich ein Vogel in die Lüfte erhebt, irgendwann muss er zurück nach unten kommen.

Aber vielleicht noch nicht jetzt.

Blake hat nur noch einen Urlaubstag hier, und wir werden die ganze Zeit wie die Kletten aneinanderhängen.

Sein Gute-Nacht-Kuss heute Abend war so sanft und voller Wärme, die körperliche Entsprechung des Gefühls in meiner Brust. Obwohl ich eigentlich hundemüde sein müsste, bin ich vom Kopf bis in die Zehenspitzen von einer summenden Energie erfüllt, wenn ich nur daran denke. Wer braucht schon Schlaf? Ich werde angetrieben davon, dass ich mein Glück kaum fassen kann, dass all das hier tatsächlich geschieht.

Blake wollte, dass ich über Nacht bei ihm bleibe, aber ein egoistischer Teil in mir wollte Zeit für sich haben, damit ich in diesem Gefühl schwelgen kann. Ich kann das nicht, wenn er bei mir ist, also ist er in sein Hotel gegangen, und ich schlendere allein zurück zu Shelbys Haus. Vielleicht mache ich das auch, um zu merken, wie es sich anfühlt, wenn er weg ist, und um mich zu vergewissern, dass alles wahr ist. Wenn er in der Nähe ist, ist alles, woran ich denken kann, nun ja … *nichts*, weil mit ihm alles andere in den Hintergrund gedrängt wird. Ich bin irritierend zufrieden im Moment. Sogar die Risse im Pflaster des Bürgersteigs wirken charmant auf mich, mit den Pflanzen, die dort hindurchwachsen. Natur schlägt Zivilisation.

Unter meinen Fußsohlen scheuert noch Sand in den Sandalen. Ich brauche eine Dusche. Auf meinen Kleidern hat sich eindeutig eine Art Kruste festgesetzt vom Salz des Meerwassers, und auch meine Haut spannt davon.

Vielleicht ist hier in Florida niemand alt – man ist nur faltig, weil man so viel Zeit im Wasser verbringt. Das, oder es liegt an der unfassbaren Luftfeuchtigkeit.

Im Wasser zu sein ist herrlich, wenn Blake dabei ist, ohne Shirt, mit Grübchen. Er war so süß mit diesem Delphin letzte Woche! Ich weiß nicht, wessen Lächeln breiter war.

Glücksgefühle sprudeln in mir hoch, als ich den Schlüssel ins Schloss stecke … und keinen Wiederstand merke von der Verriegelung.

Habe ich vergessen abzuschließen, als ich das Haus verlassen habe? Auf keinen Fall. Ich gehe in Gedanken alles durch. Ich erinnere mich deutlich, dass ich die Tür hinter uns abgeschlossen habe, als wir Schnorcheln gegangen sind, und wie Blake die Gelegenheit genutzt hat, dass meine Hände beschäftigt waren.

Buddy schießt zwischen meinen Beinen hindurch und aus der Tür hinaus.

Ich stolpere über mehrere Paar Schuhe und kann gerade noch mein Gleichgewicht halten.

Jemand ist im Haus. Mein Mund fühlt sich trocken an, und mir wird schlecht von der Angst, die mich in mächtigen Wellen durchflutet.

Mein Blick irrt auf der Suche nach Hinweisen umher, während ich mich verkrampfe und instinktiv dagegen ankämpfe zu erstarren: entweder der Sache ins Auge schauen oder nichts wie raus hier!

In der Luft liegt ein Hauch von Rosmarin, als ob jemand etwas im Ofen hätte.

Ich lausche angestrengt nach Geraschel oder Schlägen, nach Geräuschen von Dingen, die in Taschen gestopft und gestohlen werden. Nichts.

Die Schuhe sind eine Mischung aus Sneakers und Sandalen – nicht gerade das, was ich mir bei jemandem vorstellen würde, der Türen eintritt, um in ein Haus zu kommen. Im Eingangsbereich ist nichts zerstört oder zerbrochen worden.

Nun schneidet das perlende Lachen einer Frau durch das tiefe Brummeln von Männerstimmen. Eisen schmiegt sich um meine Wirbelsäule, und mein Oberkörper strafft sich. Ich werde verflucht nochmal nicht wegrennen! Ich bin oft genug in meinem Leben weggerannt, habe mich oft genug vom Unbekannten abschrecken lassen oder mich vor Dingen gedrückt. Ich werde nicht zulassen, dass jemand sich in Shelbys Haus reinschleicht, solange es unter meiner Obhut steht. Es könnten ein paar dämliche Teenager sein, die eine Party feiern.

Ich folge dem Klang der Stimmen bis ins Wohnzimmer. Ich muss einen kurzen Blick riskieren, um die Situation einzuschätzen. Und wenn es eine Gang ist, die irgendetwas Illegales tut, schleiche ich auf Zehenspitzen wieder zurück und rufe die Polizei.

Zwei Männer und zwei Frauen, alle ungefähr Mitte zwanzig, haben es sich auf der Couch und auf dem Boden bequem gemacht.

Ich ziehe mich wieder in den Flur zurück. Hausbesetzer? Aber sie sehen sauber und gepflegt aus. Irgendwie hip. Wie nennt man diese Leute, die von einem Ort zum anderen ziehen, sich in fremden Häusern einnisten, keine Miete zahlen?

Die Stimmen sind jetzt besser zu verstehen, und ich lausche.

»… ein Eispickel«, sagt eine Frauenstimme und lacht.

»Nein, Amputation ist besser«, behauptet einer der Männer. Seine Stimme klingt gutmütig.

Was zum Teufel?! Ich betrete mit großen Schritten den Raum, in der Hoffnung, dass man mir mein wie verrückt klopfendes Herz – und die Angst, die mir durch die Adern jagt – nicht ansieht.

»Was zur Hölle ist hier los?«, frage ich laut.

Die junge Frau auf dem Boden, eingekuschelt in eine Decke, sieht aus wie die kenianische Schauspielerin Lupita Nyong'o, nur mit schöneren Armen, wenn das überhaupt möglich ist.

Ein schlaksiger Typ mit schwarzem Haar und unfassbar langen Wimpern grinst vom Sofa zu mir hoch. »Hey!«

Neben ihm hockt eine Frau mit der blassesten Haut, die ich jemals gesehen habe, mal abgesehen von den Sommersprossen. Sie dreht sich zu mir um, zupft an einem ihrer erdbeerblonden schulterlangen Dreadlocks und lächelt.

Ein blonder Typ mit Bart, der mit dem Rücken gegen die Couch gelehnt auf dem Boden sitzt, steht jetzt auf und streckt mir seine Hand entgegen. »Hallo, ich bin Andrew.«

Ich starre auf seine Hand, statt sie zu nehmen. »*Hallo?!* Auf die Gefahr hin, zickig zu klingen – aber wer zum Teufel seid ihr, und was macht ihr hier?«

Zwei von den Leuten kommen mir auf einmal bekannt vor, aber ich weiß nicht, woher.

Die Lupita-Doppelgängerin lacht. »Wir sind Freunde von Shelby. Ich bin Ariella.« Sie zeigt auf die Frau mit den Dreadlocks. »Das ist Lindsay.«

Die Fotos an Shelbys Wand! Dort habe ich sie schon mal gesehen. Also stimmt ihre Geschichte. Meine Wirbelsäule entspannt sich etwas, und ich atme tief ein und aus.

Wimpern-Mann auf dem Sofa nickt. »Ich bin Gaz.« Ein Australier, dem Akzent nach. »Willst du mitmachen?«

Das Gespräch über Eispickel und Amputation kommt mir wieder in den Sinn. »Äh, bei was genau?«

Ariella hält ein paar kleine schwarze Karten hoch. »Wir spielen *Cards Against Humanity!*«

»Oh.« Etwas verspätet bemerke ich die Karten auf dem Couchtisch und in ihren Händen. Das machen sie also. Ich habe davon gehört – hatte nie die Gelegenheit, es zu spielen, aber es klingt gut. Das ist so ein Partyspiel, bei dem man Lückentexte mit Begriffen füllen muss, und wer den besten Spruch kreiert, hat gewonnen.

Ich kann mich noch nicht ganz mit dem Gedanken anfreunden, dass sie es sich einfach in Shelbys Haus bequem gemacht haben. Wer tut so etwas?

»Also, wisst ihr, Shelby ist nicht da.«

»Ja, das haben wir gemerkt«, sagt Andrew und setzt sich wieder auf den Boden. »Aber wir dachten, wir könnten genauso gut hier abhängen und ein Spielchen machen, bis sie wiederkommt.«

Ich runzele die Stirn. »Sie kommt nicht so bald wieder. Sie ist in New York.«

Gaz grinst. »Das hat sie auch gesagt, als wir sie angerufen haben. Shelby ist in Big Apple. Ich kann mir das kaum vorstellen.«

Andrew nickt. »Erinnert ihr euch an das eine Mal in Denver, mit dem Tattoo-Künstler und dem Koch?«

»Typisch Shelby.« Gaz nimmt einen Schluck aus seiner Bierdose.

»Also, du bist aus New York?«, fragt Lindsay. »Woher kennt ihr euch, Shelby und du?«

Ich trete von einem Fuß auf den anderen. »Wir haben uns gar nicht wirklich kennengelernt. Wir haben online Kontakt aufgenommen, über eine Website, auf der man seine Wohnung für eine bestimmte Zeit tauschen kann. In das Leben des anderen eintauchen, sozusagen.«

»Das ist abgefahren«, sagt Andrew und schüttelt den Kopf. »Das könnte ich niemals machen. Und wenn die Person, mit der du tauscht, ein totaler Psycho ist?« Lindsay stößt ihn nicht gerade sanft mit dem Ellbogen an. »Aua, was war das denn?« Er folgt ihrem Blick in meine Richtung. »Nein, ich meine ja nicht, dass *du* ein Psycho bist.«

»Sagte der fremde Mann, der sich mit seinen Freunden in meine momentane Wohnung Einlass verschafft hat?« Ich lächle, damit sie wissen, dass ich es ihnen nicht übelnehme. »Ehrlich gesagt, habe ich mir genau deswegen am Anfang auch Sorgen gemacht. Normalerweise bin ich nicht der Typ, der so was macht.«

»Shelby schon.« Ariella legt ihre Karten auf den Tisch. »Sie macht immer merkwürdige Sachen, ist in Dinge verwickelt, bei denen die meisten Leute ausflippen würden. Sie findet das aufregend. Und irgendwie kommt sie immer wieder heil heraus.«

Sie klingt zu gut, um wahr zu sein, und dennoch bin jetzt gerade *ich* es, die in ihrem Haus mit ihren genauso hippen Freunden ist.

»Du bekommst, was du erwartest«, verkündet Lindsay. »Sie sendet nie etwas anderes als positive Wellen aus, und deshalb bekommt sie genau das zurück.«

Klingt für mich nach esoterischem Kram, aber ich lächele freundlich, während sie alle einvernehmlich nicken. Ist das der Grund, weshalb sich die Dinge für mich nie gut entwickeln? Weil ich erwarte, dass alles schieflaufen wird? Vielleicht. Aber das ändert sich anscheinend gerade: Man muss nur Blake und mich ansehen.

»Also, willst du jetzt mitmachen?«, fragt Andrew.

Auf einmal wird mir bewusst, dass ich den ganzen Tag zwischen Meerestieren herumgeschnorchelt bin. Wahrscheinlich geht von mir ein eher beißender Geruch aus. »Ich muss erst einmal schnell in die Dusche springen.«

»Cool. Ich habe ein paar Pommes in den Ofen geworfen, die sollten fertig sein, wenn du aus der Dusche kommst – falls du Hunger hast.« Die feine Haut um Lindsays blaue Augen kräuselt sich, als sie mich entwaffnend anlächelt.

»Das klingt großartig.« Ich lächle zurück und mache mich als Erstes auf den Weg ins Schlafzimmer, um mir etwas Frisches zum Anziehen zu holen.

Es ist seltsam, aber es kommt mir gar nicht merkwürdig vor, unter die Dusche zu gehen, während ein paar Fremde im Wohnzimmer sitzen und ein subversives Kartenspiel spielen. Vielleicht weil sie nur für mich Fremde sind, aber nicht für Shelby. Und offensichtlich machen sie das ständig. Trotzdem schaue ich mir noch einmal prüfend die Fotocollage an, um sicher zu sein, dass ich mich richtig erinnert habe. Wenn man rein von der Anzahl der Fotos ausgeht, nehmen sie in Shelby Leben einen großen Raum ein.

Da ist ein Bild von Ariella und Shelby, Arm in Arm hoch oben auf einer Kletterwand, was die Erklärung für Ariellas Oberarme sein dürfte. Sie scheint genauso sportlich zu sein wie Shelby. Auf einem anderen Bild sieht man Ariella in einem Kajak sitzen, was in mir klaustrophobische Gefühle hervorruft. Kajak fahren kommt mir vor, als würde man ein Boot anziehen. Die Beine sind zwar nicht wirklich darin gefangen, aber ich habe schlechte Erfahrungen mit zu kleinen T-Shirts gemacht, die mich in der Umkleidekabine panisch werden ließen, weil ich dachte, ich würde feststecken. Ich will mir nicht mal vorstellen, wie es wäre, in einem Kajak zu sitzen, wenn es sich überschlägt. Ich muss es nicht ausprobieren, um zu wissen, dass das nichts für mich ist.

Arielle ist auf mehr Bildern zu sehen als alle anderen, auch als Shelby selbst. Sie muss wohl ihre beste Freundin sein.

Ich schüttele den Kopf und springe unter die Dusche.

Ihre Freunde kennenzulernen – und Shelby durch sie kennenzulernen – ist eine so verlockende Gelegenheit, dass ich sie mir nicht entgehen lassen will. Diese sorglose Frau, die mir so wenig gleicht, führt ein offenes Leben, gefüllt mit Freunden und Abenteuern. Ich will das ein bisschen ausprobieren, um zu erleben, wie es ist. Und ich will wissen, ob *Cards Against Humanity!* mit Fremden zu spielen so viel Spaß macht, wie ich glaube.

Darüber nachzudenken, was ich oder was ich nicht für Blake empfinde, kann warten.

18. Kapitel

Blake

Ich weiß nicht, ob es die Endorphine sind oder ob ich einfach aufgeregt bin, sie zu sehen, aber ich wache am nächsten Morgen früh auf. Putzmunter, als hätte jemand einen Schalter angeknipst.

Vielleicht hat es etwas damit zu tun, dass ich durchgeschlafen habe, anstatt mit Mel Liebe zu machen. Es war gut für uns, mal für eine Nacht eine Pause einzulegen. Meine Muskeln fühlen sich besser an. Aber vielleicht ist es auch, wie das Sprichwort sagt, dass Abwesenheit die Liebe wachsen lässt. Wie dem auch sei, meine Batterien sind wieder voll aufgeladen – und ich kann es kaum erwarten, sie wiederzusehen. Ich war enttäuscht, dass sie gestern Zeit für sich haben wollte, aber dafür wird es umso schöner sein, wenn wir wieder zusammen sind. Es ist mein letzter ganzer Tag in Miami, und ich will so viel Zeit wie möglich mit Mel verbringen.

Ich dusche und ziehe mich an, aber es ist immer noch erst neun Uhr siebenunddreißig, als ich fertig bin. Ach, egal. Sie kann nicht sauer sein, wenn ich mit Kaffee und etwas Süßem zum Frühstück bei ihr auftauche – oder einer Guten-Morgen-Kuschel-Einlage. Oder einer Guten-Morgen-Kuschel-Vögel-Einlage. Ich bin schon erregt, wenn ich mir nur vorstelle, wie ich neben ihr unter die Decke gleite und sie ihren vom Schlaf noch warmen Körper an mich schmiegt. Sie wird erstaunt die Augen aufschlagen und mich dann ansehen, voller Freude, dass ich da bin. Ihre Lippen werden sich öffnen, und ich werde sie küssen, während sie die Beine spreizt und mich wortlos ermutigt, auf sie zu steigen.

Und danach werden wir darüber sprechen, was geschehen wird, wenn wir wieder zu Hause sind. Ich bin bereit, mich kopfüber hineinzustürzen, wie auch immer es ausgehen wird. Was zwischen uns ist, könnte für immer sein.

Ich gehe runter in die Lobby und hole dann zwei Kaffee in einem Laden, den der Typ an der Rezeption mir empfohlen hat. Dort gibt es auch Backwaren, und weil ich unsicher bin, was sie am liebsten mag, packe ich ein halbes Dutzend verschiedener Brötchen und süßer Teilchen ein, bevor ich in ein Taxi springe und mich auf den Weg zu Mel mache.

So viel blauen Himmel auf einmal zu sehen wie hier hat etwas Offenes und Wildes, das es fast schon wieder beklemmend ist. Ich bin auf den Geschmack gekommen, und es gefällt mir.

Man kann hier unendlich weit sehen.

Sie antwortet nicht, als ich klopfe. Ich lache. Mit Mel spontan zu sein ist etwas, was ich vorher planen sollte. Wo ist sie hin?

Aus einem Impuls heraus drehe ich am Türknauf. Die Tür ist nicht verschlossen, als ich es versuche – ganz untypisch für Mel. Sie würde sie niemals offen lassen. Ich gehe hinein, schließe die Tür hinter mir, stelle den Kaffee und das Frühstück auf den Tresen in der Küche, um dann schnell Wohnzimmer und Bad auf Anzeichen nach Ärger zu überprüfen. Nichts. Ob sie mit unverschlossener Tür eingeschlafen ist?

Die Schlafzimmertür steht einen Spalt weit offen, aber es

kommt kein Licht heraus. Sie muss die Vorhänge zugezogen haben, um schlafen zu können. Ich schiebe die Tür auf und gehe mit großen Schritten ins Schlafzimmer. Sie liegt unter der Decke eingekuschelt, zusammengerollt zu einem Ball, mit dem Rücken zu mir, wie ich es mir vorgestellt habe.

Ich streife meine Schuhe ab, ziehe vorsichtig die Decke so weit hoch, dass ich darunterschlüpfen kann, und kuschele mich in Löffelchenstellung an sie. »Morgen, du Schöne.« Ich drücke die Kissen herunter, um ihr einen Kuss zu geben – und finde mich Nase an Nase mit einem bärtigen, gut zwanzigjährigen blonden Mann wieder. *Was zum Teufel?!*

Er blinzelt und gähnt. »Sorry, Kumpel. Ich bin vergeben.«

Was macht ein fremder Typ in Mels Bett?

»Oh mein Gott.« Ich setze mich fassungslos auf, da geht das Licht an, und man hört zwei weibliche Stimmen an der Tür kichern. Mel und eine hübsche, athletische schwarze Frau klatschen sich mit den Händen ab, in denen sie keinen Kaffee halten.

Ich stehe auf und ziehe meine Schuhe an. »Es ist eigentlich nicht so lustig.«

Mel räuspert sich. »Na ja, wir können später wiederkommen, wenn du und Andrew noch einen Moment für euch haben wollt.«

Mir sind die beiden Fremden im Raum völlig gleichgültig. Mels Anwesenheit füllt mich aus; ich gehe zu ihr und umarme sie. »Vielleicht *werden* wir das wirklich tun. Er ist ziemlich süß.«

»Bärte sind total angesagt«, murmelt Andrew, die Stimme immer noch rau vom Schlafen. »Oh, ist das Kaffee für mich, Ari?«

Die andere Frau reicht ihm seinen Kaffee, bevor sie sich umdreht und mir ihre Hand entgegenhält. »Ich bin Ariella, Shelbys

Freundin. Dieser bärtige Ego-Waschlappen ist Andrew, auch ein Freund von Shelby.«

Ich schüttle ihre Hand. »Schön, dich kennenzulernen. Ich habe Kaffee für Mel mitgebracht. Nur zwei, aber es sieht aus, als hättet ihr schon welchen.«

Mel nickt. »Wir haben gerade welchen geholt. Ums Frühstück wollten wir uns später kümmern.«

»Ich habe auch ein paar Brötchen und Gebäck dabei.«

Ariella grinst Mel an. »Dein Freund ist großartig.«

Mel errötet. »Ist er.«

Dass sie Arielle nicht korrigiert, bringt mich dazu, völlig idiotisch zu grinsen.

»Vielleicht sollten wir Andrew einen Moment allein lassen«, sage ich. Ich bin mir ziemlich sicher, dass er unter der Decke nackt ist.

»Da wäre ich euch sehr dankbar«, sagt Andrew. »Ich will nicht der Einzige sein, der hier nur eine Toga trägt.«

Die Frauen und ich gehen in die Küche und wühlen in der Tüte. Jeder sucht sich etwas heraus, und wir beginnen zu frühstücken.

Ein komplett angezogener Andrew gesellt sich einen Moment später zu uns. »Danke fürs Frühstück, Alter«, sagt er. »Genau das habe ich jetzt gebraucht.«

»Keine Ursache. Ihr seid also Shelbys Freunde?«

Arielle wischt sich ein bisschen Puderzucker von der Lippe. »Ja, wir sind hier gestern reingeplatzt, bevor uns klar war, dass Shelby gar nicht da ist. Aber Mel war so nett, uns über Nacht nicht rauszuwerfen.«

»Es war wirklich eine Überraschung, nach Hause zu kommen und im Wohnzimmer auf ein paar Fremde zu treffen.« Mel lächelt und leckt sich etwas Glasur vom Daumen ab.

Sie hat kein Problem damit. Eine weitere Schicht Anspannung ist von ihr abgeblättert. Aber vielleicht geht es auch gar nicht um Schichten, die abblättern. Vielleicht war sie schon immer diese großartige Blume, hatte aber Angst zu blühen, und versuchte, ihre Schönheit zu verstecken, indem sie sich so fest wie möglich verschloss. Jetzt lässt sie zu, dass sie sich entspannen und entfalten kann. Sie blüht auf.

Sie leuchtet.

»Hattet ihr zwei schon Pläne? Wir können euch in Ruhe lassen, falls wir stören.« Ariella, die gerade noch lässig am Tresen gelehnt hat, stellt sich aufrecht hin. »Wir sind einfach aus dem Nichts aufgetaucht und …«

»Ich bin heute Morgen auch einfach hier reingeplatzt«, sage ich und mache eine wegwerfende Handbewegung.

»Hey, seht ihr mich gerade jemanden rauswerfen?« Mel lächelt. »Die anderen haben einen Tauchgang gebucht, sonst hättest du sie auch getroffen, Blake. Wollen wir nicht alle zum Strand gehen? Und so viel Vitamin D wie möglich tanken?«

Andrew und Ariellas Blicke treffen sich kurz, und sie nicken beide gleichzeitig.

»Ich habe keinen Badeanzug dabei, aber ich kann mir einen von Shelbys ausleihen.« Ariella trinkt ihren Kaffee aus.

»Oder du gehst ohne Badeanzug. An den Kleidung-ist-deine-Wahl-Strand, Baby.« Andrew zwinkert ihr zu, und sie gibt ihm einen Klaps auf die Brust.

»Du weißt, dass ich das nie tun könnte. Wie wär's denn mit dir, mein Großer?«

Andrew zieht eine Grimasse. »Nacktbadestrände sind was für Frauen. Wenn eure schönsten Körperstellen kalt sind, werden sie hart und sehen sehr interessant aus. Wenn unsere Teile kalt werden, versuchen sie, an unseren Hintern hochzukrabbeln, um sich zu wärmen, und wir sehen aus wie Ken.«

Mein Blick fällt auf Mel, die versucht, ihre Überraschung zu verbergen, indem sie, wie immer in solchen Momenten, auf der Innenseite ihrer Wangen herumkaut. Sie denkt daran, dass sie es getan hat und sie ist beunruhigt, dass jemand, der so aufgeschlossen scheint wie Ariella, es offensichtlich noch nie getan hat. Mel unterschätzt sich selbst andauernd.

Das Bild, wie ich sie am ersten Tag am Strand liegen sah, kommt mir in den Sinn. Mels Haut, die in der Sonne glänzte, Wassertropfen glitzerten auf allen ihren Flächen und Kurven. Wie sie ganz selbstbewusst aus dem Wasser herauskam, ohne sich Gedanken darüber zu machen, wer sie sehen könnte.

Mal kurz ins kalte Wasser zu springen wäre für mich gerade genau richtig. »Ich finde, Strand klingt großartig.« Und meine Badeshorts habe ich schon an.

Mel wendet sich an Ariella. »Ich hole ein paar Handtücher. Würdest du etwas zum Trinken einpacken? Du kennst dich hier besser aus als ich.«

»Ich kümmere mich um die Getränke. Geh du mal, und hol dir einen Badeanzug«, sagt Andrew zu Ariella.

Kurz darauf sind wir auf dem Weg zum Strand, der zu dieser Tageszeit noch nicht besonders voll ist.

»Regnet es nachmittags oft?«, frage ich.

Ariella nickt. »Fast immer. Das sind unsere Sommerschauer. Die Wolken bauen sich auf, lassen für ungefähr zwanzig Minuten alles abregnen und verschwinden dann. Es ist gut, wirklich, sonst wäre es hier glühend heiß. Ist es in New York im Sommer nicht auch so?«

Mel verzieht das Gesicht. »Man sollte glauben, die Gebäude würden Schatten spenden oder einem zumindest vorgaukeln, es wäre kühler. Aber die Luft ist zwischen ihnen gefangen und wird heiß wie in einem Ofen. Warst du noch nie in New York?«

Arielle seufzt. »Ich bin bisher hauptsächlich nach Australien gefahren – und der obligatorische Rucksacktrip nach Europa, als ich neunzehn war.«

»Irgendwelche Highlights?«

Andrew lacht. »In Bulgarien war es super lustig.«

Das überrascht mich. »Wirklich? Alles was man so hört, klingt nicht gerade nach Riesenspaß.«

Mel nickt. »Ich hätte an Amsterdam oder Ibiza gedacht – die üblichen Verdächtigen eben, aber nicht Bulgarien.«

Ariella wackelt mit den Augenbrauen. »Sonniger Strand. So viele Wet-T-Shirt-Pool-Partys, dass du deine Brüste gar nicht überall zeigen kannst.«

Andrew lacht. »Es ist wie die G8-Treffen, wenn die für Spring-Breakers aus ganz Europa gedacht wären. Und viele Engländer.«

»Huh.« Mel zieht ihr Handy raus und tippt eine WhatsApp. »Das wäre auch ein guter Artikel: unerwartet aufregende Ferien-Hotspots.«

»Und wem schreibst du?«, fragt Arielle.

»Meiner Chefin«, antwortet Mel.

»Bist du Journalistin?«

Mel schüttelt den Kopf. »Nein, ich arbeite in der Personalabteilung bei einem Magazin.«

Ariella reibt sich die Nase. »Das hätte ich nie gedacht. Dafür bist du viel zu lustig. Hast du jemals darüber nachgedacht, zum Schreiben zu wechseln?«

Mel lässt ein schnaubendes Lachen hören, aber sieht zufrieden aus.

»Das kam bisher nicht wirklich zur Sprache.« Sie beißt sich auf die Lippe. »Aber ich glaube, ich würde es gern mal probieren. Mir kommen ziemlich oft Ideen zu Themen … und es gibt ein paar andere Leute, die mit der Redaktion zusammenarbeiten. Ich habe das Gefühl, ich bin in meinem Bereich jetzt so weit gekommen, wie ich kann – es gibt dort für mich nichts mehr zu erreichen. Wenn ich in der Redaktion arbeiten könnte, wüsste ich, was ich zu tun hätte.«

»Warum versuchst du es nicht, wenn du zurückkommst?«, frage ich.

Sie lächelt. »Vielleicht werde ich das.«

Wir suchen uns ein schönes Plätzchen und breiten die Strandtücher aus. Hitze und Sonne haben die Wolken verjagt, und die Temperatur hat sich um ein paar Grad erhöht. Ich schäle mich aus meinem T-Shirt und lege mich zurück, bereit, mir die Sonne auf den Pelz brennen zu lassen.

Mel räuspert sich. »Äh, hast du nicht was vergessen?«

Ich blinzle zu ihr hoch. »Was?«

Sie wedelt mit einer Tube Sonnencreme, ich setze mich auf und strecke eine Hand aus. Sie drückt die nach Pina Colada riechende Lotion auf meine Handfläche, und ich verteile sie auf Armen, Schultern und Oberkörper.

»Ich reibe deinen Rücken ein«, sagt sie.

Ich lehne mich vor, völlig zufrieden damit, dass ihre Hände über meine Haut streichen, sogar auf diese harmlose Weise. »Danke.« Ich blinzele zu Andrew und Ariella rüber und wünschte, ich hätte meine Sonnenbrille mitgenommen. »Also, war Shelby mit euch in Europa?«

»Klar.« Ariella öffnet den riesigen Sonnenschirm und kippt ihn, bis wir alle etwas Schatten abbekommen. »Es war ihre Idee. Sie arbeitet in einem der Surf-Shops hier und trifft ziemlich viele Leute – nicht, dass sie einen Vorwand dafür bräuchte. Wenn Shelby dich kennenlernen möchte, dann wirst du irgendwann einmal ihre Hand schütteln.« Sie setzt sich auf das Strandtuch, das Andrew ihr ausgebreitet hat, und macht es sich neben Mel bequem. »Sie hat einen Tattoo-Künstler kennengelernt, der gerade aus Bulgarien zurückgekommen war und begeistert erzählte, wie großartig es dort sei. Er macht ihr jetzt auch regelmäßig ihre Tattoos.«

»Sie hat Tattoos?«, fragt Mel. »Auf den Bildern an ihrer Zimmerwand habe ich keine gesehen. Sie muss viele haben, wenn sie dafür regelmäßig zu ihm geht.«

»Yup. Sie hat ein paar Arbeiten auf den Füßen und einen Delphin hinten im Nacken.«

Mel schaut blinzelnd auf das Meer hinaus. »Na, ihre Fotos zeigen wohl nicht alles.« Sie lacht. »Ich klinge wie eine Stalkerin. Ich schwöre, ich bin keine. Aber ihr wisst doch, die Collage an ihrer Zimmerwand, und ich bin fast gestorben vor Neugier, wer die Frau ist, in deren Haus ich wohne.«

»Na *klaaaar*«, sagt Andrew in gedehntem Tonfall, offensichtlich scherzend. Dann fragt er: »Du hast keine Tattoos?«

Mel schüttelt den Kopf. »Noch nicht.«

Noch nicht? Interessant. Vielleicht macht Mel sich noch viel lockerer, als ich dachte.

19. Kapitel

Melanie

Ich lege mich zurück, die Arme hinter dem Kopf verschränkt, Ari und Blake rechts und links von mir, und fühle mich mit jeder Sekunde in der Hitze träger werden. »Ich würde gern mehr reisen. Seid ihr viel zusammen herumgekommen in Europa? Was war euer liebster Ort?«

Ariella schmiert sich Sonnencreme auf ihre Beine. »Berlin. Es ist so schön dort! Überall Kunst, und die Leute sind so trendy und cool, ohne sich anzustrengen. Wenn du an ihre Kleiderschränke könntest und einen Monat Zeit hättest, etwas zusammenzustellen, würdest du immer noch nicht so mühelos hip aussehen wie sie.«

»Und das Essen …«, seufzt Andrew. »Von allem ein bisschen, alles ist so gut gemacht. Wir müssen nochmal dahin, damit ich meine Diät unterbrechen kann. Ich habe letztes Mal sechs Kilo zugenommen, und ich glaube, das könnte ich mühelos verdoppeln.«

»Auf jeden Fall«, bekräftigt Ariella. »Das Essen, die Musik, die Kunst… Es ist ein Ort, wo Unterschiede zusammenstoßen und daraus etwas Strahlendes und Mutiges wird, ganz anders als hier. Es ist einzigartig. Ich war zwei Monate da, und dann haben Andrew und ich vor zwei Jahren nochmal drei Wochen Ferien dort gemacht.«

»Ich habe zwei Jahre gebraucht, um mich zu erholen.« Andrew rollt sich auf seinen Ellbogen und grinst auf Ari hinunter. »Erinnerst du dich an diese Reggae-Bar auf der Oranienburger?«

Ariella schiebt ihre Sonnenbrille hoch und sieht Blake und mich mit einem schwärmerischen Blick an. »Die Bar war großartig. Die Straße ist ziemlich touristisch, aber sie ist es auch wert. Überall sind Prostituierte – es ist dort legal –, aber die Clubszene ist einmalig. Wir haben in einer Rooftop-Bar getanzt bis zum Morgengrauen. Wir haben nur aufgehört, weil wir Frühstück brauchten.«

»War Shelby auch mit dabei?«

Ariella dreht sich auf den Bauch. »Nein, aber wir wollen irgendwann zusammen hin. Das Coolste an Shelby ist, dass sie kein bisschen überheblich ist. Sie kommt aus einer reichen Familie, aber tut nicht so, als würden alle unter ihr stehen. Ihr kennt ihre Wohnung: Sie ist luxuriös eingerichtet. Niemand, der jeden Cent umdrehen muss, könnte sich das leisten. Aber sie *könnte* sich sogar noch Besseres leisten. Sie schert sich einfach kein bisschen um so etwas. Wer du bist, ist für sie wichtig, und nicht, woher du kommst. Die Leute fühlen sich davon angezogen. Ja, ich fühle mich davon angezogen. Ich sehe etwas davon auch in dir, Mel.«

Dass Ariella mich auf so eine positive Weise mit ihrer besten Freundin vergleicht, wärmt mir das Herz. »Ach, ich weiß nicht. Ich wünschte, ich wäre mehr wie Shelby. Sie scheint so abenteuerlustig und frei zu sein – das totale Gegenteil von mir.«

Ariella schnaubt. »Sagt die Frau, die gerade dasselbe wie Shelby macht. Du bist doch genauso abenteuerlustig! Vielleicht hattest du noch nicht so oft die Möglichkeit, das auszuleben, aber Tatsache ist, dass es Gemeinsamkeiten gibt. Ihr seid vom gleichen Schlag, Mel. Ihr findet euch, seid ein Rudel …«

»Und wedeln alle mit dem Schwanz«, beende ich den Satz mit einem kehligen Lachen. »Wir sind schließlich am Nacktbadestrand.«

»Niemand holt hier seinen Schwanz raus«, sagt Andrew.

Ich schaue aus dem Augenwinkel zu Blake. Er schiebt seine Hand in meine und verschränkt unsere Finger. Wie kann Händchenhalten die eigene Wahrnehmung völlig auf die Stellen beschränken, an denen man die Haut des anderen berührt – und auf all die eifersüchtigen Körperteile, die nicht berührt werden? Meine Welt schwingt für einen Moment im Gleichklang mit Blake, und ich mag es. Meine Stimme versiegt mit der Berührung unter der Sonne. Es ist schön. Höllisch heiß und drückend, aber schön.

Ariella atmet neben mir gleichmäßig ein und aus, und ich seufze zufrieden. Für eine Weile dösen wir vor uns hin und genießen, ohne viel zu sprechen. Aber bald wird die Spannung, die sich durch meinen Körper windet wie eine gespannte Feder, zu groß, und ich muss diese Energie rauslassen, also machen wir alle einen Spaziergang.

Einer nach dem anderen löst sich von der Gruppe, bis ich allein bin und, die anderen immer noch in Sichtweite, zufrieden damit, meine Füße für eine kleine Abkühlung ins Meer zu halten. Andrew ist surfen gegangen. Ariella und Blake kicken einen Fußball zwischen sich hin und her, eine kostenlose Vorstellung ihrer Sportlichkeit. Ariella hat einen Killer-Schuss, aber was auch immer sie versucht, um Blake auszuspielen, er erwischt jeden Ball mit Leichtigkeit und kickt ihn zurück.

Ich überlege mitzumachen, aber Fußball ist nicht mein Ding. Außerdem gefällt es mir, Blake zuzusehen, während er nicht zu mir schaut.

Ein paar andere Menschen schlendern den Strand entlang,

aber es ist nicht viel los, vielleicht, weil es ein Mittwochnachmittag ist. In dem Moment spüre ich, was brütende Hitze tatsächlich bedeutet. Ich kann mir so viel Luft zufächeln, wie ich will, ich bin trotzdem immer von einem dünnen Schweißfilm bedeckt. Die Hitze lässt meine Gedanken langsam werden, wie dickflüssiger Sirup. Ich kann mich nicht richtig konzentrieren, aber genauso wenig von einem Gedanken zum nächsten springen. Gerade jetzt bleibe ich bei der Überlegung hängen, dass heute Blakes letzter Tag ist – und dass ich ihm bald nach Hause folgen werde.

Ich bin noch nicht ganz so weit, diesen Ort hier zu verlassen. Die Situation wird anders sein, wenn wir zurück sind. Die Vorstellung, dass es Menschen gibt, die ein alltägliches Leben im Paradies führen, ist merkwürdig, aber ich nehme an, jeder kann sein Paradies finden. Es geht um die Perspektive. Manche Leute würden alles geben, um in meiner winzigen Wohnung zu leben und in der Medienbranche zu arbeiten. Junge Leute, die davon träumen, ihre Sachen zu packen und sich auf den Weg in den Big Apple zu machen. *»If you can make it there …«*

Das Gras auf der anderen Seite des Zauns ist immer grüner. Aber mal ehrlich, ich liebe New York und kann mir nicht vorstellen, woanders zu leben. Ich glaube, so viel blauer Himmel wie hier würde mich auf Dauer erdrücken. Die Leute sind freundlich, aber alles läuft langsamer. Vielleicht liegt es an der Hitze. Vielleicht an den Rentnern. Vielleicht liegt es daran, dass ich Asphalt im Blut habe und die Betriebsamkeit und Geschwindigkeit New Yorks vermisse.

Wie viele Restaurants wohl eröffnet haben und geschlossen worden sind, seit ich weg bin? Wie viele Theateraufführungen und Kunstinstallationen habe ich nicht gesehen? Mit nur einem Wimpernschlag verpasst man hundert Dinge – und ich vermisse es. Hier zu leben würde sich nicht nach Leben, sondern nach Urlaub anfühlen. Das ist nicht genug, ganz gleich wie großartig Shelbys Freunde sind. Es ist nicht mein Leben, nicht mein *richtiges* Leben.

Und ich bin kein Fan von dem grüneren Gras auf der anderen Seite. Mir scheint es, als würde man so versuchen, sich vor der Verantwortung zu drücken, dass das eigene Leben sich auf eine bestimmte Weise entwickelt. Stell den Sprenger auf dein eigenes Gras, und warte ab, was geschieht ... Das ist natürlich leichter gesagt als getan. Manchmal weiß man nicht, wie man etwas in Ordnung bringen kann und wie es sich zu der Sache entwickeln soll, die man will. Denn was bereits da ist, ist tief in einem selbst verwurzelt.

Das warme Wasser spült über meine Füße, und ich würde gerne schwimmen gehen, aber die matschige Weichheit des nassen Sandes ist merkwürdig entspannend. Ich genieße es noch einen Moment.

Ariella und Andrew sind so cool. Sie haben so viel gesehen und so viel gemacht. Sie erzählen die besten Geschichten. Ich habe nichts mit ihnen gemeinsam, und doch verstehen wir uns gut.

Ich wäre gern mehr wie sie, aber ich fürchte, dafür ist es zu spät. Wenn ich zu einer Weltreise aufbrechen und versuchen würde, Kulturen und Erlebnisse aufzusaugen, würde ich mich wie eine totale Hochstaplerin fühlen. Wie eine Mutter auf der Party ihrer Teenager, die verzweifelt versucht, hip zu sein, während ihre Kinder sich in Grund und Boden schämen. Eine, die nicht merkt, wie peinlich sie wirkt, bis sie sich später, wenn die Selbsterkenntnis zuschlägt, selbst in den Schlaf weint.

Wasser steigt in dem kleinen Loch auf, das ich mit meinen Zehen grabe, und ich gehe ein Stückchen weiter. Was habe ich wohl noch alles verpasst, weil ich ein so starr geregeltes Leben geführt habe? Ich mache noch einen Schritt ins Meer hinein. Wie krempelt man ein Leben um, in dem es auch gute Dinge gibt? Wenn ich anfange, einzelne Sachen herauszupicken – wie kann ich sicher sein, dass nicht alles zusammenbricht und zerbröckelt, weil nur die leeren Stellen zurückbleiben?

Es sei denn, ich fülle sie mit etwas anderem.

Mein Blick huscht zu Blake, und ich grinse darüber, wie schmutzig das klingt. Es gibt keine Garantie dafür, dass aus uns irgendwas wird, wenn wir erstmal zu Hause sind. Er hat mir nichts angeboten und mir nichts versprochen.

Es ist albern, dass ich mir das wünsche. Völlig und absolut albern.

Er lacht, wirft den Ball wieder zurück und lässt die Muskeln von Armen und Oberkörper spielen. Eine heiße Woge steigt in meinem Innersten auf. Was wird sein, wenn wir nach Hause kommen? Er geht in seine Wohnung, ich gehe in meine, und wir tun beide so, als wäre das hier nie geschehen?

Oder wir schaffen es, unsere beiden Leben zu vermischen und zu etwas Großartigem zusammenzuführen? Wenn man ehrlich ist, wäre es ja gar keine so große Zusammenführung. Er hat keine Familie, die ich kennenlernen müsste, und meine kennt er mehr als gut. Die Umstellung könnte so reibungslos sein … außer, wenn wir es nicht hinbekommen, zurück im echten Leben. Und was dann? Er ist der beste Freund meines Bruders. Wird etwas zwischen ihnen stehen, wenn wir uns trennen würden? Shawn wäre stinksauer, wenn Blake mich verletzt. Und er wäre stinksauer, wenn ich Blake verletze. Sie waren schon immer beste Freunde. Selbst in den schlimmsten Zeiten war Blake für ihn da.

Wenn Blake und ich zusammen wären und uns dann trennten, würde mein Bruder zwischen den Stühlen sitzen. Selbst wenn wir nicht erwarten würden, dass er eine Seite wählt – vorausgesetzt es gäbe zwei Seiten –, wäre er in einer schwierigen Situation. Familienessen würden merkwürdig sein, wenn wir beide kämen. Und es wäre noch viel schlimmer, wenn wir uns im Streit trennen würden. Wenn das mit uns nicht für immer ist, könnte ich Blake meine Familie kosten.

Blake erwischt mich dabei, wie ich ihn anstarre, grinst und lässt die ganze Kraft seiner Grübchen auf mich los.

Wenn er mich so anlächelt, gibt es nur noch die Gegenwart.

Ariella kommt zu mir herübergerannt. »Also, heute Abend steigt diese Sache, und du solltest mitkommen.«

»Was denn? Kann Blake mit? Es ist seine letzte Nacht und …«

»Natürlich! Ich bin davon ausgegangen, dass das klar ist, er ist doch dein Freund.«

»Wir sind noch nicht ganz so weit«, gestehe ich.

Sie senkt den Kopf. »Wirklich? Es wirkt, als wärt ihr zwei schon lange zusammen.«

»Wir kennen uns schon ewig, aber es ist noch nie etwas passiert, bis wir hierherkamen.«

»Wieso das denn nicht? Bei der Chemie zwischen euch … Ich meine, so, wie ihr euch anseht?!« Ariella fächelt sich mit einem Lächeln selbst Luft zu.

»Ich war immer zu schüchtern.«

»Ja, na klar.« Sie nickt und sieht dabei alles andere als überzeugt aus.

»Ehrlich. Ich gebe mir gerade alle Mühe, um aus meiner Komfortzone herauszukommen und etwas wagemutiger zu sein.«

»Es fällt mir schwer zu glauben, dass du nicht immer schon so warst wie jetzt.«

Ich lächle über ihre Fehleinschätzung. »Wie schon gesagt, ich arbeite momentan noch an mir.« Zumindest hoffe ich, dass ich das auch weiter tue, wenn ich wieder zu Hause bin. Und wenn nicht? Was würde es für Blake und mich bedeuten, wenn ich nach meiner Rückkehr nach New York mit einem Schlag wieder so wäre wie vorher?

Sie sieht mich zweifelnd an, aber lässt das Thema fallen. »Also, wegen heute Abend … es ist eine Mitternachts-Beach-Party mit ein paar Freunden von der Insel.«

»Hawaii?«

Sie nickt. »Sie sind ein bisschen angefressen, dass Shelby nicht hier ist, aber ich glaube, sie würden sich freuen, dich zu treffen. Sag Ja.« Sie wiegt sich leicht in den Hüften. »Andrew ist ein grauenhafter Tänzer. Du wirst mich doch nicht allein den Hintern schwingen lassen, oder?« Ariella reißt die Augen auf, sodass sie wirken wie die größten, braunsten Hundebabyaugen, die ich je gesehen habe.

Ich muss lachen. Ich will noch mehr Zeit mit ihr verbringen, bevor ich fahre. Sie glaubt, dass man mit mir Spaß haben kann und dass ich ein passender Ersatz für Shelby bin.

Ich nicke. »Wie könnte ich da widerstehen?«

***

Ariella und Andrew verabschieden sich noch am Strand von uns, und Blake geht in sein Hotel, um sich etwas anderes anzuziehen.

Ich dusche in Shelbys Haus und schmiere mich extra dick mit Creme ein, um meine Haut für die Sonne zu entschädigen, die sie heute abbekommen hat. Ein unruhiges Gefühl kriecht durch meinen Körper und macht mich ganz zappelig. Angezogen wandere ich durchs Haus, unfähig stillzusitzen. Die Ruhe, die mich am Strand noch erfüllt hat, ist von meinen Sorgen über die Zukunft verjagt worden.

Kann ich mich nur entspannen und diese neue Mel sein, wenn ich Shelbys Leben lebe? Und falls ja, was bedeutet es für Blake und mich, wenn ich zu Hause wieder ich selbst sein werde?

Ich wühle in den Küchenschränken auf der Suche nach einem Snack, obwohl ich noch nicht mal richtig hungrig bin.

Diese Erfahrung zu machen war genau das Richtige, aber was kann ich mitnehmen, um mein Leben besser zu machen? Die Vorstellung, nach Hause zu kommen und zu merken, wie die Lebendigkeit Floridas mit jedem Tag ein Stückchen mehr verblassen wird, bis dies alles nur noch ein weiterer Urlaub gewesen sein wird, ist unerträglich. Aber die völlige Entspannung, die Sicherheit, die ich empfunden habe, rinnt mir jetzt schon durch die Finger wie Sand.

Ariella denkt, ich wäre eine, mit der man Spaß haben kann, eine, die beim Tanzen am Lagerfeuer mit hippen, weltgewandten und unangestrengt coolen Leuten genau am richtigen Platz ist. Aber das bin ich nicht. Und ich werde auch meinen Job nicht auf magische Weise in eine Arbeit verwandeln können, die ich wirklich will. Stattdessen werde ich in meine einsame Wohnung zurückkehren und zu meinem Job, wo mich niemand wirklich kennt. Wo ich mich selbst nicht mehr kenne.

Ich seufze und schaue erst jetzt richtig in den Küchenschrank.

Ich habe die Dosen nach Essensrichtung und Herstellerfirmen geordnet und alphabetisch sortiert.

Mein Magen verkrampft sich. Es gab einen Grund für diesen Tausch – ich habe das Leben mit einer Fremden getauscht wegen eines höllischen Tags –, aber ich kann nicht zurückgehen und wieder dieselbe Person sein. Wie kann ich aufhören, die zu sein, die ich gewesen bin?

Wenn ich diese Veränderungen nicht durchhalte, werde ich auch Blake nicht halten können oder der Mensch sein, den er verdient. Tränen prickeln in meinen Augen. Aber ich werde verdammt nochmal nicht aufgeben, ohne zu kämpfen. Das schreit nach radikalen Maßnahmen!

Ich schicke Ariella eine WhatsApp. Sie antwortet sofort, und ich wähle die Nummer, die sie mir mit ungefähr elf Smileys und Daumen-hoch-Emojis weitergeleitet hat.

Als ich den Termin gebucht habe, schicke ich Blake eine Nachricht, um ihn wissen zu lassen, dass es noch einen Zwischenstopp geben wird, bevor wir zu der Party gehen.

Ich werde dafür sorgen, dass diese letzte Nacht hier unvergesslich wird.

Ich muss los.

20. Kapitel

Blake

Ich lese ihre WhatsApp dreimal und mit jedem Mal werden meine Fantasien schmutziger.

Planänderung: Willst du etwas Wildes machen vor der Party?

Ich lächle und antworte: *Mit dir? Ja. Egal, was es ist, du kannst deinen süßen Hintern darauf verwetten, dass ich dabei bin.*

Neben ihr am Strand zu liegen war eine köstliche Folter. Jede Berührung sickerte in meine Haut und brannte den ganzen Tag in meinem Fleisch. Aber mit ihr geht es mir nicht nur um Sex. Ich will sie zum Lächeln bringen, um die kleinen Lachfältchen an ihrer Nase zu sehen. Mir ihr ist alles neu und hell, und ich will mein Leben noch einmal mit ihr erleben, damit ich es aus ihrer Perspektive sehen und ihre Gedanken dazu hören kann.

Wie können sich Menschen auf ihren Alltag konzentrieren, wenn sie sich so fühlen? Es lenkt mich dermaßen ab! Es ist, als würde man erkennen, dass man bisher nur mit einem Lungenflügel geatmet, nur die Hälfte aller Farben gesehen hat. Jetzt frage ich mich, ob die Welt schon immer so gewesen ist, so voll, so reich, so vibrierend. Aber ich weiß, das ist es nicht. Die Welt hat sich nicht verändert, aber mein Blick darauf.

Und ich muss Mel dafür danken.

Ich habe vor, so wenig Worte wie möglich zu machen. Stattdessen will ich meine Dankbarkeit auf andere, interessantere Weise zeigen.

Auf eine Weise, die sie zum Erschauern bringt.

Ich dusche, rasiere mich, ziehe mich an und springe so schnell wie möglich in ein Taxi. Es ist nur ein paar Stunden her, aber ich vermisse sie bereits.

Ich laufe zu ihrer Tür hoch und klopfe. Mel muss gewartet haben, denn sie reißt die Tür sofort auf und begrüßt mich mit einem strahlenden Lächeln.

An ihrer körperlichen Zurückhaltung, als ich sie umarme, merke ich, dass sie nicht möchte, dass wir direkt ins Schlafzimmer weiterwandern. Interessant! Also belasse ich es dabei.

Ich drücke sie nur noch einmal kurz an mich und gebe ihr ein Küsschen. »Also, was ist die wilde Sache, die du heute machen willst?«

Sie beißt sich auf die Unterlippe und spielt mit dem Träger ihres türkisfarbenen Tank-Tops. »Das will ich dir noch nicht sagen. Ich habe Angst, mir die Sache sonst selbst auszureden.«

»Wir gehen nicht zum Skydiving, oder?«

»Nö.«

»Denn das würde ich machen, aber kein Bungee-Jumping. Ich habe dieses krasse Video gesehen, wo die Schnur sich um den Hals von einem Typen gewickelt hat und dann …«

»So etwas machen wir auch nicht.« Sie lacht, schließt hinter uns ab, und wir gehen nach draußen. »Hör auf, nach Hinweisen zu suchen. Du wirst es schon sehen, wenn wir da sind.«

»Es ist nichts mit Krokodilen, oder?«

»Hach, was für ein schöner Abend.« Sie schlendert weiter, die Hände in den Taschen ihrer Jeans. Fast erwarte ich, dass sie anfängt zu pfeifen.

»Hast du schon gegessen?«, frage ich.

»Ja, ich habe mir nach dem Strand ein Sandwich gemacht. Hast du Hunger? Wir könnten uns schnell was holen, bevor wir …« Sie funkelt mich wütend an und sieht sich dann auf beiden Seiten nach Autos um, bevor wir die Straße überqueren. »Netter Versuch. Ich sage nichts.«

Ich lache. »Ich konnte dich schon immer mit Essen ablenken.« Wir bleiben an der Ecke stehen und warten, dass die Ampel auf Grün springt.

»Einen knurrenden Magen haben ist so eine Sache. Aber wenn ich ehrlich bin, hat es mir einfach gefallen, wenn die obercoolen Freunde meines supercoolen Bruders mich beachtet haben.«

»Freunde?«

Sie grinst. »Du bist doch nicht eifersüchtig, oder?«

Doch.

»Nein.«

Das Gefühl verfliegt, als sie nach meiner Hand greift und lacht, ihren Kopf für einen Moment an meine Schulter lehnt und mich dann die nächste Straße entlangzieht.

»Illegale Pokerrunden in finsteren Seitengassen?«

Sie schüttelt den Kopf. »Ne.«

»Hey, spielen wir die Restaurantszene aus *Susi und Strolch* nach?«

»Sie, mein Herr, sind keine Lady.«

Ich presse meine Lippen sittsam zusammen. »Ich fürchte, ich bin beleidigt worden.«

»Überlassen Sie die Gefühle mir.« Ihre Augen werden groß, als sie meine hochgezogenen Augenbrauen sieht. »Nein, so habe ich es nicht gemeint!«

Ich küsse sie auf den Scheitel. »Für mich sind alle deine Gefühle in Ordnung.« Einen Moment, nachdem die Wörter aus meinem Mund gepurzelt sind und sie einen Schritt zurückmacht, wird mir klar, was ich gerade gesagt habe. Es ist das Deutlichste, was ich bisher über eine Zukunft für uns beide gesagt habe – und ihre Reaktion darauf sieht nicht gut aus.

Aber kurz darauf lächelt sie wieder und führt uns die nächste Straße entlang. »Da wären wir.«

Ich entspanne mich und folge ihrem Blick – bis zu dem großen, neonfarbenen Ladenschild, auf dem die Buchstaben blinken. *Tattoos.* Die Fensterscheiben sind glänzend sauber und auch der Rest des Gebäudes wirkt gepflegt. Ein gutes Zeichen.

»Dein Ernst?«, frage ich. »Das ist es, was du dir den ganzen Abend nicht selbst ausreden wolltest?«

»Ja.« Sie atmet tief und hörbar aus. »Ich will das wirklich machen.«

Ein Teil von mir fragt sich, ob sie nur das Tätowieren meint.

»Weißt du, was du willst?«

Sie verzieht die Brauen zu einem Stirnrunzeln. »Nein. Ich weiß nur, dass ich das mit dir machen will.«

Ich ziehe sie eng an mich, damit sie mein Gesicht nicht sehen kann – und merke, wie verkrampft ich gewesen bin, seit mir klar geworden ist, wie stark meine Gefühle für sie sind. »Dann mal los, lass uns etwas Dauerhaftes und Schmerzhaftes machen.«

Sie lehnt sich zurück und atmet noch einmal tief aus. »Man lebt nur einmal, stimmt's?«

Mel drückt die Tür vor mir auf. Sie schlägt gegen eine altmodische Ladenglocke, die einen schönen dunklen Ton von sich gibt.

»Bin gleich da«, hört man einen Typ von irgendwoher rufen.

Die Wände sind tiefrot. Der schwarz-weiß geflieste Boden

und die Ausstattung geben dem Ganzen eine klassische Note. Alles ist blitzblank und geschmackvoll. Ich hätte Mels Hand gepackt und sie hier rausgezerrt, wenn es schmuddelig und staubig gewesen wäre.

Die Bilder an den Wänden – wahrscheinlich vom Tätowierer selbst – sind alle großartige und unwahrscheinlich detaillierte Arbeiten.

»Ohne deine offensichtliche Sorgfalt infrage stellen zu wollen, Mel, denn der Laden hier sieht wirklich gut aus, aber wie bist du darauf gekommen?«

Sie lehnt sich an den Tresen und inspiziert ihre Nägel. »Shelby geht hierher. Stephen ist ihr Tätowierer. Ariella hat ihn mir empfohlen.«

Etwas an ihrem betont beiläufigen Ton deutet darauf hin, dass es hier nicht nur um eine Tattoo-Empfehlung geht, aber ich lasse es dabei bewenden.

»Okay, da bin ich.« Ein kräftiger Typ mit kurzem Haar und Bart kommt hereingeschlendert und blickt uns an. »Ihr seid Mel und Blake?«

Mel nickt.

»Großartig. Ich bin Stephen.« Er greift nach einem dunkelgrünen Ordner und legt ihn auf den Tresen. »Das ist mein Katalog, falls ihr einen Blick auf meinen Stil werfen wollt.«

Mel wedelt mit der Hand. »Ich weiß schon, dass ich deinen Stil mag.«

»Ah, klar. Du kennst Shel. Hey, Shel und Mel!« Er grinst, genau wie Mel.

»Japp.« Sie wendet sich an mich. »Weißt du, was du dir stechen lassen willst?«

»Wie, *ich?* Ich dachte, ich wäre nur als moralische Unterstützung hier.«

Sie beißt sich auf die Lippe. »Du willst kein Tattoo? Ich meine, du musst dir keins machen lassen.«

Ich blättere in dem Ordner und versuche, Zeit zu gewinnen. Will ich das machen? Ich glaube, jeder überlegt irgendwann einmal, sich ein Tattoo stechen zu lassen, und mir gefällt die Idee der Körperkunst als Momentaufnahmen des eigenen Lebens. Jetzt gerade ist eine großartige Zeit, und ich will mich an sie erinnern. Wenn ich mir etwas machen lasse, müsste es an einer Stelle sein, die ich bei der Arbeit leicht verdecken könnte. Tätowierungen sind zwar keine große Sache mehr, aber ich hätte gern die Möglichkeit, es für mich zu behalten.

Ich lächle Mel an. »Ich glaube, ich mache es.«

Stephen benutzt leuchtende Farben, aber er hat auch einige Arbeiten in Schwarz und Grau mit roten Farbtupfern und Schriftzügen, die meine Aufmerksamkeit auf sich ziehen. Die Tätowierungen sind interessant, einige abstrakt, andere nicht, und während ich die Seiten umblättere, gefällt mir der Stil mit jedem Tattoo, das ich sehe, immer besser. Aber was soll ich nehmen? Was könnte für diese Reise stehen, für dieses Abenteuer, etwas einfach zu tun und nicht zu zögern? Das Aquarium kommt mir wieder in den Sinn.

Ich weiß genau, was ich will.

Mel lächelt, als ich Stephen von meiner Idee erzähle, und er geht in den Nachbarraum, um eine Skizze zu zeichnen.

Zehn Minuten später nagt Mel immer noch auf ihrer Lippe herum, während wir auf der Couch im Wartebereich sitzen.

»Was willst du dir stechen lassen, Mel?«

»Ich bin noch nicht sicher. Ich glaube, ich will nichts Realistisches, aber ein paar von denen hier sind zu abgefahren für mich.«

»Und wo willst du es haben?«

»Ich habe gehört, dass es an den Knöcheln oder an anderen Stellen, wo die Haut dünn ist, ziemlich weh tun soll, das fällt also aus. Ich mag die Vorstellung, es für mich zu behalten, also irgendwo, wo ich es verdecken kann. Ich habe überlegt, auf dem Handgelenk, aber ich glaube, wenn ich es den ganzen Tag ansehen müsste, hätte ich es bald satt, selbst wenn es großartig ist.« Das Handy in ihrer Tasche brummt, sie holt es heraus und verdreht die Augen.

»Es wäre wahrscheinlich so, als würde man jeden Tag sein Lieblings-T-Shirt tragen.«

Sie nickt, steckt ihr Handy zurück in die Tasche und blättert die nächste Seite um.

»Blake?«, ruft Stephen. »Ich bin so weit, du kannst kommen.«

Ich verlasse Mel, die nervös mit dem Fuß wippt, gehe zu Stephen und sehe mir seine Skizze an. »Das sieht toll aus.«

»Bist du sicher?«

»Klar.« Ich lächele. »Es ist noch besser, als ich erwartet habe.«

»Dann lass uns mal loslegen.«

Er hält die Schablone an meine rechte Schulter, und ich schaue in den Spiegel, um den Sitz zu überprüfen.

Es sieht ziemlich cool aus. Vielleicht war ich bei diesem Abenteuer erst nur als Begleiter dabei, aber jetzt bin ich berechtigterweise aufgeregt.

Ich versuche, mich einfach weiter mit Stephen zu unterhalten, während er seine Vorbereitungen trifft, aber ich befürchte, dass es schmerzhafter sein wird, als ich es mir vorstelle. Ich will nicht, dass Mel ausflippt – sie ist schon so nervös genug.

Aber nachdem die ersten Linien fertig sind und es sich nur angefühlt hat wie ein heißes Messer auf meiner Haut, entspanne ich mich. Mel kommt zu uns, nimmt sich nach einer Weile einen Stuhl und lächelt, während das Tattoo mit jedem Nadelstich weiter Gestalt annimmt.

Nach nur anderthalb Stunden säubert Stephen meine Haut und erklärt seine Arbeit für fertig. Mel ist in den letzten zwanzig Minuten vor dem Fenster auf und ab gewandert, wahrscheinlich zu aufgeregt, um stillzusitzen, bis sie selbst an der Reihe ist.

Ich stehe auf, schaue in den Spiegel und lächle über den schwarzgrauen Stachelrochen, der nun meine Schulter schmückt. »Mel, komm her, und schau es dir an.«

Ihr Handy brummt wieder, und sie runzelt die Stirn, während sie schnell eine Nachricht tippt. »Einen Moment noch.«

Der Schwanz windet sich meinen Arm hinunter, fast bis zum Ellbogen.

Im Hintergrund bilden die lateinischen Worte *citius, altius, fortius – schneller, höher, stärker* – ein verschnörkeltes Muster in blau und schwarz, mit türkisfarbenen Umrandungen, was den Stachelrochen vervollständigt. Eine Mahnung, die beste Version meiner selbst zu sein, und der Blauton eine Erinnerung an Florida.

Mel zieht eine Grimasse in Richtung ihres Handys und steckt es dann in ihre Tasche. »Es sieht großartig aus«, murmelt sie. »Das hast du toll gemacht, Stephen. Wie nennt man diesen Stil?«

»Danke. Es ist realistisches *Trash Polka*. Wie gefällt es dir, Blake?«

»Ich finde den Namen des Stils bescheuert, aber das Tattoo ist großartig.« Ich schüttle ihm die Hand.

»Das höre ich gern. Gebt mir eine Viertelstunde, und dann legen wir bei dir los, Mel.«

Ihre Mundwinkel zucken. »Eigentlich, ich, äh …« Sie ringt

die Hände. Mel ist so nervös, dass ich etwas sagen muss. »Mel, wenn du kein Tattoo willst, dann lass dir auch keins machen. Das ist in Ordnung.«

»Du wärst nicht sauer? Es tut mir leid. Ich habe wirklich gedacht, ich könnte das. Ich wollte eins, aber ich kann nicht.«

Ich ziehe sie an mich und umarme sie mit meinem linken Arm. »Ich bin überhaupt nicht sauer. Ich habe mir das Tattoo nicht für dich stechen lassen. Sondern für mich. Ich hätte mir allerdings gern eins mit dir zusammen machen lassen.«

»Tut mir leid«, murmelt sie an meiner Brust.

Stephen räuspert sich. »Man sollte so etwas nicht vorschnell machen, wenn man sich nicht sicher ist.«

Ich nicke. »Stephen hat völlig recht. Du brauchst dir keinen Vorwurf zu machen. Ich bin froh, dass ich meins habe.« Ich hebe ihr Kinn an, sodass sie mir in die Augen sieht. »Ich finde es immer noch gut, dass du uns hierhergebracht hast. Obwohl du ein ganz schlechter Einfluss für mich bist.«

Sie lächelt, und ich küsse sie auf die Nasenspitze.

»Ich bezahle noch, und dann können wir etwas anderes unternehmen, um meine letzte Nacht hier zu feiern«, ergänze ich.

»Ich hätte noch eine Idee.«

»In Ordnung. Solange es nichts mit Krokodilen, Skydiving oder dem Wasser zu tun hat. Eins ist sicher: Den Sand werde ich nicht vermissen, der juckt … überall.«

»Ich auch nicht. Und, nein, Schwimmen steht nicht auf der Agenda.« Sie wirft einen Blick auf Stephen, um sicherzugehen, dass er nicht zuhört. »Aber es geht dabei um ein Bett und darum, dass du mich an Stellen berührst, die sehr weiß sind.«

»Ich kann es kaum erwarten, diese Stellen zu erforschen.«

Ihr Lächeln ist so anzüglich, dass mir heiß wird. »Dann lass uns von hier verschwinden.«

21. Kapitel

Melanie

Mein schlechtes Gewissen nagt an mir, während wir im Taxi sitzen. Und fast noch schlimmer als dieses fiese Gefühl ist das Bedauern. Ich hätte mir ein Tattoo machen lassen sollen. Ich wollte eins. Ich hatte schon länger darüber nachgedacht, und ich wollte etwas Anschauliches, um mir selbst zu beweisen, dass ich mich ändern kann. Also wieso habe ich mich nicht dazu durchringen können?

Thaddeus hat mich mit einem Haufen lächerlicher Nachrichten bombardiert, die mir den Spaß und den Moment mit Blake völlig verdorben haben. Thaddeus hat tatsächlich meine Professionalität und meinen Einsatz für die Arbeit infrage gestellt – und in einer anderen E-Mail hat er meine Chefin in Kopie gesetzt und mich mehr oder weniger als verantwortungsloses Partygirl bezeichnet, ganz so als wüsste er, was hier in Miami gerade geschieht. Ich hätte mich am liebsten übergeben.

Völlig überfordert und unfähig, mich darauf zu konzentrieren, was ich auswählen will, habe ich mich gedrückt.

Blake streicht mit seinem Daumen über meinen Handrücken, aber mein Herz hämmert aus einem anderen Grund. Ich habe das Tätowieren nicht durchgezogen. Bedeutet das, dass ich mich gar nicht geändert habe? Ist meine Veranlagung stärker als mein Wunsch, mich zu ändern? War das alles nur ein lustiger Ausreißer? Ist Florida nur eine Auszeit von meinem Leben anstatt ein neuer Anfang?

»Hey.« Blake zieht mich sanft an sich, und ich lehne mich zurück in seine Wärme, eingekuschelt in seine Umarmung. »Ich kann fast hören, wie es in deinem Kopf arbeitet und deine Gedanken Überstunden machen. Lass das.«

»Ich kann nicht anders. Ich bin schon viel besser geworden.« Zumindest habe ich das gedacht.

»Das stimmt. Aber mit dir ist nie etwas falsch gewesen, um das einmal klarzustellen, Mel. Nicht jeder bleibt derselbe. Wenn es dich glücklich macht, Dinge anders anzugehen, gut für dich. Aber ändere dich nicht um des Änderns willen. Ich mag dich, wie du bist.«

Klar, aber du magst nur Florida-Mel – und ich weiß noch nicht mal, ob sie von Dauer ist.

Es ist lächerlich. Tätowieren hat mit nichts anderem etwas zu tun, als Ausdruck der eigenen Persönlichkeit zu sein. Aber Thaddeus ist es gelungen, mir unter die Haut zu gehen. Oha, das ist schon ironisch.

Ich seufze und kuschle mich enger an Blake. »Danke.«

»Und«, er senkt seine Stimme und streicht mit den Lippen über mein Ohrläppchen, »falls du immer noch verärgert bist, wenn wir nachher wieder in Shelbys Haus sind, muss ich noch viel härter arbeiten, damit du das alles vergisst. Vor allem, weil wir die Wohnung wieder für uns haben.«

Hitze verjagt die Schauer, die mir über den Körper laufen. »Ja?« Ich mag Ariella und Andrew, aber in diesem Moment bin ich lächerlich glücklich, dass sie nicht da sein werden.

»Ja.« Er nagt an meinem Ohrläppchen, und ich bemühe mich,

ein Stöhnen zu unterdrücken, damit der Taxifahrer uns nicht rauswirft.

»Was wirst du unternehmen?« Es gelingt mir nur mit Mühe, meine Stimme zu einem Flüstern zu senken, und ich schließe die Augen, um mich nur auf den Klang von Blakes Stimme und die Vibrationen des Wagens unter uns zu konzentrieren. Ich hätte nicht fragen sollen. Wir können jetzt erst einmal gar nichts machen … aber das macht auch den Reiz aus.

»Als Erstes werde ich dir dein Höschen mit den Zähnen vom Körper reißen.«

Ich keuche. *Ja, das ist ein guter Anfang.*

Sanft zeichnet er mit seinem Finger die Linie meiner Wirbelsäule nach. »Ich werde dich überall küssen. Ich werde dich aufs Bett werfen, deine Beine spreizen, mein Gesicht in dir vergraben und dich lecken und an dir saugen, bis du nicht mehr kannst.«

Ein hohes Wimmern erfüllt die Luft, und es dauert eine peinlich lange Minute, bis mir klar wird, dass *ich* es bin, *die* dieses Geräusch von sich gibt.

Blake kichert. »Und dann werde ich dich vögeln. Hart. Hart genug, dass du es noch tagelang spüren wirst. Und jedes Mal, wenn dich eine Turbulenz auf dem Rückflug in deinen Sitz drückt, will ich, dass du an mich denken musst und dich erinnerst, warum du dich wund anfühlst. Ich will, dass du völlig fertig bist. Aufgebraucht. Deine Kehle heiser, weil du meinen Namen geschrien hast.«

Ich werde mich verdammt noch mal nicht unterkriegen lassen, ohne zu kämpfen. Ich will, dass Blake sich an *mich* erinnert, so, wie ich hier bin, mit ihm, seine Hand an meiner Hüfte, alle meine Hemmungen über Bord geschmissen.

Ich wende mich zu ihm, sodass meine Lippen fast sein Ohr

berühren. »Ich bin so feucht, Blake. Du wirst es fühlen können. Du willst mir mein Höschen mit den Zähnen runterreißen? Ich wünschte, ich hätte überhaupt eins an.«

Seine Brust hebt sich, und er senkt den Kopf, als wolle er durch mein wadenlanges Kleid hindurchsehen.

Ich lächle. »Was ist los mit dir, Baby? Fragst du dich, ob ich die Wahrheit sage?«

Er packt reflexhaft meinen Oberschenkel, direkt über dem Knie. »Jesus.«

»Mein Kleid hätte von jedem starken Luftzug hochgeweht werden können. Jeder hätte mich sehen können, wenn ich es gewollt hätte.« Ich lege meine Hand auf seinen Oberschenkel, will sie dreist weiter nach oben wandern lassen, um zu fühlen, wie sein Penis gegen den Schritt der Jeans drückt. Selbst in meinen wildesten Flirtzeiten hätte ich nie im Traum daran gedacht, auf der Rückbank eines Taxis so weit zu gehen. Trotzdem kriecht meine Hand stetig weiter, und meine Finger fahren über den rauen Jeansstoff. Mir läuft praktisch das Wasser im Mund zusammen, so groß ist meine Begierde, ihn in den Mund zu nehmen. Ich stelle mir vor, wie ich diese harte Schwellung in meiner Hand fühlen werde, wenn wir erst einmal hinter verschlossenen Türen sind.

Leider sind wir nicht auf dem Weg zu einem ungestörten Ort, sondern zu einer Party.

Ich kann trotzdem nicht widerstehen.

Seine Finger schließen sich mit eisernem Griff um mein Handgelenk. Er hält meine Hand auf, bevor ich spüren kann, ob er so hart ist, wie ich hoffe.

»Mel.«

»Ja?«

Das Zittern seiner Finger sagt alles. Ich lächle im Dunkeln;

ein Machtgefühlt überzieht meine Haut. Es ist berauschend, und es gefällt mir.

Ich grinse immer noch, als wir am Strand ankommen und aus dem Taxi aussteigen.

Sofort werden wir überrollt von einer Woge aus Vorstellungen und Händeschütteln, kaltem Bier und warmen gerösteten Brötchen mit Fleischfetzen darin. Ein paar der Jungs haben ein Schwein gegrillt, und während ich mich bei dem Anblick vor Ekel schüttele, muss ich zugeben, dass das Endresultat ziemlich gut ist.

Ein paar Drinks später beginnt eine spontane Tanzparty auf einer Seite des Feuers. Nach und nach fällt der Stress, den die Nachrichten von Thaddeus verursacht haben, von mir ab, und ich wünsche ihn in den Sand unter meinen Füßen, während ich tanzend auf den Boden stampfe.

Shelbys Freunde sind unfassbar herzlich und offen. Vielleicht ist es das, was wir alle manchmal brauchen: das Leben eines anderen für ein Weilchen ausleihen und um ein Feuer tanzen, wie man es früher gemacht hat. Ich habe mal einen Artikel darüber gelesen, dass Musikfestivals unter freiem Himmel beim Stressabbau helfen, weil es einem leichter fällt, sich auf seine primitiven Wurzeln zu besinnen und Dinge in Tönen und Bewegungen energetisch auszudrücken.

Ich habe Durst. Ich gehe um das Feuer herum zurück zu Blake, um mich an ihn zu kuscheln.

Ariella lässt sich neben mir in den Sand plumpsen. Jemand schlägt auf eine Trommel und wird von einer Frau begleitet, die etwas Gefühlvolles auf der Gitarre spielt. Blakes Schulter drückt leicht gegen meine, und der Rauch des Feuers vermischt sich auf eine Weise mit dem Geruch des Meeres, dass ich diesen Duft am liebsten in eine Flasche füllen würde, sodass ich ihn für immer behalten kann.

Blake und Andrew unterhalten sich über irgendeine alte Rockband, als Ariella meine Hand drückt. »Und, wo ist es denn nun?«

»Ach, ich habe mir keins machen lassen.«

Sie runzelt trotz meines lockeren Tons nachdenklich die Stirn. »Gibt es da etwas zu besprechen?«

Ich schüttle den Kopf. »Es war eine verrückte Aktion, Ari. Blake hat sich eins stechen lassen. Ich werde es vielleicht noch machen, aber ich wusste nicht, was ich nehmen sollte, und wollte nicht irgendwas, nur um ein Tattoo zu haben.« Das ist technisch gesehen die Wahrheit.

Ein Freund von Ariella beugt sich zu uns rüber. »Kann ich dir kein bisschen verdenken«, sagt er. »Komm nach Hawaii. Mein Bruder macht traditionelle Tattoos, und er kann dir was richtig Cooles stechen.«

Das ist mal eine interessante Idee.

»Sag mal, was denkst du über die ganze Unabhängigkeitsbewegung auf Hawaii?«

Der Typ zuckt mit den Achseln. »Hauptsächlich wollen wir nur in Ruhe gelassen werden. Wir sind nicht wie die Menschen auf dem Festland, und es juckt uns überhaupt nicht, was ihr hier so treibt.«

Ich nicke. »Ich verstehe, warum. Im Prinzip seid ihr sowieso ein eigenes Land, weit genug weg und so anders. Hasst ihr die Touristen eigentlich?«

Er schüttelt den Kopf. »Wir hassen sie nicht. Na gut, wir hassen nicht *alle*.« Er lächelt, und seine weißen Zähne blitzen in seinem braunen Gesicht. »Wir hassen die, die sich respektlos verhalten oder die so tun, als wären sie Einheimische.«

»Die ankommen und gleich einen auf *Aloha* machen? Und trotzdem würdest du mir bei einem traditionellen Tattoo helfen.«

Der Typ lacht. »Du scheinst mir entspannt und nicht oberflächlich zu sein, und das ist der Unterschied. Ein bisschen Respekt kann viel bewirken. Du kennst unsere Kultur und unsere Geschichte nicht. Du weißt nicht, wie es ist, wenn jemand in dein Land einfällt, die Macht übernimmt und das ein Jahr später als Mittel zum Geld verdienen ausnutzt – und zwar für genau die Menschen, die versucht haben, unsere Kultur auszulöschen.«

»Das ist brutal«, sagt Blake.

»Er hat recht«, stimme ich zu.

»Und crasht damit jede Party«, schimpft Ariella und knufft ihrem Kumpel gegen die Schulter.

Er lacht. »Dann halten wir sie mit einer Runde Nachtsurfen am Laufen.«

Wir stehen auf, klopfen uns den Sand ab und gehen zum Meer. Blake kann und will, auch wegen seines frischen Tattoos, nicht ins Wasser, und ich möchte im Moment weiter bei ihm sein, also lassen wir Surfen und Schwimmen ausfallen. Insgeheim bin ich froh darüber … Na ja, wegen der Haie. Sie haben mir bisher nicht den Hintern abgebissen, aber das muss ja nicht heißen, dass meine Chancen weiterhin so gut stehen. Wir beschließen stattdessen, einen kleinen Strandspaziergang zu machen.

Es ist atemberaubend. Der Sand ist so weich zwischen meinen Zehen, dass es mich noch nicht einmal stört, als ich ihn zwischen Fußsohlen und Sandalen spüre. Stattdessen macht mir das Gefühl alles intensiv bewusst – alles, was ich vermissen werde, wenn ich nach Hause fahren muss: der Geruch der Meeresbrise, die Wärme, die der Sand abstrahlt, die Musik. Ich habe das Gefühl, als würde von überall her Musik ertönen, die einen dazu verführt zu tanzen.

Manche Leute machen das. Ein Rhythmus scheint direkt unter der Oberfläche Miamis zu leben, der nur darauf wartet, dass man mit allem anderen aufhört und ihm lauscht. Vielleicht braucht man die Hitze, damit sie einem die Poren öffnet und man diesen Puls in sich hineinlassen kann.

Ich werde es vermissen.

Ich habe ein unbehagliches Gefühl in der Magengrube bei dem Gedanken, dass das hier bald zu Ende sein wird.

Wir laufen ein bisschen weiter am Meer entlang, und ich versuche, nicht darüber nachzudenken, wie es weitergehen wird.

22. Kapitel

Blake

Irgendwie habe ich auf dem Weg gar nicht mitbekommen, wie der Strand zu einem Bürgersteig geworden ist, der zu ein paar Anlegestelle führt. Jetzt gehen wir an einigen Yachten vorbei, die in langen weißen Reihen dort liegen, das dunkle Meer glitzernd dazwischen. Vielleicht, weil ich nicht aufhören kann, Mel verstohlene Blicke zuzuwerfen.

»Das muss der Yachtclub sein, von dem uns Ariella erzählt hat«, sagt Mel.

»Wolltest du jemals segeln, mit einem Boot kreuzen oder, wie auch immer man es nennt, mit einer Yacht herumzufahren?«

Mel schüttelt den Kopf. »Nicht wirklich. Ich habe das Gefühl, dabei geht es mehr um einen Lebensstil, außerdem sind Strände normalerweise nicht so mein Ding.«

»Und man braucht Wasser für eine Yacht, was die Orte, wo man sie verwenden kann, ziemlich eingrenzt.«

»Genau. Und die Orte, die ich sehen will, sind nicht entlang der amerikanischen Küsten. Wohin würdest du gern reisen?«

»Quer durch Europa. Ich würde auch gern zu den Pyramiden, vielleicht mal eine Safari machen, um zu sehen, wie Tiere sind, wenn sie nicht in einem Käfig im Zoo gefangen gehalten werden.«

Sie grinst. »Schneller und noch gefährlicher, würde ich sagen.«

Ich stoße sie mit der Schulter an. »Klugscheißerin.«

»Es ist doch wirklich merkwürdig, Tiere außerhalb ihrer natürlichen Umgebung zu erleben. So wie die meisten Zoos Löwen haben, sogar dort, wo es oft schneit. Ob die Löwen wohl so was denken wie: ›Was zum Teufel ist dieser kalte, weiße Mist?‹ Oder sind sie daran gewöhnt? Vielleicht sind die meisten schon in Gefangenschaft geboren und kennen es nicht anders. Das ist irgendwie traurig. Wir haben zwar ein paar Arten vor dem Aussterben gerettet, aber ich finde nicht, dass das ein besonderer Verdienst ist, weil wir selbst sie vorher fast ausgelöscht hätten. Wir sind so zerstörerisch, und das ist brutal.«

Ich denke an die Delphine in Marathon. »Du hast recht«, stimme ich zu. »Ich hatte mal eine Patientin, die war Umweltingenieurin. Sie meinte, der einzige Weg, die Erde zu retten, wäre, die Menschen von der Oberfläche zu wischen.«

»Wow, gute Aussichten.«

»Ja, sie war ziemlich verspannt.« Ich lache. »Ich glaube nicht, dass wir so schlimm sind. Aber zugleich möchte ich die schönen Dinge auf der Erde anschauen, bevor wir sie zerstören und sie für immer verschwinden. Eine Nacht im Dschungel verbringen, den Nordpol sehen.«

Sie lächelt. »Da steige ich aus. Ich hasse Käfer, damit klingt Übernachten im Dschungel nicht gerade verlockend, und ich hasse die Kälte, damit ist der Nordpol für mich gestrichen.«

»Ah, du wirst mich doch nicht ganz allein in den Dschungel gehen lassen, oder? Ich könnte von einem menschenfressenden Tiger verschlungen werden.«

»Ein großer starker Mann wie du? Das schaffst du schon.«

Ich grinse.

»Du bist auf jeden Fall abenteuerlustiger als ich.«

Ich nehme ihre Hand. »Oh, ich habe dich ungezügelt erlebt, Mel. Es ist schön gewesen, das zu sehen.« Wärme strömt durch meinen Körper, und ich wünschte, diese Nacht würde niemals enden.

Ich werde von einem lebhaften Treiben zu unserer Rechten abgelenkt. Leise Jazzmusik dringt zu uns herüber, und ich erhasche hinter Palmen und Büschen einen flüchtigen Blick auf Menschen, die um einen Pool herumstehen.

Mel drückt meine Hand. »Mal schauen, was da los ist?«

Zwei Frauen kommen durch ein Tor, Champagnergläser – und Schuhe – in der Hand und mustern uns eingehend von oben bis unten.

»Steht ihr auf der Gästeliste?«, sagt die große Brünette mit einem spöttischen Grinsen zu Mel.

Mel richtet sich auf und bedenkt die Frau mit einem eisigen Blick. *Oho, diesen Blick habe ich schon einmal gesehen.*

»Wie süß. Ich bin überrascht, dass sie dich reingelassen haben, Becky.«

»Ich bin Kirsten.«

»Wie auch immer.« Sie wendet sich zu mir um und zwinkert, sodass nur ich es sehen kann. »Komm schon, Rufus. Ich habe Durst.« Sie schnalzt mit den Fingern, und ich folge ihr, vorbei an den Frauen und durch das Tor, wie ein gehorsamer Hund. Erstaunlicherweise halten die beiden uns nicht auf.

»Was war das denn?«, frage ich, sobald wir außer Hörweite sind.

Mel grinst. »Wir sehen uns nicht ähnlich genug, um Geschwister zu sein, also haben wir offensichtlich ein Date. Und wenn ich in diesem Szenario die reiche Tussi bin, dann musst du mein Toyboy sein. Und in New York habe ich oft genug erlebt, wie die Reichen und Schönen ihre Toyboys behandeln.«

»Ich weiß nicht, ob ich von deiner draufgängerischen Aktion beeindruckt oder beleidigt sein soll, weil ich zum Toyboy degradiert wurde. Ich bevorzuge die Bezeichnung *Candyman.*«

Sie tätschelt mir sanft die Wange. »Ich warte immer noch auf meinen Champagner, CM.«

Ich lache, schnappe mir vom Tablett eines Kellners ein Glas und reiche es ihr.

Ich genieße die belebende Wirkung des perfekt gekühlten Schampus, als wir ein ruhiges Plätzchen in der Nähe des Büfetts finden und uns von dort aus die Party ansehen.

Die Leute sind etwas älter und offenbar viel wohlhabender als auf der anderen Party. Chanel-Logos zwinkern mir von Taschen zu, rote Sohlen blitzen unter den Absätzen der Frauen hervor und das Einzige, was noch reichlicher vorhanden ist als die Blubberbläschen in meinem Glas, sind die Diamanten, die an vielen Ohren, Hälsen und Fingern glitzern. Wir sind umgeben von wirklichem Reichtum, und nach den Männern in Anzügen mit den verdächtigen Ausbeulungen an den Schultern zu urteilen ist diese Party keine öffentliche Angelegenheit. Vielleicht war es keine gute Idee hierherzukommen – ich habe Cargo-Hosen und Flipflops an.

»Scheint, als wären wir ein kleines bisschen underdressed«, murmele ich.

Mel senkt den Kopf. »Vielleicht. Das heißt aber nur, dass wir so tun müssen, als wäre alles gewollt.« Ihre Augen glitzern, und sie zwinkert mir zu. »Wir sind die Vorreiter für die neueste Mode, Darling. Die Leute hier müssen glauben, dass wir Elite-Hipster sind. Und unsere Auswahl an Kleidung ist so was von angesagt!«

Das klingt nach einem Plan, aber ich muss mir trotzdem große Mühe geben, mich nicht zu ducken, als einer der muskulösen Männer zielsicher auf Mel und mich zusteuert, während wir am Büfett stehen.

»Oh Mist. Ich glaube, es geht los.« Mel lehnt sich zu mir rüber. »Folge einfach meinem Beispiel.«

Der Security-Mann im Smoking kommt mit zusammengekniffenen Augen auf uns zu. Als er gerade den Mund öffnet, um etwas zu sagen, setzt Mel ein strahlend falsches Lächeln auf und lässt ihn erst gar nicht zu Wort kommen.

»Hi, es ist wahrscheinlich nicht ganz Ihr Bereich, aber können Sie herausfinden, ob das hier auch Kaviar *ohne* gentechnisch veränderte Organismen ist? Das wäre ganz toll! Danke.« Sie dreht dem Sicherheitsmann sofort den Rücken zu und lächelt zu mir hoch. Ich überspiele mein Unbehagen mit einem Schluck Champagner, während Mel mit verstellter Stimme weiterplappert. »Und natürlich musste Oprah noch Gayle mitbringen, und dann waren wir eine ungerade Zahl zum Tennisspielen, und Mami war sauer, aber konnte nichts sagen, denn du weißt ja, wie Oprah dann ist. Ich dachte, Mamis Kopf würde explodieren.« Sie unterbricht sich, um den Sicherheitsmann, der sich nicht von der Stelle gerührt hat, bewusst anzustarren. Dieses Mal verzieht sie ihre Lippen zu einem zickigen kleinen Schmollmund. »Hallo-o, der Kaviar? Danke, das ist *super* hilfreich von Ihnen.«

Ich folge ihrem Beispiel, ziehe die Augenbrauen hoch und gestikuliere mit meinem Champagner-Glas in seine Richtung. »Irgendwann *jetzt* wäre nett. Sie hat Hypoglykämie und muss etwas essen, und das schon vor fünf Minuten.«

Der Mann presst seine Kiefer zusammen, geht aber wortlos weg.

»Er denkt, wir wären richtig reiche Arschlöcher«, murmele ich.

»Eine Szene zu machen ist der beste Weg, sich in eine Gesellschaft wie die hier einzufügen. Bailey hat mal einen Artikel darüber geschrieben, um zu sehen, wie unverschämt sie sich benehmen kann, bevor jemand sie zur Ordnung ruft.«

»Das ist großartig.«

»Jep.«

Ich nehme noch einen Schluck Champagner. Mels Show scheint gewirkt zu haben, aber ein winziger Teil in mir hat trotzdem das starke Bedürfnis zu fliehen, bevor wir hier richtig in der Klemme sitzen. Ich hatte in den letzten Jahren mit vermögenden Menschen zu tun und komme eigentlich gut mit ihnen zurecht. Aber das arme Kind in mir, das zusammen mit seinen bescheidenen Besitztümern, die in eine Mülltüte passten, in einer Pflegefamilie aufgewachsen ist, fühlt sich immer noch wie ein Hochstapler – vor allem, wenn man bedenkt, dass wir uns uneingeladen hier reingeschlichen haben und praktisch aussehen, als kämen wir direkt von der Straße. Niemand kennt die Wahrheit, aber dennoch.

Ich richte meine Aufmerksamkeit auf Mel – und fühle mich gleich besser. Ihre Wangen sind gerötet, und ihre Augen glitzern. Sie hat wirklich Spaß bei diesem Affentheater, und ich bin froh, dass ihre Anspannung wie weggefegt ist.

»Möchtest du irgendwas davon probieren?« Ich zeige mit der Hand in Richtung Büfett.

Sie nickt. »Eigentlich müsste ich nach dem Schweinebraten pappsatt sein, aber ich sterbe vor Hunger.« Sie hebt etwas Weiches, Grünes hoch und lehnt sich näher zu mir rüber. »Meinst du, das ist etwas zum Essen oder Garnitur?«

»Keine Ahnung.« Ich schaue mich nach den anderen Leuten um, aber niemand nimmt etwas anderes zu sich als Alkohol. »Aber es sieht nicht besonders gut aus.«

Sie schüttelt es und legt es wieder zurück. »Du hast recht.« Sie lässt ihren Blick über die Teller gleiten. Dann leuchten ihre Augen auf. »Hast du schon mal Seeigel probiert?«

»Nein, ist das nicht Tierquälerei? Aber so begeistert, wie du guckst, nehme ich an, ich muss das gleich machen.«

»*Wir* werden das gleich machen«, korrigiert sie mich und überreicht mir einen der winzigen Teller. Darauf liegt ein Seeigel, das Oberste abgeschnitten, sodass etwas Puddinghaftes zum Vorschein gekommen ist.

Ich nehme das Crostini, was darüber liegt, und tunke ein Ende in die klebrige Masse. »Das sieht irgendwie merkwürdig aus.« Ich nehme einen winzigen Bissen und stelle fest, dass es sich bei den pinkfarbenen Stückchen um Pancetta handelt, was mir neuen Mut gibt. Selbst aus den merkwürdigsten Dingen lässt sich mit ein bisschen Bacon oben drauf noch etwas machen.

Sie stößt ihr Brot gegen meins. »Prost!«

Wir beißen beide gleichzeitig hinein – und verziehen angeekelt das Gesicht. Die Konsistenz ist ziemlich abstoßend. Ich weiß, dass ich nichts Butteriges oder Cremiges hätte erwarten dürfen, aber genau das war der Fall, und jetzt, während der wirkliche Geschmack über meine Zunge rollt, stopfe ich mir schnell ein weiteres Stück Brot in den Mund, um das Ganze runterwürgen zu können.

Mel sieht sich um, als würde sie erwägen, alles auf den Boden zu spucken.

»Ich dachte, es wäre eher … cremig. Das ist abscheulich.« Sie spuckt in eine Serviette und schmeißt sie in den nächsten Mülleimer. »Das kann ich von der Liste der Dinge, die ich vor meinem Tod noch machen will, streichen. Aber es war grauenhaft.«

Eine zierliche Brünette schlendert in diesem Moment in unsere Richtung und verzieht das Gesicht. »Ist das Essen hier nicht furchtbar? Wie mutig von dir, du hast es probiert.«

Mel nickt bestätigend. »So enttäuschend.«

Ich beuge mich zu den beiden rüber, unfähig mich davon abzuhalten mitzuspielen. »Und die Sicherheitsleute? Die sind ja so nutzlos. Wir haben einen schon vor zwanzig Minuten etwas wegen des Kaviars gefragt.«

Die Fremde verdreht die Augen. »*So* nutzlos. Ich habe euch hier noch nie gesehen.«

»Ich bin aus New York«, sage ich und lege meine gespreizte Hand auf die Brust.

Mel lächelt. »Aber ich bin von hier. Shelby Kellermann.«

»Und ich bin Blake. Blake …«, ich versuche mir einen Nachnamen einfallen zu lassen, aber das Einzige, der mir durch den Kopf schießt, ist aus *Star Wars*, »… Solo.«

Es ist lächerlich.

Aber die Fremde nickt und lächelt uns an. »Ich glaube, mein Cousin hat mal einen Blake Solo erwähnt. Ich bin Monika Norberry, und dich kenne ich auf jeden Fall, Shelby! Aber es ist eine Ewigkeit her.« Sie beugt sich vor und küsst rechts und links von Mel in die Luft.

»Tatsächlich?« Ich nehme einen Schluck von meinem Champagner. »Woher kennst du Monika, Shelby?«

Mel würde mich wohl am liebsten mit ihren Blicken töten, aber sie stellt den Rest des Seeigels ab und macht eine verächtliche Handbewegung. »Ach, wer erinnert sich schon an so was? Das Wichtigste ist, dass wir uns jetzt endlich auf den neuesten Stand bringen können. Wie geht es deinem Bruder?«

Monika beäugt misstrauisch ihr Canapé. »Chip ist noch in der Provence. Ich bin nur zurückgekommen, weil Tay mich darum gebeten hat.«

»Verstehe.« Mel nickt ernst. Sie ist tatsächlich eine ziemlich gute Schauspielerin. »Diese Party ist ziemlich …«

»Steif, ich weiß«, beendet Monika den Satz. »Und eure Outfits sind genial. Zum Teufel mit den Leuten hier. Es ist so ermüdend, Klamotten an diese Partys zu verschwenden, auf denen nur Niemande rumstehen. Ich wünschte, ich wäre mutig genug, es auch so zu machen, aber Daddy würde mich töten.«

»Wirklich? Wir waren vorher noch auf einer anderen Party. Viel besser, mit den richtigen Leuten.« Mel nippt weiter an ihrem Champagner, während sie mich ansieht. »Hier haben wir noch nicht einmal herausfinden können, ob der Kaviar ohne gentechnisch veränderte Organismen ist.«

Monika nickt. »Darauf achte ich auch und esse nur Bio. Früchte, Nüsse und Meersalz eingeschlossen.«

Die ganze Situation ist völlig absurd, und als ich sehe, wie Mel sich Monikas Erste-Welt-Probleme mit einem gespielten Lächeln anhört, kann ich mir nicht helfen: Ich muss breit grinsen.

Neben der Schauspielerei ist Mel der unprätentiöseste Mensch, den ich je getroffen habe, und ich will so viel Zeit wie möglich mit ihr verbringen. Mit ihr ist alles wie ein Abenteuer. In ihrer Gegenwart fühle ich mich wohl, ganz egal, was wir machen. Sogar hier, umgeben von Menschen, die nur einen abfälligen Blick für ein Büfett übrig haben, für das ich als Kind getötet hätte. Doch anstatt mich irgendwelchen Minderwertigkeitsgefühlen hinzugeben, genieße ich diese Erfahrung auf der anderen Seite des Zauns.

Alles ihretwegen.

23. Kapitel

Melanie

Seine Augen.

Ich will ihn auf eine der schicken Chaiselongues werfen und ihm zeigen, wie sehr ich ihn brauche. Umgeben von Fremden in der Öffentlichkeit, umgeben von den Reichen und Monster-Schönen – ich habe eindeutig einen Senator drüben an der Bar gesehen –, der Einzige, dem ich meine Aufmerksamkeit schenken will, ist er. Die einzige Party, die mir etwas bedeutet, ist eine Party für zwei. Eine sehr intime Party mit einem sehr intimen Teil.

Ich lächle Monika an und unterbreche, was auch immer sie gerade Belangloses daher plappert. »Es war toll, dich mal wieder zu sehen, Mon, aber Blake und ich müssen los. Wir müssen noch woanders hin.«

Monika lächelt. »Habt ihr noch Platz für mich?«

»Nicht da, wo wir hingehen.« Ich zwinkere ihr zu, und sie lächelt.

»Kann ich euch kein bisschen verübeln.« Sie küsst die Luft neben meinem Gesicht. »Lass uns in Kontakt bleiben.«

Ich nehme Blakes Hand, und wir verlassen fast im Laufschritt die Party, vorbei an dem Sicherheitsmann, den wir wie Dreck behandelt haben.

»Tut mir leid, dass du so viel Scheiß von den Leuten abbekommst.« Die Worte sind mir herausgerutscht, und ich fühle mich sofort besser. Selbst wenn es nur vorgetäuscht war, habe ich mich unwohl gefühlt dabei, mich jemandem gegenüber, der nur seine Arbeit macht, fies zu verhalten.

Ich bleibe nicht stehen, um seine Antwort zu hören, wenn er überhaupt eine gegeben hat. Ich bin zu sehr damit beschäftigt, uns schnell nach Hause zu bekommen.

Die Taxifahrt dauert ewig, aber irgendwann kommen wir schweigend bei Shelbys Haus an, aufgewühlt von der Fahrt, vom ganzen Abend, davon, dass dies Blakes letzte Nacht ist. Wir wissen es beide, und es hängt wie dicker undurchdringlicher Nebel über uns. Ich weiß nicht, was geschehen wird, wenn wir zurück nach Hause kommen. Ich weiß nur, dass ich alles geben muss, alles, was ich ihm von mir geben *kann*.

Ich will, dass er sieht, wie ich wirklich bin, dass er den Menschen kennt, der ich sein will.

Und dieser Mensch ist die Mel, die in seinen Augen und seinen Armen und in seinem Leben lebt. Die entspannte Mel, die ich sein kann, wenn ich mit ihm zusammen bin.

Ich verschließe die Tür hinter uns.

Ich spüre die Kälte der Wand an meiner Brust, bevor mir klar wird, dass er mich herumgedreht hat. Und die Luft berührt meine Oberschenkel, als er langsam mein Kleid hochstreift, hoch, bis ganz nach oben. Er stöhnt, als darunter nichts als mein nackter Körper zum Vorschein kommt.

Na gut, vielleicht habe ich mich heute Nacht davor gedrückt, mich in aller Öffentlichkeit tätowieren zu lassen, aber nun glaube ich, der Yachtclub und das hier sind ein guter Ausgleich.

Blake schiebt seine warme Hand von hinten zwischen meine Beine und reibt mich so, dass seine Hand von meiner Erregung bedeckt wird, aber der Druck ist nicht stark genug, um mich zu befriedigen.

Ich dränge mich seiner Berührung entgegen, hungrig auf mehr. »Bitte.«

»Bitte was?« Sein Atem trifft mich in den Nacken.

»Mehr.«

»Oh, die Frau, die ihre sexy Hände im Taxi nicht bei sich behalten konnte und mich verdammt nochmal verrückt gemacht hat, will jetzt mehr?« Er presst sich gegen meinen Hintern. Durch die Jeans kann ich seine Erregung spüren.

Ich erwidere den Druck. »Jaaa.«

Er steckt zwei Finger in mich hinein und meine Knie werden weich, aber ich öffne die Beine weiter für ihn. Ein lautes Stöhnen löst sich aus meiner Kehle, und er küsst mich in den Nacken.

»Du hast auf dem Weg zur Party dafür gesorgt, dass ich hart geworden bin, und ich habe seitdem kaum an etwas anderes gedacht. Wegen dir, Mel, habe ich mir ein Tattoo machen lassen – mit einer Nadel, die in mich rein- und wieder rausgegangen ist, ziemlich lange. Ich kann es kaum erwarten, mich dafür zu revanchieren. Rein und raus. Ziemlich lange.« Er bearbeitet mich mit der Hand in einem so stetigen Rhythmus, dass sich meine Zehen krümmen und ich gegen die Wand sinke.

Gott, es fühlt sich genau dort so gut an, dass ich mich nicht bewegen kann …

Er zieht seine Finger heraus, und ich wirbele herum, überrascht über den Verlust. Ich bin unfähig zu sprechen. Das muss ich auch nicht. Er verlangt mit seinem Mund nach meinem mit einer so brutalen Sinnlichkeit, dass ich nichts anderes will als noch so viel mehr von diesem Kuss. Mehr von seinen

Händen, die durch mein Haar wühlen, mehr von seinem Körper, mit dem er mich gegen die Wand presst und sich an mir reibt.

Die Bewegungen seiner Zunge werden spielerischer, meine kaum noch berührend. Er lässt mich seine Zunge jagen, um zu kriegen, was ich will, aber als ich es versuche, zieht er sich zurück und küsst stattdessen meinen Hals, hinunter bis zum Schlüsselbein. Dort macht er etwas mit seiner Zunge, was einen Kurzschluss in meinem Gehirn auslöst.

Gott, ich liebe es, was dieser Mann mit mir tut.

Ich liebe, was dieser Mann tut.

Ich liebe diesen Mann.

»Ich liebe dich, Blake.« Die Worte sind mir entschlüpft wie Diebe in der Nacht, und ich halte die Luft an.

Er atmet selbst unregelmäßig. »Wirklich?«

»Du bist schon ziemlich großartig.«

Er lehnt seine Stirn für einen Moment gegen meine. »Ich liebe dich, Mel.«

Ich lächle. »Melanie.«

»Nein. Du bist meine Mel. Du warst schon immer da, und du bist die erste Frau, bei der ich auch will, dass sie immer da ist. Ich will, dass das hier niemals endet.«

Ich schlinge meine Arme um ihn, und er hebt mich hoch, als wäre ich federleicht. Er trägt mich ins Schlafzimmer, ohne Pause, aber auch ohne Eile.

Ich will, dass er sich beeilt.

Zumindest, bis wir nackt sind.

Er stellt mich auf die Füße, sobald wir im Schlafzimmer angekommen sind, und schaltet das Licht an. »Ich will jeden Augenblick sehen können«, erklärt er.

»Das will ich auch.« Vorsichtig, um seine frisch tätowierte

Schulter nicht zu berühren, schiebe ich sein T-Shirt bis zum Brustkorb hoch, und er zieht es sich über den Kopf. Ich küsse mich entlang seiner Brust, fahre mit der Zungenspitze über seine Bauchmuskeln bis zu seinem Bauchnabel und knie mich hin.

Sein Blick brennt sich in meine Erinnerung ein. Niemals werde ich vergessen, wie er mich jetzt ansieht, selbst wenn ich tausend Jahre alt werden sollte. Es ist ein klarer, von Ehrfurcht erfüllter hungriger Blick. Er verschlingt mich regelrecht mit den Augen, hält sich selbst zurück, weil er will, dass ich alles bekomme, was ich will.

Und ich will, dass er mich wirklich verschlingt.

Einen nach dem anderen öffne ich die Knöpfe seiner Jeans. Mein Blick in seinem sehen wir uns so tief in die Augen, dass ich das Gefühl habe, er könnte mich einsaugen.

Seine Jeans streifen auf ihrem Weg zum Boden meine Nippel, genau wie seine Boxershorts. Er holt zischend Luft, als ich ihn in den Mund nehme. Mit einer Hand streiche ich über seinen Schaft, während sich meine Zunge ausführlich dem oberen Ende widmet, bis Blakes Atem stockend geht und ich noch mehr von ihm schmecken kann.

Er zieht sein Glied aus meinem Mund heraus und drängt mich, mit ihm zum Bett zu gehen. Dort legt er sich auf den Rücken. »Ich will, dass du mit meinem Mund schläfst, Mel.«

»Was?« Unsicherheit wirbelt durch mein Verlangen, aber mir gefällt die Vorstellung. Ich will hören, dass er mir sagt, was er will.

»Ich will, dass du dich auf mein Gesicht setzt und auf meiner Zunge reitest.«

Mein Magen zieht sich bei dem Gedanken zusammen, vor Erregung, nicht vor Angst. Blake schließt Dinge in meinem

Inneren auf. Er öffnet mich in einer Weise, die zu Freiheit führt, nicht zu Reue. Mit ihm werden Tabus … interessant. Ich lasse mich rittlings auf seinem Bauch nieder und bewege mich über ihn, bis ich mit gespreizten Beinen über seinem Mund knie. Sein Atem strömt über die empfindsamsten Stellen meines Körpers. Ein Hauch fährt über meine Klitoris, und die Kälte lässt mich erzittern, aber als ich mich weiter hinunterlasse, fühlt sich Blakes Mund heiß an. Ich erbebe vor Lust.

Eine unglaubliche Erregung rauscht durch meinen Körper, als ich beginne, meine Hüften in meinem eigenen Takt zu bewegen. Es ist, als würde ich ihn für meine eigene Lust benutzen. Normalerweise fühle ich mich bei Oralsex verletzlich, seiner Gnade und seinem Mund ausgeliefert, aber jetzt ist diese talentierte Zunge *mir* ausgeliefert. Jetzt bin ich oben, reibe mich an ihm, nehme seinen Mund auf die Weise, wie ich es brauche und wie ich es will. Ich bewege mich weiter nach vorn, stütze meine Hände über seinem Kopf auf die Matratze. Er streckt eine Hand nach mir aus und penetriert mich mit seinen Fingern, während er die andere Hand benutzt, um mit meinen Brüsten zu spielen.

Ich öffne meine Beine noch weiter, bewege meine Hüften in einem unendlichen Muster. So weit geöffnet, wie ich bin, hat er Zugang zu allem.

Und bald ist alles, was ich tun kann, mich abzustützen und zu versuchen, nicht auf seinem Gesicht zusammenzubrechen, als mein Orgasmus mein Innerstes mit Wellen aus Wärme und Dunkelheit überschwemmt. Meine Wahrnehmung schrumpft auf die eine Stelle zwischen meinen Beinen zusammen, die immer noch schmerzhaft um seine Finger pulsiert, während er mich mit seiner Zunge streichelt und mit seinen Lippen an mir saugt.

Dann ziehe ich etwas wackelig mein Bein zurück und lege mich neben ihn. Er verschwendet keine Zeit und rollt sich ein Kondom über. »Steh auf, und stütz dich mit den Händen auf dem Bett ab, Baby. Ich werde dich nehmen, wie ich es versprochen habe.«

24. Kapitel

Blake

Ihr Höhepunkt lässt meine Brust immer noch erzittern. Jeder Moment mit ihr führt dazu, dass ich mehr und mehr will.

Sie liebt mich.

Ich will in ihr leben. Ich will die Welt auf unsere Körper reduzieren, und wir sorgen dafür, dass der andere sich so gut fühlt, wie es geht, so oft es geht.

Es wäre eine verdammt großartige Weise zu leben.

Ich lecke über meine Lippen, ich kann sie dort immer noch schmecken, während ich warte, dass sie sich aufrichtet und mir ihren großartigen Hintern darbietet. Auch wenn ich schon weiß, wie sexy sie ist, muss ich mir auch jetzt wieder auf die Lippen beißen, als sie sich nach vorn beugt und die Beine spreizt. Alles, was diese Frau ist, bringt mich dazu, für sie ein besserer Mensch sein zu wollen, um ihrer würdig zu sein. Klug, stark, leidenschaftlich, kompetent, lustig, schön. Sie ist so verdammt perfekt, dass ich sie nicht verdient habe. Aber ich werde mein Glück nicht zu sehr in Frage stellen. Ich danke einfach nur Gott, während ich mich hinter ihr in Stellung bringe.

Ich bin verloren. Ein harter, tiefer Stoß – und ich versinke tief in die einzige Frau in meiner Welt.

Ich lasse ein paar regelmäßige Stöße folgen, damit sie sich in dieser Position an meine Größe gewöhnen kann. Sie ist noch eng – eine Frau wird enger, wenn sie gekommen ist –, und ich will ihr nicht aus Versehen wehtun, weil ihr die Zeit fehlt, sich umzustellen.

Ihr unterer Rücken entspannt sich, und bald schwingen ihre Hüften im gleichen Takt wie meine Bewegungen.

Nun halte ich nichts mehr zurück. Ich stoße fest, aber langsam, passe meinen Rhythmus den Signalen an, die ihr Körper mir sendet. Für eine Weile leben wir nur in den Bewegungen, dem Schlag unserer Herzen. Ihr »Ich liebe dich« fließt durch meine Adern, pocht in meiner Brust mit jedem Stoß meiner Hüften, und die Erinnerung an den Ausdruck in ihren Augen, als sie es gesagt hat, könnte mich zum Explodieren bringen, also konzentriere ich mich auf ihren Körper. Wie sie sich bewegt. Wie ich mich mit ihr zusammen bewege. Haut an Haut.

Ich grabe meine Finger in ihre Hüften und ziehe sie enger an mich, als ich noch tiefer in sie eindringe.

Sie stützt sich nun auf den Unterarmen ab und stößt kleine *Jas* und *Oh-Gotts* aus. Ich werde schneller, und die stärkere Reibung heizt uns beiden ein. Ich will kommen, aber ich will auch in ihr bleiben, ihr dieses Gefühl für immer geben. Ich lasse ihre Hüften los, streiche mit den Händen über die Rundungen ihres Hinterns und reibe mit den Daumen ihre Po-Ritze hoch und runter. Sie verkrampft sich.

»Entspann dich. Ich würde niemals etwas tun, das du nicht willst«, versichere ich ihr, aber reibe mit den Daumen weiter hoch und runter, glitschig von ihrer Nässe, nur mit dem Ziel, ihr mehr Lust zu bereiten. Ich errege sie an Stellen, von denen sie wahrscheinlich gar nicht wusste, dass sie sich gut anfühlen können.

»Ich glaube, ich will es«, stöhnt sie.

»Du glaubst?«

Sie sieht mich über die Schulter an, ihre Augen dunkel und wild vor Lust. »Sorg einfach dafür, dass es sich für mich gut anfühlt. Ich weiß, dass du das kannst. Mach, was du willst. Ich vertraue dir völlig. Ich gehöre dir.«

Ich greife um sie herum und beginne, mit einer Hand über ihre Klitoris zu streicheln. Ich verlangsame die Bewegung meiner Hüften bis auf ein sinnliches Reiben. Sie gehört mir? Wie zum Teufel konnte ich so ein Glück haben? Ich muss ihrem Vertrauen gerecht werden und das hier zu einer großartigen Erfahrung für sie machen. Meine Hand ist nass von ihr und macht es mir einfach, ihre Pussy so schnell und leicht, wie ich will, zu erregen.

Als ihr Körper sich wieder entspannt, bedecke ich meinen Daumen mit ihrer Nässe. Ich ziehe meinen Schwanz aus ihr heraus und stecke meinen Daumen vorsichtig und nur ein paar Millimeter tief in den engen Ring. Dann schiebe ich meinen Penis wieder ganz in sie hinein, bis meine Hüften gegen ihre Oberschenkel stoßen, und warte, bis sie sich entspannt und an das Gefühl gewöhnt.

»Alles in Ordnung, Baby?« Ich schiebe meinen Daumen mühelos ein wenig weiter hinein, während meine Hand andauernd über ihre Muschi streicht und ihr etwas gibt, worauf sie sich konzentrieren kann.

»Ich … Das fühlt sich …« Sie drückt sich meiner Hand entgegen, stöhnend, als mein Daumen auch ganz in ihr ist. »Ich fühle mich so voll.«

»Gut?« Ich stoße ein paar Mal langsam mit meinem Schwanz zu, während ich meinen Daumen kaum in ihr bewege.

Sie ächzt. »Ja, ja.«

Ermutigt beginne ich langsam abzuwechseln und ziehe meinen Daumen heraus, während ich weiter in ihre Pussy stoße, meinen Schwanz dann fast ganz aus ihr herausziehe und den Daumen wieder hinten in sie reinstecke. Ich höre nicht auf, ihren Kitzler mit meiner anderen Hand zu reiben, bis sich ihre Finger in das Laken krallen und sie zusammenbricht, die Brust auf der Matratze, nicht mehr in der Lage, sich selbst oben zu halten.

»Hör nicht auf. Mehr. So gut.« Ihre Stimme klingt flach, so verdammt flach und erdig.

Ich stoße an beiden Stellen zugleich in sie hinein, und sie stöhnt laut und lange.

Ich tue es wieder.

Und wieder.

Bald richtet sie sich zurück auf die Hände auf und drückt sich mir mit allem, was sie hat, entgegen. Ihre Arme zittern vor Anstrengung.

Also gebe ich ihr auch alles, was ich habe, ficke in ihren gespannten Körper, mit aller Wendigkeit, die meine Hüften ihr geben können. Ich versuche, diesen süßen Punkt in ihr zu treffen, drücke vorsichtig meinen Daumen herunter und erhöhe die Kraft der Reibung. Ihre Schreie erfüllen die Luft, und ich stoße alles in sie hinein, tief, einmal, hart.

Mehr braucht es nicht. Wie mit einem tiefen Einatmen spannt sich alles auf einmal um mich, mein Schwanz wird wie in einer Faust gedrückt, mein Daumen ergriffen und die Muskeln versuchen, alles tiefer nach innen zu ziehen. Noch zweimal gepumpt, dann macht die Enge es mir unmöglich, mich noch länger zurückzuhalten. Ich spritze in das Kondom mit heißen Luststößen, die mir wie ein Stechen durch Unterleib und Eier gehen.

Wir brechen gleichzeitig auf dem Bett zusammen. Immer noch in ihr, drehe ich uns auf die Seite, damit ich sie nicht unter mir zerquetsche.

Mel neben mir verlagert ihre Haltung. »Du versuchst, mich umzubringen, stimmt's? Gib es zu.«

»Ich wollte dich gerade das Gleiche fragen. Mein Herz wäre fast zersprungen.« Wärme durchflutet mich. »Nicht nur vom Sex.« Ich küsse ihre Schulter und drücke sie. »Ich meinte, was ich vorhin gesagt habe. Ich liebe dich.« Dieses Mal fühle ich mich nicht so verletzlich, als ich es sage.

»Ich meinte es auch.« Ihre Stimme ist sanft. »Und ich liebe es so, in deinen Armen zu sein, Blake.«

Mein Herz setzt einen Schlag aus. »Aber?«

»Ich kann mich nicht entspannen, bevor du dir die Hände gewaschen hast.«

Ich breche in Gelächter aus, erleichtert, dass ich nicht die Du-bist-es-nicht-es-liegt-an-mir-Ansage zu hören bekomme. »Was, willst du etwa nicht, dass ich dich jetzt mit diesen Händen mit Erdbeeren füttere?« Ich ziehe mich aus ihr heraus und richte mich auf.

Sie kichert und setzt sich auch hin. »Auf keinen Fall. Ich kann nicht glauben, dass ich das gemacht habe.«

»Ich war auch da.«

»Mmm, warst du.« Sie grinst und küsst meine Schulter. »So etwas habe ich noch nie getan. Du machst es mir leicht, alles zu versuchen, was auch immer ich will.«

»Freut mich, das zu hören.« Ich stehe auf. »Ich muss mich erst einmal duschen. Was hältst du davon, wenn wir etwas zu essen holen und dann wieder machen, was auch immer du willst?«

»Das ließe sich einrichten.« Sie zwinkert mir zu.

»Willst du mir beim Duschen Gesellschaft leisten?«

Ihre Augen weiten sich. »Duschen mit dir gehört wahrscheinlich zu meinen liebsten Beschäftigungen.« Ihr Magen knurrt, und wir lachen. »Aber Essen ist das Nächste, was in mich hinein muss. Ich mache uns einen Snack, während du dich saubermachst.«

Sie geht erst ins Bad, dann springe ich unter die Dusche, schäume und spüle mich, so rasch ich kann, um so schnell wie möglich wieder bei ihr zu sein.

Was für eine merkwürdige Reise.

Eine merkwürdige, großartige, lebensverändernde, verdammt lange Reise.

Ich dachte, ich komme hierher, um meine Nase in fremde Dinge zu stecken und nach ihr zu sehen. Um vielleicht eine Frau abzuschleppen und dann wieder heimzufahren. Ich hätte nie gedacht, dass ich etwas Bleibendes finden würde und schon gar nicht mit Melanie.

Die Hände gegen die Fliesen gestützt, stehe ich in der Dusche und lasse das Wasser über meinen Körper laufen. Ich drehe mich um, sodass der Massagestrahl auf die Verspannung in meinem Rücken hämmert. Das Hotel ist nett, aber die Matratzen sind zu hart, um gut darauf zu schlafen. Und wenn ich nicht dort bin, bekomme ich hier mit Mel keinen Schlaf.

Du wirst alt, Blake. Als Nächstes wirst du Listen führen, wie viele Ballaststoffe du gegessen hast, und laut schreiend die Kinder von der Auffahrt verjagen.

Wenn älter werden aber bedeutet, eine großartige Sache zu erkennen, wenn man sie sieht, dann herzlich willkommen, Alter! Ich bin älter und klüger, und auf keinen Fall werde ich Mel ziehen lassen. Florida war wunderbar, und ich könnte für immer hierbleiben, aber ich will zurück in mein richtiges Leben in New York, damit Mel und ich zusammen weitermachen können.

Ich drehe die Dusche aus und schnappe mir ein Handtuch.

Es wird ein bisschen Zeit brauchen, bis wir uns neu auf uns eingestellt haben – in mehrfacher Hinsicht.

Für ihre Familie wird die Veränderung am größten sein. Ich hoffe, ihr Bruder versteht, dass ich sie wirklich liebe und nur das Beste für sie will, denn ich kann diese Chance auf ein glückliches Leben mit ihr nicht vorüberziehen lassen. Ich bin so lange ein Teil dieser Familie gewesen, und ich hoffe, sie finden das mit uns nicht merkwürdig oder denken, ich hätte sie irgendwie ausgenutzt. Andererseits, wann würde Mel sich jemals von irgendjemandem ausnutzen lassen?

Aber ich bin so lange allein gewesen, dass ich mich schon daran gewöhnt habe. Die Aussicht darauf so weiterzumachen hat mir zwar nicht gerade gefallen, aber ich habe immer gedacht, es wäre nicht fair, etwas Ernsthaftes anzufangen, so voll, wie mein Terminplan die letzten Jahre gewesen ist. Allerdings ist es damit fast vorbei und mit ein bisschen Anstrengung werde ich in den nächsten Jahren meine eigene Praxis aufmachen. Ich kann mir niemanden vorstellen, den ich dabei lieber als Komplizin neben mir hätte als Mel. Sie ist alles, was ich jemals wollte und noch mehr, im Bett und außerhalb davon. Sie einfach nur an meiner Seite zu wissen, zurück im echten Leben, wird großartig sein.

Ich hänge mein Handtuch über die Stange und stelle fest, dass ich gar keine Kleidung hier habe.

Ich gehe zurück ins Schlafzimmer und atme tief ein, um unsere vermischten Düfte dieser Liebesnacht in meine Lungen aufzunehmen. Wir riechen sogar gut zusammen. Sie ist wahrscheinlich noch in der Küche oder im Wohnzimmer. Ich steige in meine Boxershorts und grinse darüber, dass mein Penis schon auf Halbmast steht, nur weil ich wieder an sie denke.

Ich kann es noch immer nicht ganz glauben, wie ungezwungen sie gewesen ist. Wir sind erst seit zwei Wochen zusammen. Wie wird sie in einem oder zwei Jahren sein, wenn wir uns völlig vertraut sind?

Ich kann es nicht erwarten, mehr von ihr zu erfahren. Sie ist wild, leidenschaftlich, warmherzig, stark.

Niemand könnte genug davon bekommen, mit Mel zu schlafen. Und ich werde niemals genug davon bekommen können, mit ihr zu reden, ihren Überlegungen zuzuhören. Ich will sie zu nichts drängen oder ihr heute Nacht Versprechungen entlocken. Nein, heute Nacht wollen wir einander genießen, uns diesem großartigen Gefühl des Vertrauens, der Lust und der Liebe hingeben. Aus Freundschaft ist mehr geworden.

So viel mehr.

Sie beugt sich gerade hinunter zum Backofen, als ich in die Küche komme.

Heilige Scheiße.

Ich weiß nicht, ob es mir besser gefällt, wenn sie oben auf mir reitet oder anders herum, wenn ich spüre, wie sie sich unter mir auf- und abbewegt. Es ist ganz egal, wer wo ist, solange es um uns beide geht. Wir werden es schaffen, weil wir perfekt füreinander sind. Nichts anderes zählt.

Mel und ich.

25. Kapitel

Mel

Blake ist gestern gefahren. Das war einfacher als heute. Ich habe mich mit Wäschewaschen und Putzen beschäftigt, mich abgelenkt. Aber heute allein aufzuwachen war schlimmer, als es sein sollte. Es hatte was von abhängig sein.

Meine Güte, du hast zwei Wochen lang mit ihm geschlafen und nicht zwei Jahre. Es ist lächerlich, ihn jetzt schon zu vermissen.

Aber genau das tue ich.

Bailey nimmt nach dem ersten Klingeln ab. »Du kannst deine Finger wieder bewegen und mich anrufen. Ausgezeichnet.«

»Halt die Klappe. Blake ist gestern los.«

»Ahhh, Schluss mit den Orgien, das liederliche Leben hat ein Ende.«

Ich beiße mir auf die Lippen. »Ja.«

»Ich höre Traurigkeit in deiner Stimme. Was ist los?« Ihr Ton wird schärfer. »Hat er sich in einen Blödmann verwandelt? Denn wenn ja, werde ich ihm, so wahr mir Gott helfe, mal kräftig in die …«

»Nein, er ist großartig. Ich fühle mich einfach ein bisschen komisch, fürchte ich.«

»So geht's mir auch immer, wenn der Urlaub zu Ende ist und

ich nach Hause zurück muss, zum Wäschewaschen und Arbeiten. Ist das alles?«

Nein, aber ich will nicht darüber nachdenken.

»Ja. Ich habe auch ein bisschen Angst davor, Shelby zu treffen. Ich habe ihr Haus von oben bis unten geschrubbt. Ich habe ihre Bettwäsche zweimal gewaschen, die Matratze umgedreht – dennoch habe ich immer noch ein schlechtes Gewissen. Und ich habe die frischen Produkte, die in ihrem Kühlschrank waren, ersetzt, damit sie nicht nach Hause kommt und eine leere Speisekammer vorfindet.«

»Das würde mich auch traurig machen. Es ist ein bisschen so, als würdest du deinen ganzen Urlaub auslöschen.«

»Ja, wahrscheinlich ist das der Grund.« Mehr, als sie ahnt. »Wie dem auch sei, ich sollte wahrscheinlich auflegen. Sie müsste bald hier sein, und ich bin so gespannt, sie kennenzulernen.«

»Sie ist wahrscheinlich genauso aufgeregt, dich zu treffen.«

»Mach's gut, Bails.«

»Mach du's auch gut, und wir sehen uns bald!«

Dass Shelby aufgeregt sein sollte, mich kennenzulernen, kommt mir unwahrscheinlich vor. Ich will einen Sinn für Gelassenheit entwickeln, wie sie ihn hat – oder zumindest habe ich das von ihren Freunden gehört. Ich habe Arielle und Andrew eine WhatsApp geschickt. Sie sind heute in Tampa, deswegen kann ich mich nicht von ihnen verabschieden, aber sie haben versprochen, in Kontakt zu bleiben.

Ich war bei der Reinigung, um das Kleid abzuholen, was ich mir ausgeliehen hatte, und hole gerade frische Kekse aus dem Ofen (schöne, aufgewärmte, im Laden gekaufte Kekse), als es an der Tür klopft und fast zugleich eine tiefe Frauenstimme ertönt. »Hallo?«

Ich zucke zusammen, aber halte das Backblech fest umklammert.

»Hey.«

Shelby kommt mit großen Schritten in die Küche, einen Rollkoffer, der fast so groß ist wie sie selbst, hinter sich herziehend. Sie schiebt sich die Sonnenbrille ins Haar. »Heiliger Bimbam, du hast Kekse gebacken? Bist du sicher, dass du mich verlassen musst?«

Ich lächle und stelle das Backblech auf dem Herd ab. »Führe mich nicht in Versuchung.« Ich strecke die Hand aus. »Ich bin Mel.«

»Schön, dich richtig kennenzulernen.« Sie ignoriert meine Hand und schließt mich stattdessen in eine feste Umarmung. »Es war so merkwürdig, in deiner Wohnung zu leben. Also, nicht, dass deine Wohnung merkwürdig ist, aber New York ist eine andere Welt, weißt du?«

»Ich weiß, wovon du sprichst.«

Sie lässt mich los, schnappt sich einen Keks, zuckt zusammen und pustet Luft auf ihre Finger. »Sie sind bestimmt besser, wenn man sich nur ein bisschen verbrennt.«

Ich nehme mir auch einen. »Die geschmolzene Schokolade ist es wert.«

»Das stimmt. Also, wie war's bei dir hier? Magst du Florida?«

»Auf jeden Fall. Wir sind einen Tag in Marathon gewesen, aber sonst haben wir meistens hier oder am Strand abgehangen.«

»Warst du surfen? Ich hätte sagen sollen, dass du mein Surfboard benutzen darfst.« Sie grinst, offen und freundlich. Es ist leicht zu verstehen, warum Ariella gesagt hat, dass jeder gern mit Shelby befreundet sein will.

»Nein, ist schon gut. Ich habe mir nie etwas aus Surfen gemacht, aber wir haben Flyboarding ausprobiert.«

»Wow, cool, das ist großartig. Das wollte ich immer schon mal, aber es sieht so unheimlich aus. Ich glaube, ich hätte Schwierigkeiten mit der Koordination.«

Meint sie das ernst, oder will sie nur, dass ich mich gut fühle?

»Hey, wenn ich das machen kann, kann das jeder. Du solltest es versuchen.«

Sie grinst wieder. »Vielleicht tue ich das. Hast du Lust auf ein gemeinsames Gläschen?«

»Klar.«

Sie zieht eine Flasche Prosecco aus der Tasche und holt uns jedem ein Glas.

Ich nehme mir noch einen Keks, reiche ihr auch einen, und wir machen uns auf den Weg ins Wohnzimmer.

»Du meine Güte«, stammelt Shelby.

Ich folge ihrem Blick zu den Regalen, und es ist mir ein bisschen peinlich, wie anders sie aussehen. Die Röte steigt mir ins Gesicht, und meine Wangen fühlen sich heiß an. Vielleicht habe ich ein paar Grenzen überschritten, indem ich alles aufgeräumt habe, an dem Tag, als ich vom Nacktbadestrand geflohen bin.

»Hör mal, ich habe einen kleinen Tick, was Aufräumen und Putzen angeht, aber ich bin zu weit gegangen, tut mir leid. Ich habe nichts weggeworfen. Es ist nur …«

»Nein, es ist wunderbar. Ich wollte mich schon lange darum kümmern, aber Aufräumen ist nicht gerade meine Stärke. Ich bin von so etwas ziemlich schnell überfordert. Aber du hast sogar ein verdammtes System da reingebracht – jetzt kann ich alles einfach wiederfinden!« Sie geht hinüber und greift nach einem Ring mit einem winzigen Laubfrosch darauf. Sie hält ihn hoch und lächelt mich an. »Den habe ich seit zwei Jahren gesucht.«

»Er war hinter einem Stapel DVDs.«

Sie senkt den Kopf. »Bist du sicher, dass du nicht bleiben kannst? In meinem Büro sieht es auch aus, als wäre eine Bombe eingeschlagen.«

Ich lache. »Das habe ich gesehen, aber nichts angerührt.«

»Ahh, verrückt.« Sie schnippt mit den Fingern, und wir setzen uns auf die Couch. »Ich kann kaum glauben, wie schnell der Haustausch vorüberging.«

»Hat dir New York gefallen?«

Sie lehnt den Kopf zurück, bis er auf der Rücklehne liegt. »Es war irgendwie mehr, als ich mir vorgestellt habe. Größer, schneller, stärker. Alles ist so schnell dort. Als würde man versuchen, alle aufregenden Dinge der Welt an einen winzigen Ort zu packen, um einen mit Möglichkeiten zu bombardieren. Man hat nie genug Zeit, um alles zu sehen, aber man hat verloren, wenn man nicht alles tut, um es zu versuchen.«

Vor lauter Zuneigung wird mir warm ums Herz. »Genauso ist es.«

»Ich werde auf jeden Fall nochmal hinfahren. Hast du dich in meiner Bude wohlgefühlt?«

»Ja, sehr. Ich konnte kaum glauben, wie groß dein Haus ist. Für dich muss meine Wohnung ja wie eine Hobbit-Höhle gewesen sein. Ich kann mir allerdings nicht vorstellen, immer so nah am Strand zu leben. Ich hatte immer das Gefühl, als wäre ich nicht im wirklichen Leben. Jeder Tag wäre hier wie Urlaub.«

»Aber geht es im Leben nicht darum? Frei zu leben und immer Spaß zu haben?«

Ich nehme einen Schluck Prosecco und spüre die Bläschen am Gaumen prickeln. »Ich könnte etwas mehr von dieser Philosophie gut gebrauchen für mein Leben.«

»Kommst du bald wieder?«

»Wahrscheinlich nicht so bald, wie ich gern würde.« Ich

ziehe die Nase kraus. »Die viele frische Luft und all der Platz ist schlecht für meine Gesundheit.«

»Du bist zum Brüllen komisch, genau wie Shawn.«

Meine Augenbrauen schießen nach oben, und ich spucke fast den Prosecco aus. »*Mein* Shawn? Mein großer Bruder Shawn? Wie gut hast du ihn kennengelernt?«

Ihr Zögern sagt alles.

Ich quietsche: »Oh mein Gott, pack aus! Ich meine, erzähl mir eure Geschichte, natürlich ohne die schlüpfrigen Einzelheiten – er ist ja immer noch mein Bruder, und das ist ekelig –, aber ich muss meinen Kopf durchpusten. Wie ist es passiert?«

Sie nagt an ihrem Keks und seufzt. »Er kam an meinem ersten Abend vorbei, um mir einen Vortrag zu halten und sicherzugehen, dass ich kein Psycho bin, der sich in der Wohnung seiner Schwester eingenistet hat. Es ist mir gelungen, ihn zu überzeugen, dass ich okay bin. Er hat sich außerdem Sorgen gemacht, dass man dich dazu gebracht hätte, dich als Sklavin zu verkaufen, das war schon reizend.«

»Shawn ist manchmal ein kompletter Idiot.«

»Ist er. Aber nachdem er Dampf abgelassen und festgestellt hatte, dass ich nicht der führende Kopf einer kriminellen Organisation bin, haben wir uns unterhalten. Er ist leidenschaftlich, aber mit ihm kann man Spaß haben, und er ist lustig. Ich weiß, dass er nur mit rauchenden Colts angerauscht gekommen war, weil er sich Sorgen gemacht hat. Er hat einen Sinn für Humor, was selten ist. Deswegen fand ich ihn interessant. Ich habe ihn gefragt, ob er mir in der Gegend ein gutes Restaurant zeigen könnte, und er bot mir ein Date für den Abend an. Wir haben uns stundenlang unterhalten. Er hat einige verrückte Abenteuer erlebt.«

»Wenn das von dir kommt, bedeutet es was.« Ich erkläre

meine Aussage, weil sie die Stirn runzelt: »Ich habe ein paar deiner Freunde kennengelernt. Ich kam vom Schnorcheln zurück, und sie waren im Wohnzimmer und spielten ein Spiel.«

»Oh je, das muss merkwürdig gewesen sein.«

»War es auch, aber sie sind einfach toll.«

»Also, hast du mit einem von ihnen …«

Ich schüttle den Kopf. »Ich habe, ähm … Ich bin sozusagen mit jemandem zusammen gewesen, während ich hier war.«

Sie wirft mir einen kurzen Blick zu und wedelt dann mit den Händen. »Oh mein Gott, bitte sag, dass es der Freund deines Bruders ist, den er hierhergeschickt hat.«

Ich verschlucke mich fast an meinem Prosecco. »Was zum Teufel …? Woher weißt du davon? Ja, sein Name ist Blake.«

»Liege ich richtig? Ja! Shawn saß neben mir, als Blake angerufen hat und ihm versicherte, dass mit dir alles in Ordnung sei. Ich wusste, dass da was läuft. Niemand würde sich so darum sorgen, ob es einer Frau gut geht, wenn er nicht an ihr interessiert ist.«

»Wow.«

»Ich mag es, recht zu haben.« Sie kuschelt sich mit einem selbstzufriedenen Lächeln in das Couchkissen. »Also, ihr zwei habt was miteinander angefangen? Wo ist er? Kann ich ihn kennenlernen? Ist er süß?«

»Er ist großartig.« Ich zeige ihr ein Selfie, dass ich von uns beiden in Marathon gemacht habe.

»Er *ist* süß. Schau dir seine Grübchen an.«

»Und er kann so einiges mit seinen Händen.« Ich wackle mit den Augenbrauen und lache. Dann erzähle ich ihr unsere Geschichte, auch, dass ich schon als Teenager in ihn verliebt gewesen bin und von dem Liebeskummer, den ich hatte. Immer an den richtigen Stellen gibt sie anteilnehmende Töne und Seufzer von sich. Sie hat unsere Gläser noch einmal gefüllt, als ich in meinem Bericht an dem Tag am Nacktbadestrand angekommen bin, wo er mehr von mir gesehen hat, als sogar *ich* jemals gewollt hatte.

»Kein Wunder, dass er dich plötzlich nicht mehr als die kleine Schwester seines Freundes gesehen hat. Nicht mit diesen gefährlichen Kurven.«

»Das musst du gerade sagen. *Victoria's Secret* hat angerufen: Du bist spät dran für den Laufsteg.«

»Bitte, ich habe mir die Brüste machen lassen, als ich dreiundzwanzig war. Hast du deine Augen gesehen?«

»Die könnte jeder haben mit Kontaktlinsen.« Meine sind allerdings von Natur aus so. Ich rolle mit den Augen, aber meine Wangen glühen vor Stolz über ihre Komplimente. Oder vom Wein. Wahrscheinlich beides. »Danke. So ein Frauengespräch habe ich richtig gebraucht. Ein bisschen davon hatte ich mit deiner Ariella, aber es war nicht das Gleiche wie mit meiner besten Freundin zu Hause, Bailey – und selbst, wenn Ari und ich die Zeit gehabt hätten, waren ja die Jungs die meiste Zeit dabei. Außerdem hatten wir uns gerade erst kennengelernt. Mir ist klar, dass das auf uns beide auch zutrifft, aber ich habe in deinem Haus gelebt. Irgendwie ist das so …«

»Anders.« Sie lächelt. »Ist es auch. Du meintest, deine Wohnung sei eng, aber ich habe mich dort sicher gefühlt. Geborgen. In deinem Zimmer zu schlafen war, wie in einer warmen Umarmung zu ruhen.«

»Danke, dass du das sagst.«

»Das meine ich auch so. Also, sag mal«, sie lehnt sich vor, »denkst du, du wirst Blake wiedersehen?«

»Oh, ich weiß, dass ich ihn wiedersehen werde. Er und mein Bruder sind schon seit Ewigkeiten beste Freunde.«

Sie zieht eine ihrer perfekt geschwungenen Augenbrauen hoch. »Du weißt, dass ich nicht davon rede. Du strahlst so auf diesem Foto mit ihm, und dein Gesicht leuchtet jedes Mal auf, wenn du seinen Namen erwähnst. Du kannst nicht so strahlen und *nicht* mit dem Typ zusammen sein.«

Ich seufze. »Ich habe Angst, dass alles nur ein Traum gewesen ist. Dass ich mehr daraus mache, als es ist. Und wir waren hier nicht wir selbst. Also, ich zumindest. Florida hat mich zu einem anderen Menschen gemacht.«

»Und du kannst diese Veränderungen mit nach New York nehmen. Schränke die Dinge nicht ein, dann wirst du selbst nicht eingeschränkt sein.«

»Das klingt wie ein Bekenntnis.«

Sie zuckt mit den Schultern. »Einer der Typen, mit denen ich arbeite, ist so eine Art Hippie. Manchmal sagt er ganz gute Sachen.«

»Alles, was ich weiß, ist, dass ich ihn liebe und dass ich nicht will, dass das, was wir hier hatten, aufhört.«

»Dann sorg dafür, dass es weitergeht.« Shelby stößt ihr Glas gegen meins. »Meinst du, du wirst nochmal einen Haustausch machen?«

»Wahrscheinlich nicht. Es könnte auf keinen Fall so gut sein wie dieser. Und du?«

Sie setzt sich in den Schneidersitz. »Wahrscheinlich auch nicht. Ich gehöre nicht zu denen, die einer positiven Erfahrung hinterherrennen. Das funktioniert normalerweise nicht. Deswegen probiere ich gern neue Sachen aus. Wie dem auch sei, ich wollte nicht in Blakes und deinen Angelegenheiten herumschnüffeln. Es ist nur, weil ich von deinem Bruder so viel über euch beide gehört habe. Er macht sich Sorgen um dich, weißt du.«

»Weiß ich. Zu behaupten, dass dies hier nicht ganz meiner Persönlichkeit entspricht, wäre eine ziemliche Untertreibung.«

»Ich frage mich, wie er reagieren wird, wenn er von euch erfährt.«

Ein Gefühl von Panik flutet durch meinen Magen. »Du darfst es ihm nicht sagen! Bitte, versprich mir, dass du es meinem Bruder gegenüber mit keiner Silbe erwähnst. Ich weiß nicht, was wir ihm sagen werden oder wann. *Wie* wir es ihm sagen werden. Ich will das mit Blake genießen, so wie es ist, bevor wir dem Ganzen einen Namen geben und es meiner Familie mitteilen.«

»Hoppla, ganz ruhig.« Shelbys Augen sind groß geworden, und sie lehnt sich vor. »Lass noch etwas Sauerstoff für uns andere übrig.«

Überrascht von ihrer Freimütigkeit stoße ich ein bellendes Lachen aus und bemerke erst jetzt, dass ich in meiner Aufregung all die Luft aus dem Raum hyperventiliert habe. »Sorry. Igitt, genau das habe ich gemeint. Ich bin kein entspannter Mensch. Noch nie gewesen. Ich denke an tausend Dinge, den ganzen Tag lang, jeden Tag, und sie führen alle zu …«

»Stress. Ich weiß nicht, wer die Frau ist, die gerade diese Rede gehalten hat, aber sie ist auf dem besten Weg zum Herzinfarkt. Bewahre dir das Lebensgefühl, was du hier hattest. Bewahre dir die Beziehung, die du hier hattest. Diese guten Dinge verschwinden nicht einfach, weil du den Ort wechselst. Das verspreche ich dir.«

Ich atme aus, entspannt. »Du hast recht. Das muss ich mir merken.«

Sie spitzt die Lippen. »Ich bin sonst nicht so herrisch.«

»Es muss New York sein, was dir aus den Poren sickert.«

Sie lacht. »Vielleicht. Ich bin froh, dass du hier so eine gute Zeit hattest. Klingt, als hättest du einen Urlaub nötig gehabt.«

»Hatte ich. Ein einziger Höllentag ist der Auslöser für alles gewesen.« Ich fühle mich gestresst, wenn ich nur daran denke, und bevor Shelby reagieren kann, ergänze ich: »Frag nicht.«

»In Ordnung.«

»Ich habe allerdings eine Frage an dich, die mir auf der Seele brennt, seit ich hier angekommen bin.«

»Was denn?«

Ich stelle mein leeres Glas auf den Tisch. »Wie heißt dein Kater? Ich habe ihn die ganze Zeit Buddy genannt, und er hat auch darauf gehört … aber …« Shelbys Gesichtsausdruck führt dazu, dass mir die Worte im Halse stecken bleiben. »Was? Oh Gott, was ist? Ich habe ihn gefüttert, hauptsächlich mit Thunfisch – ich hoffe, das war in Ordnung? Ich habe nach Trockenfutter gesucht, aber keins gefunden.«

Shelby bricht in Gelächter aus.

»Was?«, frage ich. »Ist Buddy in Wirklichkeit eine Katze, und ich habe das die ganze Zeit verwechselt?«

»Melanie.«

»Deine Katze heißt Melanie?« Das ist mal ein Zufall!

»Nein.« Sie sieht mich belustigt an. »Ich habe keine Katze.«

»Was?«

»Ich habe kein Haustier. Gar keins. Ich bin allergisch auf Tierhaare – ich hätte nie gedacht, dass du eine Katze hier drin gehabt hast, so sorgfältig hast du alles geputzt!«

Mein Gesicht wird heiß vor Scham. »Habe ich die Katze deiner Nachbarn gefüttert?«

Sie schüttelt den Kopf. »Im Gebäude gibt es keine Haustiere. Es leben aber viele Streuner in der Gegend. Vielleicht hat einer davon dich ins Herz geschlossen und ist immer wiedergekommen.«

Buddy war nicht Shelbys Kater. Wenn ich darüber nachdenke, fällt mir auf, dass er nur gekommen ist, wenn ich allein war, und ich habe nicht daran gedacht, ihre Freunde nach ihm zu fragen.

»Aber er war so zutraulich.«

»Das kann ich mir denken, wenn du ihn gestreichelt und ihm Thunfisch zum Fressen gegeben hast.«

»Mein Thunfisch lockt die Streuner in den Garten?«

Shelby wirft die Arme hoch. »Da hast du verdammt recht! Komm schon – die Jungs warten.«

26. Kapitel

Blake

»Der Sommer ist fast vorbei, und mein Rücken ist eine Katastrophe. Jetzt, als Erwachsene, habe ich das Gefühl, ich müsste die Energie haben, jeden Sommer zu einem Abenteuer zu machen, aber irgendwie entgleitet es mir immer.« Denise rückt sich unter dem Laken zurecht, während ich ihren unteren Rücken massiere. »Ich glaube, es liegt daran, dass ich als Kind immer große Erwartungen hatte, wie besonders spannend der Sommer sein würde. Das hat sich selten erfüllt.«

»Es ist nicht zu spät, Denise. Wir haben erst Juli. Es bleibt noch genug Zeit, die Dinge zu drehen, wenn du es wirklich willst.«

»Das nehme ich an.«

Ich lache. »Überleg mal, was würdest du wirklich gern tun?«

Sie holt ein paar Mal tief Luft. »Klingt blöd, aber ich wollte schon immer Reiten. Ich habe es nie gemacht, obwohl ich es jetzt wahrscheinlich könnte, da du mich wieder hinbekommen hast.«

Denise hatte vor sieben Jahren einen Autounfall, bei dem sie fast genauso zerquetscht wurde wie das Auto, in dem sie saß. Sie kam vor acht Monaten zu mir, nach fünf Operationen und sechs Jahren Physiotherapie. Sie hat immer noch einige Probleme wegen der traumatischen Gehirnverletzung, aber zumindest sieht man ihr beim Gehen nicht mehr an, dass sich ein Kosmos von Narbengewebe unter ihrer Kleidung befindet.

»Das sollte dich nicht einschränken.« Ich fahre mit der Hand über die Narbe entlang ihrer Wirbelsäule. »Nicht mehr. Angst ist schlimmer als eine physische Einschränkung. Unsere Körper heilen viele Verletzungen von selbst. Eine Angst loszuwerden braucht Arbeit.«

»Ich weiß, was du meinst. Ich weiß nur nicht, wie ich es anstellen soll.«

Ich gehe in Gedanken die Liste meiner Patienten durch und lächle. »Ich werde dir eine Telefonnummer einer anderen Patientin geben. Sie züchtet seit ungefähr zehn Jahren Pferde und ihre Tochter ist Springreiterin. Sie organisieren auch Camps für Menschen mit einem Trauma.«

»Wie, mit so was wie Therapiepferden?«

Ich arbeite mich zu ihrer Schulter hoch. »So in der Art. Ich kann den Kontakt für dich herstellen. Ihre Pferde sind nervöse Menschen gewohnt, und du wärst dort in den besten Händen.«

»Den zweitbesten«, witzelt sie.

»Den zweitbesten.« Sie verspannt sich, als ich an einem besonders harten Knoten ihres Bizeps arbeite. »Du hast mit deinen Dehnübungen wohl in letzter Zeit etwas nachgelassen?«

»Eigentlich nervt es, dass du es sofort merkst, aber das heißt ja auch, du kennst dich aus. Ich kann dich noch nicht mal dafür hassen, dass du mich so schindest.«

Ich schüttle den Kopf und grinse, zufrieden, dass sie mich so beurteilt. Es ist wahr. Körper verraten meistens mehr als die Patienten selbst. Es ist sinnlos, wenn mir jemand sagt, er würde seine Übungen machen, wenn er es gar nicht tut. Daran sehe ich nur, bei wem es für mich vergebliche Liebesmühe ist. Na ja, vielleicht keine vergebliche Liebesmühe, aber ich will mich nicht verbiegen müssen, um jemandem zu helfen, wenn er oder sie nicht bereit ist, auch selbst etwas Anstrengung zu investieren. Ich schreibe mir alles genau auf und überlege, was die wirkungsvollsten Übungen sind, die die Patienten auch zu Hause machen können. Das mache ich in meiner Freizeit. Wenn meine Patienten nicht mitmachen, kann ich mir meine Worte auch sparen. Manche Menschen wollen nur eine Massage und einen Ort, wo sie in Ruhe liegen können und für eine Stunde nichts denken müssen. Das ist auch in Ordnung. Ich hebe mir meine extra Zeit für die Patienten auf, die ihr Bestes geben.

»Ich glaube, du würdest Rachel und Emily mögen«, sage ich.

»Auf jeden Fall darf ich keine Angst mehr haben. Oder ängstlich sein, aber ohne zuzulassen, dass diese Angst mich von coolen Erfahrungen abhält.«

Ich wische mir die Hände mit einem Handtuch ab, ganz und gar einverstanden mit dem, was sie gesagt hat. »Denise, genauso ist es. Wir sehen uns gleich draußen.«

Ich nehme ihre Akte mit und riskiere einen Blick auf mein Mobiltelefon. Ich höre meine Mailbox ab, aber habe keine Nachricht von Mel. Ich bin enttäuscht, aber nicht überrascht. Sie hat mir eine WhatsApp geschickt, dass sie noch zwei weitere Tage dort geblieben ist, um mit Shelby abzuhängen, erst heute zurückkommt und dass ich wahrscheinlich erst morgen wieder etwas von ihr hören werde.

Ich bin froh, dass sie eine neue Freundin kennengelernt und etwas Spontanes gemacht hat, aber, oh Mann, ich vermisse sie. Mein Körper ist auf Entzug von dem weichen, seidigen Gefühl ihrer Haut, wenn sie sich an mich kuschelt. Ich vermisse ihr Lächeln, ihr Stirnrunzeln und dieses Glitzern in ihren Augen, wenn sie mich neckt. Ich werde mich kaum davon abhalten können, mich auf sie zu stürzen, sobald ich sie endlich wiedersehe.

Und dann an ihrer Unterlippe zu nagen. Ihre Zunge in meinen Mund einzusaugen, während ich ihren Hintern umfasse und sie eng an mich ziehe. Ihr Stöhnen zu hören, so, wie sie stöhnt, wenn ich in sie eindringe …

Der Bleistift in meiner Hand zerbricht knackend, und ich öffne die Augen, froh, dass niemand Zeuge dieser kleinen Vorführung gewesen ist.

Wirklich weich. Ich muss mich selbst unter Kontrolle bekommen, bevor ich sie wiedersehe. Sie soll wissen, dass ich sie vermisst habe, aber ich will ihr kein Klotz am Bein sein. Ich vermisse nicht einfach nur ihren Körper, ich vermisse sie. Ganz und gar. Mein Bett fühlt sich groß und kalt an, jetzt, da sie nachts nicht mehr neben mir liegt.

Denise kommt herein und glättet dabei noch ihr Haar.

»Hey, ich möchte, dass du die Dehnübungen machst, über die wir gesprochen haben.« Ich zeige ihr, welche ich meine, und genieße, wie meine Schulter dabei schön gedehnt wird. Dann gebe ich ihr einen Zettel mit Rachels Nummer. »Hier, das sind die Frauen mit den Pferden. Du kannst das. Du bist so weit.«

Sie lächelt. Ihre Augen verschleiern sich ein bisschen, aber sie blinzelt das Gefühl weg. »Ich danke dir.«

»Und ich würde dich gern in ungefähr drei Wochen wieder hier sehen, wenn das möglich ist.«

»Ich mache jetzt sofort einen Termin aus.« Sie geht direkt auf den Empfangstresen zu.

Ihre Schulterverspannung erinnert mich an Mel an unserem ersten Tag zusammen in Florida. Was sie wohl gerade macht? Ob sie mich genauso vermisst wie ich sie?

Bei unserer ersten Verabredung in New York möchte ich gerne wieder mir ihr tanzen gehen. Sie war so sexy in dem kurzen Kleid … Zur Hölle, sie ist immer sexy, aber die Art, wie ihr Lächeln ihre Augen zum Leuchten gebracht hat, als wir zusammen getanzt haben …

Ich schüttle den Kopf, um die Bilder, die auf mich einstürmen, loszuwerden und konzentriere mich auf die Nachricht auf meiner Mailbox.

Nichts von Mel, aber von meinem jetzt zweitliebsten Mitglied ihrer Familie. Shawn hat eine Nachricht hinterlassen und lädt mich in einer Stunde in unser Lieblingspub ein. Ich wische mir das Öl von den Unterarmen und mache mir noch Notizen, bevor ich schnell zur U-Bahn laufe. Was zum Teufel werde ich ihm erzählen? Mel und ich haben nie darüber gesprochen, es ihrer Familie zu sagen, und ich fände es nicht richtig, uns als Paar zu beschreiben, bevor ich mit ihr darüber gesprochen habe – obwohl ich bereit wäre, mich Rad schlagend, ihren Namen auf meine Brust gemalt, den Broadway herunterzuarbeiten, wenn ich könnte.

Wahrscheinlich ist es das Beste, erst einmal nichts zu sagen, zumindest, bis Mel und ich uns besprochen haben. Meine Freunde mit den Pferden haben mich daran erinnert, dass Familie das ist, was wir für uns daraus machen. Diejenigen, die wir selbst gewählt haben, um mit ihnen unsere Zeit zu verbringen, sind wichtiger als die, mit denen wir die Gene teilen. Mel und ihre Familie sind schon eine Familie für mich, aber das wäre, als würden wir wegen unserer Geschichte eine Stufe überspringen. Ich will sie so sehr, aber ich will ihr keinen Druck machen, weil ich ihre Eltern schon kenne. Nur weil uns dieses unangenehme »Jetzt-lernst-du-meine-Familie-Kennen« nicht bevorsteht, gehe ich nicht davon aus, dass wir schon weiter sind als andere. Das ist immer noch Neuland für uns, egal, wie richtig es sich anfühlen mag.

Ich schaffe es mit nur fünf Minuten Verspätung, aber Shawn sitzt bereits an unserem Tisch in der Ecke. Ich winke ihm zu und nehme mir noch ein frisch gezapftes Bier von der Bar, bevor ich zu ihm gehe. Es ist ein Pub, aber die Leute sind wie immer übertrieben schick angezogen, sie tragen ihre Klamotten, um Eindruck zu schinden.

Das ist eine Sache, die ich an Florida vermisse. Dort sind die Leute nicht solche Stylos und nehmen ihr modisches Auftreten nicht so ernst. Nicht, dass ich ständig in Cargo-Shorts rumlaufen muss, aber ich hatte glatt vergessen, dass fast alle hier nur schwarze Kleidung tragen. Die soll lässig wirken, trotz all der teuren Marken und der unfassbar hohen Absätze, die die Beine der Frauen gut aussehen lassen.

Absätze sind sowieso schlecht. Mels nackte Füße, bedeckt von Sand, waren viel verführerischer. Mel in einer Schwimmweste, als sie mit dem Delphin gespielt hat, war sogar noch besser.

»Hey, Mann, wie geht's dir?«, frage ich und rutsche auf die Bank.

»Nicht schlecht!« Shawn nimmt einen tiefen Schluck von seinem Bier und wischt sich den Schaum von der stoppeligen Oberlippe. »Du kommst so beschwingt hier rein. Hast du da unten jemanden aufgerissen?«

Ich verdrehe die Augen. »Wow, du fällst gleich mal mit der Tür ins Haus.«

Er zuckt die Achseln. »Du warst im Urlaub. Ich habe mir vorgestellt, wie du am Strand sitzt, umgeben von Babes in Bikinis. Miami ist heiß, stimmt's? Rapper machen Songs darüber. Also?«

Oh Mann, ist das peinlich. Ich reibe mir den Nacken, unsicher, was ich sagen soll. Wir haben uns immer alles erzählt, und das vor ihm zu verbergen – selbst aus gutem Grund – fühlt sich schlecht an.

Er haut mit der Hand auf den Tisch. »Oho, du hattest jemanden! War sie heiß? Wo hast du sie getroffen? Ich wette, sie war nicht so hot wie Shelby.«

Wenn ich ihm ein paar Sachen erzähle, ohne gleich ins Detail zu gehen über Mel und mich, kann ich ihn so vielleicht vorsichtig an die Sache heranführen. »Ich habe sie am Strand gesehen.« Wenn er erkennt, dass Mel für mich nicht bloß eine schnelle Nummer ist, gibt es den Hauch einer Chance, dass er nicht total ausrastet. »Sie ist genau mein Typ. Wir haben ein paar Sachen zusammen unternommen, während ich da war.«

»Sexy Sachen?« Er wackelt mit den Augenbrauen.

Ich zucke mit den Achseln. »Verabredungen. Wir sind tanzen gegangen, haben Wassersport gemacht und Delphine besucht.« Gott, Mel war so süß an dem Tag. An dem Tag, als mir klar wurde, dass ich sie liebe.

»Oh nein, du tust ja so, als hättest du dich in die Kleine verliebt nach, was, zwei Wochen? Ich kann ja quasi hören, wie du einen Ständer bekommst!«

Nein, ich kann ihm noch nicht von Mel und mir erzählen. »Sehr nett, Shawn. Wie dem auch sei, hast du hier nicht den Fremdenführer für Shelby gespielt?«

Der selbstgefällige Ausdruck verschwindet sofort von seinem Gesicht.

»Ich war nicht ihr Führer, Alter. Wir hatten eine fantastische Zeit, aber ich war nicht ihre Marionette oder so was.«

Interessant, wie defensiv er auf einmal ist. Shawn gibt sich normalerweise so saucool, wie es nur geht. »*Ich* glaube dir, aber das würde nicht jeder tun.«

»Halt die Klappe. Ich muss zugeben, Shelby ist ziemlich großartig. Ich habe seit einer Ewigkeit niemanden wie sie kennengelernt. Vielleicht sogar noch nie. Ich habe dir von unserer Reise erzählt, oder?«

»Hast du.« Privatjets, verschiedene Casinos, irgendwas über einen Ex-Footballer und eine ausgestopfte Ente.

Shawn fährt sich mit den Fingern durchs Haar. »Ja. Sie hat so was an sich, Alter. Sie ist heiß, aber es ist mehr als das. Sie ist auch witzig. Schlau. Unkompliziert. Ich werde noch eine Weile an sie denken.«

»So geht es mir auch mit M… meinem Florida-Mädchen.« *Oh Mann, ich Trottel.* »Sie ist besonders, aber es fühlt sich an, als würde ich sie schon ewig kennen.«

Shawn nickt. »Ist es nicht komisch, dass jemand einfach so in dein Leben spaziert und deine Gedanken beherrscht, als wäre sie schon immer da gewesen?«

Das wird mir zu merkwürdig. Ich kann nicht über Mel sprechen, ohne über Mel zu sprechen, also konzentriere ich mich auf ihn und was er gerade gesagt hat. »Mal im Ernst, glaubst du, dass das mit Shelby irgendwohin führen wird?«

Er nimmt noch einen Schluck Bier und setzt eine feierliche Miene auf. »Fände ich gut. Ich kriege sie nicht aus dem Kopf. Ich weiß nicht, ob es an ihr, an dem Timing oder an beidem liegt, aber ich will nicht, dass sie mit irgendeinem anderen Idioten ins Abendrot reitet.«

Ich stoße mit ihm an. »Richtig. Also, was tun wir jetzt dafür?«

»Trinken?« Er lacht.

»Und dann?«

Er spielt mit dem Untersetzer. »Shelby hat mich eingeladen, mit ihr nach Florida zu kommen.«

»Und warum bist du immer noch hier?«

Er verschränkt die Arme vor der Brust und sieht mich mit demselben dickköpfigen Ausdruck an, den ich von Mel kenne. »Warum bist *du* hier? Es ist cool und so, mich zum Arsch zu machen, aber ich sehe dein Mädchen nicht hier an deinem Arm. Du hast deine Zeit in Florida nicht verlängert, um mit ihr zusammen zu sein.« Er hebt sein Glas und nimmt einen Schluck nach dieser Ansprache.

»Shawn, du hast völlig recht.« Ich grinse. »Und ich werde deswegen etwas unternehmen.«

27. Kapitel

Melanie

Weil Shelby und ich uns so gut verstanden, hatte ich beschlossen, noch ein paar Tage länger zu bleiben. Nicht nur, um mehr Zeit mit ihr zu verbringen, sondern auch, um einige Vorbereitungen zu treffen. Dazu gehörte auch, mit dem Auto zum JFK-Flughafen zurückzufahren, anstatt zu fliegen, wofür ich fast neunzehn Stunden brauchte, verteilt auf zwei Tage.

Ich habe mir ein Taxi vom Autoverleih am Flughafen aus geleistet und wäre auf der Fahrt nach Hause fast eingeschlafen.

Jetzt steige ich die Stufen vor meinem Haus hoch, mein Hintern wund von all dem Sitzen. Ich hänge meinen Pullover über die neue Tragetasche und versuche, nirgendwo mit ihr anzustoßen, als ich erst nach meinem Schlüssel greife und dann mit großen Schritten hineingehe. Ich entscheide mich, den Fahrstuhl statt der Treppe zu nehmen. Wenn jemand sieht, was in der Tasche ist, werde ich ziemlichen Ärger bekommen.

Die Fliesen im Eingangsbereich kommen mir kleiner und schäbiger vor. Alles hier ist dunkel verglichen mit Shelbys Wohnung. Sie meinte, sie hätte mein Haus als nicht weniger angenehm oder düsterer empfunden als ihres, aber genauso wirkt es. Dennoch macht der würzige Geruch von thailändischem Essen, der durch den Eingangsbereich weht, mir den Mund wässrig.

Ich entspanne mich sofort, als die Türen des Fahrstuhls sich schließen und er mich auf meine Etage bringt. Der Flur ist leer um dreiundzwanzig Uhr siebenunddreißig, auf meinem Stockwerk leben hauptsächlich ältere Menschen. Das ist gut – denn es bedeutet, dass mich kein Nachbar stören wird, es sei denn, er stellt irgendeine TV-Sendung auf höchste Lautstärke.

Mein Gesicht ist von einem dünnen Schweißfilm bedeckt, und ich tupfe mir die Haut über der Oberlippe ab, bevor ich den Schlüssel ins Schloss schiebe und die Tür öffne.

Niemand hat gesehen, was ich in meiner Tasche aus Florida hierher geschmuggelt habe. Tue ich das Richtige?

Ich verschließe die Tür hinter mir, schalte das Licht an und zucke beim Anblick meiner vollgestopften Wohnung zusammen. Sicher, alles ist bis ins Kleinste geordnet und organisiert, aber es sind einfach sooo viele Sachen in die paar Quadratmeter hineingequetscht! Verglichen mit Shelbys minimalistisch eingerichteten Räumen mit mindestens viermal so viel Platz wirkt es wie aus einer Fernseh-Doku über Messies.

Diese Wohnung ist seit Jahren mein Zuhause und hat immer gut zu mir gepasst – aber jetzt, zurück von der Reise, fühlt sie sich nicht mehr richtig an. Es sind drei Wochen gewesen, nicht drei Jahre, und doch wirkt es hier auf mich kalt und unpersönlich. Es gibt keine Spuren, die mich widerspiegeln. Nichts an diesem Ort schreit *Melanie*, nichts hier macht diesen Ort eindeutig zu meinem.

Ich habe mich in Shelbys Wohnung wohler gefühlt als hier.

Übermorgen gehe ich wieder zur Arbeit, wieder in den Job, in dem ich sehr gut bin. Ich werde mir wieder meine Arbeitskleidung überstreifen, mich darin fühlen, als wäre es eine Verkleidung, und ich werde wieder der Mensch sein, der ich schon immer war. Aber ich weiß nicht, was ich lieber machen würde, wer ich lieber sein würde. Wo ich lieber sein würde.

Ich überlege, Blake anzurufen, nur um den warmen Klang seiner Stimme zu hören. Wenn ich mit ihm zusammen bin, scheint der Rest der Welt für mich zu versinken. Ich vermisse ihn, aber heute bin ich ein bisschen durcheinander, und man hätte mit mir als Verabredung nicht viel Spaß. Im Moment muss ich hier erstmal mein Plätzchen finden.

Morgen. Ich rufe ihn morgen an.

Ich gehe zu dem dunkelroten Samtsofa und stelle meine Tasche vorsichtig auf den Polstern ab, um sie endlich aufzumachen.

Ein strubbeliger, orangefarbener Kopf taucht auf, dann kommt Buddy aus der Tragetasche heraus.

Ihn hier einzuschmuggeln hat mich zu einer Kriminellen gemacht, denn in diesem Gebäude sind keine Haustiere erlaubt. Eine Kleinkriminelle, aber immerhin.

Er hat die Fahrt überraschend gut mitgemacht, aber jetzt hat er die Haare im Nacken etwas aufgestellt, also versuche ich nicht, ihn zu streicheln, für den Fall, dass er verärgert ist und mir einen Pfotenhieb verpassen will.

»Das ist dein neues Zuhause, Buddy. Tut mir leid, dass es so winzig ist und dass du technisch gesehen eigentlich gar nicht hier sein darfst, aber hier bleiben wir jetzt.«

Ich konnte den Gedanken nicht ertragen, ihn zurückzulassen und zu wissen, dass er kein Zuhause hat. Und wenn ein Hurrikan zugeschlagen hätte? Er wäre gezwungen gewesen, sich hinter irgendeinen Pappkarton zu kauern oder sich an einem kalten, dunklen Ort zu verkriechen, um in Sicherheit zu sein. Hinter einer Mülltonne voll mit Ratten oder was auch immer sie in Florida haben. Krokodile.

Und wenn er verletzt worden wäre? Und niemand ihm weiter Thunfisch zu fressen gegeben hätte? Vielleicht ist es nicht die beste aller Ideen, aus ihm eine Hauskatze zu machen, aber ich habe mich dazu entschieden, auf ihn aufzupassen.

Er schnuppert in die Luft und klettert aus der Tasche, tänzelt sofort über meine Beine und rollt sich auf meinem Schoß zusammen. Er schaut sich im Raum um und knetet dabei meine Oberschenkel mit den Pfoten. Ich zucke unter den spitzen Stößen seiner Krallen zusammen, aber ich streichle seinen Rücken und freue mich, als er schnurrt.

Wir waren bei einem Freund von Shelby, der Tierarzt ist und der mir bestätigte, dass Buddy gesund, ein Kater und ein Streuner ist – nach seiner Verfassung und dem Fehlen eines Chips zu urteilen.

Shelby sagte, ich solle ihn mit nach Hause nehmen, und das habe ich gemacht.

Vielleicht versuche ich, mich an etwas aus Florida zu klammern, als würde es mir helfen, an den positiven Dingen, die dort geschehen sind, festzuhalten. Etwas Gutes, zu dem ich nach Hause kommen kann, nach einem weiteren Höllentag bei der Arbeit.

Das Schuldgefühl nagt an mir, und meine Augen füllen sich mit Tränen.

»Es tut mir leid, Buddy. Du hast etwas Besseres verdient als das hier, aber ich werde das beste Frauchen sein, das du jemals hattest.«

Die Vorstellung, dass er immer allein war, ist fast zu traurig, um sie zu ertragen.

Ich mache mich auf den Weg in die Küche, fülle einen Napf mit Wasser und stelle ihn auf den Boden. Buddy beachtet mich nicht. Erst als ich eine Dose Thunfisch öffne, kommt er angerannt.

Ohne wirklichen Appetit, aber ein bisschen hungrig nehme ich mir einen Müsliriegel aus dem Schrank und mampfe ihn auf dem Sofa, während Buddy sein Abendessen vertilgt. Er ist vor mir fertig, springt auf meine Beine und schnurrt, als ich seinen Rücken direkt über dem Schwanz streichle.

Ich bekomme eine Textnachricht.

Bailey: *Biste jetzt zurück?*

Ich: *Grade angekommen. Kann sein, dass ich eine Katze eingeschmuggelt habe. Das ist Buddy.*

Ich schicke einen Schnappschuss von Buddy.

Bailey: *OMG ist der süß! Kann ich allen erzählen, dass du eine Pussy hattest, während du in Florida warst?*

Ich schnaube.

Ich: *Erlaubnis VERWEIGERT.*

Bailey: *Na gut. Also, der beste Disney-Prinz und warum?*

Ich: *Hm. Eric?*

Bailey: *Schwach.*

Ich: *Was, wer ist dann der Beste?*

Bailey: *Das Biest natürlich.*

Ich grinse.

Ich: *Hat aber keinen Vornamen.*

Bailey: *Wie kannst du es wagen?? Hat er doch! Er heißt … ähm … verdammt nochmal. Adam? Evan? Jeff? Dallas? Wie auch immer, er braucht keinen Namen. Belle kann ihn Baby nennen in den wichtigen Momenten. #hihihi*

Ich: *Na gut, aber das Biest vor oder nach der Verwandlung?*

Bailey: *Hm … Gute Frage. Wir lernen den Typ danach ja gar nicht richtig kennen und vorher ist er so groß und wild und heftig …*

Ich: *Habe den Eindruck, du bist kurz davor, mir zu gestehen, dass du auf Fellträger stehst.*

Bailey!!: *Das ist eine fabelhafte Idee für einen Artikel: Comichelden nach Einbruch der Dunkelheit. Ich bin ziemlich sicher, dass der Fuchs in Robin Hood unmittelbar für mein sexuelles Erwachen verantwortlich war. Muss jetzt weg! Morgen bist du wieder hier, oder?*

Ich: *Übermorgen. Bis dann.*

Ich kichere. Buddy springt von meinem Schoß, dreht eine Runde durchs Wohnzimmer und steckt dabei seine Schnauze in alle Spalten zwischen den Möbeln. Er ist anscheinend nicht besonders traurig darüber, von der einzigen Welt, die er kannte, fort zu sein. Allerdings werden wir sehen, was geschieht, wenn er nach draußen will und nicht kann.

Mist. Ich laufe hinüber zum Fenster, um sicherzugehen, dass es geschlossen ist, da steigt mir ein leichter chemischer Geruch in die Nase, der aber nicht ganz unangenehm ist … Farbe?

Mein Blick irrt durch mein Apartment auf der Suche nach etwas, das hier nicht hingehört, aber alles ist so, wie ich es zurückgelassen habe. Shelby hatte mehr Selbstbeherrschung als ich – zumindest in diesem Zimmer. Alles sieht genauso aus wie immer.

Ich gehe ins Badezimmer, aber auch hier ist nichts verändert. Damit bleibt nur das Schlafzimmer als Quelle für den Unterschied.

Je näher ich komme, desto stärker wird der Geruch.

Es ist eindeutig Farbe.

Was hat Shelby gemacht? Sie hat kein einziges Wort gesagt, während ich bei ihr war.

Eine Bewegung neben meinem rechten Fuß jagt mir einen solchen Schrecken ein, dass ich hochspringe, die Arme um meine Brust geschlungen. Buddy miaut zu mir hoch.

»Ich hätte beinahe einen verdammten Herzinfarkt bekommen, Kater.«

Er sieht zum Schlafzimmer, in die Richtung, in die ich gerade gehen wollte, dann wieder zu mir.

Ich will nicht noch ängstlicher sein als mein Kater, also nehme ich die letzten Meter mit großen, selbstbewussten Schritten. Buddy trottet neben mir, als wolle er sagen: *Ich gebe dir Rückendeckung.*

Nicht schlecht mein Watson. Klein und flauschig, aber mit Mumm in den Knochen.

Ich drehe den Lichtschalter, blinzle in der plötzlichen Helligkeit, aber das ist nicht das Einzige, was mich zum Blinzeln bringt.

Heiliger Bimbam.

Meine langweiligen schiefergrauen Wände sind verschwunden, ersetzt von einem Türkiston, der mir frisch und sauber entgegenleuchtet, ohne in den Augen zu schmerzen.

Es ist, als wäre ich zurück in Shelbys Haus. Die Wände passen zu den Dingen, die überall verteilt in ihrem Haus standen und genau diesen Farbton hatten. Der Sonnenschirm in ihrem Patio, die Tagesdecke auf ihrem Bett und so mancher Schnickschnack …

Und an der Wand, über dem Kopfende meines Betts, hat sie eine Foto-Collage aufgehängt, genau wie die in ihrem Schlafzimmer.

Ich laufe dorthin, wo ein Notizzettel an der Wand befestigt ist.

Liebe Melanie,
die großartige Frau, von der mir dein Bruder immer erzählte,
schien mir nicht ganz zur Atmosphäre deines Raums zu passen.
Er war so unklar. Bitte nimm es mir nicht übel. Ich hoffe, es kommt
bei dir so an, wie es gemeint ist. Ich wollte deinem Schlafzimmer
nur ein bisschen Frische geben. Keine Sorge, die Fotos, aus denen
ich die Collage gemacht habe, sind Kopien. Die Originale stecken

wohlbehalten in den Alben, in denen ich sie gefunden habe. Und keine Sorge wegen Mimi. Ich hatte ihre Erlaubnis, hier zu streichen. Sie hat sich über die Idee köstlich amüsiert.

Shelby

Shelby hat mit meiner Vermieterin gesprochen? Ich weiß nicht, was ich davon halten soll. Es ist das Übergriffigste, aber auch wunderbarste Geschenk, das ich jemals bekommen habe. Dieser Raum ist auf einmal der einzige, der sich in dieser Wohnung wie ein Zuhause anfühlt.

Tränen steigen mir in die Augen, und dieses Mal lasse ich sie meine Wangen hinunterlaufen.

Eine Fremde kennt mich besser als ich mich selbst. Sie ist als eine Randfigur in meinem Leben aufgetaucht, hat die Dinge aufgewühlt, sodass ich mehr will. Sie hat eine wunderbare Collage meines Lebens in Bildern angefertigt. Etwas, was ich nie getan hätte, aber es weckt in mir liebevolle Erinnerungen.

Ich schicke ihr sofort eine WhatsApp, um mich für das wunderbare Geschenk zu bedanken. Dann mache ich mich auf den Weg ins Bad und dusche mir den Reisestaub vom Körper.

28. Kapitel

Blake

Ich schnappe mir ein weiches Brötchen und streiche Butter darauf. Ich bin fast am Verhungern gewesen.

Ich grinse Mels Mutter an. »Die Brötchen sind großartig. Danke für die Einladung zum Abendessen.«

»Sei nicht albern, Blake. Du gehörst zur Familie. Du warst schon viel zu lange nicht mehr hier.«

Ich nehme einen Schluck Wein, um das plötzliche Trockenheitsgefühl in meinem Mund zu bekämpfen. Shawn hat mich zum Abendessen für Sonntag eingeladen, und ich bin in der Hoffnung gekommen, dass Mel hier wäre und ich sie überraschen könnte. Sie wissen immer noch nicht Bescheid, und ich finde es falsch, es ihnen allein zu erzählen, also warte ich auf sie.

»Kommt Mel heute Abend auch?«

»Melanie hat gesagt, sie käme etwas später. Sie hat eine Katze. Ist das zu glauben? Aber sie wird kommen. Es ist schon länger her, dass ihr euch gesehen habt, oder?« Mels Mutter scheint nicht zu wissen, dass Shawn mich nach Florida geschickt hat.

Weil ich nicht weiß, was ich sagen soll, lächle ich einfach.

»Sie wirkte nie wie jemand, der ein Haustier will, aber warum nicht.«

»Hallo?«

Wenn man vom Teufel spricht … Ihre Stimme ist aus dem Wohnzimmer zu hören.

Ich lecke mir über die Lippen, um alle verirrten Krümel zu erwischen, und gerade, als ich mein Brötchen zurück auf den Teller lege, kommt sie mit großen Schritten ins Esszimmer. Überraschung blitzt in ihrem Gesicht auf, als sie mich sieht, aber sie grinst, bevor sie wegschaut. »Wie geht's euch?«

Ihre Mutter drückt sie einmal kurz an sich. »Gut. Sie dich an, ganz braungebrannt aus dem Urlaub zurück! Wie war's?«

Mels Vater bringt den Topf mit dem Schmorbraten aus der Küche herein und lächelt Mel an, die gegenüber von mir Platz nimmt.

Shawn kommt vom Bad zurück und wuschelt ihr durchs Haar. »Hey, Schwesterherz.«

»Idiot.« Sie wird rot und ordnet ihr Haar, während sie mir einen verstohlenen Blick zuwirft. »Ja, ich bin viel am Strand gewesen, Mom.«

»Na, dann hoffe ich, du hast immer ausreichend Sonnencreme benutzt. Bräune vergeht, aber …«

»Habe ich.«

Mel muss noch mehr Zeit am Strand verbracht haben, nachdem ich gefahren bin, denn ihre Bräune ist tiefer geworden. Ob ihre weißen Stellen in noch krasserem Kontrast dazu stehen? Das will ich sehen.

Ich versuche, ihren Köper nicht zu auffällig mit meinen Blicken abzutasten. Ich würde sie gern in die Arme nehmen, ihr sagen, dass ich sie liebe und dass ich sie vermisst habe. Aber wir sollten ihren Eltern erst von uns beiden erzählen, bevor wir gleich mit öffentlichen Liebesbekundungen mit der Tür ins Haus fallen.

»Mel, du hast Blake gar nicht begrüßt«, ermahnt ihre Mutter sie.

»Hey, Blake. Wie geht's dir?«

Ich streiche mit meinem Fuß über ihren. »Gut, danke. Hat es dir in Florida gut gefallen?«

»Ja«, sagt sie steif und legt sich ein paar grüne Bohnen auf den Teller.

Ich nehme mir etwas Kartoffelpüree. »Hast du dort irgendetwas Aufregendes erlebt?«

Sie presst ihre Lippen aufeinander, als würde sie versuchen, ein Lächeln zu unterdrücken. »Ja.«

»Erzähl uns bloß nicht zu viel, Melanie.« Mels Vater gießt sich Soße über den Braten, und ich hoffe, dass ich vor Lachen nicht an meinem Essen ersticken werde.

»Manche Sehenswürdigkeiten waren größer als andere.«

Ich zwinkere ihr zu.

Ihre Mutter schenkt uns Wein nach. »Klingt, als hättest du hauptsächlich am Strand rumgelegen.«

»Ja, ich habe ziemlich viel gelegen.«

Ich beiße mir von innen auf die Wangen und merke, wie Albernheit in mir aufsteigt, als wären wir zwei Teenager, die stolz darauf sind, dass man sie nicht beim Vögeln auf der Couch erwischt hat.

Die Unterhaltung dreht sich nun um Shawn und was er mit Shelby zusammen alles unternommen hat, sodass ich in Gedanken abdrifte, bis ich merke, wie Mel ihren Zeh an meinem Bein hochwandern lässt. Die Ränder meines Gesichtsfelds trüben sich ein.

Es ist schon zu lange her, seit wir zusammen gewesen sind.

Ich schaffe es irgendwie, mein Essen runterzukriegen, ohne etwas zu schmecken. Stattdessen erinnere ich mich an Mels

Geschmack, und ich will ihn wieder auf meiner Zunge haben. Ich brauche einen Moment, um zu bemerken, dass alle fertig gegessen haben und überlegen, was es zum Dessert geben soll.

Ich weiß, was *ich* zum Dessert haben möchte.

»Ich trage das Geschirr hinaus und hole den Kuchen.« Mel steht auf.

»Ich helfe dir abdecken.« Ich stehe ebenfalls auf und lächle sie an, aber sie hat sich bereits umgedreht und trägt die Teller in Richtung Küche.

Ich schnappe mir ein paar Dinge und bringe sie in die Küche, wobei ich versuche, nicht zu wirken, als würde ich ihr hinterherrennen.

»Hallo Fremde«, sage ich mit leiser Stimme, damit man mich im Esszimmer nicht hört.

Sie wirft mir ein kurzes Lächeln zu, aber fährt damit fort, die Spülmaschine einzuräumen.

»Mel?«

»Was?«

Ich lache einmal. »Was meinst du mit was? Es ist das erste Mal, dass wir uns sehen seit Florida.«

»Wir sind bei meiner Familie zum Abendessen«, antwortet sie schnell, seufzt dann und kratzt die Reste von einem Teller herunter in den Mülleimer. »Es ist so schön, dich zu sehen.« Aber sie sieht mich nicht an, während sie das sagt.

»Schau mich an.«

Jetzt habe ich ihre Aufmerksamkeit, und endlich sieht sie zu mir. »Ich kann das nicht hier tun, wenn du nichts dagegen hast.«

»Du hast mich gestern Abend nicht zurückgerufen.«

»Mir war nicht klar, dass es ein Wettbewerb ist.« Sie wendet sich von mir ab und spült ihren Teller im Waschbecken.

Ich bin so angespannt, dass ich meinen Kiefer zusammenpresse, aber ich stelle mich hinter sie, um sie zu umarmen. Es ist nicht sexuell – wir sind im Haus ihrer Eltern –, aber ich weiß nicht, warum sie auf einmal so merkwürdig ist und ich muss sie in meinen Armen spüren. Mel schmiegt sich mit einem kaum hörbaren Seufzen an mich.

Ich küsse sie auf die Schläfe. »Es wäre mir egal, wenn du nie wieder meine Nummer wählst, solange wir immer noch miteinander reden.«

»Ich habe dich vermisst.« Mit ihren feuchten Händen greift sie nach meinen Armen und zieht sie enger um ihre Taille. »Ich habe dich so sehr vermisst, das kannst du dir nicht vorstellen.«

»Ich habe jede Nacht von dir geträumt.« Ich schließe die Augen und atme ihren Duft – und in diesem warmen Moment kann ich mich besser entspannen als in der ganzen Woche, seit ich zurück bin. Ich weiß zwar, dass ich sie gerade nicht berühren sollte, aber ich kann mich nicht davon abhalten. »Ich will nicht, dass du dich unter Druck gesetzt fühlst und denkst, wir würden eine Stufe überspringen, weil wir Zeit mit deiner Familie verbringen.«

»Wo wir gerade von ihnen sprechen, sie könnten jeden Moment reinkommen.«

Könnten sie, und doch umklammert sie meine Arme nur noch fester.

Ich schiebe meinen Unterkörper etwas zurück, um nicht ihren Hintern zu berühren. »Ist mir egal. Ich liebe dich und vermisse es, dich in den Armen zu halten.«

»Ich liebe dich und vermisse noch viel mehr als das«, flüstert sie, drückt ihren Hintern nun doch gegen meine Hüften, bevor sie sich mit einem Ruck nach vorn wieder von mir löst.

»Mel«, sage ich in warnendem Tonfall, und sie dreht sich in meinen Armen mit einem breiten Grinsen zu mir um. Ich neige den Kopf, aber als meine Lippen die ihren fast berühren, warte ich ab, da ich möchte, dass sie den ersten Schritt geht.

»Ich habe deine Stimme vermisst, aber den Mund, aus dem sie kommt, noch viel mehr.«

Gelächter klingt aus dem Esszimmer zu uns herüber.

»Du wirst uns noch in Schwierigkeiten mit deinen Eltern bringen.« Das Schlimmste ist, dass ich mich buchstäblich nicht dazu zwingen kann, von ihr abzulassen.

»Oh, ich dachte, du magst es, wenn ich ein böses Mädchen bin.« Sie schließt die Zentimeter, die uns noch getrennt haben, und presst ihre Lippen auf meine. Mein ganzer Körper steht wie unter Hochspannung von der Elektrizität, die zwischen uns vibriert.

Schlaf mit dieser Frau.

Ich will es.

Ich sollte nicht.

Ihre Zunge gleitet über meine.

Ich schiebe eine Hand unter ihr Haar und streichle ihren Nacken, während ich den Kuss vertiefe und mich selbst verliere in ihren weichen Lippen und ihrer fordernden Zunge.

»Was zum Teufel ist hier los?«

Ich trete einen Schritt zurück, und Mel und ich drehen uns beide in die Richtung, aus der Shawns schockierte Stimme kam.

Mel räuspert sich und kämmt sich hastig mit den Fingern durch das zerwühlte Haar. »Wir haben nur …«

»In der Küche rumgemacht. Verdammt nochmal! Seid ihr betrunken?« Shawns Stimme wird immer lauter.

Mel seufzt und nimmt meine Hand. »Lass uns am Tisch weiterreden. Mom und Dad sollen es auch hören. Wir können es genauso gut allen zusammen erzählen, dann müssen wir uns nicht wiederholen.«

Wir gehen vorsichtig an Shawn vorbei, der steif wie eine Statue dasteht. Ich hoffe, das kommt daher, dass er überrascht ist und nicht, weil er die Vorstellung grauenvoll findet, dass ich mit seiner jüngeren Schwester zusammen bin. Ganz gleich, was sie denken – wenn sie meinen, dass ich nicht gut genug für sie bin, wenn sie meinen, dass es merkwürdig ist, dass wir uns ineinander verliebt haben nach all der Zeit, die wir uns schon kennen –, ich werde sie trotzdem weiterhin treffen. Auch wenn es bedeuten würde, sie alle zu verlieren, denn Mel zu verlieren wäre unendlich schlimmer.

»Was ist los?«, fragt Mels Mutter. Ihre Augen werden schmal, als sie uns Hand in Hand sieht, während Shawn sich auf seinen Stuhl fallen lässt und die Arme vor der Brust verschränkt.

»Mel?« Ihr Vater runzelt die Stirn. »Shawn? Was ist hier los?«

»Warum fragst du nicht Mel und Blake?«

Mel verdreht die Augen. »Shawn, mach nicht so ein Theater. Blake und ich sind zusammen.«

»Was? Ihr seid *zusammen*?« Die Runzeln auf der Stirn von Mels Vater werden tiefer.

»Ich finde das wunderbar«, sagt Mels Mutter und strahlt uns an. »Wir kennen dich schon ewig, und du bist ein guter Mann.«

Ich nicke. »Ich verspreche, dass meine Absichten …«

»Du hast gesagt, du würdest dich mit jemandem treffen«, unterbricht mich Shawn.

»Tue ich. Mit Mel.«

»Ja, aber du hast gesagt …«

»Ich wollte dich nicht anlügen oder irgendwas vortäuschen. Alles, was ich über die Frau gesagt habe, mit der ich zusammen bin, war über Mel.« Mel hat die Augenbrauen fast bis zum Haaransatz hochgezogen und die Lippen zu einem dünnen Strich zusammengepresst, sodass ich mich beeile zu erklären:

»Ich habe keine Einzelheiten erzählt oder mit irgendetwas geprahlt, das schwöre ich!«

»Hat er zum Glück nicht.« Shawn schüttelt sich. »Sonst hätte ich mich übergeben müssen.«

»Warum hast du uns das nicht gleich gesagt?«, fragt ihre Mutter Mel.

Mel zuckt mit den Achseln. »Es ist ganz neu für uns, und wir haben es selbst noch nicht ganz verstanden. Ich wollte nicht, dass es für irgendeinen von uns unangenehm würde, wenn …« Sie verstummt, aber ich höre die unausgesprochene Bedeutung hinter ihren Worten.

Sie wollte nicht, dass es unangenehm wird, wenn wir uns trennen.

Sie denkt schon darüber nach, sich zu trennen? Mir zieht sich der Magen zusammen.

Natürlich tut sie das. So ist Mel eben. Die Frau, die jede zukünftige Möglichkeit vorausplant. Wenn sie raus wollte, würde sie nicht hier sitzen und meine Hand halten. Mel ist nicht der Typ dafür, etwas einfach mitzumachen, was sie nicht mag.

Ich entspanne mich, drücke ihre Hand und atme auf, als sie mich anlächelt.

Mels Vater lächelt nicht, aber er zuckt mit den Achseln, auf die Weise, wie er es immer tut, wenn ihm etwas gefällt. Wahnsinn, ich kenne diese Menschen wirklich schon immer. Ich werde keinen von ihnen verlieren. Ich werde das nicht verbocken.

Shawn sieht Mel an und kneift die Augen zusammen. »Unglaublich, dass du mir meinen besten Freund ausgespannt hast. Was passiert, wenn du Schluss machst? Unglaublich.«

Sie sieht ihn mit hochgezogenen Augenbrauen an und richtet sich auf ihrem Stuhl auf. »Und ich finde es unglaublich, dass *du* ihn nach Florida geschickt hast, um mir nachzuspionieren, als wäre ich so was wie eine hilflose kleine Prinzessin.«

»Ich bin froh, dass er das getan hat.« Ich küsse ihre Fingerknöchel.

Ihr Gesichtsausdruck wird weicher.

»Wie auch immer.« Shawn sieht mich mürrisch an. »Aber wenn du ihr das Herz brichst, breche ich dir deinen Kiefer.«

29. Kapitel

Melanie

Nach dem Dessert sehen wir zu, dass wir wegkommen – es ist zu merkwürdig. Zu viel Anspannung hängt in der Luft, als würden sie erwarten, dass wir sie nun unterhalten mit den gesammelten Abenteuern von Melanie und Blake, aber ich fühle mich schrecklich müde.

Blake zu sehen ließ mein Herz in meine Kehle springen, und in meinem Bauch kribbelte es, als hätte ich einen Wirbelsturm verschluckt. Meine Erinnerung ist diesem Mann nicht gerecht geworden. Er ist verführerischer, leuchtender und noch anziehender. Ich weiß nicht, wie das möglich ist.

Ich hätte vielleicht damit leben können, hätte die Unbeteiligte spielen können, wenn er nicht meinen Fuß unter dem Tisch berührt hätte. Na gut, vielleicht habe ich seinen zuerst berührt. Aber ernsthaft. Das klein bisschen Füßeln hat mich rattenscharf gemacht. Die Woche, die ich mir genommen habe, um zu versuchen, eine Perspektive zu finden, hat nicht geholfen. Sobald ich ihn wiedergesehen habe, schien keine Zeit vergangen zu sein, und ich wollte nur noch herausfinden, wie ich ihn am besten in mein altes Zimmer locken und ihn ins Bett zerren könnte. Nicht gerade zurückhaltend, mit meinen Eltern im Haus.

Und das war auch schwierig. Zu sehen, wie leicht und unkompliziert sie mit Blake umgehen … Sie lieben ihn. Das hat mich völlig umgehauen und mir das Gefühl gegeben, dass ich ihn wegstoßen müsste, als er sich mir in der Küche genähert hat.

Wir kennen die gleichen Geschichten. Er kennt alle Pointen von Dads merkwürdigen Witzen. Ich könnte der Grund dafür sein, dass Blake dies alles verliert. Trotz meiner Entschlossenheit, ihn nichts zu kosten, gibt es doch keine Garantie, dass das mit uns funktionieren wird. Wenn Shawn uns nicht erwischt hätte, wer weiß, ob ich es schon allen erzählt hätte.

Durch Blake verliere ich mich selbst, und das mag ich. Aber es macht mir auch Angst, und ich habe versucht, die Unbeteiligte zu spielen, indem ich nicht auf ihn reagiert habe. Vielleicht hätte ich ihn wegstoßen sollen. Ein Teil von mir wollte es, aber sobald er mich berührt …

Ich kann nicht Nein zu ihm sagen, weil kein einziger Teil von mir Nein sagen will. Mein Herz und mein Körper schreien JA, sobald er mich mit seinen Händen berührt.

Sobald seine Lippen meine berühren.

Als er sagte, dass er mich liebt und mich vermisst hat.

Es ist auch nicht fair ihm gegenüber – denn wenn man jemanden liebt, will man das Beste für ihn. Im Moment bin ich kein ganzer Mensch. Ich bin innerlich so zerrissen, dass ich nicht weiß, ob ich komme oder gehe oder wer ich sein werde, wenn ich das alles durchdacht habe.

Und wenn ich nie der Mensch sein werde, den Blake braucht?

Diese Gedanken schwirren mir durch den Kopf, als wir zusammen zur Station laufen. In der Bahn fühlt sich meine Hand in seiner immer kälter an. Ich habe ihn zu mir eingeladen, aber je näher wir meiner Wohnung kommen, desto mehr frage ich mich, ob ich nicht alles abblasen soll, bis ich wieder einen klaren Kopf habe.

Aber er streichelt meine Hand mit seinen Fingern, und wenn er mit dem Oberschenkel gegen meinen stößt, kann ich kaum noch geradeaus sehen, so sehr will ich Blake auf mir spüren. In mir. Wir wechseln einen Blick, und das macht es noch schlimmer. In seinen Augen schimmert eine dunkle Verheißung, und ich will, dass er sich über meinen Körper ergießt.

Er schließt seine Hand fester um meine. »Ich weiß. Aber du darfst mich nicht so ansehen, wenn wir in der Öffentlichkeit sind.«

»Wie denn?«, flüstere ich.

Er streift mit seinen Lippen mein Ohr. »So, als würdest du gleich laut schreien, wenn ich nicht in den nächsten drei Sekunden in dir bin. Es ist unfair, mich so anzuschauen, wenn ich nichts dagegen tun kann.«

»Soll ich dir ein Geheimnis verraten?« Ich rücke näher, bis meine Lippen seine Wange berühren und mein Verlangen auf seiner Haut brennen lässt. »Das tut mir kein bisschen leid. Wegen dir bin ich beim Sonntagsessen feucht geworden, Blake. Ich wollte, dass du in meinem alten Zimmer über mich herfällst. Hast du eine Vorstellung davon, wie verdammt unpassend das ist?«

Er lässt sein Stöhnen eine Sekunde zu spät in einen Hustenanfall übergehen, und ich lächle, weil die Leute um uns herum ihn anstarren.

Die gesamte Zugfahrt und der Weg zu meiner Wohnung sind unser Vorspiel. Als wir aus dem Fahrstuhl taumeln, brenne ich vor Verlangen. Ich benötige ein paar Versuche, um meine Tür aufzuschließen, weil meine Hände zu sehr zittern, um den Schlüssel richtig ins Loch zu stecken.

Ich stoße die Tür auf – und ein missmutiges Miau ertönt.

»Schnell, rein«, dränge ich Blake.

Er lacht. »Also, ich bin ja ganz dabei, schnell in dir zu sein, aber …«

Ich haue ihn auf die Brust und ziehe die Tür hinter uns zu, bevor ich das Licht anschalte. »Das habe ich gar nicht gemeint. Darf ich vorstellen: mein neuer Mitbewohner.« Blinzelnd schaue ich mich nach meinem flauschigen Gefährten um, und als ich ihn auf der Couch entdecke, laufe ich in gebückter Haltung auf ihn zu und säusele leise: »Komm her, Miez, Miez.«

Blake geht zu ihm rüber und streckt Buddy seine Hand hin, damit der daran schnuppern kann. Anscheinend findet Buddy ihn annehmbar, denn er lässt zu, dass Blake ihn streichelt.

»Wer ist das Kerlchen? Deine Mutter sagte, du hättest eine Katze, aber ich war nicht sicher, ob ich das richtig verstanden habe.«

»Das ist Buddy, und er ist der Grund, weshalb ich meine Reise um ein paar Tage verlängert habe. Ich musste einiges organisieren, damit ich mit einem Wagen zurückfahren und ihn so mit nach Hause nehmen konnte.« Ich hatte ganz vergessen, dass Blake den Kater ja gar nicht getroffen hat. Er verhält sich Fremden gegenüber scheu, ganz der Streuner eben, was mir viel zu spät aufgefallen ist.

Aber er scheint Blake zu mögen.

»Er ist um Shelbys Wohnung herumgestrichen. Tatsächlich habe ich gedacht, er wäre ihr Kater, und habe ihn gefüttert. Dann hat sich herausgestellt, dass er ein Streuner ist. Ohne Familie.«

»Du bist so ein Softie.«

»Halt die Klappe.«

»Zwing mich doch.«

Ich beiße mir auf die Lippe, gehe ein paar Schritte Richtung Schlafzimmer und werfe ihm einen Blick über meine Schulter zu. Er steht auf, folgt mir sofort, und wir erreichen gleichzeitig mein Schlafzimmer. Seine Brust fühlt sich heiß an meiner an, aber er zieht mich nicht so eng an sich, wie ich es will.

Ich mache das Licht an, um den Ausdruck in seinen Augen besser zu sehen. Ich werde ihn aussaugen und seinen Blick die ganze Zeit mit meinem festhalten. Wenn es nur annähernd so wird, wie es gerade im Zug gewesen ist …

Er tritt zur Seite und läuft durch den Raum, um sich die Wände anzusehen. »Wow, das ist toll.« Er zieht die Luft ein und runzelt die Stirn. »Hast du das gemacht? Gestrichen? Es ist Jahre her, dass wir dir beim Einzug geholfen haben, und ich erinnere mich nicht, dass die Wände so hell und leuchtend waren.«

Ich lege meine Fingerkuppen aneinander, etwas genervt davon, wie leicht eine Streicharbeit ihn von einem sich ankündigenden Blowjob ablenken kann.

»Nein, Shelby hat das gestrichen, als eine Willkommen-zurück-Überraschung.«

»Wie nett von ihr. Vor allem, weil ihr beide euch da noch nicht mal kennengelernt hattet und noch keine Freunde gewesen seid.«

»Ja, sie hat auch die Foto-Collage angefertigt.«

»Vielleicht können wir da anknüpfen.« Er grinst. »Sie passt nicht richtig zum Rest deiner Wohnung. Die neue Farbe.«

Es ist ihm auch aufgefallen.

»Ja, passt sie nicht«, stimme ich zu.

Der Rest der Wohnung ist auf trübe Weise ein bisschen wie ich. Dieser eine Raum, den Shelby verändert hat, ist eine Oase voller vibrierender Frische. Er hat Persönlichkeit. Ich sollte darüber nicht traurig sein, aber ich bin es. Ich hätte hier drinnen niemals gestrichen, und ich weiß nicht, ob ich zu antriebslos bin oder ob mir die Vorstellungskraft fehlt. Einiges muss sich ändern, und ich kann nicht darauf warten, dass Shelby zurückkommt und meine Wohnung und mein Leben eins nach dem anderen umkrempelt. Ich muss das selbst in die Hand nehmen, aber ich habe keine Ahnung, wie ich genau vorgehen soll, um einen Gang höher zu schalten und die Dinge zu verändern. Ich weiß nur, dass ich nicht zufrieden damit bin, wie es jetzt ist. Es ist leichter, sich selbst neu zu erfinden, wenn man tausend Kilometer weit weg von Zuhause ist und man ganz von vorn anfangen kann. Dinge besser zu machen, die immer auf eine bestimmte Weise liefen, die Spuren des eigenen Lebens umzugestalten, das ist unendlich schwieriger.

Blake zwinkert mir zu. »Wie findest du es, dass eine Fremde deinen Raum gestrichen hat?«

Ich lächle. »Erst war es ein kleiner Schock, aber sie hat es mit der Vermieterin abgesprochen und mir gefällt die Farbe sehr gut.«

Er nickt. »Es ist schön. Mich erinnert es an …«

»Shelbys Wohnung. Ja, ich weiß.« Ich merke, wie der Ärger darüber mein Gesicht zu einer fiesen Fratze verzieht. Vollkommene, fröhliche Shelby. Sie hat nichts Schlechtes getan. Sie ist von all den netten Menschen, die ich gerade kennengelernt habe, eine der besten, und nur, weil ich eifersüchtig bin, sollte ich sie nicht schlechtmachen.

»Es ist fast genauso wie der Sonnenschirm und die Tagesdecke auf ihrem Bett.«

Er runzelt die Stirn. »Nein, es erinnert mich an Marathon. Wahrscheinlich ist es auch so ähnlich wie Shelbys Sachen, aber ich musste zuerst an Marathon denken. Deine Wände haben dieselbe Farbe wie die Tische in der Cafeteria, erinnerst du dich?«

»Oh, ja. Ich glaube schon.« Es gefällt mir, dass der Farbton ihn an ein gemeinsames Erlebnis erinnert und nicht an das Haus einer anderen Frau.

»Gott, dieser Tag, Mel.« Er kommt zu mir herüber und bleibt so nah bei mir stehen, dass ich das Gefühl habe, in der Wärme seines Körpers zu baden. »Da ist mir klar geworden, wie sehr ich dich liebe. Wie du im Wasser gewesen bist. Du hattest so viel Spaß. Du warst so sexy.«

Ja genau.

»Ich war nicht sexy. Ich hatte kein Make-up im Gesicht, und meine Haare waren ein einziges Durcheinander. Ich habe gerochen wie ein Algenteppich.«

»Du. Warst. Sexy.« Er schiebt mir eine meiner Locken hinters Ohr. »Du *bist* sexy. Ohne dich auch nur anzustrengen bist du, verdammt nochmal, die begehrenswerteste Frau, die ich jemals gesehen habe.«

Das will ich sein. Ich will so dringend sein, was er verdient. Ich will die Frau sein, die ich in den letzten Wochen gewesen bin, weil sie ihr eigenes Happy End finden würde. Ich will nicht die Frau sein, die sein Leben zerstört, weil sie feige ist und sich in die zurückverwandelt, die sie schon immer war.

»Nimm mich«, flüstere ich. »Jetzt.«

Er zieht mir mein Top über den Kopf, was mich in einem perlgrauen BH und in Jeans zurücklässt. Ich zittere, aber bewege mich nicht. Ich brauche es, dass er das tut, dass ich fühle, wie sehr er mich will.

Ich muss jedes Quäntchen Verlangen in seinen Augen sehen.

Als Nächstes kommen meine Jeans dran. Sie rutschen in einer flüssigen Bewegung an meinen Beinen herunter. Und obwohl ich mich in den letzten Tagen nicht rasiert habe, ist mir das egal, als er mit seinen Fingerkuppen über meine Haut fährt.

Das Herz hämmert mir in der Brust. »Wie schaffst du es, dass ich mich so schön fühle?«

Sein Blick wird fast zornig. »Weil du schön bist.«

Vor mir kniend, zieht er mir mit einem Ruck auch mein Höschen aus. Dann gibt es nur noch den BH. Er greift nach oben, öffnet den Verschluss, streift die Träger sanft über meine Arme und lässt den BH fallen, sobald er nicht mehr an meinem Körper ist.

Nackt. In voller Beleuchtung. Alles ist sichtbar, in diesem ungnädigen Hundertfünfzig-Watt-Licht, und doch schaut er mich an, als könne er nicht glauben, was hier geschieht. Als gäbe es keinen anderen Ort, an dem er lieber wäre als in meiner Intimsphäre. Als wäre ich die allerschönste Frau, die er jemals gesehen hat.

Wie ist das nur möglich?

Er streicht mit seinen Händen über meinen Bauch und lässt sie sanft über meine Seiten wandern, bis er schließlich meinen Hintern umfasst und sein Gesicht zwischen meine Beine bringt. Ich verkrampfe, und meine Beine schließen sich, während ich versuche, nicht in den Knien einzuknicken. Er wäre hoffentlich nicht allzu sauer, wenn ich direkt auf seinem Gesicht zusammenbreche, oder?

Die Vibration seines Stöhnens bringt mich fast dazu, mich zu entspannen, aber es ist zu früh, zu schnell, so unglaublich gut. Ich will das immer und ewig.

Mich immer so gut fühlen …

Unmöglich. Nichts, was so gut ist, bleibt.

Halt die Klappe, Kopf.

Es gibt einen Grund, warum man Balladen über Männer geschrieben hat, die so gut zu sein scheinen. Weil sie ein Mythos sind.

Ich beiße die Zähne zusammen. Blake ist so wirklich wie seine Zunge in mir.

Und wie lange wird das mit euch gut gehen in der wirklichen Welt, wenn er erst einmal bemerkt, dass du nicht die entspannte, abenteuerlustige Frau bist, die er in Florida getroffen hat?

30. Kapitel

Blake

Ihr Körper ist auf falsche Weise angespannt. Die Fahrt hierher hat sie zunächst aus dem merkwürdigen Tief herausgeholt, in dem sie war – aber es ist mit voller Wucht zurückgekommen.

Ich löse meinen Mund von ihr, stehe auf und lege meine Hände auf ihre Schultern. »Was ist los?«

Sie beißt sich auf die Unterlippe, starrt auf den Boden und schüttelt dabei den Kopf, als wüsste sie nicht, was sie sagen sollte.

»Mel?« Als sie sich nicht erklärt, zucke ich mit den Achseln und nehme sie in die Arme.

»Was tust du da?«, quiekt sie.

Ich setze sie aufs Bett und drehe sie auf den Bauch. »Du bist angespannt. Ich weiß nicht genau, warum, aber ich vermute mal, es kommt daher, dass du in deinem riesigen Gehirn gerade ziemlich ausführlich Gedanken wälzt. Also werde ich hier neben dir sitzen und dir eine Massage geben. Das ist alles. Und wenn du dich besser fühlst, werden wir das überprüfen. Aber im Moment: keinen Druck.« Ich beginne mit ihren Schultern, drücke sie mit meinen Daumen und halte sie, eine Trigger-Punkt-Entspannung. »Ich bin sehr gut mit meiner Zunge, aber noch besser mit meinen Händen.«

Sie seufzt und legt die Arme über ihren Kopf.

»Lieg einfach hier und arbeite dich durch deine Gedanken, während ich an deiner Verspannung arbeite.«

Ihre Wirbelsäule lockert sich Stück für Stücke unter meinen Fingern. Es ist nicht perfekt, und ich kann ohne Öl nicht so tief gehen, wie ich möchte, aber nach einer Weile klingen ihre Seufzer glücklich.

Es ist lustig, dass das mit uns in Florida mit einer Massage begonnen hat.

Als Nächstes sind ihre Arme dran, dann die Beine. Als ich an ihren Füßen ankomme, fängt sie praktisch an zu schnurren. »Das fühlt sich sooo gut an.«

Ich arbeite mich wieder ihre Waden hoch. »Meinst du, ich sollte das mal als Karrieremöglichkeit in Betracht ziehen?«

»Das oder als Call-Boy zu arbeiten. Ich kenne allein vier Frauen bei meiner Arbeit, die würden dich für deine Hände stundenweise bezahlen, damit du damit ruchlose Dinge tust.«

Ich lache und bemerke dann, wie sie ihre Hüfte verlagert und sich dabei viel lässiger bewegt als zuvor. Ihre Hinterbacken heben und senken sich ganz leicht zugleich mit meiner Berührung. Ich lasse meine Fingerspitzen zwischen ihre Oberschenkel sinken und streiche über die seidige Haut. »Ich tue alles, was du willst, Mel. So lange, wie du willst.«

Sie dreht sich auf den Rücken um. »Steh auf. Zieh dein Shirt aus.«

Ich stehe auf und ziehe es mir über den Kopf. Meine Hose zerquetscht mir praktisch meinen Penis, aber ich werde sie die ganze Nacht anlassen, wenn es das ist, was diesen Schimmer in ihren Augen hält.

Sie zeichnet eine Linie zwischen ihren Brüsten von ihrem Hals bis zum Bauchnabel.

Na gut, vielleicht werde ich meine Hose nicht die *ganze* Nacht anbehalten.

Ich lecke mir über die Lippen. »Und was jetzt?«

»Streichle dich selbst. Hose anlassen.«

Ich stelle mich ein wenig anders hin und reibe durch meine Hose über meinen Schwanz, der immer härter und größer wird. Seine Spitze ragt über den Hosenbund hinaus.

»Zieh sie aus.« Ihre Stimme zittert.

Genau wie meine Hände, als ich die Jeans auf den Boden fallen lasse.

»Du warst darunter also nackt, im Haus meiner Eltern?« Sie setzt sich auf. »Was für ein schlimmer Junge!«

»Oh nein, ich trage Boxer-Shorts. Sie sind unsichtbar. Komm und befühle sie.«

Ihr Mund verzieht sich zu einem Grinsen. »Na, du solltest diesen von unsichtbaren Boxer-Shorts bedeckten Hintern hierherbewegen.«

Ich komme näher. Sie schwingt die Beine vom Bett und umschließt meinen Schaft mit festem Griff. »Da ist überhaupt kein Stoff. Lügner bekommen zehn Peitschenhiebe.«

Ein Knurren steigt in meiner Kehle auf, als ihre heiße Zunge mit so sicheren kreisenden Bewegungen über meinen Schwanz fährt, dass sich meine Hände zu Fäusten ballen. »Deine Bestrafung geht nach hinten los. Ich mag es.«

Ich mag es viel zu sehr. Ich werde in ihrem Mund kommen, wenn sie weitermacht und dabei so aussieht.

Sie hört so plötzlich auf, wie sie angefangen hat, tänzelt außer Reichweite und sieht mich erwartungsvoll an. »Nun?« Sie lässt sich aufs Bett fallen, schiebt die Kissen unter ihrem Kopf zurecht.

Ich brauche eine Minute, bis ich meine Zunge vom Gaumen lösen kann.

»Was willst du nun machen, Baby?«

»Komm auf das Bett.«

Ich setze mich langsam ihr zu Füßen auf die Matratze und verschlinge sie mit meinen Blicken.

»Saug an meinen Nippeln.«

Ein leises Stöhnen entweicht ihrem Mund, als sich meine Lippen um ihre feste, kleine Spitze schließen. Dann nehme ich mir den anderen Nippel vor und lasse meine Zunge über ihn wirbeln, bis er in meinem Mund hart wird. Verdammt, ist das sexy!

Sie fährt mit ihren Fingern durch mein Haar.

»Küss mich.«

Ich lasse ihre Brust mit einem letzten Saugen frei und bedecke ihre Brust mit Küssen, bis hoch zu ihrem Hals. Ich lasse mir Zeit, um mich über ihr Kinn bis zu ihrem Mund hochzuarbeiten und küsse sie dann sanft auf jeden Mundwinkel. Ihr Körper windet sich leicht unter mir, bis sie ihre Beine um meine Hüften schlingt und mich so ermutigt, mich auf sie zu legen.

Ich lege meine Lippen auf ihre, küsse sie langsam und sanft, um sie aus der Reserve zu locken. Ich will, dass sie die Kontrolle verliert. Ich will, dass sie sich daran erinnert, wie sie sich in Florida in meinen Armen gefühlt hat, und daran, wie wild sie selbst sein kann.

»Streif das über.« Sie gibt mir ein Kondom, und ich gehorche.

Sie saugt meine Zunge in ihren Mund und fährt mit ihren Zähnen darüber. Noch mehr Blut steigt in meinen Schwanz.

Ich küsse sie mit allem, was ich habe, bis ich wieder die Kontrolle habe. Sie drückt mich mit den Oberschenkeln enger an sich, und es dauert nicht lange, bis ich merke, wie sich ihre Nässe auf mir verteilt.

Ich ziehe mich mit einem Stöhnen zurück. »Fuck, Mel.«

Sie nagt an meiner Lippe. »Das hört sich perfekt an. Genau jetzt.«

Ich kreise mit meiner Nasenspitze um ihre.

Ihr Mund öffnet sich, aber ich schiebe die Spitze meines Schwanzes in sie hinein und sie vergisst, was sie sagen wollte.

Ich halte inne.

Sie packt meinen Hintern, und ich lasse zu, dass sie mich ganz in sich hineindrückt, während wir beide gleichzeitig aufstöhnen. In ihr zu sein ist wie zu Hause zu sein.

»Du hast keine Ahnung, wie verdammt gut du dich anfühlst«, sage ich.

Als sie auflacht, fühle ich, wie sie sich um mich herum zusammenzieht.

»Ich bin auch hier. Ich weiß genau, wie gut sich das anfühlt.«

Für eine Weile sprechen wir nur noch in sanften Stößen und Stöhnen. Jedes Keuchen ist ein Wegweiser, wie ich ihre Freude bereiten kann. Jeder Schauer, der ihr über den Körper läuft, sagt mir, dass sie wirklich mag, was ich tue.

Ich verändere die Position ihres Beins, damit ich tiefer in sie eindringen und die Stelle treffen kann, die sie dazu bringt, lasziv zu grinsen und sich auf die Lippe zu beißen.

Ihre Brüste schwingen bei jedem Stoß, und die Schönheit ihrer Kurven überwältigt mich. Ich werde schneller, um zu sehen, wie ihr Körper reagiert. Das Verlangen nach ihr kriecht unter meiner Haut entlang, schreit danach, rausgelassen zu werden.

Es sollte nicht möglich sein, aber je mehr ich sie habe, desto mehr will ich sie. In ihr zu sein, erleichtert nicht das schmerzhafte Verlangen. Es schürt meine Lust, verstärkt den Rausch, bis ich auf fast verzweifelte Weise will, dass sie kommt, nochmals kommt und immer wieder kommt. Ich will, dass sie unter mir aus den Fugen gerät, so wie ich aus den Fugen gerate, wenn ich in ihr bin.

Ich muss ihr gefallen, dafür sorgen, dass sie sich gut fühlt. Es ist die schönste Rache, und es bringt mich zum Lächeln, als ihre Augen sich weiten und sie keucht, während sie sich beim Kommen rhythmisch zusammenzieht.

Ich werde langsamer, aber höre nicht auf.

Sie drückt meine Hände, als ich ihre nehme und sie über ihrem Kopf auf die Matratze presse. »Ich habe gefühlt, wie stark du gerade gekommen bist, Baby.«

»Du machst das so gut.«

»Aber ich höre erst auf, wenn du nochmal gekommen bist. Zu fühlen, wie du kommst, macht süchtig. Es ist zu lange her gewesen. Ich brauch es nochmal.« Ich stoße. »Und nochmal.« Ich reibe mich an ihrer Klitoris, und sie schreit auf. »Und nochmal.«

»Fuck, ja«, sagt sie atemlos.

***

Eine halbe Stunde und ein paar sinnliche Übungen später lasse ich mich neben ihr aufs Bett fallen. Auftrag ausgeführt. Als mein Atem ruhiger geht und ich mich etwas abgekühlt habe, ziehe ich sie an mich und kuschele mich von hinten an sie. »Ich habe dich vermisst. Lass uns nicht nochmal so lange getrennt bleiben.«

Sie seufzt glücklich und drückt mir einen Kuss auf die Hand. »Das war gut. Bist du durstig?«

»Mein Hals ist ein bisschen trocken.«

Sie setzt sich auf. »Wird Zeit sich anzuziehen, schätze ich. Ich will dich ja nicht direkt danach rauswerfen, aber ich muss morgen früh arbeiten.«

»Und du würdest lieber allein schlafen?«

»Es ist mein erster Arbeitstag nach dem Urlaub, und mein Tisch wird fast zusammenbrechen unter einem Berg von Unterlagen – von meiner Mailbox mal ganz abgesehen. Ich brauche einen klaren Kopf, um mit allem umgehen zu können.« Sie runzelt die Stirn.

»Kein Problem. Ich werde dir nicht im Weg sein. Ist alles in Ordnung in deinem Job? Ich weiß, wir reden hier vom Arbeiten, aber du siehst nicht aus, als könntest du es kaum erwarten wieder anzufangen, und dabei sagen das alle über dich.«

»Alle?« Sie zieht sich das Laken über die Brust. »Was sagen alle?«

»Nur dass du deine Arbeit liebst und großartig in deinem Job bist. Aber du guckst so komisch.«

»Niemand geht gern wieder ins Hamsterrad nach einem großartigen Urlaub, Blake.«

Ich lächle und küsse sie auf die Schulter. »Es war ziemlich großartig, stimmt's?«

Ihr Blick wird weicher. »Es war die schönste Zeit, die ich je hatte.«

31. Kapitel

Melanie

Mein Herz hämmert und meine Handflächen sind feucht, als ich das Gebäude betrete und den Sicherheitsleuten meinen Ausweis hinhalte.

Ich kann das.

Meine hohen Absätze betonen klackend jeden Schritt, den ich durch die Eingangshalle mache. Nach so vielen Tagen in flachen Schuhen bin ich überrascht gewesen, wie gut es sich angefühlt hat, in die High Heels zu schlüpfen. Ich sollte das gegenüber einem der Redakteure erwähnen. Jerry vielleicht. Wenn ich allerdings in die Redaktion wechseln würde, müsste ich meine Ideen nicht mehr weitergeben und zusehen, wie jemand anderes sie ausführt. Es würden meine Ideen bleiben. Sicher, von den Kollegen erhalte ich inoffiziell Anerkennung – aber wie viel besser würde es sich anfühlen, meinen Namen unter einem Artikel zu sehen?

Ich bin nicht die Erste bei der Arbeit, aber wer auch immer hier ist, ist nicht zu sehen.

Um acht Uhr morgens ist das Büro ruhig. Sienna sitzt noch nicht am Empfang, aber so wollte ich es haben. Ich werde wahrscheinlich von einem Berg Unterlagen überrollt werden, und wenn ich später gekommen wäre, würden die Leute mich aufhalten und fragen, wie es im Urlaub gewesen ist. Und ehe man es sich versieht, ist schon Mittagszeit.

Mein Urlaub war spektakulär, aber ich habe keine Zeit, mich darüber zu unterhalten. Ich fühle mich innerlich ziemlich zerrissen wegen Blake und der Frage, wie ich ihn weiterhin sehen kann, jetzt, wo diese Fantasie vorbei ist und ich wieder zu meinem wahren Ich zurückmuss.

Erinnerung an mich selbst: Heute vermeiden, Bailey zu treffen. Sie wird darüber reden wollen, warum ich nicht strahle.

Früh zur Arbeit zu kommen ist teilweise auch Strategie. Schon in meinem Büro zu sitzen und hart zu arbeiten, wenn alle kommen, zeigt meine Einsatzbereitschaft, und auf subtile Weise entmutigt es die anderen, ein Gespräch anzufangen. Die Leute überrollen einen mit ihrem Gerede, wenn man auf dem Weg zu seinem Büro ist, aber sie haben Hemmungen einen zu unterbrechen, wenn man bereits dort sitzt.

Es ist nicht einfach, aber ich habe versucht, im Büro eine Art distanzierte Professionalität zu entwickeln. Ich habe nichts dagegen, meine Kollegen näher kennenzulernen, aber als Leiterin der Personalabteilung kann ich mir keine Bevorzugung leisten. Ich muss an Probleme unparteiisch herangehen. Sogar wenn der, der sich beschwert, die schlimmste Nervensäge der Welt ist. Und ich ihm am liebsten brühend heißen Kaffee in den Rachen schütten würde, damit ich keine weiteren Lügen aus seinem Mund hören muss.

Meine Hände haben sich zu Fäusten geballt, und als ich die verkrampften Finger löse, bemerke ich die sichelförmigen Abdrücke meiner Nägel auf der Handfläche. Drei Minuten im Büro und ich fühle mich schon, als wäre ich straffer gespannt als eine Sprungfeder. Florida hat mich entspannt, Blake hat mich entwirrt, und ich muss an den positiven Dingen, die mir dort geschehen sind, festhalten – auch wenn mir diese guten Gefühle mit jedem oberflächlichen Atemzug, den ich hier in New York tue, weiter wegrutschen.

Aber ich lasse mir nicht von einem miesen Arschloch den Spaß verderben. Ich muss das nur im Hinterkopf behalten, wenn ich Thaddeus Mitchel mit dem süffisanten Grinsen in seinem kleinen Wieselgesicht sehe.

Mein Lieblingsgegenstand in der Küche ist die schicke Kaffeemaschine, die unsere Chefin vor einem Jahr gekauft hat. Die Maschine gluckert fröhlich, während ich die Milch einfülle und warte, bis sie dampft und schließlich bereit zum Aufschäumen ist. Ich gebe einen großzügig gehäuften Löffel Zucker in meine Tasse. Heute Morgen kann ich diese extra Energie gut gebrauchen. Die Reise von *Starttaste drücken* bis *Ah, das ist eine verdammt gute Tasse Kaffee* dauert ungefähr vier Minuten, und auch wenn der Kaffee nicht ganz so toll wie bei Starbucks ist, ist er hier umsonst und schmeckt köstlich.

»Hallo, Melanie. Hattest du einen schönen Urlaub?«, fragt Reese, als er in die Küche kommt.

»Hatte ich, danke.« Ich rühre in meinem Kaffee und überlege, was ich noch sagen könnte. Reese hat sich nie so verhalten, als wäre er von mir eingeschüchtert so wie die anderen Angestellten, was es mir leichter macht, in seiner Gegenwart locker zu sein. Andererseits ist sein Hintergrund … interessant, um es mal so auszudrücken. Kein Wunder, dass er sich von niemandem einschüchtern lässt, schließlich ist er als Sohn eines Diplomaten aufgewachsen.

Sein teurer Anzug ist perfekt maßgeschneidert und betont seine vom Trainieren breiten Schultern.

Er gibt einen Spritzer Haselnuss-Sirup in seine Tasse. »Florida, richtig?«

»Ja, Miami.«

»Irgendwelche wilden Geschichten?«

»Ach, weißt du, Identitätsdiebstahl, Nacktbadestrände und Tierschmuggel, wie das halt so ist.«

Wo zum Teufel kam das jetzt her?!

»Auf jeden Fall.« Er lacht, und ich lächle, unsicher, ob ihm klar ist, dass das nicht gelogen war. Ich nippe vorsichtig an meinem Kaffee, um mir nicht den Mund zu verbrennen, und gehe dann über den Flur zurück, bestärkt von meinem Wagemut. Vielleicht ist es gar nicht unmöglich mich zu öffnen und diese Leute ein bisschen mehr hereinzulassen.

Das Licht in Nicks Büro ist an, aber das ist nicht ungewöhnlich. Er ist unglaublich talentiert – und unglaublich schüchtern –, also neigt er dazu, sehr früh zu kommen, um dem allgemeinen Ansturm aus dem Weg zu gehen.

Mein Büro ist so ordentlich, wie ich es verlassen habe, nur mein Postfach ist völlig überfüllt und die überschüssigen Papiere liegen überall auf meinem Schreibtisch und dem Boden herum. Zumindest hat die Putzkolonne sie nicht weggeschmissen, wie sie es während meines letzten Urlaubs getan haben. Sogar mir war damals aufgefallen, dass ich mit meiner Strafpredigt zu weit gegangen war, aber es hatte mich so aufgeregt, dass ich nicht in der Lage gewesen war, mich zu mäßigen.

Was würde ich *jetzt* in derselben Situation machen? Ich hätte die gleiche Menge an Arbeit zu erledigen, aber es scheint, als würde ich weder Panik noch Empörung empfinden. Ich glaube, wenn ich jetzt in die gleiche Lage käme, dann würde ich mit den Achseln zucken und mich beschwingt an die Arbeit machen.

Aha.

Ich schiebe den Haufen Papier auf dem Boden zusammen

und werfe ihn auf den Tisch, nehme einen Schluck Kaffee und warte, dass mein PC hochfährt.

Vielleicht sollte ich einen der Praktikanten holen, um meine Post zu sortieren, alphabetisch oder chronologisch, aber ich mache es lieber selbst. Ich bin diejenige, die wissen muss, was vor sich geht, und davon abgesehen sind die Informationen, die ich per E-Mail erhalte, nicht gedacht für die Augen eines Berufsanfängers. Am meisten ärgert mich, wenn einem Leute zu einem Thema gleich mehrere E-Mails und Aktennotizen schicken und meine beiden Posteingangsfächer mit etwas verstopfen, was niemals der Notfall ist, für den sie selbst ihn halten.

Nein, die schlimmsten E-Mails sind die, in denen sich jemand entschuldigt, dass er so viele E-Mails geschickt hat. Es ist, als könnten solche Leute nicht aufhören, Worte zu kotzen.

Ich werde mich erst um die E-Mails kümmern und gehe dann den Papierhaufen durch, so kann ich die doppelten Nachrichten, die ich schon per E-Mail bearbeitet habe, gleich in den Schredder stecken.

Ich habe es unterschätzt.

Posteingang: Vierhundertachtunddreißig ungelesene Nachrichten.

Es gibt nur dreiundsechzig Mitarbeiter bei unserem Magazin. Was verdammt nochmal ist passiert, während ich weg war?

Mein Handy piept, weil ich eine Nachricht bekommen habe.

Shawn: *Ich glaube, ich will nicht, dass Blake und du zusammen ausgeht.*

Die Worte treffen mich wie ein Schlag in der Magengrube, und ich brauche volle drei Minuten, in denen ich mein Handy umklammere und auf die Nachricht starre, bevor ich es schaffe zu antworten. Wenn mein eigener Bruder nicht meint, dass sein bester Freund gut für mich ist …

Ich: *Warum nicht?*

Shawn: *Weiß nicht. Es ist merkwürdig. Er gehört praktisch zur Familie.*

Ich: *Es ist nicht merkwürdig. Wir lieben uns.*

Shawn: *Vielleicht hattet ihr in Florida Spaß zusammen, aber mehr als das kann es nicht sein, sonst wärt ihr früher zusammengekommen. Ich mache mir Sorgen, dass er dich ausgenutzt hat.*

Ich: *Hat er nicht! Hör auf damit, Shawn. Was hat er dazu gesagt?*

Shawn: *Ich rede nicht mehr mit dem verdammten Typ. Was für ein Penner.*

Ich: *Du schneidest ihn? Ihr seid schon immer beste Freunde gewesen.*

Shawn: *Wie auch immer. Und wenn ihr Schluss macht? Dann verliere ich meinen besten Freund, weil er nicht mehr vorbeikommen kann, auf die Gefahr hin, dir zu begegnen. Ist es das wert?*

Ich: *Sei nicht so ein Egoist.*

Aber seine Worte treffen mich trotzdem. Ist es nicht genau das, was ich tue? Wenn Blake und ich nicht zusammenbleiben, dann verliert Shawn den Menschen, der immer wie ein Bruder für ihn gewesen ist, und Blake verliert nicht nur mich, sondern uns alle. Blake ist es wert, aber zögere ich nicht nur das Unvermeidliche hinaus, weil ich auf überhebliche Weise annehme, dass ich es wert wäre, sein Leben darüber zu zerstören?

Ich stopfe mein Handy zurück in die Tasche und konzentriere mich auf meinen Computer-Bildschirm. Ich leite ein paar E-Mails, die fälschlicherweise an mich gesendet wurden, an die richtigen Stellen weiter. Einige Leute beschweren sich wegen Problemen mit ihrer Gehaltsabrechnung, aber das ist nicht mein Bereich. Genauso wenig liegt es in meiner Verantwortung, dass eine ausgebrannte Glühbirne im Treppenhaus ausgewechselt wird. Ich leite acht hochemotionale Nachrichten dazu weiter an die Hausmeister und setze die beleidigten Absender in Kopie, damit sie merken, dass ich in diesem Fall nicht die richtige Ansprechpartnerin bin.

Unglücklicherweise beinhaltet das auch eine E-Mail an Thaddeus Mitchel, der selbst mehrere Nachrichten wegen der Glühbirne geschrieben hatte.

Von: tmitchell@H2T.com
Betreff: Könnten Sie das bitte in den Griff bekommen?
Miss Walker,
die Glühbirne ist immer noch durchgebrannt.
Bitte gehen Sie das an.

Und zwei Tage später:

Von: tmitchell@H2T.com
Betreff: Sicherheit
Miss Walker,
ich habe versucht, Sie wegen der durchgebrannten Glühbirne zu erreichen. Es handelt sich hier um ein Gesundheits- und Sicherheitsproblem, das Ihrer sofortigen Aufmerksamkeit bedarf. Sollte etwas passieren, sind Sie persönlich dafür verantwortlich.
Thaddeus

Einen Tag später:

Von: tmitchell@H2T.com
Cc: VDawson@H2T.com
Betreff: Sofortige Maßnahmen verlangt
Es ist wohl nicht übertrieben zu erwarten, dass Sie in Notfällen wie diesem Ihre E-Mails kontrollieren. Ein Monat ist eine lange Zeit für

einen Urlaub, und es ist unverantwortlich, ohne eine Vertretung wegzubleiben. Es handelt sich im Prinzip um eine Freistellung.
Thaddeus Mitchell

Altes Geld, dieselben alten Arschlöcher.

Dass er unsere Chefin, Valerie, in Kopie gesetzt hat, ist unerträglich. Sie ist die Besitzerin des Unternehmens und keine Schiedsrichterin oder Mama, zu der wir wegen diesem dämlichen Mist hinrennen müssten und uns verpetzen.

Ja, ich brauche mal eine Minute, um runterzukommen.

Tiefes Ein- und Ausatmen hilft nicht. Aber da fällt mir das Poster ein, dass ich sorgfältig gefaltet in meine Tasche gesteckt hatte. Ich greife danach und nach dem Tesafilm.

Der Anblick des Strandes bei einem wunderschönen Sonnenuntergang – ohne Menschen – entspannt mich; ich erinnere mich an die Hitze auf meiner Haut, den Sand zwischen meinen Zehen. Ich verschränke die Arme vor der Brust und seufze glücklich. Das Poster ist wie ein kleines Schaufenster zurück in meine Ferien.

»Man sollte meinen, dass Sie Ihre Zeit besser darauf verwenden würden, Ihre Korrespondenz auf den neuesten Stand zu bringen, als Ihr Büro umzudekorieren, Melanie.«

Ich erstarre.

Thaddeus.

Er steht in der offenen Tür und lächelt mich süffisant an.

»Ich habe meine E-Mails bearbeitet. Ich habe mir nur eine Atempause gegönnt.«

Hör auf, dich vor ihm zu rechtfertigen.

»Oh? Aus dem Urlaub zurückzukommen kann hart sein, aber wenn die Arbeit zu schwierig für Sie ist …«

»Ich liebe meine Arbeit.«

Er blinzelt unaufhörlich mit seinen wässrigen, blauen Augen. »Eine merkwürdige Art, das zu zeigen. Ich weiß, warum Sie diesen Job bekommen haben.«

»Ich habe meinen Job bekommen, weil ich dafür qualifiziert bin.«

Er zieht die Augenbrauen hoch. »Wenn Sie Ihren Job behalten wollen, müssen Sie sich professionell verhalten. Und nicht aus einer Laune heraus Ihr Büro mal ein bisschen umgestalten.« Er verlässt mein Zimmer und schließt die Tür hinter sich.

Ich sollte erleichtert sein, aber einen Augenblick später höre ich das »Ping« meines E-Mail-Posteingangs, und ich weiß, dass er wieder etwas geschickt hat. Ich koche innerlich so vor Wut, dass ich nicht in der Lage bin zu tippen, sondern in großen Schritten durch mein Büro tigere.

Ich bin froh um mein Türschloss und die Jalousien, die neugierige Blicke abhalten, als ich in die Luft boxe und mir dabei vorstelle, ich würde sein königliches Arschgesicht treffen.

In solchen Momenten wünschte ich, ich hätte mich irgendwann einmal ernsthaft mit Kampftechniken auseinandergesetzt. Sogar Boxen. Etwas Draufgängerisches, Raues und Körperliches. Ich könnte in der Mittagspause ins Studio gehen und meine Frustration an einem Sandsack rauslassen. Ich würde dadurch in Form kommen und könnte ganz ausgeglichen zur Arbeit zurückkehren, dabei taufrisch aussehen, mit so einem gesunden Leuchten im Gesicht.

Wahrscheinlicher ist, dass ich mit Wunden und fleckigem Gesicht zurückkäme. Trotzdem ist es eine gute Idee um Stress abzubauen, etwas, dass mich moralisch unterstützen könnte. Im Büro gibt es ein kleines Sportstudio, und wir haben einen Raum mit einem Billardtisch für informelle Brainstormings.

Vielleicht sollte ich mal darüber nachdenken, das Sportstudio mit Box-Equipment ausstatten zu lassen.

Ich nehme an, ein Foto von Thaddeus' Gesicht auf den Sandsack zu kleben ginge zu weit.

Mein Posteingang am Computer gibt ein weiteres »Ping« von sich. Ich setze mich wieder an den Tisch und deaktiviere das Eingangssignal mit einem Klick. Ich muss nicht von einem hörbaren Hinweis daran erinnert werden, dass mein Arbeitspensum wächst, während ich durch mein Büro kreise und meine Zeit an einen Blödmann verschwende.

Höchste Zeit, etwas zu verändern.

Ich lasse mich wieder auf meinen Stuhl fallen und brauche ungefähr zwanzig Minuten, um den Papierberg chronologisch in zwei große Stapel zu sortieren, die zuletzt eingetroffenen Briefe liegen oben auf. Rückwärts arbeiten ist hier der richtige Weg. Wenn ein Problem bereits gelöst worden ist, wird mir der Mitarbeiter eine Nachricht geschickt haben und ich kann frühere E-Mails unbeachtet lassen, wodurch ich mir Zeit spare. Zufrieden damit voranzukommen nehme ich einen Schluck Kaffee und bekomme von der kalten, milchigen Flüssigkeit einen Würgereiz im Hals.

Ich liebe Kaffee. Ich liebe Eiskaffee. Aber ich hasse heißen Kaffee, der kalt geworden ist. Ich schlucke den Rest hinunter, mein Gesicht zu einer Grimasse verzogen, und mache mich auf den Weg in die Küche, um mir einen frischen Kaffee zu kochen.

Als ich mit großen Schritten den Raum betrete und den Bodensatz aus meiner Tasse spüle, erstirbt das fröhliche Gerede.

»Hi Melanie. Wie war dein Urlaub?«, fragt Katka in ihrer scheuen, aber ernsten Art.

Ich drücke den Knopf der Kaffeemaschine. »Es war schön, danke. Ich habe viel Sonne getankt – Florida, ihr wisst schon.«

»Das kann man wohl sagen. Du bist richtig braun geworden.«

Die beiden anderen lächeln höflich, aber sie fühlen sich eindeutig unwohl in meiner Gegenwart. Sie denken, ich wäre steif und voreingenommen, wahrscheinlich eine Frau, die sich noch nie in ihrem Leben ungezwungen benommen hat.

»Danke.«

Was würden sie denken, wenn sie von dem Haustausch wüssten, vom Nacktbadestrand oder von Blake? *Irgendetwas* davon. Ich hätte mir fast ein Tattoo stechen lassen. Wären sie überrascht und würden mich widerstrebend bewundern, wenn ich auf einmal etwas von mir erzählen würde, oder wären sie etwas befremdet – so als wäre ich eine verklemmte Tante, die plötzlich alles versucht, um dazuzugehören? Ich kann sie ja nicht alle in den Konferenzraum schleifen und eine PowerPoint-Präsentation über meinen Urlaub halten. »Hier bin ich am Nacktbadestrand. Hier mache ich Wassersport. Hier vögele ich gerade mit meinem alten Schwarm. Sind wir nicht ein süßes Pärchen?«

Ich will den Abstand zwischen mir und diesen Menschen überwinden. Es sind coole, interessante Leute, und ich weiß alles über sie. Ich bin Leiterin der Personalabteilung, es ist mein Job, alles über sie zu wissen. Allerdings, das, was ich weiß, sind nur Zahlen und Daten. Einkommen, Alter, Familiensituation, Vorsorgeleistungen, Krankheitstage. Ich *kenne* sie nicht wirklich – und sie kennen mich noch viel weniger –, aber selbst, wenn wir Arbeitsfreunde wären, könnte ich trotzdem mit keinem von ihnen über jemanden herziehen. Ich habe hier eine Machtposition, die die Mehrheit von ihnen nicht hat, und ich habe es so satt! Ich will eine von ihnen sein.

Hm.

Es ist schwieriger so und einsamer. Aber vielleicht ist es besser, wenn ich meinen Job behalten will, wie er ist. Ich wüsste sowieso nicht, wie ich diesen Abstand überbrücken sollte.

Als mein Kaffee fertig ist, lächele ich ihnen allen erneut höflich zu und gehe zurück in mein Büro.

32. Kapitel

Blake

Ich bin noch nie hier gewesen. Aber eine Frau braucht etwas zu essen, richtig?

Die Sicherheitsleute überprüfen meine Tasche gewissenhaft, nehmen meine Personalien aus meinem Ausweis auf, bevor ich mich noch in eine Liste eintragen muss, was mir etwas übertrieben vorkommt – es ist ein Frauenmagazin und keine kontroverse politische Zeitung. Andererseits ist Feminismus ein Thema geworden, was polarisiert, und einige der Artikel, die hier geschrieben werden, sind durchaus herausfordernd.

Das weiß ich, weil ich die letzten Stunden damit verbracht habe, auf meinem Smartphone in alten Ausgaben zu lesen. Sie sind ein Magazin, was nur online erscheint. Ich habe ein paar Artikel von Bailey Monroe als gut bewertet und meine, von Mel gehört zu haben, dass sie ihre beste Freundin ist. Es ist merkwürdig, wenn man bedenkt, dass wir noch nie Zeit mit unseren jeweiligen Freunden verbracht haben. Wir werden das ändern. Wenn wir ein Teil vom Leben des anderen sein wollen, müssen wir die Leben miteinander verbinden.

Ich wende mich nach links, als ich aus dem Fahrstuhl komme, und starre eine Sekunde auf wahren Reichtum. Wer auch immer das gestaltet hat, hat Geschmack und unglaublich viel Geld. Stolz erfüllt mich, dass meine Freundin an so einem Ort arbeitet. Nicht nur arbeitet – sie ist hier für vieles verantwortlich.

Die Wände sind in einem hellen Grünton gehalten, sodass der Flur trotz der niedrigen Decken nicht wie ein Tunnel wirkt. Über dem Empfangstresen ist die Decke höher, was den Raum öffnet und einen in diese Richtung zieht.

Eine langbeinige, asiatisch aussehende Frau, die ihr Haar auf einer Seite abrasiert trägt, kommt zielstrebig auf mich zu, als ich an der Anmeldung vorbeischlendere. »Hey, Sie wirken etwas verloren.« Ein Zungen-Piercing blitzt auf, als sie lächelt.

»Ja, ich suche Mel.« Weil sie mich verständnislos ansieht, erläutere ich: »Melanie Walkers Büro. Es ist doch auf dieser Etage, richtig?«

»Werden Sie erwartet?«

»Eigentlich nicht.«

Sie spielt mit den Schnüren, die am Aufschlag ihres enganliegenden Jacketts angebracht sind. Ihr Outfit erinnert mich irgendwie an eine Piratenbraut, aber ich habe überhaupt keine Ahnung von Mode.

Ihr Blick fällt auf meinen Beutel. »Sind Sie ein Pizza-Bote?«

»Heute so etwas in der Richtung. Ich bin ihr Freund und will sie mit einem Mittagessen überraschen.«

Sie mustert mich mit einem ebenso unverschämten wie schnellen Blick von Kopf bis Fuß und verzieht dann den Mund zu einem schmalen Lächeln. »Wow. Gut, *Mels* Büro ist hinter der letzten Tür dort auf der rechten Seite.« Sie zeigt in die gegenüberliegende Richtung. Ich bin falsch herum gelaufen, als ich aus dem Aufzug kam.

»Danke. Wie ist Ihr Name?«

»Sienna.«

»Danke, Sienna.« Ich wende mich um und gehe in die Richtung von Mels Büro, wobei ich etwas aufgeregt bin, was lächerlich ist. Es ist Mel – die Frau, mit der ich in den letzten zwei Wochen wahnsinnig viel großartige Zeit zusammen verbracht habe. Hoffentlich ist sie nicht verärgert, dass ich sie an ihrem ersten Arbeitstag unterbreche.

Auch wenn ich sie erst letzte Nacht gesehen habe, kann ich es kaum erwarten, sie wiederzusehen.

Der Türknauf lässt sich nicht drehen, als ich es versuche – abgeschlossen –, also klopfe ich stattdessen an.

»Einen Moment noch.« Ihre Stimme klingt gedämpft durch die Tür.

Die Tür wird aufgerissen, und ihr Stirnrunzeln verwandelt sich in einen überraschten Gesichtsausdruck. »Blake.«

»Hi, Mel.«

Sie fingert an ihrem Ohrring herum. »Was tust du hier?«

»Ich wollte sichergehen, dass du deine Kurven nicht vernachlässigst, während du so hart arbeitest. Ich will mir nur ungern vorstellen, wie du vor Hunger dahinsiechst.« Ich halte meine Tasche hoch. »Ich habe dir Mittagessen mitgebracht.« Ich zögere. »Wirst du mich in dein Büro hineinlassen, oder soll ich das Essen hier im Flur auspacken?«

»Oh, entschuldige.« Sie tritt einen Schritt zurück und schließt die Tür hinter uns. »Es ist ein verrückter Tag heute. Mir war nicht klar, dass es schon so spät ist.«

Ich werfe einen Blick auf die Uhr an ihrer Wand. »Es ist erst Viertel nach zwölf.«

»Ich bin früh gekommen, um einen Vorsprung zu haben. Wenn ich gewusst hätte, wie viel es zu tun gibt, wäre ich schon heute Nacht hier gewesen. Das hätte ich wahrscheinlich sowieso tun sollen.« Sie macht eine Handbewegung hin zu dem kleinen runden Tisch, der in einer Ecke ihres Büros steht, und ich stelle die Tasche darauf ab.

»Ein Burn-out hilft niemandem.«

»Ich bekomme keinen Burn-out. Ich kann damit umgehen, Blake. Ich bin gut in meiner Arbeit.«

»Das weiß ich. Es sollte nicht so klingen, als würde ich denken, du wärst inkompetent.«

»Sorry, ich bin hungerlich. Wenn man schon so weit über hungrig hinaus ist, dass man ärgerlich wird.« Ihr Körper entspannt sich. »Du hast mir etwas gebracht?«

»Willst du raten?«

Sie setzt sich auf einen der Stühle. »Sandwiches?«

Ich hebe eine Augenbraue. »Du kannst mir ruhig etwas mehr zutrauen.« Ich stelle vor jeden von uns einen Papierteller auf den Tisch und gebe ihr eine Serviette. Ich öffne die Tasche und lege ihr ein Stück Pizza hin, dann nehme ich mir selbst eins und setze mich hin. »Pizza. Richtige New Yorker Pizza.«

Sie beißt sich auf die Unterlippe. »Tut mir leid, dass ich eben so blöd war. Es war ein langer Tag, und er ist noch nicht mal halb vorbei.«

Ich beiße einmal ab und schlucke, bevor ich antworte. »Schon in Ordnung. Ich bin es gewohnt, mit Shawn umzugehen. Liegt wohl in der Familie.«

Dafür werde ich mit einem aufrichtigen Lachen belohnt. Sie klappt ihr Stück zusammen und nimmt einen großen Biss, die Augen genießerisch geschlossen. »Also, *das* ist mal eine Pizza.«

»Nicht so wie der Müll, den wir in Florida hatten.«

Sie tupft sich mit ihrer Serviette die Lippen ab. »Nicht so wie der Müll, den wir in Florida *gemacht* haben. Das war deine Idee. Ich übernehme keine Verantwortung für die Ergebnisse dieses zum Verzehr geeigneten Experiments.«

»*Kaum* zum Verzehr geeigneten Experiments.« Ich reiche ihr eine Dose mit Wasser und öffne mir selbst auch eine. »Das Gebäude hier ist großartig. Ich bin noch nie hier gewesen.«

Sie nickt. »Den Besitzern ist das richtige Ambiente wichtig, aber ich glaube, ihnen bedeutet tatsächlich auch das Gebäude etwas. Sie sind stolz auf das Unternehmen, das sie aufgebaut haben.«

Sie ist schon beim Rand angelangt, also lege ich noch ein Stück Pizza auf ihren Papierteller. »So, soll ich morgen vorbeikommen und mit dir etwas essen gehen? Es gibt da dieses großartige mongolische Grillrestaurant, das gerade erst eröffnet hat. Also, ich habe gehört, dass es großartig sein soll. Ich wollte eigentlich warten, ob du Zeit hast, aber ich habe schon Plätze reserviert. Mittags ist dort weniger los. Eine meiner Patientinnen hat gesagt, was man unbedingt probieren muss, ist das …«

Ihr Telefon klingelt, und sie wirft einen Blick darauf. »Ich kann nicht.«

»Musst du drangehen?«

»Es wird schon kein Notfall sein.«

»Oh. Vielleicht morgen Abend? Ich könnte fragen, ob sich die Reservierung verschieben lässt.« Unwahrscheinlich, aber ich werde anrufen.

Sie legt das Randstück auf den Teller, säubert sich mit der Serviette die Hände und geht wieder hinter ihren Schreibtisch zurück. Sie setzt sich und zieht einen der Papierstapel zu sich heran. »Morgen geht es wirklich nicht. Eigentlich sollte ich auch nach diesem Stück aufhören, sonst werde ich den ganzen Nachmittag lang gegen ein Pizzakoma ankämpfen.«

Der Papierstapel ist ziemlich hoch. Kein Wunder, dass sie so angespannt ist. Ich stehe auf, stelle mich hinter sie und lege meine Hände auf ihre Schultern. »Oh Mist. Deine Schultern sind steinhart.«

Die Tür fliegt auf.

»Melanie, Sie müssen etwas unternehmen, damit die … Oh.« Ein ungefähr vierzigjähriger Typ mit einem entrüsteten Ausdruck auf dem Gesicht hört auf zu reden, als er mich hinter Mel stehen sieht. »Ich komme später wieder, da Sie ja offensichtlich … ein langes Mittagessen zu sich nehmen.«

Wer zum Teufel ist dieser Blödmann?

»Thaddeus, warten Sie!«

Aber er hat die Tür bereits wieder hinter sich geschlossen.

»Ist das der Kerl, der dir das Leben schwermacht?«

»Das ist Thaddeus, ja. Uh, das ist eine Katastrophe.«

Ich bin froh, dass er weg ist. Ihre Schultern haben sich in dem Moment, als er reinkam, noch mehr verspannt, wenn das überhaupt möglich ist.

Sie zuckt vor mir zurück, als ich beginne, sie zu massieren.

»Hör auf. Ich kann das gerade nicht.«

»Tut mir leid.« Ich gehe ein paar Schritte um den Tisch zurück und setze mich auf den Stuhl gegenüber von ihr. »Jetzt haben wir einen großen Bürotisch zwischen uns, für den Fall, dass der Anstandswauwau zurückkommt, um alles zu überprüfen. Warum interessiert dich überhaupt, was der Blödmann denkt?«

»Ich habe sehr hart dafür gearbeitet, dass man mich hier als professionelle Fachkraft respektiert. Ich will ernst genommen werden.«

Ich nehme die Hände hoch. »Verstehe schon. Du hast recht. Ich hätte dich bei der Arbeit nicht auf diese Weise überraschen sollen, aber der Typ kann dir doch egal sein. Er ist derjenige, der unprofessionell ist und dich im Urlaub schikaniert hat.«

Sie nimmt einen Stift und überfliegt das oberste Papier auf dem Stapel. »Dieser Job bedeutet mir alles.«

Vielleicht kehrt ein bisschen Leichtigkeit zurück, wenn wir Pläne machen.

»Also, wenn der Mongolische Grill dich nicht reizt, ich habe auch einen Tisch für Freitag reserviert, in dieser kleinen Weinbar …«

»Du kannst mich nicht einfach verplanen, ohne mich zu fragen. Das ist anmaßend und bevormundend.« Sie presst ihre Kiefer so sehr zusammen, dass ein Teil von mir sich Sorgen um ihre Zähne macht.

»Hey, es ist ja nicht in Stein gemeißelt.« Thaddeus hat sie eindeutig durcheinandergebracht. Ich schwöre zu Gott, wenn ich diesem Typen im Flur begegne … »Wenn du etwas anderes machen willst, kein Problem. Es geht ja nicht darum, was wir machen. Es geht darum, dass wir etwas zusammen machen.«

»Vielleicht sollten wir das nicht.«

»Was sollten wir nicht?«

»Weiter etwas zusammen machen.« Ihre Stimme klingt sanft und nicht so, als hätte sie mir gerade den Boden unter den Füßen weggezogen.

Ich starre sie an, aber sie erwidert meinen Blick nicht. Sie schiebt nur ihre Unterlagen hin und her und sortiert sie, als wäre ich nicht da.

»Soll das ein verdammter Scherz sein, Mel?«

»Bitte, sprich etwas leiser«, zischt sie mit geschlossenen Augen. »Das Picknick war schon schlimm genug, und dann kam *er* herein und hat dich hinter meinem Schreibtisch gesehen.« Sie unterschreibt schwungvoll irgendein Papier.

»Hast du heute mit Shawn gesprochen?«

»Er hat auf meine Nachrichten nicht mehr geantwortet, seit

wir allen von uns erzählt haben. Er wird sich wieder beruhigen. Was hat das mit irgendetwas zu tun?«

Endlich sieht sie mir in die Augen. »Ich bin nicht diese Frau in Florida, aber ich habe das so gut vorgetäuscht, dass du geglaubt hast, so wäre ich wirklich. Die einzige Person, die nicht darauf hereingefallen ist, bin ich selbst.« Sie greift nach einem weiteren Papier und unterschreibt es. »Jetzt musst du mich entschuldigen. Ich habe eine Menge Arbeit nachzuholen, sonst wird man hier glauben, dass ich den ganzen Tag nur faulenze.«

Ist es wirklich so leicht für sie? Schert sie sich einen Dreck darum, oder traut sie sich nicht?

»Du machst doch Witze, oder?«

»Mach es nicht noch schwieriger, als es schon ist.« Ihre Stimme klingt ruhig. »Wir hätten das in Florida beenden sollen, anstatt so zu tun, als würde es etwas bedeuten. Es sollte einfach nicht sein. Es tut mir leid.«

Die Frau mir gegenüber ist eine Fremde, ein schwacher Abklatsch der Person, die ich kenne. Eine gefühllose, nur noch geschäftsmäßige Version der Frau, in die ich mich verliebt habe.

»Was zum Teufel soll das? Gestern haben wir mit deiner Familie zu Abend gegessen. Letzte Nacht war ich in dir. Jesus, vor noch nicht mal zwölf Stunden hast du mir befohlen, dich zu vögeln.«

Sie zuckt zusammen und schließt die Augen. »Genau darum geht es, Blake. Wenn ich mit dir zusammen bin, verdrängt das alles andere. Aber dich mit meiner Familie zu sehen? Sie sind auch deine Familie. Ich meine, oh Gott, Shawn ist schon durchgedreht und will nicht mehr mit dir reden. Du bist sein bester Freund, und jetzt sprecht ihr meinetwegen nicht mehr miteinander. Meine Familie ist schon deine. Und ich kann sie dir nicht wegnehmen.«

»Was du gerade machst, wird aber genau dazu führen.«

Sie schüttelt den Kopf, und endlich brechen Gefühle ihre beherrschte Fassade etwas auf. »Nein. Du brauchst sie.«

Ärger verkrampft mir den Magen. »Weil ich der arme kleine Waisenjunge bin? Danke, aber ich hatte schon genug Leute, die Lebensentscheidungen für mich getroffen haben. Es ist nicht an dir, diese Entscheidung zu treffen. Ich fasse es nicht, dass du glaubst, mit mir Schluss zu machen wäre gut für mich.«

»Es tut mir leid.«

»Nicht so leid, wie es mir tut. Vielleicht ist es noch nicht mal das, aber wenn du mit mir nur eine kurze Affäre haben wolltest, hättest du es einfach sagen sollen. Ich bin schon groß.«

»Blake …«

»Ich hoffe, du und deine Unterlagen, ihr werdet glücklich miteinander.«

Es kostet mich fast übermenschliche Anstrengung, beim Hinausgehen nicht die Tür zuzuknallen.

33. Kapitel

Melanie

Ich weiß nicht, was ich alles unterschrieben habe. Ich habe kein einziges Wort gelesen, blind von den Tränen, die ich nicht fließen lassen wollte. Ich schaffe es, sie zurückzuhalten, bis Blake die Tür vorsichtig hinter sich schließt.

Dann wird mein Herz von heißer Bitterkeit überschwemmt, und die Tränen laufen mir die Wangen hinunter.

Was zum Teufel hast du gemacht?! Geh ihm nach!

Ich zwinge meinen Hintern, auf dem Stuhl sitzen zu bleiben, und argumentiere gegen mein dummes Herz. Es schlägt so hart und schnell in meiner Brust, dass es wehtut.

Ich tue das Richtige für uns beide. Schluss machen, bevor es unerfreulich wird und er die einzige Familie verliert, die er je hatte.

Es ist schon unerfreulich.

Er musste sehen, wie ich wirklich bin.

Das war vielleicht die, die du gewesen bist, aber nicht die, die du jetzt bist – oder die du sein willst.

Was zum Teufel stimmt mit mir nicht?

Ich hole mein Handy heraus, aber da klingelt mein Arbeitstelefon.

Zum ersten Mal in meiner Laufbahn lasse ich den Anrufbeantworter drangehen.

Ich habe mir selbst zugehört, den Worten, die aus meinem Mund herausgekommen sind, dem verletzenden Schwachsinn, den ich gesagt habe, um Blake wegzustoßen – aber nichts davon war so gemeint. Alles, was ich will, ist, dass er nichts verliert. Von dem Moment an, als ich heute Morgen hier ankam, habe ich mich wieder zu dem steifen Menschen verhärtet, der ich war, bevor ich weggefahren bin. Das hat Blake nicht verdient – in diese Person hat er sich nicht in Florida verliebt –, deswegen weiß ich, dass das mit uns zum Scheitern verurteilt ist. Seine Beziehung zu Shawn hat schon darunter gelitten.

Er sah so verletzt aus. Hat er recht? Bin ich einfach nur ein weiteres Arschloch, das versucht ihm vorzuschreiben, wie sein Leben zu laufen hat? Während er aufgewachsen ist, durfte er nie entscheiden, in wessen Haus er einziehen, wo er leben oder wann er wieder wegziehen sollte.

Jetzt habe ich die Dinge verdorben, weil ich glaube zu wissen, was für ihn das Beste ist.

Ich will ihn anrufen, aber was zum Teufel kann ich sagen?

Ich schnäuze mich in ein Taschentuch und versuche, mich so weit zusammenzureißen, dass ich mein Büro verlassen kann. Ich will nicht, dass mich die Leute so sehen. Ich will nicht, dass meine Kollegen mich so sehen. Es ist völlig unprofessionell.

Über meinen Urlaub zu plaudern ist eine Sache, aber einem Typ hinterherzurennen, während ich mir die Seele aus dem Leib heule? Auf keinen Fall. Mein Job ist alles, was ich habe.

Jetzt ist er das.

Der Job, den ich noch nicht einmal wirklich will. Ich versuche, mich auf eine Mitteilung zu konzentrieren, und hasse mich dabei selbst, sodass ich stattdessen nach meinem Telefon greife. Ich muss ihn zurückbekommen, muss mit ihm sprechen. Aber was soll ich sagen? Ich traue mir selbst nicht, fürchte, dass ich ausflippe, sobald ich seine Stimme höre. Ich schniefe und huste. Noch *weiter* ausflippe, sobald ich seine Stimme höre – nein, ich kann ihn nicht anrufen.

Ich versuche stattdessen, ihm eine WhatsApp zu schicken, aber meine Daumen schweben über den Tasten, und ich weiß nicht, was ich tippen soll. Ich schließe das Fenster und gehe geistesabwesend meine Kurznachrichten durch, bis ich eine von Bailey entdecke: *Hoffe, du bist nicht zu beschäftigt, denn ich komme hoch.*

Die hat sie vor fünf Minuten geschickt. Mist. Ich schnäuze mich fest, ein gurgelndes Geräusch, das mich fast zum Würgen bringt, und tippe verzweifelt eine Antwort, dass es gerade kein guter Zeitpunkt ist. Aber es ist zu spät. Die Tür geht auf.

Ich habe vergessen, sie hinter Blake abzuschließen. Immerhin ist es nicht Thaddeus.

Ich wische mir mit der Hand übers Gesicht, um die Tränen abzutrocknen, und versuche, meine beste Freundin anzulächeln.

Baileys Lächeln gefriert ihr in den Mundwinkeln. »Was ist los? Warum *weinst* du? Du weinst nie. Oh Gott, wer ist gestorben?«

»Mach die Tür zu.«

Sie schließt die Tür hinter sich und stürmt auf mich zu. »Also?«

»Blake ist gerade gegangen.« Meine Stimme versagt.

Sie setzt sich auf den Stuhl, den Blake erst vor ein paar Minuten geräumt hat. »Jetzt noch mal ganz von vorn. Ich wollte dich ja nicht drängen, aber was ist mit dir los?«

»Bezogen auf was?«

»Melanie, du hast aus heiterem Himmel mit einer völlig Fremden Wohnungen getauscht. Sonst würdest du noch nicht mal mir deine Schuhe ausleihen, geschweige denn, dass du eine

Fremde in deinem Bett schlafen lässt und zulassen würdest, dass sie alle deine Sachen anfasst.«

»Ich verstehe schon. Ich bin ein Kontroll-Freak.«

Bailey blinzelt noch nicht einmal. »Nein. Ich glaube, du bist einer gewesen, aber es passt jetzt nicht mehr. Ansonsten wärst du bei diesem Wohnungstausch verrückt geworden.«

»Kann sogar sein. Ich habe die ein oder andere merkwürdige Sache gemacht.«

»Gut. Es war höchste Zeit, dass du dich mal gehen lässt. Und jetzt will ich die Wahrheit wissen. Warum bist du weggefahren?«

Ich schiebe eine Träne in sinnlosen Mustern über meinen Schreibtisch. »Ich hatte einen Höllentag, bevor ich gefahren bin. Deswegen wollte ich nur noch weg.«

Sie setzt sich aufrecht hin. »Erzähl weiter.«

»Du weißt ja, Thaddeus und ich waren nie beste Freunde, seit er hier angefangen hat.«

Bailey zieht die Nase kraus. »Er ist so ein Blödmann. Neulich hat er über Obdachlosenküchen geschwafelt und allen Ernstes behauptet, man solle sie abschaffen, weil die Leute sich besser selbst helfen sollten, anstatt Almosen anzunehmen. Ich hätte ihm am liebsten mit der Hand vor dem Gesicht herumgewedelt und ihm zu dem umwerfenden Privileg gratuliert, dass er wahrscheinlich nie gezwungen sein wird, dort zu essen.«

Bailey ist in ärmlichen Verhältnissen aufgewachsen, aber sehr stolz auf ihre Familie.

»Und du hast ihm keine gescheuert?«, frage ich.

»Nö. Ich habe allerdings zusammen mit Paulina eine kleine bösartige Reihe mit Karikaturen ausgebrütet. Er wird sie niemals lesen, aber ich weiß, dass es sie gibt und Leute wie ihn aufs Korn nimmt.«

Pauline macht Illustrationen zu manchen Artikeln.

»Schlau. Gib ihm keinen Vorwand, hinter dir her zu sein.«

Ihr zufriedener Gesichtsausdruck verschwindet. »Was hat er mit dir gemacht? Melanie, wenn er dich angefasst hat …«

»Nein, hat er nicht. Er ist zu schlau dafür, und es geht auch nicht um etwas Sexuelles. Es ist eher so, als wüsste er, dass ich nicht von seinem Wohlstand oder seinen Beziehungen beeindruckt bin, und das geht ihm unter die Haut. Er macht Sachen, mit denen er versucht, mich einzuschüchtern.«

»Das musst du melden.«

»Wem denn, der Personalabteilung?« Ich winke ab. »Ach, es ist eben so, dass er sozusagen die Grenze zwischen nervig sein und wirklicher Belästigung nicht überschritten hat. Er ist …«

»Dafür zu schlau. Mist. Wir müssen etwas unternehmen. Kein Wunder, dass du plötzlich von hier wegwolltest und eine Pause gebraucht hast.«

»Ja. Er ist mir fast den ganzen Tag gefolgt wie ein Schatten und hat genug miese kleine Dinge getan, dass ich die Nase gestrichen voll hatte.« Ich beiße mir fest auf die Unterlippe und versuche, mich für die Wahrheit zu wappnen, die ich bisher vor mir selbst nicht eingestehen wollte. »Und dann bin ich auf dem Heimweg überfallen worden.«

»Was? Das ist schrecklich!«

»Offensichtlich geht es mir gut. Ich habe den Typen überzeugen können, dass er nur das Bargeld aus meinem Portemonnaie mitnehmen soll, nicht das Portemonnaie selbst oder die Karten.« Ich höre Bailey schnauben, und ich schaue erschrocken auf. »Bailey, das ist nicht lustig. Ich habe vor Angst fast den Verstand verloren. Er hatte ein Messer.«

»Hast du dir selbst zugehört? Du hast mit einem Straßenräuber verhandelt. Du bist so eine sture Ziege! Du hättest abgestochen werden können, aber du hast ihm gesagt, dass es so nicht läuft, weil es dir Umstände bereiten würde, neue Karten und Ausweise zu besorgen.«

Meine Mundwinkel zucken. Sie hat völlig recht. »Ich bin noch schlimmer, als ich dachte. Der Typ hat noch nicht mal verhandelt. Er hat wahrscheinlich hinter seiner Maske mit den Augen gerollt, weil er es kaum erwarten konnte, von mir wegzukommen.«

Sie lacht. »Aber dir geht's gut, und das ist die Hauptsache. Hast du es bei der Polizei gemeldet?«

»Ich habe Anzeige erstattet, aber ich konnte ihn nicht wirklich beschreiben.«

»Und deswegen bist du abgehauen?« Ihre Augen werden schmal. »Du glaubst aber nicht, dass Thaddeus irgendetwas mit dem Überfall zu tun hatte, oder? Vielleicht will er deinen Job, oder du hältst ihn von etwas ab, was er will, also hat er einen seiner Schläger losgelassen, um dich zu töten.«

Ich muss lachen. Bailey hatte schon immer eine blühende Fantasie.

»Komm schon, Bailey. Das ist keiner dieser schlechten Fernseh-Krimis. Er ist kein Bösewicht. Er ist nur ein Blödmann. Davon mal abgesehen ist er nicht so einfallsreich. Er kommt nur nicht darüber weg, dass ich mich ihm nicht zu Füßen werfe.«

»Aber du hast niemandem gesagt, wie er dich behandelt – und auch nichts von dem Überfall erzählt. Ich hätte dich direkt danach angerufen, vielleicht auch währenddessen, um gemeinsam zu heulen! Ich finde, du solltest dich über Thaddeus beschweren.«

»Bei Valerie? Die ihn eingestellt hat? Ja, bestimmt. Ihre Familien verbringen wahrscheinlich seit drei Generationen den Sommer zusammen in den Hamptons. Und heute kam er mittags in mein Büro und hat gesehen, wie Blake mich massiert hat.«

Bailey wickelt ihr rotbraunes Haar zu einem Strang zusammen und zieht es über ihre Lippe, ohne zu bemerken, dass sie nun aussieht, als hätte sie einen enormen Oberlippenbart. »Warst du nackt?«

»Nein!«

»Verdammt. Ich meine, das ist gut, aber verdammt. Ich wünschte, wir könnten irgendetwas tun.«

»Bis Thaddeus wirklich eine Grenze überschreitet, sind mir die Hände gebunden. Ein Blödmann zu sein ist kein Vergehen, für das man gefeuert werden kann.«

»Unglücklicherweise.« Bailey seufzt. »Du hast immer noch nicht erklärt, was da mit Blake eigentlich los ist.«

»Ich habe mich selbst aus dieser Beziehung gefeuert, weil ich eine Idiotin bin.«

»Was?«

»Er hat mir zum Mittagessen was vorbeigebracht.«

Sie grinst. »Ahhh. Das ist so … Was machst du für ein Gesicht? War es nicht romantisch?«

Ich putze mir die Nase und schleudere das Taschentuch in den Mülleimer. »Doch, war es. Alles, was er tut, ist perfekt. Aber es ging mehr darum, was es bedeutete.«

»Es bedeutete nicht, dass er gedacht hat, du würdest mittags etwas zu essen haben wollen?«

»Nein. Es ist irgendwie, als würde er ausschneiden wollen, was wir in Florida gewesen sind, und es hier einfügen. Und von mir erwartet er, dass ich einfach mitmache, als wäre hier gar nichts anders.«

»Was ist daran falsch?«

»Ich bin nicht diese Frau.«

»Bist du nicht?« Bailey verschränkt die Arme. »Mir scheint, du kannst sein, wer immer du sein willst. Du bist die stärkste

Frau, die ich kenne, Melanie. Wenn du mit Blake zusammen sein willst, dann sei auch mit ihm zusammen. Die Einzige, die dich davon abhält, bist du selbst.«

Ganz so einfach ist es nicht.

»Mag sein. Aber ich weiß nicht, wie ich mich wieder in die Person zurückverwandeln soll, die ich im Urlaub gewesen bin.«

»Wer sagt, dass du das musst? Veränderung ist ein Prozess, der Zeit braucht, und keine plötzliche Verwandlung wie in billigen Fernsehdokumentationen. Solche Verwandlungen halten nicht lange. Verändere dich nicht für ihn. Verändere dich für niemand anders als für dich selbst. Aber stoße ihn nicht weg, weil du denkst, du wärst nicht gut genug, oder weil du denkst, er würde dich nicht mögen. Das ist nicht fair ihm gegenüber.«

»Ich weiß, dass du recht hast. Aber dass ich mich nicht bereit für ihn fühle, ist ja nicht das Einzige, was mich zurückhält. Wir sind praktisch zusammen aufgewachsen, weil er keine Familie mehr hatte. Und jetzt, nachdem sie alle gerade erst von uns erfahren haben? Shawn redet schon nicht mehr mit Blake, hat ihn beschimpft. Und wenn ihre Freundschaft für immer zerstört ist? Wenn wir … Wenn ich das vermassele, wird es zwischen ihm und meiner Familie nie mehr so sein können wie bisher. Ich darf ihm das nicht antun. Das ist nicht fair. Deswegen habe ich ihm gesagt, dass ich nicht mit ihm zusammen sein kann.«

»Na, dann gib euch doch mal eine Chance. Shawn wird schon darüber hinwegkommen.«

»Ich will der Mensch sein, den Blake verdient. Aber ich fürchte, es ist zu spät.«

Sie haut mit der flachen Hand auf den Tisch, und ich springe erschrocken auf.

»Bailey«, schimpfe ich.

»Das ist großer Mist, und das weißt du. Weißt du, was für

einen großen Unterschied ich an dir in Florida bemerkt habe, als wir telefoniert haben? Dort hast du dir endlich erlaubt, glücklich zu sein. Vielleicht geht alles schief. Aber es gibt einen Unterschied, ob etwas nicht mehr funktioniert oder ob du einer guten Sache von Anfang an keine Chance gegeben hast. Ich habe euch beide zwar nicht zusammen erlebt, aber ich weiß, dass ihr perfekt füreinander seid. Mel, wenn du so etwas im Leben findest, dann lässt du es dir nicht kaputtmachen oder wegnehmen. Scheiß doch drauf, was die anderen denken. Weißt du, wie viel Glück ihr hattet, dass ihr zusammengekommen seid? Die meisten Menschen finden niemals ihren Seelenverwandten. Untersteh dich, ihn laufen zu lassen, nur weil du Angst hast.«

Ich lehne mich zurück. »Du meine Güte, seit wann bist du so bestimmt?«

Sie beißt sich auf die Unterlippe. »Ich weiß nicht, aber es gefällt mir irgendwie.«

»Mir auch. Aber ich bin mir ziemlich sicher, dass ich schon alles zerstört habe. Er war stinksauer, weil ich versucht habe, ihn davor zu beschützen, dass er meine Familie verliert.«

»Na und? Willst du mit diesem Mann zusammen sein?«

»Ja.«

»Und? Was willst du tun, um dein Leben in Ordnung zu bringen und ihn zurückzubekommen?«

Ich stütze den Kopf auf meine Hand auf. »Ich weiß es noch nicht genau, aber du hast mir genug zum Nachdenken gegeben.«

»Gut. Bei Familie geht es doch immer um Liebe, Mel. Und wie es aussieht, bist du das Beste, was ihm in seinem Leben passieren kann. Kämpfe um ihn – um euch beide!«

Mein Handy gibt einen Piepton von sich – Nachricht angekommen.

»Mach schon, und schau nach.« Bailey lehnt sich vor. »Ich wette, sie ist von Blake.«

Meine Hände zittern vor Angst und Vorfreude zugleich. Aber als ich die Nachricht öffne, ist sie von Shelby. Ich muss über das Bild, das sie geschickt hat, lachen und zeige es Bailey.

Sie runzelt die Stirn. »Sind die oben ohne? Was haben sie da vor sich auf den Boden geschrieben?«

Ich nicke. Shelby und Ariella sitzen ohne ihre Bikinioberteile am Strand und zeigen mir nur ihre nackten Rücken. Sie sind noch nie oben ohne am Strand gewesen. Auf den Sand vor sich haben sie geschrieben: *Wish you were here.*

Das wünschte ich auch.

***

Neun Uhr abends. Meine Finger zittern, als ich Blakes Nummer wähle. Dabei hatte ich doch mehr als genug Zeit, in meiner eigenen Blödheit zu versauern! Während es im Hörer tutet, tigere ich durch die Wohnung und versuche, mich irgendwie zu beruhigen. Ich habe lange gebraucht, bis ich wusste, was ich ihm sagen will.

»Ja.« Seine Stimme klingt gepresst, aber er hat abgenommen – ein gutes Zeichen.

Meine sorgfältig geplante Rede löst sich in Luft auf. »Ich war eine Idiotin. Bitte leg nicht gleich auf, weil ich es bin.«

Er seufzt, aber bleibt dran.

»Blake, es tut mir leid. Es tut mir so leid, was heute passiert ist.«

»*Passiert*? Nein, jetzt tu doch nicht so, als wärst du völlig machtlos gewesen. Es war nicht irgendeine nebensächliche Sache, die einfach passiert ist.« Seine Worte klingen abgehackt, und man merkt, dass er nicht so ruhig ist wie sonst.

Ich bin auf dem besten Weg, es zu versauen. »Du hast recht. Es tut mir leid. Weißt du, ich habe mit Shawn WhatsApp hin- und hergeschickt, und dann habe ich Panik bekommen, als Thaddeus aufgetaucht ist und uns zusammen gesehen hat.«

»Wenn du angerufen hast, um dich zu rechtfertigen …«

»Nein! Ich nehme alles zurück. Ich will mit dir zusammen sein. Ich bin heute völlig durchgedreht.«

»Du bist nicht durchgedreht. Du hast mich behandelt, als würde ich dir nichts bedeuten. Als wäre ich dir peinlich oder unangenehm. So etwas habe ich in meinem Leben schon oft genug gehabt, danke.«

Ich zucke zusammen. So habe ich es noch gar nicht gesehen. Es ist schlimmer, als ich dachte.

»Blake, nein, du musst wissen, wie viel du mir bedeutest.«

»Na, du hast ja eine tolle Art, mir das zu zeigen.« Seine Wut ist durchs Telefon greifbar. »Deine Familie ist für mich die einzige richtige Familie gewesen, die ich je hatte, und trotzdem bin ich bereit gewesen, dir eine Chance zu geben – *uns* eine Chance zu geben. Ich habe die einzige Familie, die ich jemals hatte, aufs Spiel gesetzt, um mit dir zusammen zu sein, und es tut mir unheimlich weh, dass du nicht dasselbe getan hast. Und beim ersten Mal, dass etwas … Zum Teufel, ich weiß noch nicht mal, was es eigentlich war, aber du hast wegen nichts den Schwanz eingekniffen. Ich habe dir ein Mittagessen gebracht, und du bist verdammt nochmal ausgerastet. Was würde später los sein, wenn es erstmal einen richtigen Konflikt gibt? Vielleicht war es auch einfach ein Vorwand. Vielleicht ist alles nur ein einziger großer Vorwand, weil du am Ende des Tages gar nicht mit mir zusammen sein willst.«

»Das ist nicht wahr. Ich will wirklich mit dir zusammen sein. Es tut mir so leid. Ich will es nicht vermasseln und auch nicht zerstören, was du an meiner Familie hast. Ich wollte dich nicht enttäuschen. Ich bin so blöd gewesen. Bitte gib mir eine Chance, damit ich versuchen kann, es besser zu machen.« Ich fühle mich ungefähr einen Zentimeter groß.

»Es tut mir leid, Melanie. Ich kann das nicht.«

Er legt auf, und die folgende Stille tost durch mein Herz.

34. Kapitel

Blake

Das Merkwürdige daran, sich an einem Werktag vor zwei Uhr mittags zu betrinken, ist, dass niemand wirklich auf den anderen achtet. Keiner von uns hier will jemanden aufreißen. Ich kann mich gehen lassen, wie ich will – wenn ich nicht gerade in mein Bier heule, habe ich mehr als einen mürrischen Blick aufgefangen –, und keiner bewertet es. Na gut, vielleicht werde ich bewertet, aber niemand starrt mich an, und damit ist alles bestens.

An welchem Punkt ist alles den Bach runtergegangen? Spielt eigentlich auch keine Rolle mehr. Ich habe für sie meine Familie aufgegeben, und was habe ich von ihr dafür bekommen? Entschuldigungen für ein selten bescheuertes Verhalten.

Wenn sie wirklich nur überreagiert und nicht gemeint hat, was sie gesagt hat, wäre sie mir direkt aus dem Büro hinterhergelaufen oder hätte mich noch von dort aus angerufen, anstatt mich rauszuschmeißen. Vielleicht denkt sie tatsächlich, dass sie eine zweite Chance will, aber wie lange würde es dauern, bis sie es wieder bereut? Taten sprechen für sich, und diese hier schreien geradezu.

Ich schiebe mein Handy in die Tasche und bestelle mir noch ein Bier. Dann bemerke ich, dass in meinem Magen nur Alkohol herumschwappt, und ich bestelle ein paar Chicken Wings. Nicht, weil ich hungrig bin, aber wenn ich jetzt eine Kleinigkeit esse, werde ich vielleicht gerade betrunken genug sein, um erst direkt umzukippen, wenn ich nach Hause komme.

Jerry, der Barmann, legt seinen Kopf auf die Seite, als ich die Chicken Wings bestelle. »Willst du keine Pizza? Die nimmst du doch sonst immer.«

»Ich mag keine Pizza mehr.«

Pizza erinnert mich an Mel. Das Letzte, was ich gegessen habe, war das halbe Stück gestern Mittag mit ihr. Werde ich je wieder Pizza essen können, ohne an diese Nacht in Shelbys Haus zu denken? Oder an gestern, als ihr Gesichtsausdruck auf einmal verschlossen wurde und sie … Nein, das ist mir vermiest worden.

Obwohl sie etwas anderes beabsichtigt hat, habe ich sie und meine Familie auf einmal verloren. Shawn ist sauer und antwortet immer noch nicht auf meine WhatsApp oder Anrufe. Ich kann ihre Eltern nicht anschauen, ohne Mels Gesicht in ihnen zu sehen. Ich kann nicht in ihrem Haus sein, ohne zu befürchten, dass ich ihr begegne oder dass ich an sie denken muss, bei diesem letzten Mal in der Küche …

Ich bin den Tränen so nahe, dass Jerry mir ein extra Glas zum Auffangen hinstellen sollte.

Er nickt. »Dann bringe ich dir gleich mal die Chicken Wings.« Er haut ab Richtung Küche. Ich kann es ihm nicht verdenken. Die Zurückweisung klebt an mir, umgibt mich wie ein abschreckender Umhang. Oder eine Wolke aus schlechtem Geruch, wie diese Blödmänner, die zu viel Deospray verwenden.

Ob einer von diesen Blödmännern meinen Platz neben Mel einnehmen wird?

Ich quetsche mehr Saft aus der Limone in mein Bier, nur um

etwas zu zerstören, vernichten, wie die Zukunft, von der ich dachte, dass wir sie teilen würden. Sie kann sagen, es ginge nur darum, dass sie mir ihre Familie nicht wegnehmen will, aber vielleicht ist das eine Lüge. Vielleicht hat sie wirklich nur gewollt, dass wir nicht mehr sind als eine Affäre in Florida, und ich bin der Einzige gewesen, der es nicht geschnallt hat.

Als die Chicken Wings kommen, habe ich noch ein Bier leer getrunken.

Als das letzte Chicken Wing aufgegessen ist, habe ich mich mit einem Fremden darüber ausgelassen, wie unbarmherzig die New Yorker Frauen sind.

Als der Fremde die Bar verlässt, sehe ich, dass Shawn auf dem Hocker neben mir thront.

»Wow.« Ich blinzele ein paar Mal. »Ich bin echt froh, dich zu sehen, Alter. Das ist ja, als könntest du Telepathie und hättest gemerkt, dass ich wirklich einen Freund gebrauchen kann.«

»Nicht ganz.« Er bestellt einen Rum mit Cola. »Du hast mich aus Versehen mit dem Handy angerufen und was ich gehört habe, klang so grandios, dass ich die Party nicht verpassen wollte.«

»Ah, ein robuster Sarkasmus 2018. Toller Jahrgang.« Ich nehme noch einen Schluck Bier, überrascht, dass auch diese Flasche schon leer ist. Ich bestelle noch eine, ziehe mein Handy aus der Tasche, beende den Anruf und stelle es aus.

Ich müsste verlegen sein, weil Shawn meine Schmährede gehört hat, aber ich bin zu betrunken, deswegen ist es mir egal. Ich bin nur froh, dass ich nicht aus Versehen Mel angerufen habe. Andererseits, wenn ich Mel angerufen hätte, wäre ich vielleicht fähig dazu, mich dumm zu fühlen. Ich schiebe den Gedanken an sie mit aller Kraft zur Seite. »Wie geht's meinem besten Freund? Du bist doch noch mein Freund, oder? Du hast mich nicht fallen gelassen, so wie Mel es prophezeit hat?«

»Mir geht's gut und ich lasse dich nicht fallen. Im Moment mache ich mir mehr Sorgen darum, wie es dir geht.«

»Mir geht's gut bis mittelmäßig.«

»Gut bis flaschenmäßg.« Er schnippt gegen mein Bier. »Du trinkst normalerweise nicht so viel. Was ist los? Hör zu, wenn du mit meiner kleinen Schwester zusammen sein willst, will ich nicht, dass du so einen Scheiß machst. Sie hat Besseres verdient.«

»Ich bin besser. Ich will das Beste für sie. *Wollte* das Beste für sie. Kannst du ihr das bitte sagen?«

Seine Augen werden schmal. »Was soll das heißen?«

»Ich hab's versucht.« Ein Seufzen kommt aus meinem Mund. Das fühlt sich gut an, also mache ich es nochmal.

»Was hast du getan?«

Ich starre ihn an. »Lass es nicht so klingen, als hätte ich etwas falsch gemacht. Ich habe sie weder betrogen noch verletzt. Ich bin hier das Opfer. Sie ist diejenige, die auf meinem Herzen herumtrampelt. Sie hat spontan beschlossen, dass ich nicht der Richtige für sie bin. Jaja. Ich habe tatsächlich keine Ahnung, was ich getan haben soll, dass sich ihre Gefühle so verändert haben. Es kommt alles von ihr. Ich habe ein paar Sachen geplant und Restaurants gebucht und dachte, wir würden sie beide gut finden. Ich wusste nicht, dass etwas zu buchen des Teufels ist. Ist das so? Ist das jetzt ein Fauxpas? Denn so habe ich es nicht gemeint.«

Shawn runzelt die Stirn. »Nein, alles in Ordnung. Was hast du sonst noch getan?«

Ich bin etwas gekränkt, dass er meint, ich hätte etwas falsch gemacht, aber es ist gut, jemanden zu haben, mit dem ich über alles reden kann. Jemanden, der genau weiß, wie frustrierend und zugleich großartig Mel ist.

»Ich habe sie überrascht.«

Er verzieht das Gesicht. »Melanie mag keine Überraschungen.«

Nein, wirklich?

»Es war nur ein kleines Mittagessen – in ihrem Büro, damit sie noch nicht einmal rausgehen musste. Ich wusste, dass sie viel aufzuarbeiten hatte, aber sie hat mich praktisch rausgeschmissen.«

»Ein Mittagessen? Wenn ich gewusst hätte, was für ein Mädchen du sein kannst, hätte ich schon vor Jahren dafür gesorgt, dass du mit Melanie ausgehst.« Er schlürft seinen Drink.

»Halt die Klappe, Shawn.«

»Nein, echt, ich bin mir sicher, bei dir ist sie in guten Händen mit deinem altmodischen Liebeswerben. Du bist wirklich ein sanfter Mann – erinnert mich an meinen Großvater.«

Statt zu antworten, nehme ich noch einen großen Schluck Bier.

Sein spöttischer Seitenblick wird zu einem Starren. »Moment mal, was ist los? Hat sie sich nicht in deine selbst gekochte Marmelade und handgemachte Butter verliebt?«

»Warum bist du so ein Mistkerl? Mir geht's echt schlecht, und du solltest als Freund für mich da sein, Shawn. Hör auf, dich über mich lustig zu machen.«

Sein Gesichtsausdruck wird ernst. »Tut mir leid. Ich habe wirklich gedacht, es ginge nur um eine Kleinigkeit und nicht um einen richtigen Streit.«

»Na, jetzt weißt du es.« Ich schaue wieder auf mein Handy. »Sie hat mich mit einer halbherzigen Erklärung angerufen, aber das waren nur Ausreden. Sie liebt ihren Job und nicht mich.«

»Warte mal, ihr beide habt euch *die ganze Zeit* bei meinen Eltern nur verliebt in die Augen geschaut. Sie ist stur, aber nicht impulsiv. Sie würde sich nicht ohne einen guten Grund von dir trennen. Was verdammt ist passiert?«

Ich lache auf. »Wer zum Teufel weiß das noch? Sie hat gesagt, du wärst auch stinksauer auf mich, und ich nehme an, das hat sie in ihren Ausreden bestätigt.«

Er winkt ab. »Ach, du kennst doch Melanie. Gib ihr ein paar Tage – sie wird es sich anders überlegen.«

Ich schüttle den Kopf. »Da gibt es nichts mehr abzuwarten. Ich bettle niemanden an, mit mir auszugehen. Wir sind beide erwachsen. Wenn Mel genau jetzt mit mir zusammen sein wollte, dann wäre sie es auch. Ich bin zu alt, um solche Spielchen zu spielen. Vielleicht will sie, dass ich ihr nachlaufe, aber ich bin kein Typ für die Jagd. Ich bin kein Raubtier, und sie ist keine zitternde Gazelle auf der Flucht.«

»Da hast du verflucht recht. Meine kleine Schwester ist eher wie ein Gepard. Wenn sie will, kann sie in ziemlich kurzer Zeit einen ziemlich großen Schaden anrichten.«

»Sie ist viel sturer als ein Gepard. Sie ist eher ein Nashorn.« Ein ziemlich attraktives Nashorn. Aber das ist nicht mehr mein Zuständigkeitsbereich. Ich trinke mein Bier aus, halte die leere Flasche hoch und nicke dem Barmann zu. Er nickt zurück.

»Du gibst sie aber doch nicht auf, oder?«, fragt Shawn.

»Was soll ich sagen? Ich liebe sie, und ich dachte, sie liebt mich auch, aber sie will keine – oder ist nicht fähig für eine – Beziehung. Das hat sie gezeigt, indem sie erst ausgeflippt ist und mich dann weggestoßen hat.«

Shawn kratzt sich an der Nase. »Vielleicht braucht sie ein Zeichen oder so was. Eine von diesen großen romantischen Gesten. Die Mädels lieben so einen Käse.«

»Welche Mädels? Solche wie Shelby?«

»Vielleicht.«

Ich sacke auf meinem Stuhl zusammen. »Deine Schwester ist nicht so drauf. Wenn sie etwas will, dann holt sie es sich auch. Ich habe noch nie jemanden getroffen, der so wenig daran interessiert ist Spielchen zu spielen wie sie. Und das macht es alles auch so sinnlos. Nein. Wenn sie sich einmal zu etwas entschlossen hat, gibt es nichts, was ich tun könnte, um sie zurückzugewinnen. Und weißt du was? Ich sollte das verdammt noch mal auch nicht tun müssen.«

Shawn sackt ebenfalls auf seinem Stuhl zusammen. »Mist.«

»Ja. Ich muss sie vergessen.« Leichter gesagt als getan. »Also, lenk mich ab. Erzähl mir von Shelby und dir und großen romantischen Gesten.«

»Ich weiß nicht. Ich bin da selbst in einer komischen Lage. Du weißt ja, sie wollte, dass ich zu ihr runterfahre, um mal zu sehen, wo sie wohnt.«

»Zwinker, zwinker.«

Er grinst. »Ich weiß, aber es ist nicht nur das. Sie teilt alles, will, dass jeder das Leben in vollen Zügen genießen kann. Ich habe dir erzählt, dass wir in Vegas waren, stimmt's?«

Ich nicke, während ich mich dunkel an irgendetwas mit einem Privat-Jet erinnere. »Ja.«

»Sie hat sechsundzwanzig Riesen beim Roulette gewonnen und sie verschenkt. Sie ist rumgegangen und hat das Geld an Fremde verteilt – frisch Verheiratete, Obdachlose, Ausreißer. Aber sie hat das nicht gemacht, damit man sie bewundert. Sie wollte noch nicht mal ein Dankeschön hören, sondern tanzte einfach von der Ernsthaftigkeit ihrer Tat davon.«

»Hm.« Ihre Wohnung war schon ziemlich schön. Vielleicht ist sie in Wirklichkeit steinreich. Sie ist … Ariella hatte irgendetwas in der Richtung gesagt. Ob Shawn das weiß?

»Ich habe noch nie jemanden kennengelernt, der so großzügig ist, Blake.« Er lacht selbstbewusst. »Es ist zwar verdammt klischeehaft, aber wegen ihr wäre ich gern ein besserer Mensch. Also wie: Ich wäre gern erfolgreich, damit ich mehr Menschen helfen kann.«

Wow, Shawn mit ehrgeizigen Zielen?

»Ich bin wohl betrunken.«

Er haut mir auf die Schulter. »Ich verstehe es auch nicht. Ich weiß nur, dass es mir gefällt und dass ich mehr von diesem Gefühl haben will. Ich war die ganze Zeit dabei, als sie das Geld verteilt hat, und die Leute haben sich bei mir bedankt, als hätte ich etwas damit zu tun. Und ich *will* ein Teil von etwas Wichtigem sein. Habe noch nicht rausgefunden, was es ist, aber wann hat mich gesunder Menschenverstand jemals von etwas abgehalten?«

»Wann bist du so erwachsen geworden?«, murmele ich.

Er presst die Lippen zusammen. »Als mir klar geworden ist, dass ich lieber mit dieser einen einzigartigen Frau zusammen sein will, als all den hübschen Mädchen in New York nachzujagen.«

Tatsächlich weiß ich genau, was er meint. Nur hat mich in meinem Fall diese einzigartige Frau weggestoßen.

Und so, wie sie gestern vor ihren eigenen Gefühlen davongelaufen ist, ist sie am Ende vielleicht doch nur eins von all den hübschen Mädchen.

35. Kapitel

Melanie

Bailey stößt mich mit der Schulter an. »Ich bin froh, dass du mitgekommen bist.«

Ich bin mir nicht sicher, ob ich das ebenfalls finde, aber mir gelingt ein Grinsen. »Ich auch.«

Seit drei Wochen habe ich nichts mehr von Blake gehört.

Ich habe ihn einmal angerufen, aber wusste nicht, was ich auf seinen Anrufbeantworter sprechen sollte. Vielleicht wird er nie wieder meine Anrufe oder Nachrichten beantworten. Und was, wenn ich ihn nur noch durch Shawn wiedersehen werde – der meine Anrufe auch nicht beantwortet – und Blake mich dann verletzt oder wütend ansieht? Oder noch schlimmer, wenn er mich ansieht, als wären wir niemals ein Liebespaar gewesen?

Ich verdiene es, aber es macht mich fertig. Drei Wochen! Drei lange einsame Wochen, in denen ich so viel Eis in mich hineingestopft habe, dass mein Kater mich schon komisch angeschaut hat.

Der Witz daran? Ein kleiner Teil von mir hat wirklich geglaubt, ich bräuchte ihn nur anzurufen, er würde abnehmen, ich müsste zugeben, was für eine blöde Kuh ich gewesen bin, und dass er mir dann zwar zustimmen, aber vergeben würde. Alles zwischen uns ist immer so einfach gewesen, dass ich wohl davon ausgegangen bin, sich wieder zu vertragen wäre es ebenfalls.

Und als er meine Entschuldigung nicht angenommen und mich nicht mehr angerufen hat, hat sich dieser Teil von mir in ein schwarzes Loch voll mit Schmerz verwandelt. Ich sollte es akzeptieren und ihn in Ruhe lassen. Ich habe es versucht.

»Melanie! Wie geht's dir?« Jack stellt einen Wodka-Orange vor mir auf den Tisch, ein Bier für Bailey und etwas Blaues für Sarah.

»Mir geht's gut. Danke, dass du uns hier reingebracht hast.« Ich mache eine ausladende Geste über den VIP-Bereich.

Jack zwinkert Sarah zu, aber antwortet mir: »Kein Problem, ich kenne hier jemanden.«

Jack und Sarah werden voneinander angezogen wie die zwei Hälften eines Ganzen. Wenn sie zusammen sind, müssen sie sich berühren. Wenn einer von ihnen nicht am Tisch ist, suchen sie sich mit den Blicken und lächeln sich an. Normalerweise bin ich kein Freund von öffentlich zur Schau gestellter Zuneigung, aber diese zwei sind so über beide Ohren ineinander verliebt, dass es völlig natürlich wirkt.

Das erinnert mich an die Hoffnung, die ich in Florida hatte, die Hoffnung auf ein größeres Leben als das, zu dem meins zusammengeschrumpft gewesen war. Ich will dieses große Leben immer noch, diese große Liebe. Keine lauwarme Beziehung, die einfach nur nett ist und gut.

Ich will das, was Blake und ich hatten. Aber er hat seine Bedürfnisse auf schmerzvolle Weise deutlich gemacht.

Er will, dass ich ihn in Ruhe lasse.

Er will mich nicht sehen.

Ich habe es vermasselt.

Ich kippe meinen Drink hinunter und lasse den Alkohol statt Tränen in meiner Kehle brennen.

Bailey knurrt genervt und wirft ihr Handy auf den Tisch. »Reese will mich wegen der Thaddeus-Karikatur-Idee sehen, die ich Paulina gegeben habe. Sie gefällt ihm nicht, und er versteht sie nicht. Jetzt muss ich morgen ins Büro und versuchen, alles vor ihm zu rechtfertigen.« Das Komische ist, dass Bailey trotz des Ärgers, der aus ihren Worten klingt, strahlt, während sie redet. Sie und Reese sind ein großartiges Team und zwischen ihnen sind kaum Worte nötig, während andere nur reden und nicht handeln. Unglücklicherweise stehen ihnen die unausgesprochenen Dinge nun im Wege.

Bailey allein und frustriert zu sehen schnürt mir das Herz zusammen. Wenn meine großartige, beste Freundin niemanden finden kann, der zu ihr passt, welche Chancen habe ich dann? Nun, ich hatte den perfekten Mann schon und habe ihn vertrieben. Ich würde mir in den eigenen Hintern treten, wenn ich das könnte.

Ich nehme noch einen Schluck von meinem Drink.

»Scheiß auf die Arbeit.« Sarah rutscht von ihrem Stuhl. »Lasst uns tanzen.«

Wir folgen ihr auf die Tanzfläche.

Es ist voll und laut und genau das, was ich brauche. Wir lächeln und bewegen uns im Takt der Musik, und bald bin ich von den pulsierenden Bässen abgelenkt. Bailey schüttelt den Kopf, als ein Typ versucht, sie anzutanzen und schiebt ihn freundlich zur Seite, sodass sie weiter für sich tanzen kann.

Sie ist immer so stark gewesen, aber ihre kleine Ansprache in meinem Büro hat mir gezeigt, dass sie bereit dafür ist, die Liebe zu finden. Sarah und Jack sind wie füreinander gemacht. Ich dachte, das wären Blake und ich auch. Dass sie den Menschen gefunden haben, für den sie bestimmt sind, ist eine große Sache. Das gelingt den wenigsten von uns. Die meisten Menschen springen normalerweise von einer unpassenden Person zur nächsten, bis sie jemanden finden, mit dem sie ihr Leben verbringen. Ich weiß nicht, ob es tatsächlich so etwas wie Seelenverwandtschaft gibt, aber wenn ich Jack und Sarah zusammen sehe, glaube ich fast daran.

Und was, wenn wir nicht mit dem Menschen enden, für den wir bestimmt sind? Und wenn Blake und ich den Rest unseres Lebens getrennt verbringen, weil ich uns aufgegeben habe? Werden wir beide dann mit jemandem leben, der völlig falsch für uns ist? Oh Gott, am Ende lassen wir uns das Beste, was uns jemals passieren könnte, entgehen, weil wir Angst haben – oder weil ich aufgegeben habe.

Ich habe Angst, aber ich will auf keinen Fall, dass unausgesprochene Dinge mir im Weg stehen. Es ist nicht so, dass sich eine Zukunft voller strahlender Möglichkeiten vor mir auftut. Das mit Blake habe ich schon platzen lassen.

Manche Menschen suchen ihr ganzes Leben und finden niemals den einen, der zu ihnen passt. Ich hatte ihn gefunden. Ich hatte meinen einen Menschen gefunden, und ich habe ihn verloren – das tut höllisch weh.

Aber das heißt nicht, dass ich ihn nicht zurückbekommen kann. Ich muss mich einfach mehr anstrengen.

Ich grinse und lasse mich vom Tanzen davontragen. Es ist Zeit, mein Leben radikal zum Besseren zu verändern.

Ich will Blake, aber es gibt ein paar Dinge, um die ich mich zuerst kümmern muss.

Es ist wirklich Zeit für mich, ein paar Dinge zu verändern.

***

Viel zu lange habe ich mich unter das Gebot einer strengen Selbstkontrolle gestellt – mich selbst dabei überwacht, nur innerhalb der vorgegebenen Linien zu malen. Nie außerhalb davon frei herumzulaufen, aus Angst, gesehen und beurteilt und nicht ernst genommen zu werden.

Scheiß. Drauf.

Beginne jetzt.

Warum tun wir uns das selbst an? Warum mache ich mir so viele Sorgen darum, was andere Menschen von mir denken könnten, auch wenn es diesen Menschen wahrscheinlich noch nicht einmal auffällt, wenn ich etwas Helleres tragen würde, weil die Farbe mich gut gelaunt macht? Warum habe ich gewartet, bis ich in einem anderen Bundesstaat war, um meine Brüste in der Öffentlichkeit herauszuholen? Na ja, dafür gibt es gute Gründe, aber bildlich gesprochen war ich doch verdeckt hinter Erwartungen. Und die führten nur dazu, dass ich mich so in die Enge getrieben fühlte, dass ich mich von dem Menschen getrennt habe, den ich eigentlich wollte, nur weil ich dachte, ich müsste das tun.

Weil ich dachte, ich wäre nicht genau der Mensch, den er braucht. Weil ich arrogant genug war zu glauben, es wäre zu seinem Besten. Auch das war getrieben von der verunsichernden Vorstellung, wie das mit uns nur andauern kann, wenn er so großartig ist und ich einfach nur ich bin.

Wir alle brauchen jemanden, der sich besondere Mühe gibt, um für uns der beste Mensch zu sein. Jemanden, der sich genug sorgt, um gut zu uns zu sein. Um uns zu lieben, wie wir sind. Blake kennt mich. Ich meine, wie wahnwitzig ist es anzunehmen, er wüsste nicht, dass ich unnachgiebig und stur sein kann? Sogar im Urlaub musste er mich überreden, aus meiner Muschel herauszukommen, hat behutsam meine Grenzen immer weiter hinausgeschoben. Dabei konnte ich genau die sein, die ich sein wollte.

Er hat sich nicht in eine Frau verliebt, die gar nicht existiert. Ich konnte bei ihm ich selbst sein, und er hat mich in allen meinen Facetten angenommen.

Du hast verdammt nochmal recht, ich lasse ihn nicht gehen.

In einem schwarzen Bleistiftrock und einem fließend fallenden, silbergrünen Oberteil, das ich an meinem letzten Tag in Florida mit Shelby zusammen gekauft habe, gehe ich mit festen Schritten ins Büro hinein. Das Top kaschiert zwar nicht jede körperliche Unzulänglichkeit – was ich normalerweise von einem Oberteil erwarte –, aber es macht mir gute Laune. Ich habe es gekauft, obwohl ich dachte, dass ich es wahrscheinlich niemals tragen würde.

Jetzt sind mir meine eigenen Gefühle wichtiger als die Frage, wie andere mich sehen. Vielleicht hätte ich in einem schwarzen Top ästhetisch ansprechender gewirkt auf die Fremden in der Bahn, aber zum Teufel mit ihnen! Der einzige Mensch, den ich beeindrucken *muss*, bin ich selbst. Zickig und ungnädig mit mir selbst zu sein ist so was von vorgestern.

Ermächtigung ist ein zäher Kampf – zu wissen, wofür man kämpft und dann den Mut aufzubringen, auch wirklich zu kämpfen. Ein wichtiger Teil dabei, mein Leben selbst in die Hand zu nehmen und die Kontrolle darüber zu haben ist zu wissen, wann man den Dingen ihren Lauf lassen sollte.

Wegen des Überfalls habe ich alles getan, was ich konnte. Ich habe noch mal bei der Polizei nachgehakt und gestern Abend habe ich mich für Jiu-Jitsu-Stunden angemeldet. Werde ich mich deswegen in eine Ninja verwandeln? Nein. Aber sollte irgendjemand nochmal versuchen, mir dumm zu kommen, werde ich wissen, dass ich nicht hilflos bin. Ich werde in der Lage sein zurückzuschlagen.

Mir war nicht bewusst, wie sehr diese Sache auf mir lastete, bis ich nach der Terminvereinbarung für die erste Unterrichtsstunde auflegte und in Tränen ausbrach. Sie wirkte kathartisch – eine Befreiung, eine Erleichterung. Das war eine gesunde Lektion zum Thema Kontrolle.

Aber was ich jetzt brauche, ist fast das Gegenteil.

Ich verlangsame meinen Schritt auf dem Weg zu Valeries Büro.

Dieser Kampf ist nicht ganz so eindeutig. Mein Ziel ist nicht, dass Thaddeus gefeuert wird. Wenn er es nicht mehr mit mir macht, könnte er jemand anderen einschüchtern.

Ich streiche mir über meinen Rock und klopfe an die Tür.

»Herein.«

Ich betrete den Raum und lächle Valerie an, die hinter ihrem riesigen Tisch aus Walnussholz sitzt. Sie trägt einen cremefarbenen Leinenanzug, der aus irgendwelchen Gründen keine einzige Falte wirft. Ihr goldbraunes Haar ist nach hinten frisiert und bringt ihre ausgeprägten Wangenknochen und das ungeschminkte Gesicht zur Geltung. Sie ist eine hübsche Frau in den Fünfzigern, mit einem freundlichen, intelligenten Blick und Augen wie Sophie Loren.

»Melanie, nimm Platz. Wie läuft es an der Front?«

Treffend gesagt. Ich setze mich auf den Ledersessel und suche nach den richtigen Worten. Ich bin aus zwei Gründen in ihrem Büro, und es ist wichtig, in welcher Reihenfolge ich sie anspreche. Meine Beschwerde wird auf jeden Fall Spannungen auslösen. Auf der anderen Seite bin ich nicht mehr bereit zu ertragen, wie Thaddeus austeilt. Spannungen hin oder her, ich muss mir das von der Seele reden, und ich muss das als Erstes tun.

»Ich möchte mit dir über Thaddeus sprechen.«

Sie runzelt die Stirn. »Oh?«

»Obwohl er technisch gesehen die Grenze zum offiziellen Beschwerde-Gebiet nicht überschritten hat, hat er mich schikaniert. Nun ja, eher im Sinne von Vorhaltungen machen, aber …«

»Was genau hat er gemacht?«

Ich berichte Valerie, zeige ihr einige seiner E-Mails, in denen er sie nicht in Kopie gesetzt hat. Es ist, als hätte ich ein Geschwür aufgestochen. Mehr und mehr kommt aus mir heraus, bis ich allen Dampf abgelassen habe. Einfach nur auszusprechen, was er gemacht hat, erleichtert mich.

»Ich bin nicht hierhergekommen, um zu verlangen, dass er entlassen wird oder einen Verweis bekommt. Aber ich kann nicht mehr akzeptieren, dass er mich wie seine persönliche Assistentin behandelt, und ich habe genug von der abfälligen und herablassenden Haltung, die er mir gegenüber einnimmt. Seine Nachrichten verschwenden meine Zeit und Energie. Und die könnte ich besser dafür einsetzen, mich mit Unternehmensthemen zu befassen, die tatsächlich auf der Tagesordnung stehen.«

Valerie lehnt sich in ihrem Stuhl zurück. »Und was willst du? Mediation?«

»Dafür wäre ich auf jeden Fall offen. Ich will keinen Konflikt. Ich habe sehr gerne hier gearbeitet, bis er gekommen ist. Vielleicht liegt auch nicht alles an ihm – vielleicht war es auch der Zeitpunkt –, aber etwas sollte sich ändern. Wenn wir uns alle zusammensetzen könnten, um diese Probleme gemeinsam zu lösen, bin ich absolut bereit mitzumachen.«

Valerie schüttelt den Kopf. »Das wird nicht nötig sein. Mir scheint, dass grundsätzlich einer von euch beiden gehen muss.«

Mir rutscht das Herz in die Hose. »Ich verstehe.«

»Ich glaube nicht. Thaddeus ist derjenige, der das Gebäude verlassen wird, nicht du.«

»Was?«

Sie lächelt. »Auf gar keinen Fall werde ich eine meiner besten Mitarbeiterinnen gegen eine Nervensäge wie Thad eintauschen. Du bist nicht die Erste, die sich über ihn ärgert – oder auch Schlimmeres. Ehrlich gesagt war das seine letzte Chance, und nun wird er entlassen.«

»Ernsthaft?« Ich bin eine ihrer besten Mitarbeiterinnen? Stolz wärmt mir die Brust.

»Ja.«

»Nicht dass ich schlafende Hunde wecken möchte, aber: warum?«

Valerie seufzt.

»Das muss innerhalb dieser vier Wände bleiben, aber ich habe ihn nur seinem Vater zuliebe eingestellt. Wir beide kennen uns noch aus dem College, und jemand musste ihm den Gefallen tun. Ich war ihm noch etwas schuldig, weil … Nun ja, ist auch egal, wofür. Es reicht wohl zu sagen, dass ich ihm noch etwas schuldig war. Aber ich liebe dieses Unternehmen und ganz gleich, wie gut ich mit seiner Familie irgendwann einmal befreundet gewesen sein mag, ich will nicht tatenlos zusehen, wie jemand einen Haufen dort hinsetzt, wo ich esse.« Sie zwinkert mir zu, als ich sie erschrocken ansehe. »Unter uns gesagt, ich habe Thaddeus' E-Mails auch satt. Ich brauche Mitarbeiter, bei denen ich nicht ständig Händchenhalten muss.«

Ich habe ein flaues Gefühl im Magen, aber ich bin entschlossen, auch in der zweiten Sache voranzukommen, wegen der ich hier bin. »Valerie, ich wollte außerdem noch mit dir besprechen, ob ich in eine andere Abteilung wechseln kann.«

»Du machst dich sehr gut im Personalbereich. Hast du dir etwas Bestimmtes vorgestellt?«

Ich schlucke.

»Die Redaktion. Vielleicht Reportagen. Ich weiß, dass es anders sein wird als das, was ich kenne, aber ich denke, ich habe die Fähigkeiten dafür. Ich arbeite sehr genau und sorgfältig, und ich kenne die Mitarbeiter besser als jeder hier, sodass du dir keine Gedanken darüber machen musst, eine neue Mitarbeiterin in das Team zu integrieren.« Meine Zehen haben sich zu einem Klumpen verknotet. Ich will diesen Job.

Sie blinzelt. »Mir haben deine Ideen sehr gefallen, die du während deines Urlaubs vorgeschlagen hast. Jayla wird in den Mutterschutz gehen, wie du aus ihrer Akte weißt. Und wenn es mit der zuletzt geplanten Expansion gut läuft, wird die Redaktion jemanden wie dich gut gebrauchen können.« Sie kneift nachdenklich die Augen zusammen und klopft mit ihrem Stift auf den Tisch. »Ich bin stolz darauf, ein Unternehmen gegründet zu haben, das mit der derzeit so schnelllebigen Welt mithalten kann.«

Wenn sie mir diesen Job geben würde, wäre ich auch dabei, in der ersten Reihe, würde mich zur Abwechslung mal unter die Leute mischen. Aber noch wichtiger als das: Ich würde Inhalte schaffen. In einer Welt von Verbrauchern will ich gern schöpferisch sein.

Ich zucke mit den Achseln und versuche, eine ungezwungene Miene aufzusetzen. »Ich bin es schon gewohnt, Feuerwehr zu spielen. Ich will das machen, Valerie.«

Sie lächelt. »Lass uns mal sagen, Jaylas Mutterschutz ist deine Probezeit, damit du siehst, ob es dir gefällt – und ob du mich beeindrucken kannst.«

Ob? Sie hat keine Ahnung, zu was ich fähig bin, wenn ich mich voll und ganz für etwas einsetze.

»Ich werde dich nicht enttäuschen.«

36. Kapitel

Blake

Siebzehn Minuten.

Ziggys knochige Knie ragen aus seinen khakifarbenen Shorts heraus. Es ist merkwürdig: Er macht so viel Sport und hat einen gut durchtrainierten Oberkörper, aber seine Beine sind blass und dürr.

Er legt seine Fingerspitzen aneinander. »Ich meine, es ist ja nicht so, dass wir finden, du hättest dir keine Pause verdient. Jeder braucht mal eine Pause. Aber was ist eine Pause?«

Fern nickt. »Wenn man das Gefühl hat, man muss eine Pause vom eigenen Leben machen, dann läuft etwas grundlegend falsch auf der zellularen Ebene, und man muss etwas ändern. Die Energie wachrütteln.«

Mein Blick fällt wieder auf die Uhr. Achtzehn Minuten.

Seit achtzehn Minuten läuft diese merkwürdige Hippie-Konfrontation wegen meines Urlaubs.

»Richtig, und genau das habe ich getan«, sage ich. »Ich bin in den Urlaub gefahren, um Energie wachzurütteln und meine Batterien aufzuladen. Ich lag ein bisschen in der Sonne, habe etwas Sport getrieben«, – mich verliebt –, »und hier bin ich, wieder zurück, genau zum vorher vereinbarten Zeitpunkt.«

»Genau.« Fern spricht mit tonloser Stimme und weicht meinem Blick aus.

Was haben die beiden für ein Problem?

»Hat keiner eurer anderen Physiotherapeuten jemals frei genommen, um einen zweiwöchigen Urlaub zu machen? Ich meine, ich bin ja nicht einfach abgehauen, ohne es anzukündigen, und habe die Patienten im Stich gelassen. Wir haben alles einen Monat bevor ich gegangen bin besprochen, also wussten alle frühzeitig Bescheid.«

Ziggy wippt auf seinem Stuhl vor und zurück. »Die Sache ist die: Du hast eine Pause gebraucht. Aber was ist mit deinen Patienten? Du trägst die Verantwortung, für sie da zu sein. Sie brauchen dich. Sie brauchen dich, für eine Pause von ihren Schmerzen, und vielleicht musst du dieses Bedürfnis einmal gegen dein eigenes abwägen. Was ist das bedeutendere Gut? Ich frage mich oft selbst: Was tue ich, damit aus der Welt ein besserer Ort wird? Was kann ich tun, um die Zustände für viele Menschen besser zu machen? Lasse ich zu, dass mein Egoismus meinen Verantwortlichkeiten im Weg steht?«

Und das von einem Typ, der sich einmal wahnsinnig aufgeregt hat, als ich einen zusätzlichen Tag unter der Woche arbeiten wollte – freitags. Nur dass damals seine Ansprache gewesen war: Lasse ich zu, dass mein Egoismus den Entfaltungsmöglichkeiten der anderen Therapeuten im Weg steht? Muss ich derjenige sein, der den Leuten hilft, oder ist den Patienten eher geholfen, wenn sich ein anderer Therapeut um sie kümmert?

Ziggy seufzt. »Wir möchten Leute, die hier sein wollen. Darum geht es uns am Ende des Tages.«

Die Heuchelei ist schon verblüffend. Vielleicht kann ich sie mit ihren eigenen Waffen schlagen, auf eine Weise, die sie verstehen.

»Aber ist es nicht auch so, dass man erst wirklich zu schätzen weiß, was man hat, wenn man einmal weggeht, um etwas Abstand und Klarheit zu bekommen?« Es gibt mir einen Stich ins Herz, weil ich an Mel und mich denken muss.

Sie hat mir Nachrichten hinterlassen, die ich noch nicht einmal abhören konnte. Allein der Klang ihrer Stimme würde mich fertigmachen. Ich will mir nicht anhören müssen, warum sie mich nicht will.

Ziggy lehnt sich in seinem Stuhl zurück, seine Augen weiten sich. »Weißt du, du hast recht. Das ist ein sehr guter Punkt.«

Fern wirft Ziggy einen kurzen Blick zu. »So haben wir es noch gar nicht gesehen. Aber ich fühle immer noch eine gewisse Anspannung bei dir, Blake. Du solltest zur Einstimmung einen Termin bei mir oder Ziggy machen.«

Ziggys Augen leuchten auf. »Hey, nächstes Wochenende findet einer unserer Workshops statt, das wäre bestimmt interessant für dich.«

Es gibt höchstens drei Dinge auf der Welt, an denen ich noch weniger Interesse habe als an ihren sektenhaften Wochenendkursen. Ich habe ihre Namen und die Titel ihrer Kurse einmal aus professionellem Interesse an meinen Kollegen im Internet eingegeben. Da habe ich ziemlich viele Seiten gefunden, auf denen Leute die Kurse als Schwindel und Sektenveranstaltung bezeichneten und ihr Geld zurückwollten.

»Wow, ich bin geschmeichelt.« Und entsetzt.

Selbst wenn ich an diese Energie-Geschichten glauben würde, von denen sie ständig sprechen, könnte ich diese beiden Heuchler doch niemals auch nur in die Nähe meines Chakras lassen! Wer weiß, was sie mit mir anstellen würden? Ich finde nicht, dass sie wirklich schlechte Menschen sind, aber ich weiß, dass sie in erster Linie ihren eigenen Vorteil im Auge haben. Wenn es beim Arbeiten mit Energiekreisläufen darum gehen soll, anderen zu helfen, sind ihre Absichten nicht so edel, wie sie immer tun, und das widert mich am meisten an.

»Ich würde wahnsinnig gern teilnehmen. Aber wie ihr schon selbst gesagt habt: Ich habe eine Verantwortung den Patienten gegenüber, die sich vielleicht übergangen fühlten, während ich im Urlaub war.« Ihre Worte, nicht meine. »Ihre Bedürfnisse muss ich über meine stellen.« Ich kann es kaum erwarten, bis ich hier endlich kündigen kann.

»Dagegen ist nichts einzuwenden.« Fern wirft einen Blick auf die Uhr. »Nun, du bist schon zwanzig Minuten zu spät dran für den nächsten Patienten. Beeil dich lieber. Ich hoffe wirklich, dass du deine Selbstfürsorge ernst nimmst. Du willst ja nicht mit vierzig ein Burn-out haben, weil du zu viel arbeitest.«

Verdammt nochmal. Zuerst bin ich ein Blödmann, weil ich im Urlaub war, und jetzt bin ich ein Blödmann, weil ich zu viel arbeite.

Wenn sie nicht beschlossen hätten, mich für diese idiotische Besprechung in ihr Büro zu schleifen, wäre ich nicht zu spät dran. Bei solchen Leuten kann man nur verlieren. Sie kriegen dich mit ihren guten Absichten und machen dich dann mit ihrem Mist fertig.

Bei der ersten Gelegenheit bin ich hier weg.

Ich schließe die Tür hinter mir und gehe schnell in die Teeküche, wo ich einen großen Schluck Wasser trinke und mir wünsche, es wäre etwas Destilliertes. Fern und Ziggy würden selbst den Dalai Lama dazu bringen, sich zu ärgern. Ich habe schon genug Stress in meinem Leben, und ich brauche es nicht, dass die beiden mir ständig im Nacken sitzen. An Samstagen sollten sie noch nicht einmal hier sein. Wenn sie ihre Terminpläne anschauen würden, damit sie da sind, wenn ich es auch bin … Nein, ich muss hier raus.

Die neue Mitarbeiterin am Empfang, Laina, ist eine Verbündete. Sie ist hier auch nicht glücklich. Sie behandeln sie kaum besser als zuvor Sarah. Ich werde sie heimlich ermuntern, mir in absehbarer Zeit keine Patiententermine mehr zu machen. Dann können Fern und Ziggy ja denken, dass niemand zu mir will, und werden vielleicht froh sein, wenn ich gehe.

Ich glaube nicht unbedingt daran, dass sie in der Lage sind, Energieströme zu beeinflussen, aber ich will nicht, dass sie es auf mich abgesehen haben, nachdem ich hier weg bin. Es ist den Ärger nicht wert, um die Tür zu diesem Kapitel meines Lebens offen zu lassen.

Die Tür zu Fern und Ziggys Büro ist immer noch geschlossen, als ich aus der Küche komme. Wahrscheinlich machen sie gerade irgendwelche Shanti-Übungen oder sind mit Paar-Meditation beschäftigt. Ich beeile mich, zum Empfangstresen zu kommen, wo Laina gerade einen Stapel Unterlagen sortiert.

»Hey, Laina.«

Sie fährt erschrocken zusammen. »Blake! Ich habe deine neue Patientin das Anmeldeformular ausfüllen lassen und alles so lange, wie möglich hinausgezögert, aber sie schien ziemlich aufgeregt zu sein, weil sie so lange warten musste. Ich habe sie in Zimmer drei gesteckt und ihr gesagt, sie soll sich schon mal ausziehen und sich unter das Laken legen und dass du gleich kommen würdest.« Sie sieht mich mit leicht panischem Blick an. »Aber das war vor fünfzehn Minuten!«

»Oha.« Ich halte eine Hand hoch. »Mach dir keine Sorgen deswegen. Fern und Ziggy haben meinen Terminplan durcheinandergebracht mit einer ihrer kleinen Gesprächsrunden. Entspann dich. Ich sage –«, ich schaue auf das Anmeldeformular, »… Mae, dass ich noch mehr Öl holen musste oder so etwas.«

»Vielen, vielen Dank für dein Verständnis.« Lainas Erleichterung ist fast schon lustig – oder wäre es, wenn ich nicht wüsste, wie hart sie arbeitet.

Ich sehe mich um, um sicher zu sein, dass wir allein sind.

»Hör mal, Laina. Ich werde hier nicht mehr lange arbeiten und wollte dich bitten, keine Termine mehr für mich auszumachen, für, na ja, für immer. Nach heute bin ich hier weg. Ich weiß, dass das mehr Arbeit für dich bedeutet, und das tut mir leid, aber ich muss hier raus.«

Sie nickt. »Ich freue mich nicht, dass du gehst, aber ich kann's dir nicht verdenken.«

»Warum kündigst du nicht auch? Du hast doch einen Abschluss in Psychologie, oder?«

Sie nickt. »Aber noch keinen Doktortitel. Es reicht immerhin dafür, dass ich mir um jeden, der hier arbeitet, Sorgen mache.«

Ich schnaube. »Ich gehe jetzt besser mal rein zu meiner Patientin. Aber nimm dir meine Kontaktdaten mit. Und solltest du hier auch rauswollen, ruf mich an. Ich kann zwar nichts versprechen, aber ich habe viele Kontakte und kann dir vielleicht helfen etwas zu finden, wo man nicht das Gefühl hat, sich den ganzen Tag selbst ins Gesicht schlagen zu müssen.«

Sie seufzt. »Das klingt zu schön, um wahr zu sein.«

»Alles ist möglich. Man muss es nur wollen.«

Sie reicht mir einen Stift. »Und jetzt verschwinde, gemeiner Verführer.«

Ich lege das Anmeldeformular auf einem Tisch vor dem Raum ab und lockere meine Finger, während ich es überfliege. Mae Bells Krankengeschichte ist ziemlich unkompliziert: keine Unfälle, kein Trauma, nur reguläre Verspannungen wegen ihrer Arbeit am Schreibtisch.

Viele meinen, dass Menschen, die körperlich arbeiten, mehr

Probleme haben als Leute am Rechner. Aber die, die den ganzen Tag nur an einem Tisch sitzen und ihren Oberkörper drehen, sind in der Regel in schlechterer Verfassung als jeder Bauarbeiter, den ich behandelt habe. Sportler sind nochmal eine andere Geschichte.

Ich lockere ein letztes Mal mein Handgelenk, dann klopfe ich an die Tür und warte einen Moment auf eine Antwort.

Stille.

Ich verdrehe die Augen. Sie hat jetzt fünfzehn Minuten auf einer Liege gelegen, zur Mittagszeit. Wahrscheinlich ist sie eingeschlafen. Es wäre nicht das erste Mal. Die Leute suchen nach Entlastung, bevor sie hierherkommen, um mich zu sehen. Das ist gut – das sind die Patienten, die bereit sind mitzuarbeiten und die Linderung brauchen.

»Mae?« Ich gehe hinein und schließe die Tür hinter mir.

Sie sieht in die andere Richtung, aber sie liegt unter dem Laken. »Sei nicht sauer«, sagt sie.

Ein Schlag wie von einem Elektroschock fährt mir durch den Körper.

Melanie Walker dreht sich zu mir, das Laken um ihren Körper gewickelt. »Hi.«

37. Kapitel

Melanie

Sein schockierter Blick verwandelt sich in einen skeptischen Gesichtsausdruck. Und plötzlich fühlt sich alles ganz schlecht an und nicht mehr wie die grandiose Idee, die es noch vor einer halben Stunde zu sein schien.

Ich habe mich unter Vortäuschung falscher Tatsachen hier eingeschlichen, weil er meine Anrufe nicht angenommen hatte. Ich hatte geplant, von der Liege aufzuspringen und ihn damit so zu erschrecken, dass genug Zeit wäre, um alles zu erklären – und dass ich die Tür mit meinem Körper blockieren würde, falls notwendig.

Mir kamen erste Zweifel, als er nicht gleich im Behandlungsraum erschien, und ich war sicher, dass meine Tarnung aufgeflogen war. Ich fragte mich, ob er mich hier in meiner Unterwäsche liegen lassen würde, ohne mir die Gelegenheit zu geben, etwas zu erklären. Aber ich wollte auf keinen Fall gehen, bevor ich nicht mit Sicherheit wusste, dass er mit mir fertig wäre und nachdem er mich angehört hätte.

Jetzt ist alles auf schreckliche Weise Wirklichkeit geworden.

Wenn ich mein Herz ausschütte und er weist mich zurück, dann war es das. Ich werde seine Gefühle respektieren und ihn in Ruhe lassen. Ich muss nur die Worte herausbekommen. Das klingt viel leichter, als es ist.

Mit den Fäusten halte ich das Laken fest umklammert. Es saugt den Schweiß aus meinen Handflächen auf. Mein Puls rast, Adrenalin und Angst bringen meinen Verstand an den Rand des Wahnsinns, und meine Zunge fühlt sich an wie gelähmt. Sein einzigartig frischer, männlicher Geruch scheint den Raum auszufüllen, und mir wird ein bisschen wärmer, obwohl mir die Angst durch die Adern rauscht. Wie lange ist es her, dass wir uns berührt, uns geküsst haben? Fühlt er die Anziehungskraft zwischen uns? Sie ist kein bisschen schwächer geworden. Diese Kraft, sie zieht …

Er verschränkt die Arme.

Na gut, vielleicht wird die Kraft von seinem Ärger gedämpft. Aber er stürmt auch nicht raus, und ich klammere mich an diese Tatsache wie an ein Rettungsboot.

Jetzt oder nie.

»Das ist also der Hippie-Ort.«

Er presst den Kiefer zusammen.

»Es ist ganz hübsch«, sage ich. »Ich meine nicht die Hippies, aber zumindest sind die Räume schön.« Ich konzentriere mich auf die Kristalle, die auf einem kleinen Tischchen liegen, und die Art, wie das Kerzenlicht sich in den Steinen bricht.

Ernsthaft? Du redest über die Einrichtung? Und als Nächstes das Wetter?

Verdammter Mist.

»Wie geht es dir?«, frage ich.

Seine Augen werden schmal. »Das ist alles, was du mir zu sagen hast?«

»Nein. Nicht mal annähernd. Gott, ich bin so nervös.«

Ich verstehe den Ausdruck in seinen Augen nicht. Normalerweise kann ich in ihnen lesen und seine Stimmungen erkennen, als wären sie in mein eigenes Herz geschrieben.

Jetzt gerade sind sie für mich verschlossen. Das fühlt sich an, als würde sich eine gezackte Klinge in meine Brust bohren, und all das wegen der Art, wie ich ihn behandelt habe. Ich habe seinen Ärger genauso verdient wie er eine Erklärung.

Er gibt mir gar nichts, und das ist nur fair. Es liegt alles an mir.

»Es tut mir leid. Was ich getan habe, war unaussprechlicher Mist. Du hast nichts falsch gemacht. Gott, dein Lunch war so süß und aufmerksam. Du hast mich auf dem falschen Fuß erwischt, aber das ist keine Entschuldigung. Dass du für uns Reservierungen gebucht hast, war großartig. Es bedeutet, dass du mehr Zeit mit mir verbringen wolltest. Ich hatte das Gefühl, als wäre ich das nicht wert. Die Wahrheit ist, ich will zwar deine Beziehung zu meiner Familie nicht zerstören, aber das ist nicht der Kern der Sache. Es klang edel und hat den Fokus auf äußere Dinge gelenkt, anstatt dass ich auf mich selbst geschaut habe. Ich habe meine Unsicherheiten gegen uns verwendet.«

»Da hast du ganze Arbeit geleistet.«

»Stimmt. Aber es lag nicht an dir oder an etwas, was du getan hast.«

Der Muskel unter seinem linken Auge zuckt.

Ich lasse seinen Blick nicht los. »Ich habe dich zurückgestoßen, weil ich Angst hatte, dich zu verlieren. Weil du herausfinden könntest, dass ich nicht die Person bin, die ich in Florida war. Ich habe sogar versucht, mir selbst zu sagen, dass es zu deinem Besten wäre, weil ich es vielleicht vermasseln würde. Oder weil du herausfinden würdest, wie ich wirklich bin, und das würde dich auch noch meine Familie kosten. Das war arrogant und nicht meine Angelegenheit. Du hattest recht, dass es nicht meine Aufgabe war, das Risiko, was du eingegangen bist, abzuschwächen. Das war deine Entscheidung. Dann habe ich dich deswegen verloren, und das war so ironisch und schrecklich, dass ich sofort wusste, dass ich es verbockt hatte. Aber mir ist klargeworden, dass ich die Person *bin*, mit der du in Florida gewesen bist, denn wer wir sind, ist eine Wahl, die wir treffen können. Die Person, die ich war, passt mir nicht mehr. Ich kann nicht in ihr Leben zurück. Ihr begrenztes, eingeengtes und langweiliges kleines Leben. Ich will mehr. Ich mag es, ungewöhnliche Dinge zu tun. Ich liebe es, etwas zu tun, ohne darüber viel nachzudenken. Ich bin noch ich selbst, aber die Angst ist fort. Du hast geholfen, das hervorzubringen, aber es war auch schon immer da. Ich hatte Angst, wenn ich dich brauche, um mich so zu fühlen, und wir uns trennen würden, dass ich dann nicht mehr wüsste, wer ich bin. Aber ich weiß, wer ich bin, und ich brauche nicht dich dafür, um dieser Mensch zu sein.«

»Ich will ja nicht unsensibel sein, aber: Was du nicht sagst?! Du warst an einem Nacktbadestrand, als ich dich getroffen habe. Du bist nicht gerade ein Mauerblümchen.«

»Ich fürchte, ich habe etwas länger gebraucht als du, um das zu verstehen. Selbst wenn du niemals wieder mit mir sprechen möchtest, ist es mir wichtig, dass du das weißt.« Mein Herz fühlt sich leichter an. »Ich will dich nicht verlieren, Blake. Ich brauche dich nicht – ich will dich. Du bist der einzige Mann, mit dem ich zusammen sein will, und ich weiß, dass ich nicht noch eine Chance verdient habe, um es zu vermasseln, aber hier bin ich und bitte dich trotzdem darum. Ich gebe alles für diesen letzten Versuch, um es wiedergutzumachen. Verzeihst du mir, dass ich der schlimmste Mensch der Welt gewesen bin?«

Bitte, lieber Gott. Bitte, bitte. Ich liebe ihn so sehr! Lass ihn mein Herz sehen und wissen, dass jedes Wort so gemeint ist.

Blake blickt zu Boden und seufzt. »Wir haben noch zwanzig Minuten.« Er spritzt sich etwas Öl auf die Hände und reibt sie aneinander, Unruhe strömt ihm aus allen Poren. »Ich muss nachdenken.«

Er will mich jetzt massieren?

Halt die Klappe. Es könnte das letzte Mal sein, dass er dich berührt. Leg dich hin, und nimm es an.

Ich sinke auf die Liege, froh, dass meine Tränen vor ihm verborgen bleiben, als ich mein Gesicht auf das Massagekissen lege, auch wenn ich sehen kann, wie sie durch das Loch auf den Boden tropfen. Das Laken wird von meinem Rücken gezogen, und kalte Luft tritt an seine Stelle. Blake hebt mein Haar von meinem Rücken hoch und keucht. »Was ist das?«

Ich schniefe. »Ein Tattoo.«

»Es ist ein Laubfrosch.«

Im Aquarell-Stil.

Ich nicke. »Wie in Marathon. Sie stehen für Verwandlung und das wahre Selbst. Sie bleiben immer sie selbst, auch wenn sie sich ständig verändern. Ich glaube, das ist etwas, was ich gut nachempfinden kann. Ich dachte, ich würde mich selbst verlieren, wenn ich mich zu sehr verändere, aber wer ich bin – mein innerster Kern –, bleibt immer dasselbe.«

Seine Berührung, die sich an den Rändern meines eine Woche alten Tattoos auf qualvolle Weise sanft anfühlt, verursacht mir eine Gänsehaut am ganzen Körper. Er ist so vorsichtig, es nicht direkt anzufassen, für den Fall, dass es wehtut. Ich kann nicht atmen, bis er seine Hand wegnimmt, und ringe dann nach Luft wegen des Verlustes.

»Du hast dich für mich tätowieren lassen?«

»Nein.« Mir sinkt das Herz in die Hose. »Ich wünschte, ich könnte lügen und sagen, dass es so war, aber tatsächlich habe ich es für mich selbst gemacht. Mir ist klar geworden, dass ich mich für mich selbst ändern muss – nicht für einen Mann oder einen Chef oder weil ich glaube, ich müsste andere Leute beeindrucken. Ich habe in den letzten Wochen viele Dinge getan, um mein Leben zurückzubekommen. Angefangen damit, der Mensch zu sein, der ich sein will. Mich in die Frau zu verwandeln, von der ich weiß, dass ich sie innen drin bin. Du hast mir geholfen, einen flüchtigen Blick auf sie zu erhaschen, aber ich wollte sie selbst aus dem Kokon herausholen.« Ich schniefe. »Vielleicht hätte ich mir lieber einen Schmetterling stechen lassen sollen, aber der Frosch hat sich einfach richtig angefühlt. Und das ist immer noch so. Du warst bereit, alles für mich aufzugeben. Ich weiß, nichts was ich sage, kann es besser machen, aber ich habe versucht, mich zu ändern. Versucht, mich besser zu fühlen.«

»Was hast du noch gemacht, um dich besser zu fühlen?«

»Ich habe meiner Chefin von dem Blödmann bei der Arbeit erzählt, der es zu seiner persönlichen Mission gemacht hatte, mir das Leben zur Hölle zu machen. Das war nicht leicht, weil meine Chefin diejenige gewesen ist, die Thaddeus eingestellt hat, und weil ihre Familien befreundet sind.«

Gott, Blake ist wahrscheinlich nichts gleichgültiger als das!

Seine Hände kneten meinen unteren Rücken, und ich schmelze auf dem Massagetisch. Er berührt mich wieder, und es sollte sich nicht so gut anfühlen. Es sollte mir keine Lust bereiten, selbst, wenn es auf diesem Weg geschieht, aber so ist es.

»Wie ist es gelaufen?«

Ich seufze. »Es ist eigentlich gut gelaufen. Ich habe sogar dafür plädiert, vom Personalbereich in die Redaktion zu wechseln. Ich habe die Stelle bekommen. Ihr haben die Artikelvorschläge gefallen, die ich während des Urlaubs geschickt habe.«

»Glückwunsch.«

»Thaddeus war ein Hauptgrund dafür, dass ich den Wohnungstausch gemacht habe. Größtenteils, weil ich ihm und seinem Mist entkommen wollte. Wie dem auch sei, das ist jetzt durch.«

Er tut etwas mit seinen Daumen entlang meiner Wirbelsäule, dass sich meine Zehen einrollen.

»Du hast gesagt, er war ein Hauptgrund, aber nicht der ganze Grund?«

»Ja. Seit ich zurück bin, habe ich auch noch einen Kampfsport-Kurs angefangen. Meine Schienbeine sind voller blauer Flecke, weil ich lerne, wie man jemanden abwehrt.«

Blake sieht sie sich tatsächlich an. »Die sind … Ich hoffe, du hast Eis darauf gelegt.«

Ich beiße mir fest auf die Lippe. »Ja.«

»Warum hast du dich für Kampfsport angemeldet?«

»Weil ich, bevor ich in den Urlaub gefahren bin, überfallen wurde.«

»Oh mein Gott!«

»Ich habe Anzeige erstattet und nochmal nachgefragt. Ich bin nicht verletzt worden oder so, es hat mich nur aufgewühlt. Aber als ich zurück nach Hause kam, wurde mir klar, dass diese Erfahrung ihre Wirkung entfaltet hatte und meine Schwierigkeiten mit Kontrollsituationen zurückgekommen waren. Nochmals, ich will nicht versuchen, meine Überreaktion zu rechtfertigen oder kleiner zu machen. Ich wollte nur, dass du weißt, dass ich ein paar Dinge unternommen habe, um mich zu ändern. Du meintest einmal, Taten sagen mehr als Worte, und ich will dir beweisen, dass ich … Nein, ich will ein besserer, stärkerer Mensch *sein*. Dass ich versucht habe, dich wegzustoßen, hatte mehr mit meinen eigenen Unsicherheiten zu tun als damit, dass ich dachte, besser zu wissen, was du brauchst.«

»Mein Gott, Melanie. Ich hatte ja keine Ahnung, unter was für einem großen Druck du gestanden hast.«

»Mel.« Ich setze mich auf und sehe ihn an, und die Tränen sind mir egal. »Nenn mich bloß nie wieder Melanie. Selbst wenn du mich nicht willst, werde ich immer deine Mel bleiben.«

»Ich dachte, Mel wäre ein Jungenname.«

Mir entschlüpft ein ungläubiges Quieken. Er scherzt mit mir? Heißt das etwa …?

Er schließt die Augen. »Ich verzeihe dir.«

»Was?«

»Ich liebe dich und verzeihe dir. Ich weiß, dass du manchmal ein sturer Bock sein kannst.« Er zuckt mit den Schultern. »Was soll ich sagen? Es macht das Leben spannender.«

Ich greife nach ihm, aber er stößt mich zurück und schüttelt den Kopf.

Ich bin so ein Idiot. Er hat gesagt, dass er mir vergibt, aber nicht, dass er auch mit mir zusammen sein will. Das war's. Ich habe den letzten Wurf gewagt, um das Spiel noch zu gewinnen, und er hat den Ball gefangen – aber auch zurückgeworfen.

Mein Herz wird schwer.

38. Kapitel

Blake

Sie nickt und steht auf, ohne mich anzusehen. »Ich verstehe. Du liebst mich und verzeihst mir, aber willst nicht mit mir zusammen sein. Solltest du jemals deine Meinung ändern …«

Sie denkt, ich weise sie zurück? Ich würde lachen, wenn ich atmen könnte. Sie könnte kaum falscher liegen. Jede Sekunde, seit wir uns in ihrem Büro getrennt haben, war für mich die Hölle. Ich war sicher, dass ich sie nie mehr in meinem Leben haben würde, und diese Vorstellung habe ich gehasst, mit jedem Atemzug mehr. Wenn sie denkt, dass sie genau jetzt hier rausläuft, muss ich sie eines Besseren belehren.

»Leg dich hin.«

»Was?« Ihre Stimme zittert – hoffnungsvoll vielleicht –, aber sie legt sich wieder auf den Bauch.

Es kostet mich meine gesamte Selbstbeherrschung, die Hände nur über ihren Rücken zu bewegen.

»Ich will dich jetzt so verdammt dringend küssen, Mel. Das kannst du dir nicht vorstellen.«

»Ich denke, ich habe eine Vorstellung.« Ihre Stimme klingt gedämpft durch das Kissen.

»Nein, das glaube ich nicht. Ich werde dich jetzt nicht küssen, denn wenn ich das jetzt tue, werde ich gefeuert und wahrscheinlich verhaftet, weil ich in der Öffentlichkeit über dich herfalle. Bei der Arbeit.«

»Oh.« Ihre Worte kommen heraus wie ein verdammtes Stöhnen, und ich bin schon hart.

»Ich werde nicht lügen und behaupten, was du getan hast, hätte mich nicht völlig erledigt. Aber wir sind keine Kinder mehr. Wir können mit allem fertig werden, was das Leben uns in den Weg wirft, solange wir miteinander sprechen und den anderen nicht ausschließen.« Ich ziehe das Laken ganz vom Tisch.

Ihr einfaches türkisfarbenes Höschen passt zum BH. Es fällt mir schwer, ihre Oberschenkel nicht zu fest zu kneten.

»Hast du noch viele Patienten nach mir?«

»Du bist meine letzte.«

Sie sieht mich über ihre Schulter hinweg an. »Willst du zu mir kommen?«

»Brauchst du noch eine Mitfahrgelegenheit nach Hause, Mel?«

»Du kannst mich doch nicht total heißmachen und mich dann allein mit der U-Bahn zurückfahren lassen, oder?« Sie öffnet ihre Beine, und ich sehe den dunklen Fleck, der ihr Höschen durchweicht.

»Scheiß drauf.« Ich werfe sie auf den Rücken und reiße ihr das Höschen herunter. Ich brauche diese Frau. Jetzt.

»Du wirst gefeuert oder verhaftet! Ist die Tür wenigstens abgeschlossen?«, keucht sie.

»Nein.« Ich verteile Küsse von ihrem Bauchnabel herunter bis zu ihrem dunklen Dreieck. »Also, versuche lieber nicht zu laut zu sein, Mel.«

Die Anspannung entweicht aus ihrem Körper mit meinem ersten, langsamen Lecken.

Ich habe vermisst, wie du schmeckst.

Ich habe dich vermisst.

Ich habe gehasst, was du getan hast.

Ich verzeihe dir ganz und gar.

Ich liebe dich.

Ich liebe dich.

Ich liebe dich.

Ich sage es ihr mit meiner Zunge.

Ihre Beine fallen auseinander, und während sich ihr Atem beschleunigt, bewegt sich ihr Unterleib immer schneller auf und ab. »Gott, ich will unbedingt kommen, aber ich kann nicht, Blake – nicht, wenn jederzeit jemand reinkommen könnte.«

Ich tauche zwei Finger in sie. »Das ist die erste und einzige Massage mit einem Happy End, die ich jemals geben werde.« Sie stöhnt, und ich bedecke ihren Mund mit meiner freien Hand. »Schhh, Baby, ich liebe dich.«

Anstatt meine Hand wegzuschieben, stöhnt sie noch einmal, nickt und fährt mit der Hand in meine Haare. Sie zieht mein Gesicht zurück in ihren Schritt, sorgt dafür, dass ich mich wieder in sie versenke und sie nochmal schmecke.

Ich bin steinhart in meiner Hose – mein Schwanz schmerzt, so hart ist er –, aber alles, was ich will, ist, dass Mel an meinem Mund kommt. Genau hier. Genau jetzt.

Ihre Hüften wogen, und ihr Kopf fällt nach hinten. Ich bewege meine Finger fest in ihr, genau an dem süßen Punkt, und poche gegen ihn. Dabei höre ich nicht auf zu saugen und zu lecken.

Ihr Orgasmus beginnt in ihrem tiefsten Inneren. Die Spannung ist um meine Finger zu spüren und geht durch ihren ganzen Körper, entfaltet sich wie eine Blume, die aufplatzt, bis sie in meine Hand stöhnt. Das Letzte, was sich bewegt, ist ihr

Kopf, sie lässt ihn in den Nacken fallen, lächelnd und mit einem tiefen Ausatmen.

Ich ziehe meine Finger aus ihr. Dann mache ich sie mit einem warmen Handtuch sauber und reiche Mel ebenfalls eins.

Sie lächelt schüchtern. »Danke. Ich kann kaum glauben, dass du das gerade getan hast.«

»Ich?« Ich beiße ihr sanft in die Schulter. »Du bist diejenige, die einen nassen Fleck auf meinem Tisch hinterlassen hat. Du Perverse.«

»Ich sollte dich bei den zuständigen Behörden melden.«

Ich reiche ihr das Höschen. »Zieh deine Hosen an, böses Mädchen. Ich sehe dich vor der Tür und dann nichts wie raus hier.«

***

»Du hast die Abfahrt zu meiner Wohnung verpasst«, sagt sie.

Ich lächle. »Ich weiß. Mir war so, als wärst du noch nie in meiner Wohnung gewesen.«

»Jersey, richtig?«

»Ja. Du kommst hier nicht oft raus?«

»Nicht wirklich.«

»Was ist das denn für ein Ton? Du bist doch kein Snob, oder?« Ich werfe ihr an der nächsten roten Ampel einen belustigten Blick zu.

»Nein. Aber es ist schon komisch, dass man irgendwo wohnen kann und die Umgebung eigentlich nicht besonders gut kennt.«

»Du arbeitest viel.«

Sie zuckt mit den Achseln. »Wahrscheinlich. Aber auch wenn man Urlaub hat, fährt man woanders hin. Normalerweise denkt man doch nicht daran, zu Hause zu bleiben und sich die Zeit zu nehmen, die Schönheiten um sich herum zu entdecken. Wann hast du das letzte Mal eine Aufführung angeschaut oder warst im Metropolitan Museum? Im Central Park? Warum lächelst du?«

Ich beschleunige und ordne mich in der nächsten Spur ein. »Ich hatte geplant, genau das zu tun. Hierzubleiben und ein paar neue Restaurants auszuprobieren. Zwei Wochen Tourist zu spielen, bevor ich wieder in die Tretmühle musste.«

»Und dann hat Shawn dich nach Florida geschickt.«

»Ja. Witzig, dass ich es gar nicht bedauere, die Schönheiten daheim ausgelassen zu haben.« Ich nehme ihre Hand, und sie streicht mit ihrer anderen Hand über meine Fingerknöchel.

»Ich würde ihm ja eine Abreibung verpassen, aber eigentlich bin ich ziemlich froh, dass er sich eingemischt hat.«

»Er ist ziemlich verknallt in Shelby.«

Ihr Kopf fährt herum, und sie starrt mich an. »Wirklich?«

»Vielleicht hatte er Angst, du würdest dich auch einmischen.«

Mel rutscht in ihrem Sitzt herum. »Da liegst du verdammt richtig. Das werde ich. Bei der ersten Gelegenheit.«

Ups. Tut mir leid, Shawn.

»Dann muss ich dich wohl besser richtig in Atem halten, stimmt's?!«

»Das klingt gut.«

Ich parke in meiner winzigen Einfahrt und wende mich Mel zu. Eine kleine Hoffnung wächst in meiner Brust. Es ist mir wichtig, dass ihr meine Wohnung gefällt.

»Hier lebst du?« Sie schnallt sich ab und steigt aus dem Wagen.

»Ja.«

»Hast du Mitbewohner?«

Ich lache. »Die Miete ist hier nicht ganz so gruselig hoch wie in der Stadt. Es ist nicht einfach, von hier zu pendeln, dafür bleiben die Preise im Rahmen. Also, hier wohne nur ich selbst.« Ich schließe die Tür auf und lasse sie in den Flur vorangehen.

Es ist eine Maisonettewohnung, eher lang und schmal als breit, aber sie hat eine gute Größe. Ich folge ihrem Blick und versuche, alles hier mit fremden Augen zu sehen.

Überall liegt Holzparkett, den psychodelischen Siebzigerjahre-Teppich habe ich herausgerissen. Die Wände im Flur und im Wohnraum sind in einem malvenfarbenen Ton gehalten – nicht meine Wahl, aber ich habe mich bis jetzt noch nicht entschieden, was ich lieber hätte. Und die Farbe lässt die Wohnung während der fiesen Winter heller wirken.

Mel streicht mit der Hand über die Lehne der schwarzen Couch in Wildlederoptik, dann geht sie weiter den Flur entlang, Richtung Küche. Hellblaue Wände, Arbeitsflächen aus Granit – eine erst kürzlich erfolgte Verbesserung, zusammen mit den Geräten aus rostfreiem Stahl – und neutrale Fliesen auf dem Boden.

Es gibt eine kleine Essecke, aber ich habe noch keinen Esstisch.

»Kein Tisch?« Sie dreht sich zu mir um.

»Nein. Ich esse meistens am Tresen im Wohnzimmer.«

»Hm.« Sie macht sich auf den Weg, um noch einen kurzen Blick ins Badezimmer zu werfen, und bleibt dann im Flur vor der letzten Tür stehen. »Was ist oben?«

»Mein Zimmer, Badezimmer, noch ein anderer Raum.«

Sie weist mit dem Kopf auf die verschlossene weiße Tür neben sich. »Gästezimmer?«

»Nein.« Ich nehme ihre Hände und presse sie gegen die Wand.

39. Kapitel

Melanie

Mein Herz erhebt sich. Wenn mein Höschen sich selbst ausziehen könnte, würde es das tun, denn ich will ihn jetzt in mir haben.

Aber er unterbricht sich und sieht mir tief in die Augen. »Ich liebe dich, Mel. Taten zählen für mich, und du hast keine Mühen gescheut, um mir das zu zeigen. Ich weiß das zu schätzen, und ich sehe dich. Ich sehe dich.«

Er taucht seine Zunge in meinen Mund, streicht mit ihr über meine Zunge, und lustvolle Schauer laufen mir über den Körper. Er lässt seine Hand über meine Rippen hinabwandern, streichelt meine Taille und landet schließlich auf meiner Hüfte. Er packt sie, ich kralle mich in seine Hose und presse mich gegen ihn.

Er sieht mich wirklich. Er kennt mich besser als irgendjemand sonst, und in dem Bewusstsein, dass wir gerade nochmal davongekommen sind und ich es wahrscheinlich nicht verdient habe, dass er mir verziehen hat, spüre ich ein verzweifeltes Verlangen, ihm näher zu sein.

Während ich seine Hose aufknöpfe und sie seine Beine herunterschiebe, spüre ich seine Lippen in meinem Nacken, die meine Haut mit sanften Küssen bedecken.

Blake zieht mir mein Shirt über den Kopf und öffnet meinen BH mit einer Hand. Langsam streift er ihn mir ab, während unsere Blicke sich die ganze Zeit nicht loslassen. Meine Nippel schmerzen beinahe, als er meine schweren Brüste umfasst, ich stöhne auf und dränge mich stärker in seine Hände.

Er lässt seine Zunge mit schnellen, spielerischen Bewegungen erst über meinen linken, dann über den rechten Nippel gleiten. Dann nimmt er ihn ganz in den Mund und saugt so fest, dass Wellen der Lust mich durchziehen, die direkt von dem Ort zwischen meinen Beinen zu kommen scheinen. Ich ziehe an seinen Schultern, bis er versteht, was ich will, und sich aufrichtet. Er ist steinhart und drängt mit den Hüften gegen meine Hand, während ich ihn durch die weiche Baumwolle seiner Boxershorts streichle.

Seine Schneidezähne graben sich in die Unterlippe, als ich ihn zu reiben beginne, leicht, aber schnell.

Ich küsse ihn auf den Mundwinkel. »Du bist so hart.«

»Ich bin hart, seit wir bei *Inner Space* waren.«

»Ich hätte mich für deinen Gefallen wirklich revanchieren sollen, als wir noch dort waren.«

Mit einer einzigen schnellen Bewegung packt er mich und wirft mich über seine Schulter. »Du hast recht.«

»Blake!«

Seine Hand landet mit einem lauten Klatschen auf meinem Hintern, und er reibt das brennende Gefühl weg, während er weitergeht.

Ich winde mich auf seiner Schulter. Das war … überraschend geil.

»Mir ist gerade aufgefallen, dass ich dir den wichtigsten Raum im Haus noch gar nicht gezeigt habe«, sagt er.

Ich grinse gegen seinen Rücken. »Die Bibliothek?«

Er dreht seinen Kopf zu mir und beißt mich in die Hüfte. Ich stöhne. »Das Schlafzimmer, Mel.«

Meine Füße landen sanft auf dem Boden, ich richte mich auf und warte einen Moment, damit mein Blut wieder aus dem Kopf fließt. Ich hätte mir keine Sorgen machen müssen. Das schwindelige Gefühl bleibt aus, denn all mein Blut ist in interessantere Körperregionen geflossen.

Er macht das Licht an, dreht mich um und schlingt seine Arme von hinten um mich, sodass ich mich im Raum umsehen kann.

»Und?« Er berührt sanft meinen Nacken. »Wie findest du es?«

Ich finde, du solltest mich darin vögeln.

Mein Blick gleitet durch den Raum, und ich nehme die in einem elegant beigefarbenen Ton gehaltenen Wände, den dunklen Holzboden und das Bett – perfekt hergerichtet mit den flauschigsten, weißen Decken, die ich je gesehen habe – in mich auf.

»Das ist ein sehr erwachsenes Schlafzimmer, Blake.« Ich dränge meinen Hintern gegen seinen Schwanz, und er schnappt nach Luft. »Es bringt mich dazu, dass ich sehr erwachsene Dinge mit dir machen will.«

Einen Arm nach wie vor um mich geschlungen, spreizt er mit der freien Hand meine Beine und schiebt seinen Penis durch die Lücke. Er reibt ihn unter mir entlang, bis er mit meinem feuchten Begehren bedeckt ist. Ich lehne mich an ihn und schaue herunter auf seine Spitze, die unter meinem Schamhaar hervorlugt, bevor sie wieder verschwindet. Er schiebt sich wieder vor, und ich schließe meine Hand um ihn, bis einige Liebestropfen aus seinem Schaft entweichen, die ich benutze, um ihn schneller zu reiben.

Er stöhnt auf und knabbert an meinem Ohrläppchen. »Ich brauche dich.«

Die Art, wie er sich an mir reibt, bringt mich fast um den Verstand.

»Ja. Gib mir eine Führung durch dein Bett. Am besten, verfickt nochmal, jetzt!«

»Ich dachte, du würdest nie fragen.« Er hebt mich hoch und setzt mich aufs Bett, bevor ich blinzeln kann.

Ich lächle. »Ich kann mich gar nicht erinnern, gefragt zu haben.«

Er grinst, reibt mich und verteilt meine Nässe überall, neckt mich damit, bevor er zwei Finger in mich hineinsteckt.

Mein Rücken wölbt sich und hebt meinen Hintern vom Bett hoch.

»Nette Mädchen fragen und sagen bitte, wenn sie etwas wollen.« Er grinst süffisant.

Ich lasse meine Hüften im Takt kreisen. »Willst du wirklich, dass ich ein nettes Mädchen bin?«

»Niemals.« Er beugt sich zu mir herunter und lässt einen süßen, fast keuschen Kuss auf meine Lippen fallen. »Ich liebe meine kleine, herrische Mel.«

Er nimmt seine Hand weg, um sich ein Kondom vom Nachttisch zu greifen. Ich streichele seinen Rücken, zeichne mit den Fingern leicht ungeduldige Muster, während er sich das Kondom überzieht.

Ich öffne die Beine weit für ihn, damit er sich zwischen ihnen niederlassen kann. Das tut er, aber er streicht zärtlich über mein Gesicht und sieht auf mich hinab, so voller Liebe, so voll von Gefühlen, so voller Sanftmut im Blick. Mein Herz nimmt all das auf und strahlt es zurück. Das meint man wohl, wenn man sagt: *Mein Herz ist zum Zerbersten gefüllt.*

Es sollte nicht möglich sein, so viel für einen Menschen zu empfinden. Wie kann ich das in Schach halten?

Das muss ich gar nicht. In der Liebe geht es nicht darum, zu nehmen und zu nehmen und alles aufzusaugen. Es geht darum, es anzunehmen und es dann an den anderen Menschen zurückzugeben.

Liebe ist nicht egoistisch. Und bei einer Liebe wie der unseren muss man die prachtvolle Last teilen. Es ist zu viel für einen Körper.

Ich drücke meine Hand an seine Wange. »Ich liebe dich so sehr.«

Sein zufriedener Gesichtsausruck bringt mich zum Lächeln.

Ich lächle immer noch, als er langsam in mich eindringt.

Es ist erst ein paar Wochen her, nicht Jahre, und doch ist es wie bei unserem ersten Mal. Eine freudige Wiederentdeckung unserer bis unter die Haut gehenden Verbindung.

Vielleicht liegt es an der Zeit, die wir getrennt waren, vielleicht daran, dass er von Verlangen gequält wurde, seit er mein Büro verlassen hat, aber ich brauche einen Moment, um mich auf die Art, wie er mich dehnt, einzustellen.

Ich liebe es, dass ich ihm nichts zu sagen brauche. Er kann es fühlen. Er weiß es. Er versteht und wartet.

Anders als beim ersten Mal kennen wir unsere Herzen und Körper. Er weiß genau, wie er sich bewegen muss. Ich weiß genau, wie ich meine Hüften neigen muss. Was wir fast verloren hätten, lastet einen Moment lang auf uns. Eine schmerzhafte Dringlichkeit nimmt unsere Hände und Lippen in Besitz und streicht flüsternd über unsere Körper. Wonne wird zu einem Bedürfnis, uns gegenseitig zu erforschen wird zu einem Anspruch, als ob wir unsere Seelen dem anderen auf die Haut prägen wollten, damit wir immer wissen werden, dass wir zueinander gehören.

Mit jedem Stoß, der in etwas Reineres übergeht.

Sanfte Seufzer, zarte Liebkosungen, tiefe langsame Stöße.

Es hat ein bisschen gedauert, aber wir sind angekommen. Und nichts wird jemals wieder zwischen uns stehen.

Wir machen Liebe, ohne Angst vor Zurückweisung, ohne Sorgen oder Zweifel, wir halten nichts mehr zurück.

Gott, seine Hände, sein Mund und seine Hüften! Ich liebe jeden Zentimeter seines Körpers, und ich weiß, dass er genauso fühlt.

Wir brauchen keine Worte.

Wir wissen es einfach.

***

Nach einer leicht abgewandelten Form des Hotelsex-in-der-Dusche, den wir in Florida hatten, fällt mir ein, dass ich vergessen habe, Futter für Buddy hinzustellen, weil ich nicht erwartet hatte, die Nacht woanders zu verbringen. Blake fährt uns zu meiner Wohnung.

Wir bestellen Pizza und schlingen sie herunter, kuscheln uns danach auf das Sofa und reiben uns die vollen Bäuche.

Buddy hat es sich auf Blakes Schoß gemütlich gemacht, und Blake tut ihm einen Gefallen, indem er ihn unterm Kinn krault – dort, wo Buddy es am liebsten mag.

Blake sieht sich um. »Buddy war keine Wohnungskatze, richtig?«

Ich nicke. »Er war ein Streuner. Ich fühle mich schlecht dabei, ihn hier einzusperren, aber meine Vermieterin würde mich töten, wenn sie von ihm wüsste.«

Buddy lässt sich von Blakes Schoß fallen und springt auf seinen Platz auf dem Fenstersims.

Blake nickt. »Er sollte wirklich mehr Bewegungsfreiheit haben. Es muss wie ein Kulturschock sein für ihn.«

»Versuchst du, mir ein schlechtes Gewissen zu machen, Blake Wilde? Denn es funktioniert.«

Er lächelt. »Weißt du, Buddy würde es bestimmt gefallen, ein Haus zu haben, in dem er umherstreifen könnte.«

Mein Herz macht einen Hüpfer. »Ja?«

Er nickt. »Und es gibt einen kleinen Hinterhof. Die Nachbarschaft ist auch ziemlich ruhig. Er wäre der König der Hinterhöfe, wenn er eine Haus- und Straßenkatze sein möchte.«

Fragt er mich, ob ich bei ihm einziehen will? Will ich das überhaupt? *Ja, ja, ja!*

Ich versuche, meine Stimme beiläufig klingen zu lassen. »Versuchst du, mir meinen Mitbewohner auszuspannen?«

»Vielleicht.« Er drückt mir einen Kuss auf die Schulter. »Na ja, du müsstest wahrscheinlich mitkommen.«

Ich kann kaum schlucken vor lauter Gefühlen. »Buddy ist ziemlich anhänglich geworden.«

»Ja. Er ist nicht der Einzige, der es hassen würde, wenn du nicht auch da wärst.«

Ich räuspere mich. »Fragst du mich, ob ich bei dir einziehen will?«

Sein Mund verzieht sich zu einem verschmitzten Grinsen. »Ich kann mich nicht erinnern, dich gefragt zu haben. Das ist ziemlich dreist von dir, Mel.«

Ich setze mich rittlings auf seine Beine und quieke: »Du Blödmann. Frag mich freundlich.«

Er schlingt die Arme um mich und hält mich so auf meinem Platz. »Melanie Walker, würdest du, zusammen mit deinem Kater, bitte in meine Wohnung einfallen und sie zu eurem Zuhause machen?«

»Mel.« Ich lege meine flache Hand auf seine Brust und meine Stirn an seine. »Ja.«

Er schluckt mein Flüstern mit einem sanften Kuss. »Danke.«

»Natürlich müssen wir ein paar Dinge besprechen, was die Einrichtung angeht.«

»Müssen wir?« Er lächelt.

Sein Haus ist perfekt, aber ich muss einfach ich bleiben. »Ja.«

»In diesem Fall sollten wir die Verhandlungen ins Schlafzimmer verlegen. Buddy braucht nicht zu sehen, was gleich geschehen wird.« Er zieht mich zu sich, schiebt meine Beine über seinen Schoß und so hält er mich. Unendlich. Lästige Dinge wie Zeit werden unwichtig, wenn mir Blake in die Augen sieht, als hätte er in ihnen die Ewigkeit gefunden.

»Ich liebe dich«, flüstere ich.

»Ich liebe dich noch mehr.« Er streicht mir mit dem Fingerrücken über die Wange.

Ich kuschle mich enger an ihn. »Das ist kein Wettbewerb.«

»Vielleicht nicht. Aber wenn es einer wäre, würde ich gewinnen.«

»Obwohl ich einen Vorsprung hatte?«

Er nickt, und der Blick in seinen Augen lässt mich daran glauben.

Epilog

Blake

Ich stolpere über einen weiteren Karton und fluche, aber auf meinem Gesicht spüre ich dabei ein fettes Grinsen.

Mel ist endlich hier – mit all ihren Sachen anstatt nur mit Kleinkram, und dafür nehme ich die Schramme am Schienbein gern in Kauf. Mein liebster Mensch zieht in mein Haus ein.

Unser Haus.

Es hat fünf Wochen gedauert, bis sie einen Untermieter für ihre Wohnung gefunden hat. In der Zwischenzeit haben wir immer wieder Kartons mit ihren Sachen hierhergebracht und so versucht, alles entspannt zu integrieren.

Langsam, aber sicher hat sich meine Wohnung in unsere verwandelt. Wir haben angefangen eine eigene Foto-Collage anzulegen, und mit jedem weiteren gemeinsamen Erlebnis kommen neue Bilder dazu. Letztes Wochenende sind wir ins Metropolitan gegangen. Das Wochenende davor waren wir im Hudson Valley. Zusammen neue Erinnerungen zu schaffen, an einem Ort, den wir eigentlich beide kennen, lässt uns die Gegend mit ganz neuen Augen sehen.

Aber um ehrlich zu sein, ich liebe es einfach, Zeit mit ihr zu verbringen.

Sie lehnt sich über den Tresen und kritzelt etwas auf ihre Liste.

»Was hättest du gern zum Abendessen?«

Nichts könnte mir gleichgültiger sein, Hauptsache, sie sitzt mir an unserem neuen Esstisch gegenüber und stupst sanft mit ihrem Fuß gegen meinen. »Was immer du möchtest.«

»Das ist keine Antwort.«

»Pasta?«

Sie verzieht ihr Gesicht und senkt den Kopf so, wie sie es immer tut, wenn sie versucht, locker zu wirken. »Wie wär's, wenn wir stattdessen ein paar Burger grillen?«

Sie fragt mich immer, was ich will, obwohl sie genau weiß, dass sie sich schon längst für etwas entschieden hat.

Ich lächle. »Burger klingen großartig. Morgen dann Pasta?«

»Abgemacht.« Sie grinst. »Brauchen wir Papierservietten?«

»Du solltest deine Kleidung benutzen und unseren ökologischen Fußabdruck kleinhalten.« Ich umarme sie von hinten, vergrabe meine Nase in ihrem Nacken und atme den Geruch ihres neuen Shampoos nach Mandarinen und Honig ein.

»Auf keinen Fall. Das wäre eine Kreuz-Kontamination und Bakterien-Armee. Ich finde andere Wege, der Umwelt zu helfen.« Sie seufzt und schmiegt sich enger an mich. »Obligatorisches Abendessen mit Kerzenlicht. Sex mit Licht aus.«

»Hey, nein. Nicht so schnell. Ich mag es, alles von dir zu sehen.«

Sie windet sich aus meiner Umarmung und fuchtelt mit der Einkaufsliste herum wie mit einer Waffe. »Erst einkaufen. Ich will nicht wieder völlig ausgehungert enden, mit kaltem Müsli ohne Milch zum Abendbrot.«

Ich lehne mich gegen den Tresen. »Ich habe von einer Studie gehört, die herausgefunden hat, dass wir Amerikaner nicht genug Ballaststoffe zu uns nehmen.«

Sie schmunzelt. »Du bist im Grunde ein Held.«

Ein lautes »Miau« von der offenen Hintertür lenkt unsere Aufmerksamkeit dorthin.

»Da ist er ja!« Mel gibt schnalzende Geräusche von sich und läuft Buddy entgegen. »Wir haben uns Sorgen um dich gemacht, stimmt's, Blake?«

»Sicher.«

Sie wirft mir einen wütenden Blick zu. »Mehr!«

Ich gehe zu ihnen hinüber und nehme Buddy auf den Arm. »Wir haben uns große Sorgen gemacht, Buddy-Kumpelchen.«

Mel zieht eine Grimasse. »Zu viel.«

Ich untersuche ihn. »Er sieht gut aus.«

Mel krault seine Stirn, und er schüttelt den Kopf, die neue Tätowierung auf seinem Ohr blitzt auf. Er hat auch einen Mikrochip bekommen, für den Notfall. Er hat sich immer noch nicht an das Halsband gewöhnt und schnurrt, als ich ihn darunter kraule.

»Er ist nur zwei Nächte weggewesen, aber ich bin froh, dass er wiedergekommen ist.« Mel wackelt mit seiner Pfote. »Ich will ihn nicht im Haus einsperren, aber irgendwie ist er jetzt mein Kater. Ich mag es, wenn er um uns herum ist.«

»Er ist dein Kater. Aber er ist eben auch ein Wilderer, nicht daran gewöhnt, nur an einem Ort zu sein. Denk mal an die vielen Dinge, die er da draußen aushecken kann, den Spaß, den er mit den flotten, kleinen Streunerkatzen haben kann.«

Ihre Augen werden groß. »Das soll er mal schön bleiben lassen. Ich will nicht, dass er krank zurückkommt, weil eine andere Katze nicht geimpft worden ist.«

»Können Katzen sexuell übertragbare Krankheiten bekommen?«

Mel boxt mich gegen die Schulter. »Du bist echt schlimm.«

»Du liebst mich.«

Sie zuckt mit den Achseln. »Na gut, du bist der Beste. Du bist ein komplizierter Mann, Blake.« Sie stolziert zum Tresen und greift nach ihrem Portemonnaie. »Gehen wir nun einkaufen oder willst du den ganzen Tag nur rumstehen und meinen Kater festhalten?«

Sie läuft schon lachend zur Tür, während ich Buddy auf dem Boden absetze, um ihr dann hinterherzurennen.

Melanie

ZWEI WOCHEN SPÄTER

Ich senke den Kopf, lockere mich und schaue auf meinen Schoß. Blake hat mir diese Übung gezeigt, um die Verspannung aus meinem Nacken zu bekommen, wenn ich zu lange am Computer gesessen habe.

Ich greife nach meinem Kaffee und nehme einen Schluck. Schon wieder kalt. Mist.

Ich schlucke und starre auf den Becher, als wäre er schuld daran, dass der Kaffee kalt ist und nicht die Tatsache, dass ich tatsächlich seit zehn – verdammt, elf Stunden hier bin. Es kann nicht schon sieben Uhr abends sein!

Ich gehe mit großen Schritten den Flur entlang Richtung Küche, nicke im Vorbeigehen einigen Kollegen zu.

Kojak ist an seinem Platz. Er schaut noch nicht mal von seinem Bildschirm auf.

»Winston, alles in Ordnung?«

Winston winkt mir zu und wendet sich wieder seinem Papierberg zu, um mit einem roten Stift wie wild etwas auf die Ecke einer Seite zu kritzeln.

In den letzten Wochen habe ich über Winston gelernt, dass er sich ähnlich verhält wie eine Ente. Man sieht eine Ente in aller Ruhe über einen See schwimmen, aber unter Wasser, wo man nicht hinschauen kann, bewegt sie wild ihre Beine.

Winston zuzusehen, könnte einen unter Stress setzen, aber in seinem Inneren arbeitet er ruhig und methodisch vor sich hin und löst alle Probleme. Er hat bisher noch nie einen Abgabetermin verpasst.

Katka ist gerade an der schicken Kaffeemaschine zugange, als ich in die Küche komme.

»Hey Mel! Wie geht's dir?«

»Richtig gut.«

Seth taucht aus der Speisekammer auf, eine Tüte Chips in der Hand.

»Ich kann es verdammt nochmal nicht glauben, dass unser größter Anzeigenkunde einfach ohne Vorwarnung ausgestiegen ist.«

»Ja, ich hasse es, wenn so etwas passiert«, sagt Katka.

Ich spüle meine Tasse aus. »Das hat sie gesagt.«

Seths Augen treten hervor, und Katka lacht.

Die Veränderung der Anzeigen für die morgige Ausgabe hat uns ganz schön auf Trab gehalten – deswegen das späte Arbeiten –, aber wir ziehen an einem Strang, als Unternehmen, als Team.

Meine neue Position ist nicht nur befriedigender und kreativer, sondern sie gibt mir viel stärker das Gefühl, Teil einer Sache zu sein. Ich kann ab und zu Scherze machen, ich selbst sein, den anderen zeigen, dass ich menschlich bin.

Es ist großartig.

Ich muss nicht so tun, als wären sie Fremde, damit sie mich für voll nehmen. Tatsächlich behandeln sie mich respektvoller und nehmen mich viel ernster, *weil* sie mich kennen. Mit Blake zu Hause und meinem Job, der nun tausendmal besser geworden ist, bin ich so glücklich wie noch nie zuvor in meinem ganzen Leben.

»Seth, wie steht es mit den …« Mein Handy brummt, und ich halte eine Hand hoch und öffne die Nachricht von Shelby.

Es ist ein Selfie, dass sie von einem Jet-Ski aus gemacht hat. Shawn ist im Hintergrund auf einem Flyboard zu sehen, mit dem er weit höher durch die Luft segelt, als ich es jemals gewesen bin. Unglücklicherweise sind ihm seine Badeshorts heruntergerutscht, und der halbe Hintern hängt heraus. Shelbys Grinsen im Vordergrund ist sehr breit.

Ich lächle. Er ist vor drei Tagen übers Wochenende runtergefahren. Die beiden halten zusammen wie Pech und Schwefel.

Ich weiß nicht, ob es etwas für immer ist, aber sie passen gut zueinander.

Und wenn sie sich trennen sollten, behalte ich vielleicht Shelby und werde endlich meinen nervigen Bruder los.

Ich antworte: *Typisch für ihn, das nur auf einer Arschbacke zu machen! Ich bin froh, dass er nicht in die Kamera schaut.*

Sie antwortet sofort: *Es ist alles nur ein Spaß, bis jemand seine Badesachen verliert.*

Als ob ich das nicht wüsste.